KB077824

그림자
정원의
마리오네트

그림자 정원의 마리오네트 1

초판 1쇄 펴낸 날 | 2017년 11월 3일

지은이 | 유미엘
펴낸이 | 서경석

편집책임 | 조윤희 **편집** | 이은주, 이예진 **디자인** | 신현아
마케팅 | 서기원 **경영지원** | 서지혜, 이문영

임프린트 | (MUSE)
주소 | 경기도 부천시 부일로 483번길 40 서경B/D 3F (우) 14640
전화 | 032-656-4452 **팩스** | 032-656-4453
이메일 | roramce@naver.com **블로그** | bolg.naver.com/roramce
홈페이지 | http://www.chungeoram.com

발 행 처 | 도서출판 청어람
출판등록 | 1999년 5월 31일 제387-1999-000006호
어람번호 | 제11-0063호

ⓒ 유미엘, 2017

ISBN 979-11-04-91473-7   04810
ISBN 979-11-04-91472-0   (SET)

그림자
정원의
마리오네트

1

유 미 엘
장편소설

MUSE

목차

프롤로그

프롤로그

'이상한 나라에 있었어.'

소녀는 꿈을 꾸었다. 몇 번이나 반복해서 본 무척이나 아름답고 슬픈 꿈을.

선명한 색상으로 기억되는 그 여운이 좋아 다시 눈을 감아보지만 잠에서 깬 이상 돌아갈 방도가 없었다.

꿈속에서 본 성은 매우 크고 낡아 있었다. 녹슨 철문과 담쟁이 덩굴로 뒤덮인 돌 벽을 지나면 키가 큰 나무들의 가지가 정신없이 뒤엉켜 하늘을 가린 어둑한 정원이 나타났다. 돌보지 않아 황폐해진 그곳에는 오랜 세월에 풍화된 조각상들이 검푸른 이끼에 물들어 있었고 바닥에 깔린 자갈 사이에서 자라난 잡초들은 이미 그곳이 산책로가 아니라고 주장하는 양 굵고 단단한 줄기를 세우며 통행을 방해했다.

그 황량한 폐허에 검은 옷을 입은 커다란 야수가 살았다. 세상과 등을 진 그는 타인의 접근을 거부한 채 스스로 성안에 갇혀 지내기를 선택했다.

인적 없는 외진 공간을 누비며 야수의 시중을 드는 이는 모두 자그마한 인형들이었다. 그럴싸한 제복을 입은 인형들이 성 이곳 저곳을 청소하고 작지만 부지런한 보폭으로 돌아다니며 외로운 주인을 돌보는 모습은 무심코 미소를 짓게 할 만큼 사랑스러웠다. 타인에게 경계심이 강한 야수도 인형들에게만큼은 다정해서 그 작은 머리들을 쓰다듬어 주며 격려하고 칭찬해 주었다.

헤이젤은 드물게 보는 남자의 웃음이 좋았다. 사막처럼 삭막하던 표정이 슬며시 풀어질 때도, 매서운 눈매에 따뜻한 기운이 돌 때도 솜사탕처럼 마음이 포근해지는 기분이 들었더랬다.

'언제 그런 표정을 지어주었더라.'

그건 사랑하는 사람을 바라보는 시선이었다. 소녀는 그제야 깨달았다. 야수가 애정을 담아 바라보는 상대는 자신이 아니라 금발의 미녀라는 것을. 우유처럼 희고 깨끗한 피부에 샘물처럼 맑고 투명한 푸른 눈동자를 가진 아름다운 아가씨가 그 시선 끝에 있었다.

'나는 그저 곁에서 지켜본 것뿐인데.'

그 모습을 떠올린 헤이젤의 눈에서 눈물이 흘렀다. 무수한 장미 가시에 찔린 것 같은 날카로운 슬픔이 그녀를 감쌌다. 야수의 행복을 빌어주어야 하는 순간이라는 걸 알면서도 그러지 못해서 제대로 바라볼 수 없을 정도로 뿌옇게 시야가 젖어들었다. 소녀는 제가 그 고독한 야수를 무척이나 사랑했다는 사실을 깨달았다.

"아가. 왜 우는 거니, 어디 아픈 곳이라도 있느냐?"

눈물을 닦아주는 따뜻한 손길에 헤이젤은 이제야말로 꿈과 현실의 경계에서 벗어났다. 눈을 뜨자 저를 들여다보는 아버지의 모습이 보였다.

"……아빠……."

그 한마디에 남자는 소스라치게 놀라 자리에서 벌떡 일어나 소리쳤다.

"그래, 아빠다. 정신이 드니? 네 아비가 여기 있다! 오, 신이시여. 정말 감사합니다!"

그는 말을 걸어놓고도 대답이 돌아올 거라 생각하지 않았었는지 딸의 목소리를 듣고 감격했다. 호들갑을 떨며 신에게 기도를 올리더니 이제는 울 것 같은 표정이 되어 여린 손을 움켜잡았다.

"폐렴으로 지금껏 고열이 이어졌단다, 아가. 며칠 동안이나 의식이 없었어. 얼마나 걱정했는지 아니? 지금은 어떠냐. 여전히 몸이 아프니?"

헤이젤은 손가락 하나 까딱할 힘이 없고 제 몸이 아닌 것 같은 기분이 들던 게 그래서였다는 걸 깨달았다. 편도선이 부은 목이 따끔거렸다. 온몸이 나른하게 쑤시고 미열도 있지만 참을 수 없을 정도는 아니었다. 조금 자고 나면 나을 정도의 아픔이었다.

자고 난다면, 거기까지 생각한 헤이젤은 주변을 둘러보았다.

푹신한 담요. 화려한 이니셜이 수놓인 프릴이 가득한 베개, 벨벳 휘장이 내려진 네 기둥 침대. 전부 그녀에게 익숙한 물건들이었다. 장소를 확인한 뒤 손을 들여다보았다. 핏줄이 보일 정도로 하얗고 마른 손가락. 침대 위에 늘어진 긴 갈색 머리. 새삼 이곳이 어디고 자신이 누구인지를 깨닫는다.

"헤이젤?"

"······꿈을 꿨어요."

"꿈?"

소녀는 갈라지는 목소리로 꿈 내용을 들려주었다.

"동화에 나올 것 같은 낡은 저택 안에 인형들이 사는······, 사탕으로 만들어진 나라에 다녀왔어요."

"무척 예쁜 꿈을 꾸었구나. 귀여운 인형과 사탕으로 만들어진 나라라니."

"그리고 거기에는 사나운 야수도 살았어요."

"설마 무서운 꿈이었니?"

열을 내며 앓던 딸이 내내 악몽을 꾼 건가 싶어 아버지가 근심 가득한 시선으로 바라보았다.

'악몽?'

헤이젤은 눈을 감고 기억을 더듬었다. 고풍스러운 찻잔과 달콤한 사탕들, 그리고 듣기 좋은 저음의 부드러운 목소리. 소녀는 입가에 작은 미소를 띠며 고개를 저었다.

"아뇨······. 전 그 야수가 좋았어요. 그의 성에서 영원히 함께 지내고 싶었을 정도로."

"그랬니? 아니! 잠깐만 딸아! 설마 그 야수가 수컷······, 아빠는 반대, 아니, 그런 의미는 아닐지 몰라도. 크흠, 어쨌거나!"

갑작스러운 대화에 당황한 아버지는 횡설수설 말을 더듬더니 후— 하고 심호흡을 한 번 하고는 다시 말을 이었다.

"······무서운 꿈이 아니라 다행이구나. 이 아빠는 네가 돌아와 줘서 기쁘단다."

"네······."

딸이 무사히 눈을 뜬 것이 기쁜 아버지는 들뜬 표정을 감추지 못했다. 멍하니 그 얼굴을 응시하던 헤이젤의 눈에 아버지 뒤로 펼쳐진 커다란 창문이 비쳤다. 창밖에 하얀 깃털 같은 조각들이 이리저리 흩날리고 있었다.

"눈이 내려요?"

"그래, 눈이다. 네가 깨어나서 기쁜 건 나만이 아닌 모양이다."

소녀의 시선을 따라 창밖을 바라본 아버지가 웃으며 말했다. 하늘거리며 공중을 유영하는 눈송이를 바라보던 헤이젤이 몸을 일으켰다. 저 눈을 만져 보고 싶다는 충동이 일었다.

"일어나려고? 애야, 당장은 힘들 거다. 넌 아주 오랫동안 누워만 있었거든."

"더 가까이서 보고 싶어요."

"그렇구나. 그럼 아주 잠깐만이다. 밖은 몹시 춥단다."

아버지는 소녀를 안아 들어 창가에 놓인 의자에 앉혀주었다. 바퀴가 달린 의자를 밀어 창 가까이 옮겨준 뒤 창문을 열어 쏟아지는 눈들을 직접 볼 수 있게 배려해 주었다.

"담요를 무릎에 덮거라."

찬바람이 들지 않도록 모포를 덮어주며 그가 속삭였다. 헤이젤은 손을 들어보았다. 아버지 말대로 일어서기는커녕 한쪽 팔을 들기도 빠듯했지만 있는 힘을 다 끌어 모아 창밖으로 내밀었다.

손바닥에 떨어진 눈 조각은 닿는 순간 차가운 물방울로 변했다. 공기를 타고 갈팡질팡하던 눈송이가 제 손에 안착하는 걸 물끄러미 바라보던 헤이젤은 그 손을 꼭 쥐었다. 차가운 눈을 녹여 따뜻하게 해주고 싶었다. 누군가의 마음처럼.

"그래서, 그 꿈 이야기를 더 해주겠니?"

쥐고 있던 손을 펼쳐 안을 들여다본 헤이젤은 이제 흔적 없이 녹아버린 눈을 한참 바라보았다.

"꿈이요?"

"그래. 사탕과 인형이 나오는 멋진 꿈을 꾸었다고 했잖니."

"……이제 기억나지 않아요."

소녀가 아버지를 올려다보며 대답했다. 녹아버린 눈송이가 도
르르 손바닥에서 흘러내렸다. 눈 구경에 흥미를 잃은 모습에 아
버지는 딸을 다시 침대로 옮겨주었다. 부드러운 이불을 덮어준 뒤
좀 더 쉬라며 어깨를 토닥였다.

"원래 꿈이란 건 깨고 나면 잊히기 마련이지. 눈 좀 붙이거라.
주치의를 불러올 테니. 그도 네가 깨어났다는 소식을 들으면 무
척 기뻐할 거다. 이 아빠는 이른 크리스마스 선물을 받은 것 같
아 행복하구나."

"크리스마스?"

"그래. 보름 뒤란다. 기억나니? 우리 그때쯤 연말 여행 가기로
했는데. 아직 취소하지 않아 다행이지 뭐냐. 얼른 건강해져서 휴
양하러 다녀오도록 하자꾸나."

신년 파티가 아주 멋질 거라고 아버지가 설명했다. 특석을 잡
아두었으니 꼭 함께 가자고도.

헤이젤은 그 말에 고개를 끄덕였다. 매해 화려한 조명과 아름
다운 장식을 진열하는 것으로 유명한 거리 행진에도 가기로 했다.
점등식을 구경하러 오는 사람이 아주 많다는 말에 소녀는 옅게
웃었다.

"기대되네요."

설레어 하는 사람들의 모습을 떠올리니 덩달아 즐거워졌다. 예
정대로 여행을 가려면 우선 체력을 되찾아야 했다. 헤이젤은 지

친 듯 눈을 감았다. 머리를 쓰다듬는 따뜻한 손길에 스르르 잠에 빠져들었다. 이번에는 꿈도 보이지 않는 아주 깊은 잠에 빠질 수 있을 것 같은 예감이 들었다.

1.

폐가의 오토마타

헤이젤은 자신의 과거를 알지 못했다. 그녀가 기억하는 건 주로 사후에 접한 일들이었다.

낡은 저택을 떠도는 유령이던 소녀는 제 과거는 몰라도 자신이 어떻게 남자가 만든 오토마타(자동기계장치, 복수형) '인형' 안에 들어오게 되었는지 만큼은 아주 선명하게 떠올릴 줄 알았다. 그리고 그 계기가 얼마나 보잘것없는 작은 사고였었는지도.

그 기억의 시작은 온통 하얀 방이었다.

하얀 벽지에 하얀 가구로 통일된 내부는 무균실을 떠올릴 만큼 꾸민 이의 병적인 집착이 엿보였다. 유백색 대리석 바닥 위에는 털이 도톰한 카펫이 발소리를 삼킬 만큼 푹신하게 깔려 있었고 높은 천장에는 크리스털 샹들리에가 투명하게 반짝이고 있었다. 여자아이라면 누구나 한 번쯤 소원할 만한, 아기자기한 꿈으로 가득한 방이었다.

방의 주인은 하얀 드레스를 입은 아가씨였다. 반짝이는 금발에 푸른 눈동자가 보석처럼 아름다운 그녀는 하루 대부분을 새하얀 소파 위에 앉아 보냈다. 가끔 창문이 열리면 얇고 부드러운 흰색 모슬린 커튼이 바람에 투명하게 나부끼는 장관을 이루었으나 바깥의 복잡한 세상은 그녀의 관심을 끌지 못하는지 그녀는 결코 뒤돌아보는 법이 없었다.

이 새하얀 방에 매료된 헤이젤은 주인 몰래 숨어들어 오고는 했다. 스치기만 해도 때가 탈 것처럼 방을 꾸며둔 탓에 다리도 제대로 뻗지 못하고 조심스럽게 몸을 웅크린 채 구석에 숨어 있었는데, 이렇게 꾸며놓지 않았더라면 소녀 같은 괘씸한 방문자 수는 분명 더 늘었을 것이 뻔했다.

그렇다고 아무도 이곳을 찾지 않았다는 말은 아니었다. 아주 가끔, 차가운 인상의 덩치가 큰 남자가 모습을 드러냈다. 그는 새로운 장식품을 가지고 나타나거나 청소를 하고 사라지고는 했다.

'이곳의 관리자인가 봐.'

그런 것치고는 방의 주인에게 인사도 건네지 않는, 어딘가 좀 거만한 느낌이 나는 사내였지만 말이다. 남자의 존재감은 정적인 미녀와 상반된 느낌을 주었다. 그 이유가 어쩌면 단순히 그가 어두운 색의 옷을 즐겨 입는 탓일 수도 있겠지만 헤이젤은 그 이상의 무언가가 존재한다고 믿었다. 큰 키의 남자가 지나가는 곳마다 유독 선명하고 짙은 그림자가 드리워졌는데, 그 모습을 볼 때면 알 수 없는 공포가 스멀스멀 발목을 타고 올랐기 때문이었다.

고요하던 방의 균형은 남자가 등장하는 순간 깨졌다. 새벽에 켜켜이 쌓인 눈처럼 침잠한 공기는 순식간에 흐트러지고 그가 지나간 자리에는 거친 약동감이 꼬리를 남겼다. 단단하고 힘찬 움직임에서 느껴지는 강한 에너지가 어딘지 불길했다.

'저 사람에게 가까이 가서는 안 돼.'

소녀는 어째서인지 그를 피하고 싶었다. 상대도 자신처럼 이곳과 어울리는 사람이 아니었으니 동질감을 느낄 법했는데도 친근함을 느끼기는커녕 무서워서 몸을 사리기에 바빴다. 그래서 헤이젤은 늘 남자가 자리를 비운 틈을 타 방에 숨어들었다. 아예 이 장소를 멀리하는 것도 방법일 테지만 전부 포기하기에는 아쉬웠기 때문이었다.

게다가 이곳은 소녀가 찾은 몇 안 되는 안전한 장소이기도 했다. 창문에는 방범창이 둘러 있고 아가씨 근처에도 유리문과 튼튼한 철제 울타리가 쳐져 있어서 그녀의 곁에 있으면 보호받는 기분이 들었다. 아직 누군가의 보살핌을 받아야 할 나이대인 소녀는 혼자 있는 시간이 두려웠다. 그래서 흰 드레스의 아가씨가 자신을 귀찮아하지 않는다는 사실을 깨달았을 때 무척이나 기뻤다.

그때는 실내에 울타리가 쳐져 있는 모습을 보고도 어째서 이상하다고 의심해 보지 못했는지 모르겠지만 말이다.

아가씨가 앉아 있는 소파 곁에 자리를 잡은 헤이젤은 오늘도 넋을 놓고 그녀를 바라보았다. 어쩌면 이렇게 예쁜 사람이 있을 수 있을까. 봐도 봐도 질리지 않는 미모였다. 바다처럼 찰랑거리는 파란 눈동자는 보는 이를 사로잡는 매력이 있었다. 플래티나 블론드의 곱슬머리를 리본으로 묶고 가녀린 어깨와 허리를 강조한 우아한 실크 드레스를 입은 모습을 보며 헤이젤이 되뇌었다.

'웃으면 더 예쁠 텐데…….'

눈을 뗄 수 없을 정도로 아름다운 아가씨는 결코 웃는 법이 없었다. 조각처럼 단정한 얼굴에 드리워진 긴 속눈썹의 그림자는 애수에 젖은 표정과 어우러져 금방이라도 눈물을 떨굴 것만 같은 분위기를 자아냈다. 헤이젤은 그 슬픔을 곁에서 지켜보는 것만으로도 가슴이 아팠다.

무슨 일이 있었을까?

아가씨를 보러 얼마나 자주 이곳에 왔는지 이제 셀 수도 없었다. 우연히 그녀를 발견한 뒤로는 홀리듯 날마다 이곳을 찾은 것을 보면 한 달, 아니 어쩌면 그보다 더 오랫동안 찾아왔는지도 모르겠다. 그러나 헤이젤이 아가씨에 대해 아는 것은 극히 작은 것들이었다. 그녀는 작은 소녀에게 자신의 고민을 상담하는 일 없이 담담히 슬픔을 억누를 뿐이었다.

그러나 가까이 가거나 말을 나누지 못하면 또 어떤가. 그저 지켜보고 또 봐도 지루하지 않을 만큼 그녀는 아름다웠다.

'민트와 닮았어.'

문득 예전에 어머니가 생일 선물로 사다주신 곱슬머리 인형이 떠올랐다. 물론 민트는 눈앞의 아가씨만큼 아름다운 얼굴이 아니라 동그랗고 통통한 볼이 사랑스러운 아기 인형이었다. 닮은 기분이 드는 건 아마도 저 뽀얀 우윳빛 피부와 홍조를 띤 도톰한 입술이 닮아 보였기 때문이리라.

이렇게 매일같이 찾아오는 헤이젤을 봐서라도 눈인사 정도는 건네도 좋으련만, 아가씨는 미동조차 없이 소파에 몸을 기댄 채 생각에 잠겨 있었다. 팔걸이에 한쪽 팔을 올리고 등을 곧게 세운 채 애수에 젖어 있는 모습이 어딘가 걱정이 있는 사람처럼 보이기도 했다. 슬쩍 내리뜬 시선이 문 쪽을 향한 걸 보면 누군가 애타게 기다리는 사람이 있는 걸까. 그래서 주변을 둘러볼 여유가 없는지도 몰랐다.

헤이젤은 뒤늦게 그녀 손에 들려 있는 것이 꽃다발이라는 걸 알았다.

「부케. 그렇구나. 웨딩드레스였구나.」

미녀가 입은 하얀색 가운(Gown)이 단순한 흰 드레스가 아니라는 걸 깨달았다. 보고 다시 보아도, 그녀가 입은 옷은 결혼식 예복이었다. 왜 지금껏 그 생각을 못 했을까. 새하얀 방 안에 사는 아가씨라 흰옷을 입은 게 당연하다고 받아들이고 있던 제 단순함에 어이가 없었다. 몇 번이나 보러 와놓고는 이제야 알아차리다니. 시야가 좁은 걸까, 생각이 짧은 걸까 아니면 그 두 가지 모두일까. 이러니 아가씨가 저를 쳐다봐 주지도 않는 거라고 소녀는 중얼거렸다.

"또 너냐."

멍하니 인형을 들여다보는 소녀의 등 뒤에서 낮고 건조한 목소리가 들려왔다. 문이 열리는 소리에도 헤이젤은 고개를 돌리지 않았다. 신기한 듯 유리 너머를 바라보는 그녀를 발견한 누군가가 짜증을 내며 혀를 찼다.

"쫓아내도 매일같이 오는군. 그렇게 마음에 들어?"

저음의 남자는 지긋지긋하다는 투로 말했다. 그것이 혼잣말이 아니라 자신에게 한 질문이라는 걸 깨달은 헤이젤이 겁에 질려 고개를 끄덕였다.

「아주 예뻐.」

"어디가 마음에 드는데?"

「전부 다. 이곳에서 가장 예쁜 언니야.」

여전히 남자 쪽은 쳐다보지도 않고 대답했다. 남자 역시 무시당하는 것에 그리 신경 쓰는 눈치는 아니었다. 오만하게 팔짱을

낀 상태로 손가락을 두들기는 그는 귀찮은 아이를 쫓아낼 생각에
몰두해 있었다.

"하, 조막만 한 게 보는 눈은 있어서. 그래. 여기서 가장 예쁜
건 사실이지. 그래도 네가 가질 순 없을 거다. 내 인형은 비싸거
든."

아. 헤이젤이 입을 동그랗게 만들어 감탄사를 뱉었다. 이제야
왜 지금껏 그녀가 자신을 아는 체 해주지 않았는지 알게 되었다.

'저 예쁜 언니는 인형이었구나. 그래서 민트랑 닮았다고 생각했
던 거였구나.'

소녀의 혼잣말을 들었는지 남자가 물었다.

"민트?"

「내 인형이야. 어머니가 사다주신.」

"비스크 인형인가 보군."

비스크가 뭘까. 처음 듣는 단어에 고개를 갸웃한 소녀가 뒤늦
게 뒤를 돌아보았다. 애쉬브라운색 머리의 키가 큰 남자가 그녀를
내려다보았다. 위압감이 느껴지는 젊은 남자였다. 키만이 아니라
체격 또한 남달리 큰 남자는 눈매가 사나워 얼핏 보면 화가 난 듯
보였다. 아니, 남자는 헤이젤이 방에 들어온 것을 발견하고 이미
화가 난 상태였다.

「언니랑 닮았어.」

"언니? 저 인형을 말하는 건가? 웃기는 소리를 하는군. 이 아
가씨랑 닮은 인형은 이 세상에 존재하지 않아."

「맞아. 민트는 작아. 품에 쏙 들어오는 아기 인형이야. 얼굴보
다도, 분위기가 닮았어.」

"얼굴과 팔다리만 도자기처럼 딱딱하고 몸은 헝겊이라 푹신할

테지? 안기 좋게 하려고 그리 만든 거야. 비스크 돌들은 특성상 비슷한 분위기를 갖고 있어. 이 아가씨는 그런 인형과 달라. 전신이 특수 재질로 만들어진 최고급 인형이지. 우리 애들과 얼굴이 닮았다면 네 인형도 어느 정도 가격대가 있을 거야."

「얼마인지는 몰라.」

"애들은 그런 거 몰라도 돼."

「그래.」

남자는 소녀를 무시하는 투로 설명했지만 헤이젤은 개의치 않았다. 어머니가 인형을 주며 해준 말도 비슷했다. 금액 같은 건 신경 쓰지 않아도 된다고 했다. 남자의 말을 듣고 다시 보니 하얀 드레스를 입은 아가씨는 소파에 앉아 누군가를 기다리는 신부 같았다. 그녀를 위해 흰 방을 준비한 건가, 하며 인형에게서 눈을 떼고 방을 둘러보다가, 소녀를 바라보는 남자와 시선이 마주쳤다. 남자는 귀찮음과 호기심이 적당히 섞인 목소리로 물었다.

"풀 스케일 인형이 낯선가?"

「풀 스케일······.」

"라이프 사이즈라고도 하지. 실물 크기 인형은 이제 꽤 흔히 보잖아? 백화점의 마네킹 같은 거."

「무슨 말인지 모르겠어.」

"······요즘 애가 아닌 건가. 죽은 지 좀 되었을지도 모르겠군."

「뭐라고 했어?」

남자가 알 수 없는 말을 중얼거렸다. 무슨 소리를 하는지 이해가 가지 않았다. 헤이젤은 고개를 갸웃거리며 남자의 다음 말을 기다렸다.

"뭐가 어떻게 되든 이제 좀 나가. 누가 멋대로 들어와도 된다고 했지?"

「더 있으면 안 돼?」

"안 돼, 이제 나가!"

「방해하지 않을게.」

"네 존재 자체가 방해다. 썩 꺼져! 왜 안 떠나고 이런 데 박혀 있는 거야!"

「가라고? 어디로?」

"말귀도 못 알아듣고. 순순히 내쫓기는 글렀나, 귀찮게 됐네."

남자가 짜증이 섞인 짧은 숨을 토했다. 이런 데 허비할 시간이 없다며 손으로 머리를 거칠게 헤집던 그는 시선을 흰 드레스의 아가씨 쪽으로 옮겼다.

"재미있는 걸 알려줄까. 저 인형에게는 숨겨진 비밀이 있어."

「비밀?」

"그래. 엄청난 비밀이지. 어때, 얌전히 나간다고 약속하면 보여 주마."

그는 조끼 주머니에서 금장이 화려한 열쇠를 꺼냈다. 철제 울 타리의 자물쇠를 열고 그 안에 한 겹 더 둘린 두꺼운 유리 전시 장 문도 조심스럽게 열었다. 철망과 유리문이 전부 열리자 그 안 에 앉아 있는 실물 크기 인형이 모습을 드러냈다.

남자는 신부가 앉아 있는 의자를 앞으로 당겼다. 소파 밑에 바 퀴가 달려 있었는지 의자와 인형은 부드럽게 앞으로 밀려 나왔다. 카펫이 깔린 바닥 덕분에 움직이는 소리도 거의 들리지 않았다. 인형을 조금 더 가까이에서 볼 수 있다는 기쁨에 헤이젤이 활짝 웃었다. 설레는 마음으로 조심스레 곁으로 다가가 자세히 들여다 보았다. 유리 전시장 너머가 아닌, 실물로 직접 보는 인형은 차마 만져 볼 엄두가 나지 않을 정도로 아름다웠다.

「저기, 정말 예뻐.」

"나도 알아."

감격한 소녀가 내뱉는 환호성에 남자는 건방진 대답을 했다. 그러면서도 소녀의 반응에 내심 만족했는지 줄곧 일자로 굳어져 있던 입꼬리를 슬쩍 올렸다. 그는 소녀가 인형에게 섣불리 손을 대거나 덤벼들지 않고 조심스럽게 지켜보자 안심한 눈치였다.

"그녀는 오토마톤(Automaton, 오토마타의 단수형)이야."

「오토마톤?」

"그래. 움직이는 인형이지. 동작도 아주 섬세해."

「움직인다고?」

"손대면 가만 안 둔다."

차가운 한마디에 헤이젤은 손을 냉큼 뒤로 감췄다. 쫓겨나지 않으려 한 걸음 뒤로 떨어져 눈치를 보면서도 기대에 차 얼굴이 반짝였다. 평소라면 귀찮은 일을 무엇보다도 경멸했을 남자 역시, 무슨 바람이 불었는지 오랜만에 인형을 움직여 볼 생각을 하는 듯싶었다.

그는 소파 옆으로 다가가 인형 뒤에 섰다. 긴 백금발 머리카락이 풍성하게 늘어진 인형의 옆구리 쪽에 손을 대고는 무언가를 찾았다. 손가락이 조심스레 머리카락 사이를 헤집었다. 허리에서 조금 윗부분을 더듬던 남자의 커다란 손가락이 숨겨져 있는 태엽을 감자, 위잉— 하는 작은 신호음이 들렸다. 한참 태엽을 감는가 싶었던 잠시 후, 놀라운 일이 벌어졌다.

「세상에!」

한곳을 응시하던 인형의 눈에 빛이 들더니 천천히 고개를 움직였다. 내리뜨고 있던 눈꺼풀이 바짝 들리며 반가운 사람이 찾아온 양 자리에서 일어났다. 문 쪽으로 몸을 돌린 신부는 양손으로 부케를 쥐고 수줍은 듯 살짝 고개를 숙였다. 그 동작으로 그녀가 기다리던 사람이 마침내 돌아왔다는 걸 알 수 있었다. 입꼬리에 걸리는 부드러운 호선, 예쁘게 접히는 눈매까지. 신부가 바라보는 저편에서 연인이 다가와 그녀에게 키스해 주는 장면이 절로 연상되는, 섬세한 몸동작이었다. 단순한 동작 몇 개로 감정 변화를 이토록 풍부하게 표현할 수 있다니 믿을 수가 없었다.

「대단하다. 대체 어떻게 한 거야? 정말 행복해하는 모습이야!」

인형의 움직임은 간단하지만 아름다웠다. 연인의 부름을 들은 듯 고정되어 있던 눈동자와 고개가 살포시 돌아갔다. 곧이어 물 흐르듯 자연스럽게 자리에서 일어나 쥐고 있던 꽃다발을 가슴께로 올리고 부드럽게 웃었다. 고개가 움직이는 각도, 어깨의 기울기, 곧추세우는 허리의 작은 동작과 설렘에 부푸는 가슴 들썩임 같은 작은 디테일이 그녀를 살아 있는 것처럼 만들었다. 부케를 다시 쥐는 조심스러운 손 움직임에서 한편의 모노드라마를 관람하는 기분이 들었다. 그녀는 말 없는 몸짓만으로 사랑에 빠진 처녀가 연인과 재회하는 설렘을 완벽하게 연기해 냈다.

"아름답지? 그녀는 가격을 매길 수 없는 존재야."

「응, 당신은 천재야.」

남자는 의외라는 표정으로 헤이젤을 바라보았다. 그가 이 아름다운 공간의 주인이자 창조자라는 걸 소녀가 알고 있다는 사실이 뜻밖이었는지 시종일관 무표정하던 남자의 눈썹이 슬쩍 휘었다.

"18세기에는 시계태엽으로 움직이는 오토마타들이 존재했지. 물론 비슷한 인형이야 전에도 있었지만 지나치게 단조로운 동작들만 가능했고. 18세기 정도가 되어서야 겨우 볼만한 움직임을 만들어낼 수 있는 수준에 올랐지. 그들은 피아노를 치거나 편지를 쓰고, 카드를 뽑아 점을 쳤어. 종이를 넘기며 책을 읽는 아름다운 인형들이 왕과 귀족들의 유흥을 위해 제작되던 시절이었어. 가끔은 움직이는 동물도 만들었지. 황금 알을 낳는 거위, 오르골 기능을 접합한 노래하는 카나리아 같은 것들도 있었어."

남자는 한 편의 동화를 들려주듯 설명했다. 애정이 담긴 눈빛으로 인형을 마주 보던 그는 꽃다발을 든 신부의 손을 잡았다. 그 손을 살짝 들어 손등에 입맞춤했다. 보는 이가 한숨을 내쉴 정도로 다정한 시선이어서 그녀가 기다리던 사람이 바로 그가 아닐까 착각되는 정중한 몸짓이었다.

"그러나 이 세상 어디에도, '그녀' 같은 인형은 존재하지 않아."

엄숙한 한마디는 선언 같았다. 헤이젤은 의아했다. 그가 만든 인형이라면, 원한다면 다시 하나 만들 수도 있지 않은가.

「또 만들면 되잖아?」

궁금증을 참지 못하고 소녀가 묻자, 남자가 예술을 이해하지 못하는 불쌍한 사람을 보는 시선으로 고개를 흔들었다.

"세상에는 단 하나로 충분한 것도 있어."

하나밖에 없는 유니크한 아름다움이기에 값어치를 매길 수 없는 존재가 된다고 남자가 설명했다.

"그녀를 만든 몰드(Mold)는 단 한 체의 완성품을 복제한 후 파기했지. 이제 같은 인형은 만들 수 없어."

「그렇구나. 아쉽네.」

저렇게 사랑스러운 인형을 더는 볼 수 없다니 안타까웠다. 한숨을 쉬는 소녀를 본 남자가 미간을 구기며 무언가를 생각하더니, 어쩔 수 없다는 듯 선심을 썼다.

"보는 눈이 나쁘진 않군. 당장 내쫓기는 힘들 것 같고 이걸 어쩐
다…… 쯧. 제 발로 나갈 때까지 기다려야 하나. 귀찮게 되었군."

남자의 말에 소녀가 눈을 크게 떴다. 쫓아내지 않는다는 것만
으로도 감지덕지했다.

"얌전히 있겠다고 약속한다면 아주 잠깐은 봐줄 수도 있어. 대
신 오래는 안 돼. 적당히 만족하면 냉큼 떠나라."

「정말 괜찮아?」

"……대신 말썽을 일으키면 용서하지 않을 거야. 나가랄 때 반
드시 나가."

「알았어!」

헤이젤은 고개를 끄덕였다. 있을 곳을 내어준 남자에게 감사 인
사를 반복했지만 그리 귀담아듣는 모양새는 아니었다. 고맙다는
말을 들을 생각이 아니었는지, 오히려 귀찮다는 듯 인상을 쓴 남
자는 다시 버튼을 조작해 인형을 의자에 앉혔다. 인형은 처음 그
녀를 발견했을 때의 자세로 돌아가기 위해 천천히 움직였다. 그러
는 도중 평소 드레스 소매에 가려 보이지 않던 부분에 시선이 갔
다. 소파 팔걸이 안쪽에는 은으로 세공된 매달리온 라벨(Medallion
Label)이 붙어 있었다.

[The May Bride]

'오월의 신부'라는 타이틀 외에 따로 이름을 지어주진 않았을
까. 남자라면 그녀에게 특별한 애칭을 지어주고도 남았을 거라는
생각이 들었다. 내친김에 이름을 물어볼까 망설이던 헤이젤은 상
대의 눈치를 살폈다.

저기압의 남자는 늘 미간에 주름이 져 있어 말을 걸기 수월한

상대는 아니었다. 전신을 새카만 색으로 두른 그의 거친 표정이 무서웠던 소녀는 귀찮게 굴어 주인의 심기를 건드리지 않는 게 좋겠다며 질문을 삼켰다. 자칫 잘못 말을 걸었다가 노려보기라도 하면 등골이 서늘했으니까. 이곳에 있도록 허락을 받은 이상 인형의 이름 정도는 나중에라도 언제든 물어볼 기회가 있을 터였다.

무뚝뚝한 남자는 예상외로 섬세한 면이 있었다. 머리에 얹은 베일의 풍성한 볼륨이 눌리지 않도록 인형의 옷매무새를 다듬는 손길이 정성스러웠다. 그의 손길이 닿을 때마다 반짝거리는 비즈가 달린 베일이 샹들리에 불빛에 빛을 반사했다.

「와아⋯⋯.」

소녀가 무엇을 보고 감탄했는지 깨달은 남자가 피식 웃었다.

"베일에 달린 라인스톤(Rhinestone)은 전부 스와롭스키야. 일반 모조 보석과는 빛 반사가 다르지. 자수 놓듯이 하나씩 전부 따로 바느질했어. 브로치는 크실리온 컷으로 다듬어진 알렉산드라이트고 귀걸이와 목걸이는 진짜 다이아몬드와 진주로 만들어진 거야. 드레스와 베일에 달린 스톤 가격만 해도 작은 집 한 채는 나올걸."

「비싼 거야?」

"개념을 모르는 건가. 뭐, 결코 싸다고 할 수는 없는 가격이지."

설명하던 남자가 어깨를 으쓱했다. 집값이니 보석이니, 경제관념 없는 철부지 소녀에게 이런 건 큰 의미가 없다는 걸 뒤늦게 깨달은 듯했다. 꺼낸 김에 흠이 있는 곳은 없는지 이곳저곳 세심하게 들여다보던 남자는 문득 무언가 생각난 듯 주머니에서 시계를 꺼내 시간을 확인했다.

"시간이 벌써 이렇게."

남자가 낮게 혀를 찼다. 아이에게 인형을 구경시키느라 너무 많은 시간을 지체했던 그는 행동을 서두르기 시작했다. 인형이 제대로 소파에 앉는 것을 확인하고는 발걸음을 돌려 급하게 방을 나갔다. 다른 생각에 마음을 점령당했는지 곁에 있던 헤이젤에게 인사 한마디 없이 재빨리 떠났다.

남자가 인형을 유리장 안에 다시 넣지도 않고 그대로 사라지려 하자 깜짝 놀란 헤이젤은 그를 부를지 망설였다. 세상에 하나밖에 존재하지 않는다는 소중한 인형을 안전한 장소에 돌려놓는 걸 우선으로 해야 하지 않겠느냐고 물어보려다 결국 입을 다물었다. 남자에게 갑자기 급한 사정이 생겼을지도 모른다. 오랫동안 지켜본 바로는 그의 집에는 방문객도 거의 드나들지 않았다. 커다란 저택은 황량하리만치 텅 비어 있었지만, 보안만큼은 철저해서 조용하고 안전한 공간이었다. 잠시 정도는 꺼내두어도 괜찮을 터였다.

헤이젤은 바빠 보이는 남자를 귀찮게 하면 안 된다고 생각했다. 불청객 주제에 주인에게 이래라저래라 하기에도 눈치가 보였다. 그가 마음을 바꾸고 다시 쫓아내지 않도록 조심하는 게 좋으리라. 남자가 사라지고 조용해진 공간에 홀로 남은 헤이젤은 소파 옆 바닥에 편하게 자리를 잡고 다시 인형을 감상하기 시작했다.

'이 모습이 정말 인형이라니.'

살아 있는 사람과 다른 점이라면, 아마도 실존하기 어려울 정도로 아름다운 얼굴을 가장 먼저 꼽을 수 있었다. 가까이 들여다볼수록 새삼 감탄이 터졌다.

'특별한 재질이라고 했지.'

도자기 인형과는 달리, 피부색도 탄력도 사람과 똑같아 보였다. 그녀가 사실은 사람이고, 마녀의 저주를 받아 하루 중 아주 짧은 시간 동안만 움직일 수 있는 마법에 걸려 있다고 해도 믿을 수 있을 정도로 진짜 같았다. 뭘 어떻게 하면 이런 걸 만들 수 있게 되는 걸까. 다음에 기회가 닿으면 남자가 인형을 만드는 과정도 구경하고 싶다고 소녀는 생각했다. 사람이 아니라 인형이라고 했는데도 아직도 만져 볼 엄두는 나지 않았다.

염치없이 굴어서 쫓겨나면 제 손해니까 예의 있게 행동하는 게 좋을 듯싶었다. 헤이젤은 이대로 종일 바라볼 수 있는 것으로 만족하기로 했다. 곁에서 인형을 구경할 수 있다는 작은 행복만으로도 충분했다.

＊

상속받은 낡은 저택은 쓸데없이 넓고, 지나치게 낡았다. 워렌에게는 골칫거리가 따로 없었다. 좋게 말해서 역사적인 전통이 담긴 건물이지, 집안 대대로 내려온 저주받은 폐가에 가까웠다.

'다 낡은 폐가 주제에 전통문화유산 어쩌고 내셔널트러스트 등록 어쩌고 같잖은 소리를 늘어놓으며 철거 허락도 안 내주고 상속세는 또 더럽게도 많이 받아 처먹었지.'

정부는 워렌에게 돈 나올 구멍이 없다는 걸 뻔히 알면서도 건물을 유지할 것을 요구했다. 귀찮아서 팔려고 내놓아봐도 무지막지한 세금과 관리 비용을 댈 엄두가 나지 않는지 관심을 두는 이가 없었다. 살던 집을 팔고 소유물 대부분을 처분해도 상속세를 충당할 수 없었던 워렌은 결국 빚더미에 깔려 이곳으로 이사 오게 되었다. 가진 걸 다 팔아도 부족한 부분은 나랏돈을 빌려 채운 뒤 이자를 붙여 갚으라는 소리나 들었을 뿐, 팔지도 버리지도 못할 낡은 저택만 손에 남긴 워렌에게 다른 선택지는 없었다. 그는 쓸데없이 넓은 이 저택에 인형 쇼룸을 꾸미고 작업실과 주거도 함께하게 되었다. 매일 부지런히 일하는 그를 지켜보던 헤이젤이 물었다.

「이 넓은 저택에 왜 하인이 안 보이는 거야?」

"빚쟁이 주제에 하인은 무슨."

그럴 여유가 없다고 단호하게 대답한 그는 다시 일에 몰두했다. 관리인도 없는 커다란 저택에서 혼자 건물을 돌보며 일하게 된 덕분에 하루하루가 바쁘기 그지없었다. 그나마 다행인 점은, 폐허가 된 정원과 낡은 건물의 우울한 분위기가 그가 만드는 인형들을 전시하기에 둘도 없을 정도로 훌륭한 시너지 효과를 연출했다는 것 정도였다.

어둡고 긴 복도를 지나 현관 근처에 있는 작은 방에 들어간 워렌은 등을 켜고 문을 닫았다. 낡은 서재처럼 꾸며진 볼품없는 방이었다. 방을 둘러본 그는 불을 피운 지 오래되어 재만 남은 작은 벽난로 앞으로 다가갔다. 벽난로 위에는 낡고 수수한 도자기가 놓여 있었다. 특별할 것 없는 그 도자기를 응시하던 워렌은 그것을 정확히 반 바퀴 돌렸다. 뒷면에 그려진 그림이 나타나자 육중한 소리와 함께 책장으로 가득 찼던 한쪽 벽이 뒤로 젖혀졌다.

반대편에서 나타난 것은 의미를 알 수 없는 버튼들이 달린 계기판이었다. 이 작은 방이 사실은 건물 전체의 보안 경비를 담당하는 핵심적인 공간이라는 걸 아는 사람은 저택의 주인인 워렌밖에 없었다.

'경비 체제를 심야용 무인 시스템으로 바꾸고……'

이것이 워렌이 지독하게 넓은 저택을 홀로 관리하는 방법이었다. 경비 시스템이 강화되자 현관과 전체 창문에 고풍스러운 철제 펜스가 낡은 쇳소리를 내며 내려왔다. 낮에는 창틀 사이에 숨겨져 있던 보안 쇠창살들이 밤이 되면 모든 출입문을 단단히 봉쇄했다. 창살이 내려진 것을 확인한 그는 만족한 듯 다시 화병에 손을 뻗었다. 그림이 원래대로 돌아오자 계기판은 자취를 감추고 원래 있던 책장이 돌아왔다.

방을 이전과 같은 모양으로 돌려둔 워렌은 작은 등을 끄고 밖으로 나갔다. 바쁜 걸음으로 지하에 마련된 작업실로 향했다. 그 망할 놈의 빚 폭탄을 갚기 위해서는 오늘도 늦은 시각까지 작업해야 할 듯싶었다.

'미친 듯이 일해도 부족할 시간에 유령 상대로 인형 자랑이나 하고 말이지.'

어린 소녀 유령이 저택에 출몰하고 있다는 사실을 깨달은 건 한 달 정도 전이었다. 그가 신부 인형을 보관한 '화이트 룸'에 누군가가 찾아온다는 걸 알게 된 시기가 그 정도일 뿐이지 어쩌면 소녀는 이전부터 대대로 이 집에 남아 있던 존재일 수도 있었다. 소녀의 모습은 희미했다. 연한 회색빛을 띤 안개 같은 존재였는데, 선명하지 않은 외양에도 유독 그 목소리만큼은 확실하게 들렸다. 유령을 직접 목격한 게 난생처음이었던 워렌은 초반에 소녀를 발견하고 심하게 놀랐으나 경악한 건 소녀 쪽도 마찬가지였다. 유령 주제에 그가 근처라도 갈라치면 부리나케 도망갔다. 처음 말을 걸었을 땐 유령 쪽에서 먼저 비명을 지르며 사라지기까지 했던 터라, 소녀를 향한 그의 경계심은 시간이 지날수록 옅어질 수밖에 없었다.

게다가 그는 원래 중요하지 않은 일에 깊게 고민하지 않는 성격이었다. 이 정도 낡은 저택이니 유령 한둘 정도 덤으로 있을 수도 있다고 생각하자 마음이 편했다. 소녀 유령은 겁이 많은 데다 누군가에게 해코지하지도, 폴터가이스트 같은 현상을 일으키지도 않는, 말 그대로 무해한 존재였다. 그는 유령이 있든 없든 생활하는 데 큰 지장이 없다는 걸 알게 되었다.

'오히려 심심풀이 수다 대상이 되어주고 있지.'

어쩌다 보니 소녀를 상대로 잡담하는 횟수가 늘어나고 오늘은 인형을 자랑하다 못해 꺼내 보여주기까지 했다. 사람과 섞이는 걸 귀찮아하는 워렌이지만 온종일 혼자 작업하다 보면 아주 가끔은 누군가와 말을 나누고 싶어지기도 했던 터라 최근에는 소녀의 존재가 방해물이라는 생각이 들지 않기 시작했다. 거기까지 생각이 닿은 워렌이 한숨을 크게 내쉬었다.

'이러지 말고 고양이라도 한 마리 키워야겠어.'

아무리 외롭기로서니 유령을 상대로 대화를 나눌 마음이 드는 건 아니지 않은가. 워렌은 다음에 장에 나가면 새끼 고양이나 수소문해 봐야겠다며 지하 계단을 내려갔다.

＊

휘영청 달 밝은 밤이었다. 만월인지 창으로 새어 들어오는 달빛만으로도 은은하게 실내가 밝혀지는 기분이 들었다. 인형 곁에서 한가로이 누워 있던 헤이젤은 한밤중에 눈을 떴다.

'무슨 소리지?'

한밤의 정적을 깨는 소리가 소녀를 불안하게 만들었다. 사각사각사각. 무언가를 갈아내는 소리 같기도 했다. 무얼 어떻게 하면 저런 소리가 들리는지는 알 수 없었지만, 지금 들려서는 안 되는 소리임에는 분명했다. 위험 신호임이 틀림없다고 생각한 순간 어디선가 낮은 속삭임이 들렸다.

전부 남자 목소리였다. 그 수는 둘, 아니 셋. 이 저택 주인과는 전혀 다른 목소리가 바쁘게 서로를 격려하고 있었다. 불안감에 고개를 든 소녀가 사방을 둘러보았다.

'이 방은 아닌데.'

소녀는 가까이서 들려오는 소리의 근원지를 찾으러 창가로 달려갔다. 창밖을 둘러보다 소리가 나는 방향을 찾아 아래를 내려다보았다. 헤이젤과 인형이 있는 방 아래, 1층 창문을 통해 누군가가 침입하려 들고 있었다. 밝은 달빛 아래 남자들의 움직임이 선명하게 눈에 들어왔다. 조금 전부터 들려오는 사각대는 소리는 톱으로 쇠창살을 갈아내는 소리였다.

"조금만 더 빨리 움직여. 이런 쇠창살 이야기는 없었잖아! 잭, 이 자식은 염탐 보냈더니 일은 안 하고 술이나 처마시고 돌아왔어. 도움 안 되는 새끼."

"낮에 둘러봤을 땐 없었다고! 정말 못 봤단 말이야."

"지랄하고 있네. 눈구멍이 뚫려 있다면 이 커다란 걸 못 보는 게 말이 돼? 연철에 속이 비어 있으니 망정이지. 까딱했다간 톱질로 날 샐 뻔했잖아, 이 머저리야!"

"시끄러워. 둘 다 닥치고 얼른 자르기나 해. 실수하면 가만두지 않을 테다."

"아이고, 예. 걱정하지 마십쇼, 도련님. 이런 건 금방 땁니다."

"물건이 커서 훔치기도 수월하지 않을 텐데 이런 곳에서 시간 낭비나 하고 있다니."

말싸움하는 두 남자를 꾸짖은 세 번째 남자는 작업복 차림이 아닌 매끈한 정장을 차려입은 신사였다. 귀족으로 보이는 젊은 청년은 짜증이 나는지 검은색 머리카락을 손으로 쓸어 넘기며 창문이 열리길 기다리고 있었다.

「누군가가 들어오려 하고 있어. 무언가를 가져가려고 해.」

당황한 헤이젤이 창가에서 멀어졌다. 저택을 관리하는 남자에게 알려줘야 할 것만 같았다. 그 사람은 지금 어디에 있지? 소녀가 평소 이 저택에서 머무는 공간은 한정되어 있었다. 다른 곳에 가봐야 할 필요성을 느끼지 못했던 터라 건물 구조는 물론 남자를 찾을 방법도 몰랐다. 아래층부터 훑으며 남자를 찾아야 할까, 이곳이 몇 층짜리 건물이더라? 조금 더 자세히 주변을 둘러봤으면 좋았을 거라는 뒤늦은 후회가 몰려왔다. 이 사태를 빨리 알려야 할 텐데. 헤이젤이 남자를 찾을 수 있는 가장 빠른 지름길을 고민하는 동안 창밖에서는 다시 커다란 쇳소리가 들려왔다.

「쇠창살을 떼어냈어!」

그 두꺼운 쇠창살을 떼어낸 거라면 이제 정말 어물거릴 시간이 없었다. 남자들은 무언가 큰 물건을 훔칠 예정인 듯 세 명이나 몰려왔다. 이 낡은 저택에서 훔쳐갈 만한 값진 물건이라면.

눈을 커다랗게 뜬 헤이젤이 뒤를 돌아보았다. 유일하게 짚이는 구석이 있었다. 소파에 앉아 있는 흰 드레스의 인형이 달빛에 표표히 빛나는 모습을 응시하며, 혹시 그들이 노리는 건 이 아가씨가 아닐까 짐작했다. 낮에 남자가 뭐라 했던가. 인형뿐만이 아니라 부속품까지도 값이 상당하다고 말하지 않았나. 아무리 생각해 봐도 불길한 생각은 한 가지로 정리되어 갔다.

「저들은 인형을 훔치려고 온 거야!」

헤이젤은 자신보다 큰 인형을 어떻게 하면 망가뜨리지 않게 잘 안아 옮길 수 있을까 걱정하면서 팔을 뻗었다. 남자들이 이 방을 찾아오기 전에 빨리 숨겨야 했다.

「어?」

소녀가 내뻗은 손은 인형에 닿지 않고 허공을 갈랐다. 헤이젤은 놀란 얼굴로 손바닥을 바라보았다. 분명히 잡았다고 생각했는데, 만질 수 없었다. 당황해서 다시 인형을 안아보려고 팔을 움직였다. 인형을 감싸 안으려던 헤이젤은 인형을 통과하고 소파마저도 거침없이 지나쳐 밖으로 튕겨 나갔다.

「이게 뭐지?」

바로 눈앞에 있는 물건을 만질 수 없다는 걸 깨달은 소녀가 혼란스러운 표정으로 인형을 바라보았다. 어째서 인형을 안을 수 없는 건지 이해가 가지 않았다. 헤이젤은 아버지의 서재에 마련된 프로젝터 빔을 떠올렸다. 신식 기계라는 영사기를 사용해 필름 영화를 보는 방법이었다. 하얀 스크린 벽에 35㎜ 필름을 투영시켜 기록된 영상을 언제 어느 때고 감상할 수 있다며 아버지가 자랑스럽게 설명해 주었던 일이 기억났다.

그는 구하기 힘들다는 아동용 영화 필름을 수소문해 헤이젤을 위한 상영회도 열어주었다. 그러나 아버지는 소녀가 뭘 보든 큰 신경을 쓰지 않는다는 사실까지는 알지 못했다. 헤이젤에게 필름의 내용은 상관없었다. 항상 바쁜 아버지와 같이 영화를 관람할 수 있는 시간이 무엇보다도 행복한 사치였기 때문이었다.

'그건가. 영화, 영사.'

인형의 존재가 혹 영사기에 투영된 허구인 걸까 싶어 다시 돌아보았다. 하지만 그건 아니었다. 인형과 소파는 평면이 아닌 입체

였고, 방 자체가 하얗다지만 스크린으로 생각될 법한 너른 공간
은 어디에도 없었다. 게다가 낮에 남자가 인형을 만지는 걸 분명
보지 않았던가. 남자 역시 필름에 기록된 영상이 아니라면 그도
인형도 모두 실존하는 물건일 터였다.

「그런데 왜 나는 만질 수 없는 거지?」

뚫어지게 손을 들여다보던 헤이젤은 그제야, 제 손이 달빛에
투명하게 빛나고 있다는 걸 깨달았다.

「아.」

실존하지 않는 건 제 쪽이었다. 그제야 낮에 남자가 중얼거리
던 말의 의미를 깨달았다.

"……요즘 애가 아닌 건가. 죽은 지 좀 되었을지도 모르겠군."

그때는 저게 무슨 소리인가 싶었는데, 뒤늦게 이해가 갔다. 그
는 소녀가 자신과 다르다는 사실을 말하고 있던 거였다. 실존하지
않는 쪽은 어쩌면 그나 인형이 아니라…….

'내 쪽이었어? 무슨 일이지. 대체 내 손은 왜 이렇게 보이는 건
데?'

남자는 분명 '죽었다'라는 단어를 사용했다. 그게 정말일까? 사
실이라면 대체 언제, 어떻게?

스스로 죽었다는 생각은 해본 적이 없었다. 엊그제도 아버지와
함께 영화를 본 기억이 있는데 갑자기 죽었다고 해도 믿기 힘들지
않은가. 어제. 아니, 그게 정말 어제 일이 맞나? 내가 죽었다면
아버지는 어떻게 되셨지? 지금쯤 나를 애타게 찾고 계시지는 않
으려나?

남자가 보기에 자신이 죽은 게 확실하다면, 아니 그 말도 이상했다. 그는 죽은 사람을 대체 어떻게 알아본 걸까? 유령과 태평하게 대화를 나누고 인형 구경을 시켜주는 건 또 뭐란 말인가. 헤이젤의 고민은 다시 원점으로 돌아왔다.

「내가 정말 죽은 게 확실한 거야?」

갑자기 깨달은 사실에 혼란스러웠다. 헤이젤은 믿을 수 없다는 표정으로 반투명하게 보이는 손을 뚫어져라 바라보며 자문했다. 이렇게 바닥이 비쳐 보일 정도로 존재감이 흐린 걸 보면 그 말이 맞는 것 같기도 한데 그것이 아무리 진실이라 해도 쉽사리 믿어지지도 않고 믿고 싶지도 않았다.

「사람이 죽으면 어떻게 되는 걸까?」

혼란 속에 이러지도 저러지도 못하고 있던 헤이젤의 귀에 남자들이 계단을 오르는 소리가 들렸다.

「아차!」

당황스러운 현실에 부딪쳐 잠시 잊고 있던 일이 생각났다. 도둑! 그랬다. 이 저택에 숨어든 사람들이 있었다. 창살을 부수고 들어온 도둑들이 인형을 훔치기 위해 온 데를 헤집고 있었다. 급박한 상황 탓에 지금은 제 죽음보다도 당장 인형을 숨기는 데 먼저 집중해야겠다는 생각이 들었다. 어쩌면 헤이젤은 무거운 현실에서 잠시 도피하기를 선택한 걸지도 몰랐다.

'눈에 안 띄는 곳에 숨겨야 하는데.'

복도 저 끝부터 방문을 열고 뒤적이는 소리가 들렸다. 차츰 가까워지는 발소리에 겁이 났다. 무서운 거로 말하자면 이 집의 주인 역시 위협적인 체격에 날카롭고 인상 사나운 남자였다. 무뚝뚝한 데다 툭툭 던지는 말투 역시 그리 살갑지 않았다. 그러나 헤

이젤에게 여기 있어도 좋다고 말해준 사람이었다. 온정을 베풀어
준 사람 편을 드는 게 당연하지 않은가. 이 아름다운 인형을 도둑
맞도록 그냥 두고 볼 수는 없었다. 도둑들이 이 방에 들어오기 전
에 뭐라도 해야 한다고 생각한 소녀는 인형을 향해 몸을 던졌다.

'어떻게든 움직여야 해!'

쿵!

인형을 옮겨야 한다는 일념 하나로 정신없이 덤벼들었다. 온 힘
을 다해 몸을 부딪친 헤이젤은 무언가를 들이받는 소리와 함께
충격을 '느꼈다'. 큰 자극에 정신이 아득해져 잠시 눈을 감자 감각
이 더욱 예민하게 전해진다. 온몸이 울리는 진동에 멀미가 났다.

'몸이 아파.'

죽은 자도 고통을 느낄 수 있던가. 만일 이게 아픔이 아니라
면, 대체 무얼까 싶었다. 밀려드는 강한 두통에 의식이 점점 멀어
져 갔다.

＊

"젠장, 대체 어디에 숨긴 거야?"

"아래층 뒤지는 데도 한참 걸렸는데 위도 좀 걸릴 것 같습니다.
워낙 넓어서 말이죠."

빙글빙글 미로처럼 돌아가도록 연결된 실내 구조와 방들은 필
요 이상으로 복잡했다.

"옛날 성들이란! 이런 거추장스러운 구조를 멋있다고 생각한
건가?"

"그것보다는 적이 침입했을 때 귀한 분들을 보호하기 위해서

이렇게 지은 건 아닐까 싶은데."

"비밀 통로니 뭐 그런 거 말이지? 이리 오래된 곳은 있을 법도 한데."

"재수 없는 소리 마! 그런 곳에 숨겨둔 거라면 우린 찾지도 못하고 빈손으로 나가게 될 테니."

1층도 그랬지만 2층 역시, 방에서 방으로 연결되는 작은 문들로 번거롭게 들락거려야 전부 둘러볼 수 있게 만들어져 있었다. 내부인의 안내 없이는 길을 잃게 하는 심술궂은 구조라며 양복을 입은 청년이 투덜거렸다.

"어떤 인형을 찾으시는지는 모르겠습니다만 저 방에 있는 것들만으로도 충분히 돈을 만질 수 있겠다 싶은데요?"

다 허물어져 가는 폐가라고 생각하고 들어왔던 남자들은 방마다 진열된 장식장과 안을 가득 채운 인형에 혀를 내둘렀다. 고급스러운 인형들이 장식장 가득 아름다운 자태로 전시되어 있었다. 유리 진열장에 채 들어가지 못한 인형들은 바닥에 쌓인 전용 상자 안에 얌전히 들어가 누워 있기도 했다.

"커다란 인형들이 이렇게 득시글하니 어딘가 섬뜩한 기분도 드는구먼. 저 유리 눈알들 전부가 우리를 보고 있는 기분 안 드나?"

"재수 없는 소리 말고. 나으리, 찾으시는 물건이 어떤 거라고 하셨죠?"

"나도 본 적은 없어. 듣기로는 '금발에 푸른 눈을 한 실물 크기의 여자 인형'이라는 것뿐."

"실물 정도 크기라면 놓칠 리가 없습니다. 아직 발견하지 못한 게 확실합니다."

"이것들도 충분히 크고 징그러운데 이보다 더 큰 게 있단 말입니까……."

남자 중 하나가 질렸다는 표정을 했다. 하나같이 다 아름답고 비싸 보이는 인형들이기는 했어도, 방마다 빽빽이 들어선 모습을 어둠 속에서 마주하는 건 그리 좋은 기분이 아니었다. 투덜대며 다른 문을 연 남자가 비명을 질렀다.

"으악!"

"무슨 일인가!"

"아무것도 아닙니다. 어휴, 이런 게 한가득 쌓여 있으니 깜짝 놀라서 그만."

남자가 문을 연 곳은 아직 조립되지 않은 인형들의 민머리와 바디 파츠가 산처럼 쌓여 널브러져 있는 공간이었다. 그는 소리 지른 것이 민망했던지 바닥에 놓인 인형 몸통을 발로 차며 낮게 욕설을 뱉었다.

"조립실인가 보군. 별거 아닌 일로 호들갑 떨지 마! 조용히 해야 한다는 사실을 잊었나."

"죄, 죄송합니다."

정장을 입은 젊은 청년이 화를 냈다. 야단맞은 남자가 고개를 푹 숙이자 곁에 있던 다른 남자가 이해한다는 눈빛으로 동료를 바라봤다. 그의 눈에도 어둠 속에서 창백한 몸통과 팔다리가 바닥을 구르고 있는 장면은, 얼핏 아이들이 잔혹하게 도륙당한 사건 현장 같아 찜찜했기 때문이었다.

"얼른, 얼른 찾아서 이런 기분 나쁜 곳에서 빨리 나가자고."

"그래. 그러자고. 도련님. 여기서부터는 각자 흩어져서 하나씩 방을 뒤져 보는 건 어떨까요?"

"그게 낫겠군. 너희 둘은 오른쪽 복도를 맡아라."

도둑들은 세 갈래로 나뉘어 다시 저택을 뒤지기 시작했다. 정장을 입은 청년이 입술을 깨물며 그가 찾는 인형에 대한 정보를 머릿속으로 조합해 보았다.

'실물 크기의 미녀라고? 저도 본 적 없다면서 훔쳐달라고 의뢰하는 건 또 뭐람.'

인형을 찾아 들고 나오면 된다는 말에 너무 쉽게 승낙을 했다. 별거 아니라고 생각하기 전에 의뢰비가 왜 그리 비쌌는지를 한 번 정도 더 생각해 봤어야 했는데. 재미있을 것 같다는 생각에 즉흥적으로 큰일을 맡은 것 같다고 후회하며 그는 정면에 놓인 문을 열었다.

'돌아가서 다시 흥정해야겠어. 돈을 더 주지 않으면 물건은 넘겨주지 않는 거로…….'

짜증 가득한 표정으로 방에 들어선 청년은 주변을 둘러보다 숨을 삼켰다.

"뭐지, 이건."

그가 들어선 곳은 실내가 온통 하얗게 꾸며진, 이채로운 분위기를 품은 공간이었다. 고풍스러운 인테리어가 온통 흰색으로 통일되어 아름답지만 차가운 냉기가 흐르는, 인간미라고는 조금도 느껴지지 않는 풍경이었다. 썰렁한 냉기에 몸을 떨며 기괴함에 젖어 있던 청년은 시간이 조금 지나서야 자신이 이곳에 들어온 본래의 목적을 다시 떠올렸다. 소문대로 비싼 인형이 있다고 한다면 이런 특별한 장소에 두지 않으려나 싶었다.

"악취미로군."

누가 만들었건 정상은 아니라고 혀를 차며 그가 투덜거렸다.

'여기에도 인형을 넣는 유리 케이스가 있기는 한데.'

철저한 보안을 위해 연철 펜스가 드리워진 유리문 안에는 분명 인형을 전시할 만한 공간이 마련되어 있었다. 그러나 철망과 유리 문은 모두 활짝 열린 채였고 내부는 텅 비었다.

'원래 비어 있던 전시장은 아닌 것 같은데 말이지.'

방 중앙에는 일인용 소파가 나뒹굴고 있었다. 누군지 칠칠치 못하게 소파를 넘어뜨린 채 방을 나선 모양이었다.

"있다면 이런 데 숨겨놓지 않았을까 싶었지만, 아닌가."

청년이 텅 빈 방을 보며 중얼거렸다. 어디에도 인형 같은 물건 은 보이지 않으니 빨리 다른 방으로 가야겠다며 몸을 돌리려는 순간, 시야에 들어오는 인영에 흠칫 놀라 눈을 크게 떴다.

오늘은 만월이었다. 크고 둥근 달이 낮게 떠, 어둠을 환하게 밝혀주는 밤이었다. 창문을 통해 들어오는 밝은 달빛은 얇은 모 슬린 커튼을 그대로 통과해 창틀 그림자를 바닥에 드리웠다. 그 리고 그 커튼 뒤에 숨어 있는 누군가의 그림자 역시 검고 진하게 달빛에 노출되고 있었다.

'사람이 숨어 있는 건가?'

청년, 아서는 힐긋 곁눈질로 키를 가늠해 보았다. 커튼 뒤에 숨 은 이의 가녀린 실루엣으로 짐작해 여성이 틀림없었다. 큰 저택에 남자 주인만 살고 있다고 들었는데 혼자가 아니었던 듯싶었다.

'하긴, 여자라도 하나 숨겨두지 않으면 이런 황량한 곳에서 무 슨 재미로 살아.'

여자는 그곳에 숨어 있으면 들키지 않을 거라 생각했는지 숨을 죽인 채 벽에 몸을 기대고 있었다. 아서는 여자가 눈치채지 못하 도록 최대한 자연스럽게 움직였다. 아무것도 발견하지 못한 양 무 심하게 굴다가 번개 같은 속도로 창가로 덤벼들어 커튼 속에 숨은 사람의 손목을 낚아챘다.

"여기 숨으면 모를 줄 알고? 멍청하긴!"

"꺄아악!"

터져 나온 비명은 젊은 여자 목소리였다. 귀를 찢는 소리에 신경이 거슬린 아서가 그 입을 막을 요량으로 잡아 뜯듯 거칠게 팔을 잡아당기자 예상외의 얼굴이 커튼 뒤에서 나타났다.

"뭐……."

그가 달빛 아래서 발견한 사람은 눈을 뗄 수 없을 정도로 신비로운 미모의 아가씨였다. 희고 갸름한 얼굴에 도톰한 붉은 입술, 긴장으로 상기된 분홍색 뺨이 새벽이슬에 갓 피어난 싱그러운 장미를 연상시켰다. 오뚝한 코며 날렵한 턱 선이 자칫 차가운 인상을 줄 수도 있었지만 크고 둥근 눈매가 전체적인 날카로움을 순화했다. 아서 인생을 뒤흔들고도 남을 사랑스럽기 그지없는 미녀가 겁에 질린 표정으로 그를 올려다보았다.

"대체 이건 무슨."

"이거, 놔줘요……."

아서의 고함에 놀랐는지 손목을 잡힌 아가씨의 목소리가 가늘게 떨렸다.

"아, 이런. 미안."

겁에 질린 눈으로 손목을 쓰다듬던 미녀는 남자가 가까이 다가오자 흠칫 놀라 뒷걸음질 쳤다.

"당신은 대체 누굽니까?"

"저어. 나, 는."

갑작스러운 질문에 당황한 헤이젤이 말을 고르는 사이, 어둡던 저택에 밝은 불이 들어왔다. 아래층에서 쿵쿵대는 소리가 들리는 거로 보아 헤이젤의 비명에 주인이 잠에서 깬 듯싶었다.

"도련님! 이게 무슨 소립니까?"

"들킨 것 같습니다. 이 건물은 나가는 데도 한참 걸리니 오늘은 그냥 가시지요!"

"어디 계십니까, 빨리 나오세요!"

탈출구를 찾기 위해 우왕좌왕하는 두 하인의 재촉에 혀를 찬 아서는 아쉬운 표정으로 미녀를 눈에 담았다.

"다시, 데리러 올게."

"네에?"

이 무슨 겁나는 말이란 말인가. 또 훔치러 오겠다는 선전포고를 받은 헤이젤이 창백하게 질렸다. 무서워하는 그녀의 반응에는 아랑곳없이 청년은 손가락으로 그녀의 턱을 우아하게 들어 올렸다. 아서는 도망가는 마지막 순간까지 헤이젤에게서 시선을 떼지 못한 채 그 예쁜 입술에 입맞춤하며 속삭였다.

"그러니 조금만 기다려."

그는 자기 할 말만을 남기고 창문을 열었다. 안쪽으로 걸려 있는 방범창의 고리를 풀고는 바람처럼 뛰어내렸다.

"잠깐, 여기 2층이에요!"

헤이젤이 놀라 소리를 지르며 창가로 다가갔다. 말릴 틈도 없이 몸을 던진 청년은 무사히 바닥에 착지한 뒤 위를 올려다보았다.

"걱정해 줘서 고마워. 또 만나자!"

"어이없어……. 누가 걱정을 했다고! 두 번 다시 올 생각 말아요!"

장난스러운 윙크를 남기고 정원을 빠져나가는 청년을 보며 헤이젤은 할 말을 찾지 못했다. 도둑놈 주제에 대체 뭐 저리 당당하단 말인가. 제법 높은 곳에서 뛰어내리고도 멀쩡한 걸 보면 대담한 신경 줄 만큼이나 몸도 튼튼한 사람이겠거니 싶었다. 넋 빠진 얼굴로 밖을 내려다보고 있으려니 멀리서 계단을 뛰어오르는 소리가 들려오기 시작했다.

"아차. 지금 저 사람이 문제가 아니었지!"

도둑이 들었다는 걸 깨달은 주인 남자가 저택 내부를 뒤지는 소리에 헤이젤이 화들짝 놀랐다. 갑작스러운 불청객들에게 휩쓸려 잠시 잊었지만 그녀는 지금 남자의 오토마톤 안에 들어와 있었다. 헤이젤은 어깨를 타고 흘러내리는 백금발을 만지작거리며 반대편 유리 진열장에 비친 제 모습을 바라보았다.

"이게 말이 돼?"

어찌 된 일인지 영문을 알 수가 없었다. 어떻게 들어온 거지?

'들어가다니, 그것도 이상한 표현이야.'

유리 저편에는 불안한 얼굴로 저를 바라보는 미녀가 있었다. 헤이젤이 움직이는 대로 동작하는, 원래는 소파에 앉아 움직이지 않아야 할 아름다운 기계인형이.

'이해할 수 없는 일이 줄줄이 터지다 보니 현실감이 너무 없어. 아니, 망자에게 현실감이라는 단어도 이상한가. 대체 무슨 일이 벌어진 건지 모르겠네.'

복잡하게 뒤엉킨 생각을 정리할 시간이 필요했다. 지금 당장 남자를 마주하는 건 그다지 좋은 선택이 아닐지도 몰랐다. 제 소중한 인형에게 무슨 짓을 한 거냐며 역정을 낼 것이 뻔한 남자의 분노를 잠시 피해야 한다는 생각이 들었다. 설명할 말을 정리하고 그의 앞에 나설 때까지만이라도.

'미안해요.'

인형이 없어진 걸 알면 남자가 충격을 받을 거라는 걸 알면서도 도망가려니 마음이 무거웠다. 어떻게 하면 오해 없이 잘 설명할 수 있을까. 가능한 한 빨리 생각을 정리하고 돌아오겠다고 되뇌며 헤이젤은 복도를 살며시 빠져나갔다. 열린 창문으로 들어온 바람에 하얀 드레스가 잠자리 날개처럼 팔락였다.

워렌이 저택에 도둑이 들었다는 사실을 알게 된 건 한밤을 가르는 날카로운 여자 비명을 듣고 난 직후였다. 여자는 물론 자신 외에 다른 사람이 있을 리 없는 공간에서 인기척이 들리자 위험을 깨달은 워렌은 호신용으로 준비해 두었던 리볼버를 꺼내 들었다.

"저택의 경비는 쇠창살 정도로 충분할 줄 알았는데."

몸 좀 편하자고 세상만사 지나치게 안이하게 생각하고 있었나. 다 허물어져 가는 폐가에 누가 오겠나 싶어 최소한의 방어만 준비해 두었지만 만일 인형들을 노리고 도둑이 들었다면 이야기가 달랐다.

워렌 하트퍼드는 인형사였다.

그가 만든 인형들은 언제부터인가 인형 수집가들의 눈에 띄기 시작했다. 정교한 조형에 마감도 깔끔했고, 풍성하고 윤기 있는 머릿결과 섬세한 세필 메이크업까지 모든 게 꿈에 그리던 인형처럼 완벽에 가까웠다. 무엇보다도 인형들의 표정이 인상적이었는데, 사랑스러운 둥근 볼과 도톰한 입술의 분위기가 남달랐다. 어떻게 보면 웃는 것 같기도 슬픈 것 같기도 한 무표정한 헤드는 인형과 마주할 때의 기분에 따라 전혀 다른 인상을 주어 컬렉터들의 수집 욕구를 자극했고 함께 판매되는 의상이며 소품의 디테일 역시 흠 잡을 곳이 없었다.

이렇게 제작된 그의 인형들은 호기심 많은 수집가 몇몇이 사들인 것을 시작으로 그 가치를 인정받았다. 입소문이 나기 시작한 워렌의 작품은 제대로 된 광고나 전시 없이 경매를 통해 불시에 나타났다가 사라졌고, 수요만큼 공급이 따르지 못하자 낙찰받지 못한 사람들의 불만이 터졌다. 비정기적으로 불쑥 인형만을 출품하는 그의 판매 방식은 사람들의 호기심을 자극했다. 그러나 소통 없는 작가의 불친절함이 때로는 사람들의 반감을 불러일으키는 요인이 되기도 했다. 이 모든 일이 그와 그의 작품에 대한 과열된 관심 탓이었다.

그에게 관심을 보이는 호사가가 늘어나자, 사람들은 정보를 구하기 위해 사방을 쑤시고 다녔다. 워렌이 하트퍼드 폐가를 상속받은 것은 바로 그 시기쯤이었다. 그는 빈털터리로 이곳에 이사 온 뒤 쓸데없이 넓은 건물을 활용하라는 주위의 조언에 따라 고객들이 그리도 바라던 쇼룸을 오픈하게 된 것이었다.

"소재지가 밝혀진 이상 기웃거리는 사람들이 있을 거라는 건 알았지만 이렇게 보란 듯이 보안망을 뚫고 들어올 대담한 자가 나타날 줄은 몰랐지."

다 낡아 빠진 폐가에 가져갈 거라곤 인형밖에 없는 황량한 장소였다. 만일 좀도둑이 푼돈을 위해 철망까지 뜯고 들어온 거라면 그놈은 의욕만 넘치는 머저리일 테고, 반대로 '하트퍼드' 라벨을 단 인형들을 훔치기 위해 침입했다면 나름대로 철저한 준비를 했을 게 분명했다.

아무리 그렇다 하더라도 폐가의 지도까지는 구비하지 못했을 테니 인형 도둑도 물건이 저택 어디에 보관되어 있는지 확실한 위치까지는 미처 확인할 수 없었을 것이다. 워렌은 거실을 지나치며 괘종시계를 보았다. 새벽 다섯 시 오 분 전. 그가 잠든 시간이 네 시 근처였으니 언제 들어왔는지는 몰라도 저택에 발을 들인 지 그리 오래되지는 않았을 터였다.

미로처럼 복잡한 저택이었다. 목적지를 찾는 데만도 시간이 적잖이 들을 터였고 인형을 훔칠 시간은 아직 모자랄 수도 있었다.

"……고 생각했는데."

저택은 텅 비었고, '화이트 룸' 역시 텅 비었다.

뒤늦게 상황을 파악한 워렌은 절망적인 심정으로 탄식했다. 들고 있던 리볼버가 무색할 지경에 헛웃음이 나왔다. 설마 했지만.

"망할. 가장 중요한 게 사라졌군……."

도둑도, 인형도 연기처럼 사라졌다. 워렌이 심혈을 기울여 만든 최고의 걸작 '신부'는 간데없었다. 미녀가 들어 있던 유리 케이스도 보안창도 모두 열린 상태였고 인형이 앉아 있던 소파는 주인을 잃은 채 바닥을 구르고 있었다. 창문 역시 활짝 열려 흘러들어 오는 바람에 커튼이 제멋대로 나부꼈다.

"낮에 꺼내놓고 다시 넣는 걸 잊고 있었어."

타이밍이 기가 막혔다. 왜 하필 벼르고 별러 오늘 오랜만에 먼지라도 털어줄 생각이 들었을까. 이래서야 도둑에게 귀중품이 여기 있으니 잘 가져가시라고 밥상을 차려 바친 셈이었다. 너무 기가 막히니 화도 나지 않는다며 인상을 구긴 워렌이 부글부글 끓는 속을 달래며 텅 빈 실내를 바라보다 문득, 무언가가 더 비어 있다는 사실을 깨달았다.

'꼬맹이는 어디 갔지?'

워렌은 혀를 찼다. 인형 곁에 찰싹 달라붙어 있던 소녀가 보이지 않았다. 영혼들은 애착을 가진 물건에 붙기도 한다더니 설마 인형을 따라가기라도 한 건가 싶었다. 그렇게 마음에 들었으면 도둑이 들어왔을 때 좀 깨워주기라도 하지 박정하게 인형 꽁무니만 쫓아가 버리는 건 또 뭐란 말인가. 저를 위해 꺼내서 보여주기까지 했는데.

"그러고 보니 다 그 꼬마 탓이잖아!"

그 여자아이가 그렇게 홀딱 빠졌다는 눈빛으로 인형을 바라보지만 않았어도 이런 일은 없었을 거라며 애먼 남 탓을 하던 워렌은 현관 쪽으로 서둘러 다가갔다.

'보안 시스템을 먼저 확인하고, 뚫린 곳을 보강……, 아니. 아니지.'

우선은 경찰에 신고, 아니 이것도 아니고. 허튼 소문이 돌기 전에 에이전시와 연락해야 했다.

'거기다 내일, 아니 오늘 오전 쇼룸을 방문하겠다는 예약도 들어와 있었지.'

거물급 손님이라 담당 에이전트가 직접 모시고 방문할 거라던 기억이 났다. 인형들 전시도 특별히 좀 예쁘게 해두고, 꽃 장식은 바라지도 않을 테니 바닥을 굴러다니는 파츠들 만이라도 안 보이도록 깨끗이 치워놓으라고 카리나가 신신당부를 했다.

"아—! 귀찮아!"

이래서 쇼룸이니 방문객이니 다 멀리했던 건데. 워렌은 좋지 않은 일이 애매한 타이밍에 터진 걸 원망하며 보안실로 가려던 발걸음을 돌렸다. 망가진 보안 수리는 몇 통의 급한 전화를 먼저 해치운 뒤에 해도 문제가 없을 거라고 초조해지는 마음을 타일렀다.

커다란 저택에는 커다란 정원이 있었다. 망가진 건물만큼이나 망가진 정원에는, 역시 망가진 온실이 있었다. 헤이젤은 그곳에 숨었다. 초가을, 생각을 정리할 몇 시간 정도 숨어 있기에는 그리 춥지 않은 날씨였다.

"사실 온도를 느낄 수 있는지 잘 모르겠어."

기계인형의 몸도 추위나 배고픔을 알 수 있는 걸까. 바람이 불어도 '시원하다'라는 기분을 느낄 수 없는 것으로 보아 감각 자체를 느끼지 못한다고 생각해도 좋을 듯싶었다.

"당황해서 뛰쳐나오기는 했는데. 딱히 갈 곳도 없고."

인형도 돌려줘야 할 텐데. 헤이젤은 새벽녘이 될 즈음 생각 정리를 마쳤다. 도둑이 들어서 인형을 숨기려다가 이런 모습이 되었다고 꾸밈없이 솔직히 말하면 되는 게 아닐까. 진실 외의 무언가를 더 추가해야 한다는 생각 자체가 문제였다.

"문제는 대체 어떻게 나가야 하는지를 모른다는 거야."

어째서 자신이 이 인형 속에 들어오게 되었는지 왜 원하는 대로 몸이 움직여 주는지 도통 이유를 모르는 상태라 그 부분에 대한 고민이 아직 남아 있지만, 이러고 있어봤자 없는 답이 나오는 것은 아니었다.

"나도 모르겠다!"

웅크리고 있던 헤이젤은 소리를 지르며 벌떡 일어났다. 엉겁결에 도망 나와 숨었는데 그래서는 안 되는 거였다는 걸 뒤늦게 깨닫고 후회했다. 소중한 인형이 없어졌다는 사실을 알게 되면 주인이 얼마나 슬퍼할까. 끔찍이 아낀다는 건 인형을 만지는 손길만 봐도 알 수 있었다. 여기서 어떻게 나갈지는 나중에 고민해도 되는 거였는데. 얼른 돌아가 인형이 무사하다는 사실을 알려야겠다며 헤이젤은 정원을 빠져나왔다.

✺

평소에는 인적이 극히 드문 시골이었다. 마을에서도 조금 떨어진 한적한 곳에 하트퍼드가의 넓은 부지와 저택이 있었기에 주에 한두 번 들러 식료품을 떨궈주고 가는 상인 외에는 찾아오는 사람도 거의 없었다.

그런 하트퍼드 저택을 향해 이른 아침부터 달려오는 검은색 크로슬리 한 대가 있었다. 자동차는 저 멀리서부터 뽀얗게 마른 먼지를 일으키며 빠른 속도로 다가왔다. 자동차 바퀴가 자갈길을 달리는 커다란 소리는 멀리서부터 방문객이 있다는 소식을 알렸다. 그것만으로는 부족한지 운전자는 정원에 나와 있던 워렌을 발견하고 시끄럽게 경적을 울려댔다.

"젠장, 벌써 온 건가."

망가진 창문을 손보고 있던 워렌이 귀찮은 듯 이마에 난 땀을 닦았다. 주머니에서 시계를 꺼내 시간을 확인해 보니 열 시 정각. 정오는 넘어야 올 줄 알았던 예약 손님이 뭐가 그리 급한 건지 오전 열 시에 도착한 것이다.

"안녕, 워렌!"

운전석에서 내린 사람은 붉은 벽돌색 머리의 젊은 여성이었다. 나이는 삼십대 초반으로 보이는, 이목구비가 크고 쾌활한 인상의 숙녀. 행동에 기품이 있지만 목소리는 큰 편이었다.

"전혀 안녕하지 못해."

"하하하."

시끌벅적한 등장에 워렌이 인상을 찌푸리자 여자가 그럴 줄 알았다는 듯 호탕하게 웃었다.

"클라이언트를 모시고 왔으니 반기는 얼굴을 좀 지어줘."

"클라이언트와 동행하는 자리에서는 말괄량이 본색을 좀 숨기는 건 어때?"

진정으로 소중한 고객이라면 운전은 하인에게 맡기고 차 안에서 고객 접대를 더 충실히 하는 게 옳지 않느냐는 시선에 여자가 붉은 입술을 삐죽거리며 말했다.

"난 운전석이 아니면 멀미가 심하단 말이야."

"네 거친 운전 때문에 손님도 멀미가 심할걸."

"꼭 한마디를 안 지더라!"

화를 내는 그녀의 차림새는 간편한 승마복 차림이었다. 남성용 바지와 재킷을 입은 모습이 활기에 넘치지만 주장하는 대로 중요한 클라이언트를 모시고 왔다는 사람이 갖출 복장으로는 도저히 보기 힘들었다. 화려한 인상의 카리나가 입은 터라 어색함이 느껴지지 않는 것뿐이었다.

두 사람이 투닥거리는 사이에 차에서 손님이 내렸다. 문을 열고 등장한 이는 인자한 미소를 띤 백발의 노부인이었다. 문을 열어줄 기회를 놓친 두 사람은 아차, 하는 표정으로 서로를 바라보았다.

"기다리시게 해서 죄송합니다. 제가 워렌 하트퍼드, 이곳의 주인입니다."

"카리나에게 말씀 많이 들었습니다. 반가워요, 하트퍼드 씨."

"워렌이라고 불러주십시오. 먼 길 오시느라 고생이 많으셨습니다."

귀부인을 대하는 태도가 자신과 사뭇 다르다는 걸 깨닫고 잠시 워렌을 흘겨본 카리나는 곧 상냥한 미소로 그들에게 다가갔다.

"클레멘스 부인, 비포장도로가 이어져서 많이 불편하셨죠. 얼른 안으로 모실게요."

"아니에요. 제가 꼭 보고 싶다고 우겨서 온걸요. 어찌나 설레던지 아이처럼 잠도 못 자고 새벽 일찍 출발을 부탁했지 뭐예요. 카리나에게 미안하게 생각하고 있어요."

클레멘스 부인은 기대에 차 소녀처럼 눈을 반짝였다. 컬렉터로서의 피가 끓는 듯 설레는 가슴에 손을 얹고 숨을 골랐다.

"인형 수집가 사이에서도 소문난 하트퍼드 쇼룸은 소수의 초대받은 사람만 방문할 수 있는 데다가 괴팍한 주인이 한 달 방문 횟수까지 제한을 걸어둔 탓에 순서를 기다리는 사람이 아주 많답니다. 횟수 제한이라도 풀어주면 정말 좋을 텐데 말이죠. 그렇지 않나요, 부인?"

"어머나, 그렇게 되면 정말 멋질 텐데요."

"……작업 시간이 줄어들면 그나마 느린 출품이 더 느려질 텐데, 에이전시 측에서 그에 대한 각오와 책임을 질 준비가 되어 있다면 상관없습니다."

"그것도 큰일이군요. 그런 이유라면 워렌의 작업이 가장 우선으로 다뤄져야겠죠."

클레멘스 부인이 진심으로 걱정된다는 표정을 짓자 워렌이 득의양양한 얼굴로 카리나를 바라봤다.

"들었지?"

"아오, 정말 한마디를 안 지는구나. 얄미워 죽겠어."

카리나가 분통을 터뜨리며 현관으로 들어섰다.

"이곳은 하인이 없어서 주인이 차를 준비해야 한답니다. 워렌이 차 준비를 할 동안 제가 쇼룸으로 모실 테니 따라오시죠."

"세상에. 인형을 보는 것만 아니라 하트퍼드 씨가 내주시는 차까지 마실 수 있게 되다니! 엄청난 영광이네요."

차는 무슨. 워렌이라면 물 한 잔 내오는 일 없이 빨리 보고 후딱 떠나달라고 요청할 게 틀림없었다. 박대에 시동이 걸리기 전에 카리나가 미리 선수를 친 것이다. 안 된다고 말하려던 워렌은 홍조를 띠며 즐거워하는 노부인을 앞에 두고 차마 매정하게 거절하지 못하고 투덜대다가 부엌으로 향했다.

"여기가 인형 컬렉터분들의 천국이죠. 어서 오세요, 하트퍼드 인형관에!"

카리나의 소개로 전시실에 들어선 클레멘스 부인이 감탄사를 터뜨렸다. 좌우로 늘어진 진열관 속의 화려한 인형들은 한눈에 다 담기 힘들 정도였다.

"이럴 수가! 진귀한 아이들이 이렇게나 많이!"

"미리 설명해 드렸던 대로 오늘 이 중에서 하나를 구매하실 수 있답니다."

"마음에 드는 인형이 출품될 때까지 무작정 기다리기 너무 힘들었는데, 정말 기쁘네요."

"보통은 경매로 판매되지만 특별 고객분들께는 이렇게 선택하실 기회를 드리는 거죠. 대신 가격은……."

"아유, 가격이 문제겠어요. 직접 보고 고를 수 있다는데."

그래. 이런 대답을 원했어. 카리나가 만족스러운 표정으로 고개를 끄덕였다. 애초에 이곳에 직접 모셔올 정도라면 가격에 크게 마음 쓰지 않는 호화로운 고객뿐이긴 했지만 그래도 예의상 설명은 해줘야 하지 않겠는가.

"시간은 충분하니 천천히 골라보세요."

"그럴게요."

신이 난 노부인이 유리 진열장 안을 정신없이 살피는 동안 카리나는 전시실 중앙에 놓인 소파에 자리를 잡았다. 클레멘스 부인 수준의 진지한 수집가에게는 인형에 대해 딱히 설명할 필요가 없었다. 그저 원하는 만큼 감상하고 스스로 고를 수 있도록 시간을 주면 되는 터라 곁에서 느긋하게 기다리기만 하면 되는 편한 일이었다.

카리나는 주인이 어서 차를 내오기만을 기다리며 다리를 꼬았다.

"예쁜 아이들이 정말 많군요."

"전부 올해 신작이랍니다. 전시회를 준비 중이라 출품을 미뤄두고 있어요."

"역시 신작이었네요. 페이셜 페인팅이 작년과는 또 조금 바뀐 것 같거든요. 사용된 색채도 그렇고……."

"역시 예리하시군요."

나름 깨끗하게 치워진 전시장을 둘러보며 카리나는 클레멘스 부인이 고를 만한 인형을 찾아보기 시작했다.

'부인은 직모보다는 모헤어 질감을 더 선호하고, 브루넷보다는 블론드를 더 선호하셨지, 아마.'

그리고 멋진 소년 인형보다는 화려한 드레스를 입은 소녀 인형을 훨씬 더 좋아했다. 쇼룸 안에는 그녀가 좋아할 만한 구성으로 준비된 여자아이가 한둘 정도 눈에 띄었다.

'블론드는 아니어도 저쪽도 괜찮을 것 같은데. 드레스가 화사해서 눈에 잘 띄네.'

부인에게 행복한 선택장애가 올 경우를 염두에 두며 카리나는 몇몇 인형들을 눈으로 추려냈다. 그녀가 잠시 한눈을 파는 사이, 노부인이 전시장 옆으로 연결된 방문의 손잡이를 잡았다.

"이곳도 전시장인가요?"

"네? 아, 거기는!"

'화이트 룸'. 워렌이 애지중지하는, 그리고 오늘 아침에 도난당했다던 인형이 있는 공간이었다. 노부인은 카리나가 말릴 틈도 없이 방문을 열었다.

"어머나."

놀란 부인이 작게 비명을 질렀다. 당황한 카리나가 서둘러서 자리에서 일어났다. 저택에 도둑이 들었다는 소식은 워렌의 긴급 전화로 이미 알고 있었다. 새벽녘에 전화를 건 그는 다짜고짜 방문 일정을 미루자고 했다. 큰 사건에 정신없을 거라는 건 이해했지만, 이쪽도 도저히 미룰 수 없는 약속이어서 카리나는 정색을 해야 했다. 방문 날짜가 잡힌 후 들뜬 노부인이 건강을 해칠 정도로 설레어 했다는 소리를 들었기 때문이었다. 여기서 일정을 미루기라도 한다면 상심한 클레멘스 부인은 정말 앓아누울지도 몰랐다.

오늘 역시 기왕 가는 거 무리하지 말고 천천히 오후에 가자고 권해봤지만 부인 쪽에서 강경하게 새벽 출발을 원해왔다. 상황이 이렇다 보니 도저히 캔슬은 불가능해 봐달라고 간청했던 터였다. 일찍 도착해서 금방 떠날 테니 예정되어 있던 일정을 마친 후에 경찰을 부르라고 워렌을 달랬었다.

워낙 고가의 인형이었기에 하트퍼드 제품들은 전체 보험에 들어 있었다. 경찰이 와서 범인을 찾든 못 찾든, 분실되었다 해도 금전적인 손실은 큰 문제가 되지 않았다. 오히려 걱정되는 쪽은 워렌이었다.

'생긴 거랑 달리 꽤 예민한 구석이 있어서 걱정이지.'

하필 도난당한 쪽이 같은 것은 두 번 다시 만들 수 없다는 소리를 들었을 정도로 세심한 신경을 썼던 인형이다 보니 충격받은 그가 한동안 제대로 작업을 하지 못할 건 뻔했다.

작가와 고객 사이에서 미묘한 균형을 맞춰야 하는 중개인 카리나가 골치 아파하는 사이, 문을 열었던 부인은 차마 들어가지 못하고 입구에 멈춰 서 있었다. 새벽에 도둑이 들었다고 했으니 산산조각이 난 유리며 보기 흉한 상태 그대로 현장이 보존되어 있을지도 몰랐다. 그걸 고객에게 보여서는 안 된다고 생각한 카리나는 문을 닫기 위해 서둘러 부인 곁으로 달려갔다.

"부인, 그곳은……."

"오늘은 저 말고도 손님이 또 계신가 봐요."

"네?"

노부인이 기쁜 듯 카리나를 돌아보았다. 인형을 볼 때만큼이나 행복한 반응에 영문을 알 수 없어진 카리나는 문 앞에 다가가서야 부인이 건넨 말의 의미를 깨달았다.

"어라?"

그곳에는 하얀 드레스를 입은 청초한 미녀가 쓰러진 소파를 일으켜 세우려던 동작 중에 뻣뻣하게 굳어 있었다. 들키지 않으려고 숨죽여 행동하고 있었는지 당황한 기색이 역력했다.

"인형같이 예쁜 아가씨네요."

예쁜 걸 좋아하는 노부인은 흡족한 얼굴로 웃었고, 화려한 드레스를 입은 아가씨는 어딘가 얼빠진 표정으로 이쪽을 보았다.

"이게 어떻게 된 일이지?"

카리나가 혼잣말하듯 중얼거렸다. 무뚝뚝한 워렌에게 숨겨둔 애인이 있다는 건 의외였다. 아니 뭐, 있을 수도 있지. 아무리 돌부처 같은 남자라지만 제 여자한테는 살가울지도 모르는 데다 이성에게 나름 매력적으로 보일 수 있는 면상이기는 하지 않은가. 거기에 키도 크고 덩치도 좋고. 남자다운 사람을 좋아하면 워렌이 꽤 섹시하기는……. 아니 과연 이게 문제던가.

카리나는 고개를 저었다. 문제는 눈앞의 아가씨였다. 뭔가 이상했다. 눈처럼 하얀 피부에 눈처럼 하얀 드레스를 입은, 어디서 본 듯한 저 아가씨. 실존하는 사람이라 믿기 어려울 정도로 아름다운 미인을 앞에 두고 노부인은 기뻐했고 카리나는 의심의 눈길을 던졌다.

"저 철벽에게 정말 숨겨둔 여자가 있었던 거야?"

"누구에게 뭐가 있다고?"

덜컥, 등 뒤에서 찻잔이 거칠게 부딪치는 소리가 들리자 카리나가 뒤를 돌아보았다. 언제 들어온 건지 워렌이 테이블 위에 은쟁반을 내려놓고 있었다.

"워렌이 생각보다 세상살이를 잘한다고 칭찬하던 중이었어."

"무슨 소리야?"

안 그래도 짜증나는 상황에 말장난할 기분이 아니었던 워렌은 인상을 구기며 그녀를 노려보았다. 카리나가 시비를 건다고 생각했는지 워렌은 고객 앞에서도 기분 나쁜 걸 굳이 숨기지 않고 흉흉한 기운을 풀풀 날렸다.

"아가씨를 숨겨놓고 있을 줄은 몰랐다고."

"카리나. 장난 그만해. 그리고 부인, 그 방은 지금……."

손님에게 비어 있는 방에서 그만 나오기를 요구하려던 워렌은 부인이 하얀 방을 향해 무언가 이야기를 나누고 있는 모습에 눈을 크게 떴다. 텅 빈 공간을 향해 웃으며 말을 건네는 모습이라니 어딘가 섬뜩하지 않은가. 혹 저 부인에게 지금 필요한 건 인형보다도 의사가 아닐까 고민하는 그에게 클레멘스 부인이 미소 가득한 얼굴로 물었다.

"아가씨가 참 예쁘네요, 여자친구 맞죠?"

"여자친구요?"

카리나에 이어 부인까지 쌍으로 알 수 없는 이야기를 하며 웃고 있는 걸 보니 슬슬 무서워지기 시작했다. 무얼 보고 저러는지는 몰라도 도둑맞은 인형이 있던 방에 남은 거라고는 바닥을 구르는 빈 소파밖에 없을 텐데. 만일 그의 추측대로 부인이 빈 소파와 대화하고 있었다면 대체 어떤 얼굴을 해야 할까를 고민하며 워렌은 큰 보폭으로 재빠르게 다가갔다.

"이게 무슨……."

"히익!"

비명은 아가씨 입에서 터졌지만 워렌이야말로 소리를 지르고 싶은 심정이었다.

놀랍게도, 비어 있어야 하는 방은 비어 있지 않았다. 도둑맞았다고 생각했던 인형이 제 발로 다시 돌아왔다. 사라졌던 인형이 돌아왔다니 기적 같은 일이고 다행으로 생각해야 하는 상황이련만 안타깝게도 지금은 그럴 형편이 아니었다.

그의 눈앞에서 '신부'가 눈을 커다랗게 뜨고 그를 바라보았다. 놀랐는지 그를 보며 비명까지 지르면서. 인형이 비명이라. 조금 전에 뭔가 잘못 들은 건 아니었을까 싶어 워렌은 흰 드레스를 입은 여인을 다시 바라보았다. 의상도 얼굴도, 백금발의 머리카락과 푸른 눈동자도 전부 그가 만든 인형이 틀림없는데 어째서 저따위로 제멋대로 움직이고 있는 걸까. 그녀는 조금 전 소리를 지른 자세 그대로 넋이 나간 듯 그를 바라보고 있었다.

아름다운 얼굴은 여전하지만 얼빠진 표정을 보자니 자신이 만든 인형이 아닌 것 같다는 생각조차 든다. 그 와중에도 소파를 꼭 움켜쥐고 있는 모습을 보면 일으켜 세울 생각이었을지도 모르겠다.

잘못 들었나 생각해 봐도 그 목소리는 분명 인형에게서 나온 소리였다. 목소리뿐만이 아니었다. 그녀는 워렌이 입력한 적 없는 명령어로 움직이고, 그를 바라보고 있었다. 감겨 있던 태엽에서 풀려나 자유를 찾은 인형의 모습은 마치.

"⋯⋯올리비아?"

그리운 사람과 많이 닮았다.

'올리비아.'

워렌의 입에서 흘러나온 이름을 듣고 헤이젤은 그것이 이 인형의 특별한 이름임을 알았다. 그 시선에 담긴 무게가 어딘가 슬퍼 보여 소녀의 마음 한구석도 조금 저린 기분이 들었다. 헤이젤을 마주한 워렌은 그 이름을 입에 담은 뒤 아무 말 없이 그녀를 바라보고만 있었다. 소녀 역시, 그런 그의 모습을 보며 뭐라 할 말을 쉽게 찾지 못하고 초조하게 침묵하고 있을 뿐이었다.

두 사람의 무거운 침묵을 깬 건 워렌 등 뒤에서 입을 연 카리나였다.

"저 아가씨 이름이 올리비아야?"

"나는."

헤이젤이 흠칫 놀라며 제 이름을 말하려 하는 순간, 워렌이 무서운 얼굴로 카리나를 돌아봤다.

"카리나. 호기심에 쓸데없이 기웃거리지 말고 손님 접대나 제대로 해."

"어? 뭐야, 정말 이러기야?"

"네가 원하던 차는 준비해 두었다. 아무리 너라도 잎차는 삼 분 이상 우리면 맛이 떨어진다는 것쯤 알고 있겠지?"

"뭐라고?"

"저거, 다즐링이야."

워렌은 홍차 중에서도 다루기 까다로운 다즐링을 티포트에 넣어두었으니, 알아서 하라고 일갈했다. 카리나의 어깨를 잡아 클레멘스 부인 쪽으로 거칠게 밀어낸 워렌은 항의하는 소리를 뒤로하고 화이트 룸의 문을 닫았다.

쾅!

문이 닫히고 문고리를 굳게 잡은 워렌이 문 저편에서 들려오는 소리에 귀를 기울였다. 잔소리하던 카리나의 카랑카랑한 목소리는 시간이 지나며 점점 잦아들었다. 화내기를 포기하고 늦기 전에 찻물을 확인하러 서둘러 노부인 곁으로 간 듯싶었다.

"카리나는 그렇다 치고."

침묵하던 워렌이 헤이젤을 노려보며 목소리를 낮게 깔았다.

"어떻게 된 일인지 설명을 좀 해보실까."

헤이젤이 빳빳하게 굳어 아무 말도 못 하자, 워렌이 소녀를 향해 으르렁댔다. 쾅! 그가 쓰러져 있는 의자를 발로 차자 놀란 소녀가 작게 비명을 질렀다.

"인형인 척 해봤자 이미 늦었어!"

"이, 일부러 그러려던 건 아니었어요……."

겁먹은 듯 몸을 움츠리는 헤이젤의 반응을 보며 그가 물었다.

"너, 그 꼬마 맞지?"

"저인지 어떻게 알았어요?"

"여기 너랑 나 외에 더 있었나. 도둑 들었을 때도 여기 있었지? 비명을 지른 것도 너였을 테고."

워렌의 잠을 깨운 여자의 비명. 대체 어찌 된 일인가 싶었는데 지금 상황이라면 이해가 갔다.

"맞아요. 한밤중에 갑자기 이상한 소리가 들려서, 그래서 어떻게든 알리려고 했는데 그들이 너무 빨리 들어오는 바람에······."

저택이 너무 넓어서 워렌이 어디 있는지 알 수 없었다는 말에 그가 허를 찔린 표정을 했다.

"너 정말 여기 말고는 아무 데도 관심이 없었구나."

"죄송해요."

"그래서? 어쩌다 그렇게 된 건데."

"아저씨를 만날 수가 없으니까 인형이라도 어떻게든 숨겨두려고 노력했거든요."

막무가내로 덤벼들다 소파와 함께 넘어졌더니 이 모양 이 꼴이 되었다는 말에 그가 기함했다.

"넘어졌다고? 어디 봐. 부러진 곳은 없는 거야? 그게 얼마나 섬세한 인형인데······."

"지금 가장 먼저 나오는 질문이 그거예요?"

인형에 상처가 난 곳은 없는지 살피려 드는 워렌을 피해 한 걸음 뒤로 물러난 헤이젤이 기겁을 하며 물었다.

"그럼 뭐가 문제인데? 그래. 인형을 숨겨준 건에 대해서 감사 인사는 하도록 하지. 이제 위험한 상황이 아니니 거기서 그만 나와."

"그래요, 그거!"

"뭐?"

"지금 그게 문제예요!"

워렌을 슬슬 피하던 헤이젤이 그의 한마디에 달려들었다. 절박한 표정으로 워렌의 셔츠를 움켜잡고 눈을 크게 떴다.

"나갈 수가 없어요!"

"뭐라고?"

"여기서 나갈 수가 없다고요!"

소녀의 외침에 사태를 파악한 워렌이 인상을 팍 구겼다.

"무슨 헛소리야, 그게. 들어갔으면 나올 수도 있어야 하잖아."

"저도 그렇게 생각해요. 그런데 어떻게 들어간 건지 모르겠어요."

헤이젤도 그의 말에 동의했다. 들어가는 법이 있으면 나가는 법도 있을 터인데, 어쩌다 이런 상황이 된 건지 정말 몰랐다.

"……정말이야?"

워렌이 의심에 가득 찬 목소리로 재차 물었다.

"혹시 들어가 보니 생각보다 편해서 눌러앉겠다거나 그런 생각 하는 건 아니지?"

"그런 거 아니에요."

"농담할 기분 아니니까 썩 나오라고. 인형을 지켜준 보답으로 화는 내지 않을 테니, 어서!"

"진짠데……."

믿어주지 않는 워렌을 보며 헤이젤이 울먹였다. 그가 자신을 믿어주지 않고 추궁하는 것도, 뜻대로 나갈 수 없는 것도 무서웠다. 특히 인상을 쓰는 그의 얼굴이 엄청나게 험악해서 소녀는 겁에 질렸다.

"저, 아저씨에게 인형, 돌려주고 싶은데……."

울컥 설움이 북받쳤는지 소녀가 말을 제대로 잇지 못했다. 인형이라 눈물은 나오지 않았지만, 한껏 일그러진 얼굴이 꽤 슬픈 표정이어서 워렌이 짜증스럽게 머리를 긁적였다.

"어물쩍 울어 넘길 생각 말라고. 그게 얼마나 중요한 인형인지 알고 있어? 얼른 나와!"

"아니에요오. 저 정말 그럴 생각은."

진심으로 돌려주고 싶었다. 헤이젤도 인형 곁에서 구경하고 싶었던 거지, 속에 들어갈 생각은 없었다. 안에 들어와 좋을 일이 뭐가 있겠는가. 이래서야 그 예쁜 얼굴을 볼 수도 없고 망가질까 두려워서 제대로 움직일 수도 없었다. 저도 원치 않는 상황이라고 아무리 설명해도 남자는 의심 가득한 눈초리로 소녀를 다그칠 뿐이었다.

"으으으."

삐죽이던 입술이 드디어 서러운 통곡을 토해내려는 순간, 닫아두었던 문이 다시 활짝 열렸다. 방심하던 틈에 카리나가 그들 사이로 들이닥쳤다.

"기억났어!"

힘차게 문을 밀고 들어온 카리나가 헤이젤을 손가락질하며 소리쳤다.

"분실물!"

"카리나, 너어……."

"맞지? 어디서 본 얼굴이라고 생각했는데, 아무리 숨겨둔 애인이라도 평소에 웨딩드레스라니 이상하잖아! 찰스 디킨스 소설 속

캐릭터(*미스 헤비샴)도 아니고 미친 여자가 아니고서야 아무리 어울린다고 그런 걸 평상복으로 입고 있을 리가……, 어머나?"

워렌을 향해 다다다 제 하고 싶은 말을 속사포처럼 내뱉던 카리나가 그제야 눈을 휘둥그레 뜨며 다시 헤이젤을 바라봤다.

"그런데 대체 어떻게 움직이는 거야?"

"히끅!"

울려다가 놀란 헤이젤이 딸꾹질을 시작했다. 인형에게 딸꾹질이라는 게 말이나 되나, 같은 현실감 상실한 소리를 중얼거리며 카리나가 워렌을 바라보았다.

"이 상황 좀 설명해 줄 수 있어?"

"나도 누가 그래줬으면 정말 좋겠다."

"네가 만든 오토마타잖아. 네가 모르면 어떻게 알아!"

"난 저렇게 천방지축으로 만든 기억이 없어."

워렌이 깊은 한숨을 쉬며 설명했다. 폐가에 나타난 유령과 오늘 새벽에 있었던 도둑들의 이야기를 최대한 간단히 요점만 집어 설명하는 동안 이따금 헤이젤을 곁눈질하며 맞는지 확인했다. 소녀가 딸꾹질하면서도 연상 고개를 끄덕이며 동의를 표하자 두 사람을 번갈아 바라보던 카리나가 영 믿을 수 없는지 헤이젤 곁으로 가 인형의 팔을 손가락으로 콕콕 찔렀다.

"정말이야? 네가 이 저택에 사는 유령?"

"여기 유령인지는 모르겠는데, 여하튼 유령은 맞아요…… 맞는 것 같아요."

헤이젤은 카리나가 무서운 듯 손가락이 찌를 때마다 흠칫흠칫 놀랐다.

"어머, 얜 무슨 유령이 겁을 먹고 그러니. 반응이 귀엽네. 아까는 왜 그러고 있었어?"

"인형을 돌려놓으려고……, 나갈 방법을 찾을 때까지 움직이지 않고 앉아 있으면 어떻게 속아주시지 않을까 싶었어요."

"뭐? 하하하! 발상이 귀엽네. 저기, 이름이 뭐야?"

이름을 묻자 헤이젤이 망설였다. 어째서인지 워렌의 표정을 살피며 머뭇대자 카리나가 먼저 나섰다.

"나는 카리나라고 해. 여기 지옥 문지기같이 무서운 남자는 워렌. 이 집의 주인이야. 알고 있지?"

"네."

"그렇게 겁먹을 필요는 없어. 넌 지금 거기서 나오지 못해서 걱정하는 듯싶은데, 네가 그 인형 안에 들어 있는 한 워렌 역시 네게 무슨 짓도 하지 못한다는 것만 알아둬."

"카리나!"

"내가 틀린 말 했어? 거기다, 네가 이 건물 보안을 어떻게 했는지는 모르겠지만 오늘 뚫린 거로 봐서 다른 시도가 다시 없을 거라는 보장도 없어. 그럴 바에야 차라리 가장 고가의 물건님이 지금처럼 알아서 제 발로 도망가 주는 게 낫지 않겠어?"

"어이, 그걸 지금 말이라고 하는 거야?"

"이 넓은 저택을 너 혼자 지키겠다는 헛소리보다는 말 되는 거 같은데."

다 낡은 저택이었다. 군데군데 지붕도 새고, 구멍이 숭숭 뚫린 저택을 혼자 무슨 수로 지킬 거냐고 따져 묻던 카리나는 헤이젤을 아래위로 훑어보며 말했다.

"애도 착한 것 같고, 나가는 법을 깨달을 때까지 여기서 널 도우면 되겠네."

"뭐라고?"

"그러니, 잘 부탁해. 아 참. 그래서 이름이 뭐라고?"

양쪽의 대답은 듣지도 않고 멋대로 손을 잡아 악수한 카리나가 다시 이름을 물었다.

"……헤이젤이에요."

"어머나. 귀여운 이름이구나. 갈색 머리 아가씨려나?"

카리나의 질문에 헤이젤은 잠시, 기억을 더듬었다.

'내가 어떻게 생겼더라?'

곰곰이 생각해 보아도 쉽사리 떠오르지 않았다. 한동안 생각에 잠겨 있던 헤이젤이 결국 고개를 흔들며 모르겠다는 신호를 보내자 카리나는 어깨를 한 번 으쓱할 뿐 더는 캐묻지 않았다.

"뭐, 자세한 건 차츰 알아가기로 하고……."

그녀가 말을 이으려는 순간, 옆방에서 노부인의 부드러운 음성이 들려왔다.

"카리나, 워렌. 마음에 드는 인형을 드디어 골랐답니다."

"어머, 그러셨군요! 부인의 품에 안겨갈 사랑스러운 아이가 누구일지 정말 궁금하네요."

세 사람은 그제야, 옆방에 클레멘스 부인을 버려둔 상태였다는 걸 깨달았다. 시종일관 씩씩하던 카리나가 간드러진 목소리로 종종대며 옆방으로 뛰어가는 걸 워렌이 벌레 씹은 얼굴로 바라보았다.

"카리나가 한 말은 잊어. 난 도움 같은 거 필요 없으니 당장 거기서 나가!"

"저도 그러고 싶은데 어떻게 여기 들어오게 된 건지도 모르겠어요……."

"무슨 수를 써서라도 알아내. 단, 인형에 흠이라도 내면 용서 안 한다."

"아, 안 할 거예요! 이 예쁜 언니에게 상처 입히는 짓은!"

"그래. 그럼 여기서 꼼짝 말고 얌전히 기다리고 있어."

워렌은 헤이젤을 노려보며 두 번 다시 멋대로 사라지는 일 없 도록 움직이지 말라고 명령했다. 소녀가 작게 고개를 끄덕이는 모 습을 보고서야 그는 클레멘스 부인이 고른 인형을 확인하러 방을 나섰다.

"이 아이를 데려가겠어요."

부인은 카리나가 예상했던 대로 긴 금발 모헤어가 풍성한 인형 을 선택했다. 와인색 버슬 드레스에 섬세한 레이스 여러 종류가 넉넉히 사용되어 전체적으로 화려하고 성숙한 느낌을 주는 인형 이었다. 새틴 장갑을 낀 손에 깃털이 달린 무도회용 가면이 들려 있는 거로 보아 주제는 축제인 듯싶었다.

"좀 더 어린아이 인형을 마음에 두고 왔는데, 옆방의 아가씨를 보니 어쩐지 이 인형을 데려가고 싶은 마음이 들지 뭐예요."

노부인이 생각을 바꾼 이유가 헤이젤 때문이라는 설명을 들은 두 사람은 남몰래 시선을 교환했다. 부인이 고른 인형은 눈 밑에 다이아몬드가 하나 애교 점처럼 포인트로 붙어 있는, 하트퍼드 쇼 룸 내에서도 다섯 손가락 안에 꼽히는 고가의 인형에 속했다. 드 레스 망사에 붙은 꽃 장식도 이제는 구하기 힘든 앤티크 원단에 서 가져와 바느질된 진귀한 재질이었다. 헤이젤을 보고 이 인형을 살 생각이 들었다면 꽤 긍정적인 효과로 작용한 게 틀림없었다.

쇼룸 유리 전시장 근처에는 인형을 핸들링하기 위한 흰색 면장

갑이 늘 준비되어 있었다. 포장 뭐 그런 건 대충 하면 되는 거 아니냐 하던 워렌에게, 카리나는 초면에 길고 긴 잔소리를 늘어놓았던 적이 있었다. 보기 좋은 떡이 먹기도 좋다는 말처럼 비싼 값에 사 가는 고객에게는 그만한 대우를 해줘야 한다는 설명이었다.

고가의 보석이나 골동품을 불결한 맨손으로 턱턱 잡아 지문 찍어가며 건네주기보다는 장갑을 끼고 건네주는 게 더 전문가 같지 않더냐, 표정 좀 풀어라 누가 보면 인신매매 현장인 줄 알겠다, 인형 잡는 꼴이 그게 뭐냐 지금 오리 사냥 다녀온 거냐 등등. 처음 카리나에게 잡는 자세까지 지적을 당했을 땐 너무 화가 나 인형을 집어 던질 뻔했던 그였다.

가당치도 않은 요구라고 생각해서 전부 무시했다. 번거로운 형식에 얽매이는 것이 싫었던 그가 평소 성격대로 인형을 다루는 걸 본 고객들은 실망했고, 몇 번의 시행착오 후에야 어쩔 수 없이 어느 정도 상황에 걸맞은 행동을 몸에 익혀야 한다는 사실을 깨닫게 되었다. 처음에는 그저 민망하다고만 생각되던 퍼포먼스도 몇 번의 연습을 거치다 보니 이제는 워렌도 그리 저항감을 느끼지 않는 수준에 다다랐다. 그가 장갑을 꺼내는 모습을 본 카리나가 제 주입식 교육의 성공을 떠올리며 이를 드러내고 웃었다.

장갑을 낀 워렌이 진열장에서 인형을 꺼내 흠이 있는지를 둘러본 뒤 부인에게 건넸다. 클레멘스 부인이 만족스러운 미소로 인형을 이리저리 돌려본 후 고개를 끄덕이자, 워렌이 보관 전용 상자를 꺼내 들고 부인이 보는 앞에서 꼼꼼하게 포장을 시작했다.

"넷 스누드(Net Snood)는 여벌로 하나 더 넣어두었습니다. 청소는 가볍게 먼지 털기 정도만 해주시고, 어느 경우에라도 젖은 헝겊으로 얼굴을 닦아서는 안 됩니다. 뭐, 이미 아시겠지만요."

"그럼요. 정기적인 인형 관리는 아예 전문가에게 맡기고 있어요."

"현명한 선택이십니다."

인형을 리본으로 묶어 박스에 고정한 워렌은 상자 뚜껑을 닫고 은빛 하트퍼드 로고가 달린 종이 가방 안에 담아 부인에게 건넸다.

"지불은 카리나를 통해 하도록 할게요."

"네, 감사합니다."

"오늘 너무 즐거웠어요. 인형을 직접 보고 고를 기회를 얻게 된 것만 해도 행복한데, 워렌이 내어준 차도 마시고."

"티타임을 함께하지 못해 죄송합니다. 잠시 급한 일이 생겨서."

"괜찮아요. 카리나가 함께해 주었는걸요. 그녀가 타주는 개성이 강한 차도 마셔보고요."

"아아, 부인. 짓궂으세요. 제가 잘하는 게 참 많은데 다도만큼은 재주가 없다고 말씀드렸잖아요. 다음부터는 무슨 일이 있어도 워렌을 시킬 거예요."

"호호호, 이렇게 재약속을 잡게 되나요."

"다음에 꼭 다시 방문해 주십시오. 그때는 제대로 접대하겠습니다."

"그래요. 아 참, 여자친구분에게도 인사 전해주세요. 그 아가씨 이름이 뭔가요?"

"올, 아니 헤이젤…… 이라고 합니다."

"이곳이랑 정말 잘 어울리는 아름다운 아가씨예요. 꼭 살아 있는 인형을 보는 것 같아 매우 기뻤어요. 두 분만 괜찮으시다면 다음번에는 그 아가씨와도 더 이야기를 나눠보고 싶네요."

클레멘스 부인은 황홀한 듯 헤이젤에 대한 칭찬을 남긴 뒤 저택을 떠났다. 워렌이 작업할 시간을 필요 이상으로 빼앗으면 안 된다며 조곤조곤한 어조로 작별 인사를 하는 그녀는 아마 젊은 시절에는 카리나 만큼이나 힘이 넘치는 숙녀였을 듯싶었다.

"정신 하나도 없네."

시끌벅적한 두 숙녀가 탄 차가 떠나자 워렌이 쌓아두었던 한숨을 몰아쉬었다. 혼란한 중에 더 정신 사나운 일이 터져서 머릿속이 엉망진창이었다. 분실했던 인형이 제 발로 돌아온 덕분에 경찰은 부르지 않아도 될 듯싶었다. 괜히 조사한답시고 낯선 사람이 저택을 들락거리는 꼴을 보느니 구멍 난 보안에 신경 쓰는 게 백 배 정도 더 마음이 편했다.

"오늘도 인형 작업은 물 건너갔군."

카리나는 늘 상의 없이 제멋대로 방문 계획을 잡고 통보해서 그를 곤란하게 만들었다. 그 갑작스러운 일정에 워렌이 호응해 주는 이유는 단 하나, 그에게 갚아야 할 상속 빚이 있기 때문이었다.

수년 전, 경매 대행을 맡아줄 에이전시를 찾던 워렌은 우연한 인연으로 카리나를 소개받았다. 인형을 만드는 작업만으로도 바쁜 그에게 판매나 사교계의 자잘한 교류 같은 건 꿈도 꾸지 못할 정도로 귀찮고 시간이 많이 드는 일이었고, 수차례의 시도 끝에 그는 수수료를 떼어주는 한이 있더라도 대리인이 필요하다는 결론을 내렸다.

수완 좋은 카리나를 만난 덕분에 지금껏 큰 탈 없이 인형을 팔 수 있었다. 그녀는 어떻게 하면 사람들의 이목을 끌 수 있는지를 알았고, 눈치가 빨라 워렌에게 부족한 부분을 채우는 법을 재빨리 습득했다. 그렇다고 처음부터 지금처럼 손발이 잘 맞아떨어진 건 아니었다. 개성 강한 카리나와 할 말만 하고 입을 닫는 무뚝뚝한 워렌은 첫 만남부터 그리 조화롭게 어울리지 못했다.

초반 두 사람 사이에는 의견 충돌도 많았고 싸움도 잦았다. 그러나 대립이 있었을지언정 목표가 같았던 그들이었던지라 워렌은 결국 그녀의 사업적 성과를 인정할 수밖에 없었다. 그녀 덕분에 지금껏 수월하게 인형을 판매할 수 있었기에 어느 순간부터 그는 카리나가 하는 일에 토 달기를 멈추고 하자는 대로 응해주었다.

모르긴 해도 오늘 그녀가 소개한 클레멘스 부인 역시, 사교계와 인형 컬렉터들 사이에서는 꽤 영향력 있는 사람일 거였다. 이른 시간에 이 외딴곳까지 발걸음 한 걸 보면 아마 누구보다도 먼저 쇼룸을 구경한 것을 자랑하고 싶어서일지도 몰랐다.

"아무리 그래도, 방문은 한 달에 두 번 정도로 제한하든가 해야겠어."

워렌은 방범 시스템을 어떻게 손보면 좋을지 고민하며 혼잣말했다. 인형 작업, 손님 접대, 저택 수리까지. 몸은 하나인데 해야 할 일은 너무 많았다.

도둑 건만 해도 그랬다. 와봤자 뜨내기나 얼쩡거리겠지 싶었던 생각이 안이했다는 걸 인정해야 했다. 처음부터 철제 보안창을 뜯고 들어올 정도의 대담한 상대가 덤벼든 것은 예상 밖이었다. 간단한 경비 시스템 보강으로는 어림도 없으니 기초부터 뜯어고쳐야 할 때였다. 아무것도 도난당하지 않은 걸 천만다행으로 생각하며 그는 망가진 창을 응시했다.

❋

건물의 수리는 밤을 꼬박 새우며 계속되었다. 워낙 큰 저택이라 보수할 창문 수도 엄청나게 많았고, 모든 일을 워렌 혼자서 다하기에도 무리가 있었다. 설상가상으로 보강 재료도 턱없이 부족했다. 결국 그는 맨 아래층의 창과 문에만 전선을 연결한 특별 장치를 설치하는 것으로 그날의 작업을 마쳤다.

카리나가 운전하는 요란한 자동차 소리가 다시 하트퍼드가 정원을 울린 건 다음 날 아침이었다. 밤샘 작업을 마친 워렌이 소파에서 꾸벅꾸벅 졸고 있을 때, 그녀가 들이닥쳤다.

"워렌! 문 열어!"

정문에 달린 낡고 큰 노커(Knocker)를 있는 힘껏 두들기며 지르는 카랑카랑한 목소리에 잠이 깬 워렌은 낮게 욕을 하며 현관으로 다가갔다.

"너는 온다는 연락이나 미리 하고⋯⋯."

"워렌!"

짜증 가득한 표정으로 문을 연 워렌의 품에 밝은 빨강 머리 여자아이가 달려와 안겼다.

"이사벨?"

"오랜만이야. 정말 보고 싶었어!"

아홉 살쯤 되어 보이는 작은 소녀가 워렌에게 달라붙었다. 의외의 손님에게 허를 찔린 워렌이 당황하는 사이, 정원 아무 데나 차를 주차한 카리나가 모자를 벗으며 말했다.

"이사벨, 레이디는 아무 남자에게나 막 안기면 안 된다고 했지."

"엄마! 난 커서 워렌이랑 결혼할 거니까 피앙세에게 안기는 건 괜찮은 거예요!"

"엄마는 나이 차 많이 나는 결혼은 반대다. 워렌 같은 사위는 싫어요."

"워렌이 얼마나 멋진 남자인지 왜 이해 못 하는지 모르겠어. 워렌, 나와 함께 도망가요."

"뭐? 야, 너희!"

모녀가 자신을 놀리고 있다는 걸 깨달은 워렌이 목소리를 높이자 카리나가 눈썹을 치켜들며 웃었다.

"애한테 휘둘리기는. 이사벨이 저러는 거 하루 이틀 본 것도 아니고. 저기, 숙맥 오빠. 차 안에 있는 물건 좀 가져다줄래요?"

"차 안?"

"설마 숙녀들에게 무거운 걸 들게 할 생각은 아니겠지. 자, 가자. 이사벨."

카리나는 워렌의 대답은 기다리지도 않고 실내로 들어갔다. 그에게 매달려 있던 이사벨 역시, 뒤를 부탁한다는 말만 남긴 채 제 엄마를 따라 들어갔다. 남을 휘두르는 게 똑 닮은꼴의 모녀를 노려보던 워렌이 신경질적인 한숨을 쉬면서 자동차 뒷문을 열었다.

"뭐가 이렇게 많아."

묵직한 가방을 꺼내며 그가 중얼거렸다. 행여 여기서 묵고 간다는 말이라도 하면 엉덩이를 걷어차 쫓아내야겠다며 투덜거렸다.

"어디로 가려는 거야?"

현관으로 짐을 옮긴 워렌은 카리나가 계단을 오르는 걸 보고 소리쳤다. 손님이면 손님답게 얌전히 거실에 앉아서 용건을 밝힌 후 돌아가 주면 좋을 텐데, 마치 제집처럼 휘젓고 돌아다니는 모습에 눈살이 절로 찌푸려졌다.

"쇼룸으로 가자고. 거기서 얘기해."

"거긴 왜 가는데!"

"나 인형 구경하고 싶어, 워렌!"

작은 소녀가 깡충거리며 계단을 올랐다. 집주인 의견 따위는 들을 생각이 없는 모녀를 뒤따르던 워렌은 카리나가 향하는 방이 '화이트 룸'이라는 걸 깨달았다.

"카리나, 거긴."

"안녕, 헤이젤…… 어라?"

방문을 힘차게 열며 인사를 건넨 카리나가 놀란 듯 목소리를 높였다.

"으, 으으으, 으아아앙—"

무릎에 손을 모으고 울먹이던 헤이젤이 카리나를 보자마자 울음을 터뜨렸다.

"헤이젤? 왜 울어? 워렌! 얘 왜 이래?"

"……아무 짓도 안 했어."

카리나가 화이트 룸의 문고리에 손을 대는 걸 보고 아차 싶었던 워렌이었다. 꼼짝 말고 의자에 앉아 있으라고 명령한 뒤, 건물 수리를 하느라 정신이 팔려 돌아오는 걸 잊었다. 그는 인형이 무사히 돌아온 사실에 안심한 나머지 헤이젤이 기다리는 사실 자체를 깜박 잊고 있었다. 헤이젤은 밤새 시키는 대로 의자에 곧게 앉아 그가 돌아오기를 기다리는, 본의 아니게 긴 벌을 받은 셈이었다. 소녀는, 워렌이 아직도 거기서 나오지 못했느냐고 화를 내면서 들이닥치지 않을까 이제나저제나 긴장하고 있던 듯싶었다.

"내가 간 후부터 지금까지 이러고 있었다고? 세상에, 워렌. 당신 그렇게 냉정한 사람으로는 안 봤는데."

"아니, 그게."

"애가 울 만도 하네. 얼마나 서럽겠어, 응? 이렇게 여린 애를."

카리나는 훌쩍이는 헤이젤을 토닥이며 잔소리를 늘어놓았다. 어떻게 여자아이 취급이 이따위냐는 말에 안 그래도 할 일이 많은 데 이제 유령까지 대접하며 살아야 하느냐고 반박하려던 워렌은 그 말을 차마 입 밖으로 뱉지 못하고 미묘한 표정을 지어야 했다.

"그래서, 여긴 대체 왜 왔는데."

"어, 그게 말이지. 그 가방 좀 가져와 봐."

짐꾼을 부리듯 워렌에게 가방을 가져올 것을 요구한 그녀가 헤이젤 앞에서 짐 꾸러미를 풀었다.

"쉬이, 뚝 그쳐. 울음 그치면 좋은 걸 줄게."

"흑, 으흑, 네, 흑."

"그래, 착하구나."

가방 안에는 여러 벌의 드레스와 모자, 구두 같은 잡화들이 가득 들어 있었다.

"내가 처녀 때 입던 옷들이야. 헤이젤이 거기서 언제 나올지 모르는데 계속 웨딩드레스를 입고 있게 할 수도 없잖아. 일단 이걸 입고 지내는 게 나을 것 같아서."

"카리나."

"워렌에게 이런 센스가 있을 리 없다 생각하고 준비했는데 말이지. 세상에, 센스 문제를 떠나서 애를 이렇게 내버려 두고 있었을 줄은 꿈에도 몰랐어."

"누가 들으면 내가 아동 학대라도 하는 줄 알겠다."

"비슷한 거 아니야? 자, 헤이젤. 일단 편한 옷으로 갈아입자. 그거 입고 제대로 움직이기도 힘들지?"

"네에……."

헤이젤이 수월하게 대답을 하면서도 워렌의 눈치를 살피자 그가 시큰둥한 얼굴로 입을 열었다.

"그 드레스 비싼 거야. 망가지기 전에 갈아입는 게 낫겠지."

"어머, 말을 해도 어쩜 저렇게 얄밉게 하지."

흠칫 기가 죽은 헤이젤을 달래며 카리나가 면박을 주었다. 외견이 성숙한 아가씨를 아기 달래듯 일으켜 세우고 드레스 뒷부분의 단추를 풀어주던 카리나가 그들을 지켜보며 멀거니 서 있는 워렌에게 화를 냈다.

"이제는 옷 갈아입는데 버티고 서 있겠다고? 보자 보자 하니까 정말!"

"뭐?"

"옷 벗을 때 자리를 비켜주는 센스도 실종된 거야?"

"이봐. 평소에 그 인형 옷은 누가 갈아입혔다고 생각해?"

인제 와서 대체 무슨 소리를 하는 거냐며 워렌이 어이없다는 표정을 지으니 헤이젤이 어찌할 줄 몰라 하며 머뭇거렸다.

"봐. 아가씨가 수줍어하잖아. 신사분은 나가주세요, 얼른!"

욕을 바가지로 먹고 방에서 쫓겨난 워렌이 대체 이게 무슨 난리인지 모르겠다며 옆방에 놓인 소파에 앉아 한숨을 쉬었다.

"다 입었, 어머나. 아하하하하."

"저, 이건 좀."

문 저 너머에서 카리나의 시원한 웃음소리가 들리고, 헤이젤이 조곤조곤한 어조로 쩔쩔매는 목소리도 들려왔다.

"이사벨, 워렌에게 들어오라고 전해줄래?"

나가라 들어와라, 자잘한 요구가 많은 숙녀들의 요청에 따라 몸을 일으킨 워렌이 시큰둥한 표정으로 화이트 룸에 들어갔다가 기겁했다.

"이봐! 대체 뭘 입힌 거야!"

"그치마안, 나. 처녀 때 입던 옷이 전부 이런 거라서."

"쓸데없는 자부심 보이지 말라고!"

헤이젤이 입고 있는 건 도저히 평상복으로 보이지는 않는, 과 감한 성격의 카리나가 고를 법한 대담한 디자인의 의상이었다. 등 이며 가슴이며 푹 파여서 허리는 지나치게 졸라매고 쓸데없이 번 쩍거렸다. 숨 쉴 구멍도 남기지 않고 몸에 딱 달라붙어 지나치게 관상용으로 치우쳐 있는 것을 본 워렌이 내심 이것과 제가 입혀 두었던 웨딩드레스 둘 중 어느 쪽이 더 불편하냐고 묻고 싶을 정 도였다.

'이 정도면 굳이 가져오는 수고를 하지 않아도 되지 않나.'

갈아입힌 의미를 모르겠다는 생각이 들 정도로 평상복과는 거 리가 먼 드레스였다.

"잘 어울리기는 하는데 말이지."

"어울리기는 뭐가 잘 어울려. 이런 걸 입고 어딜 돌아다니라고. 당장 벗어!"

"꺄악!"

다짜고짜 옷을 벗기려 드는 워렌에게 놀란 헤이젤이 소리를 질 렀다. 날카로운 비명에 워렌 역시 놀라 지퍼에 올렸던 손을 재빨 리 공중으로 들어 만세 자세를 취했다.

"아…… 너희 진짜 골치 아픈 거 알지."

"그리고 워렌은 지금 과보호 아버지 같은 거 알지."

남은 생각해서 기껏 싸들고 왔는데 이게 무슨 반응이냐며 투 덜대는 카리나의 곁에는 토라져 볼이 통통 부어 있는 이사벨이 몸을 둥글게 말아 웅크리고 있었다.

"어딜 봐도 밤 문화 전용 의상을 가져와 놓고 생색내기는. 어이, 네 딸은 또 왜 이러는데?"

"마마걸이라 그래."

"무슨 뜻이야?"

"이사벨이 크면 입으려고 벼르던 옷들을 누구 준다고 들고 나와서 속상해서 그렇대."

"엄마 옷은 전부 내가 입을 거란 말이야!"

화가 난 듯 소리를 지른 이사벨이 헤이젤을 노려봤다.

"그런데 엄마는 처음 보는 언니한테 주겠다고 다 가져오고! 저 언니 미워!"

"어, 나는. 저기……."

여기까지 가져다준 카리나의 정성을 봐서라도 필요 없다고 거절할 수도 없고, 그렇다고 아이의 원망을 받으며 넙죽 받을 수도 없고. 진퇴양난에 처한 헤이젤이 당황한 시선을 워렌에게 던졌다. 카리나와 이사벨을 번갈아 보며 진땀을 흘리는 헤이젤을 지켜보던 워렌이 깊은 한숨을 쉬며 입을 열었다.

"카리나. 성의는 고맙지만……. 귀여운 이사벨이 슬퍼하는 모습은 보고 싶지 않으니 부디 도로 가져가 줬으면 좋겠어. 헤이젤의 옷은 내가 돈을 댈 테니 데리고 나가서 쇼핑 좀 해주면 안 될까?"

"진짜? 없어도 돼? 짠돌이가 지금 돈 쓴다는 소리를 하는 거야?"

"쓸데없는 말은 덧붙이지 않아도 돼. 네 옷은 도저히 눈 뜨고 못 보겠고, 내가 가지고 있는 옷들은 다 인형용의 지나치게 비싼 것들뿐이야. 벗겨둘 수도 없잖아. 과용하지 말고 최소한으로 필요한 것만 사서 돌려보내."

"와. 생각보다 계획적이네. 저기, 헤이젤. 혹시 저 남자가 돈 준다고 구슬리면서 뭔가 이상한 거 요구해 와도 응해주면 안 된다?"

"……그게 뭔데요?"

"애한테 쓸데없는 소리 하지 마. 넌 나를 뭐로 보는 거야!"

"농담이야. 워렌도 같이 가지 않을래?"

"난 바빠. 오후에는 시장에서 식료품 배달이 오기로 해서 맞이할 사람이 필요해."

여자들 쇼핑에 낄 생각은 털끝만큼도 없다는 걸 강조한 워렌이 헤이젤에게 신신당부했다.

"저 마녀가 쓸데없이 천 쪼가리 비율이 적은 옷을 들이대면 네 선에서 알아서 골라내도록."

"네에."

"돈 아까운 줄 모르고 이상한 옷 사 들고 오면 너 들어 있는 통째로 그 인형을 경매에 내놓을 줄 알아. 수틀리면 박물관에 기증하든가 방법은 많다는 것도 명심하고."

"히이익!"

"아유, 마음에도 없는 소리를 하기는. 알았어, 알았다고. 얌전한 옷으로 고를 테니 염려 놓아!"

카리나는 워렌을 흘겨본 뒤 수첩을 꺼내 무언가를 적었다.

"실내복 하나, 외출복 하나, 실크 스타킹에 언더 드레스에, 드로워즈, 블라우스랑 스커트 두 벌씩. 구두랑 모자, 속옷…… 일단 기본이 이 정도 될 거야. 나머지는 내가 가져온 것 중에 좀 얌전한 거로 몇 개 빼놓을 테니까. 됐지?"

"살 게 뭐가 이렇게 많아!"

"여성복은 이게 기본 중 기본이라니까!"

의상의 수와 예상 금액을 본 워렌이 인상을 썼다. 이 이하는 안 된다며 강하게 우기는 카리나의 말발에 밀린 워렌은 결국 알아서 하라며 그들을 내쫓았다.

"쇼핑 나가는 김에 이사벨의 새 모자도 사러 가자, 응?"

카리나는 아직도 조금 토라져 있는 제 딸을 새 모자로 달래며 운전대를 잡았다. 덕분에 기분이 많이 좋아진 이사벨이 워렌에게 손을 흔드는 동안 차는 시끄러운 소리를 내며 하트퍼드가의 정원을 빠져나갔다.

"머리가 아프군."

워렌은 수면 부족으로 멍한 머리가 감당하기에 너무 큰 시련이 닥쳤었다며 지친 표정으로 다시 저택 안으로 발걸음을 옮겼다. 오후에 배달부가 올 때까지 시간적 여유가 있었다. 당장 조금이라도 눈을 붙이지 않으면 도저히, 몇 시간 뒤 돌아올 세 여자의 수다를 버텨내지 못할 거라고 그는 확신했다.

✹

단 세 시간의 수면이었지만 적당히 쉬어준 머리는 확실히 맑았다. 세 아가씨가 요란한 엔진 소리를 울리며 다시 하트퍼드가로 돌아올 즈음 워렌은 이전보다 충분히 안정된 상태로 그들을 맞을 수 있었다.

"우리 돌아왔어!"

모녀, 아니 얼핏 봐선 나이 차 많이 나는 자매 같은 세 사람은 양손 가득 쇼핑백을 껴안고 행복한 미소를 지었다. 어른이든 아이든 쇼핑에서 활력을 얻는 게 여성이라는 종족적 특성인지 입으로는 연신 지쳤다는 소리를 연발하면서도 눈빛에 생기가 가득했다.

"헤이젤. 부끄러워 말고 얼른 들어와! 워렌에게 보여줘야지!"

현관을 들어서는 그들을 소파에 기대 누워 바라보던 워렌이 눈을 크게 떴다. 앞에서 카리나가 잡아당기고, 뒤에서 이사벨이 미는 대로 끌려 수줍은 듯 들어오는 헤이젤은 수수한 흰색 블라우스에 물색 스커트를 입고 있었다.

"어때? 주문대로 얌전하게 골랐어. 예쁘지 않아?"

"······그러네."

헤이젤에게서 시선을 떼지 못한 워렌이 조금 가라앉은 목소리로 동의했다. 고요한 사막 같던 워렌의 눈동자에 마른 불꽃이 튀어 일렁였다. 카리나 모녀는 소파에 얹혀 있던 그의 손에 힘이 들어가는 걸 보지 못했지만 워렌을 주시하고 있던 헤이젤은 그 순간을 눈에 담을 수 있었다. 드레스 외의 다른 옷을 보면 순수하게 반겨줄 줄만 알았던 그가 긴장하는 모습을 보고 소녀는 고개를 갸웃거렸다.

"많이 이상해요?"

"아니, 잘 어울려."

미묘한 분위기는 금세 사라졌다. 워렌은 다시 무뚝뚝해진 얼굴로 아무렇지 않다는 듯 느리게 소파에서 몸을 일으켰다.

"여기! 쇼핑한 물건들이랑 영수증. 당신이 제시한 금액을 넘지 않게 다 쓰고 왔어!"

"돈이라는 건 준 만큼 반드시 다 써야 하는 건 아닌데 말이지."

"아유, 아가씨들 품위 유지하는 게 그리 쉬운 줄 알아? 그리고 여기 헤이젤 양 말인데, 취향이 예상외로 고급이더라. 물건 보는 눈도 있고. 어디 좋은 집안 아가씨였나 봐. 고급품만 알아보고 골라 집는 통에 대체품 찾는 데 고생 좀 했어."

카리나의 설명에 워렌이 새삼스럽다는 얼굴로 헤이젤을 바라보았다.

"이 저택의 아가씨였어?"

"그게……."

기억나지 않는다고 말하려던 찰나, 카리나의 밝은 목소리가 끼어들었다.

"어머, 만일 그렇다면 워렌의 조상님이 될 수도 있겠네?"

"그렇게 되나?"

지금에야 다 망한 애물단지 폐가 취급을 당하고 있다지만 하트퍼드 집안은 대대로 역사와 전통을 자랑하는 명문이었다. 학계에도 정계에도 많은 인재를 배출한 오래된 역사를 가진 집안인지라 만일 헤이젤이 그 선조 중 누군가였다 해도 전혀 이상하지 않았다. 오히려 그것이 소녀가 이 집을 배회하고 있던 이유가 될 수도 있었다.

"모르겠어요. 기억나지 않아요."

"그래. 아쉽네. 몇 대 조상인지만 알아도 재미있을 것 같은데 말이지."

"단순히 네 유흥을 위해서 말이지."

흥미 위주로 캐묻는 카리나를 차가운 시선으로 노려보던 워렌이 쏘아붙였다.

"쇼핑하는 중에도 물어봤는데, 기억이 거의 없더라고. 어떻게 여기 왔는지 생전에 대한 정보도 상당히 단편적으로만 가지고 있어."

"죽은 지 오래된 거 아닌가?"

두 사람이 소곤대며 헤이젤을 바라보았다. 그녀는 지금 손수건의 색상에 대해 이사벨과 이야기를 나누는 중이었다.

"어느새 사이가 좋아졌군."

"그렇지? 출발할 때만 해도 경계했는데, 쇼핑하다가 헤이젤이 한 말 한마디에 넘어가더라고."

"뭐라고 했는데."

"자기는 어머니가 안 계셔서 이사벨이 부럽다고 했어."

"그래?"

"아예 기억이 없는 건 아니니 조금씩 정보를 모으면 신원 정도는 알 수 있지 않을까?"

"유령의 신원 따위 알아서 뭐 하려고."

귀찮은 일은 딱 질색이라고 워렌이 단칼에 잘랐다. 어차피 오래 볼 상대도 아니니 쓸데없는 관심은 주지 않는 게 나았다. 그런 이야기를 나누는 두 사람에게 헤이젤이 다가와 물었다.

"저기, 제가 차를 내올까요?"

"네가?"

"네, 다들 오후 차를 마실 시간이 되지 않았어요?"

"그렇긴 한데, 부엌이 어디인 줄 아니?"

"알려주시면 이사벨이랑 다녀올게요."

어느 틈에 다가와 헤이젤 곁에 선 이사벨이 고개를 끄덕였다. 아이들에게서 잠시 해방될 절호의 기회를 얻은 카리나가 그들에게 부엌 위치를 알려주었고 헤이젤과 이사벨은 손을 잡은 채 차를 준비한다며 사라졌다.

"저거 믿어도 되는 거냐."

애들만 보내서 얼마 있지도 않은 앤티크 차이나 세트를 다 깨는 건 아니냐며 불안한 표정으로 워렌이 묻자, 카리나가 웃으며 되물었다.

"저 애, 몇 살이나 되었을 것 같아?"

"누구. 헤이젤?"

"그래. 말하는 건 영락없는 어린아이인데 말이지, 그런 것치고는 묘하게 아는 게 많아. 순진한 걸 잘못 이해하고 마냥 어리게 본 건 아닌가 싶어서."

"유령일 때 본 기억이 확실하다면 그리 크지 않았어."

"뭐야. 모습도 본 거야?"

"얼핏 본 게 다야. 기억은 잘 안 나."

"관심이 없었겠지."

"이거나 그거나."

상관없다는 어투로 거실 구석으로 간 워렌이 창가 쪽에 놓인 둥근 유리병을 집어 들었다. 병 안에는 색색의 막대 사탕들이 가득 담겨 있었다. 진지한 표정으로 내용물을 살피던 그는 심사숙고한 뒤 사탕 하나를 꺼내 들고 포장을 풀었다.

"그렇다면 더, 선조일 가능성이 커지는 거네."

"그게 무슨 상관이야."

카리나에게도 사탕 병을 내밀어봤지만 그녀는 사탕보다는 차가 좋다며 손을 내저었다.

"금연 꾸준히 하나 봐?"

"뭐. 끊을 생각이 있으니까 어떻게든 되겠지."

"골초였다고 들었는데 기특하네."

"……인형에 냄새 배는 게 싫으니 어쩔 수 없잖아."

"그래, 그리고 니코틴 냄새는 종이 상자라던가 의상에도 쉽게 배니까 상품을 다루는 사람은 흡연을 조심하는 게 좋지. 프로다운 좋은 자세야."

카리나의 격려에 사탕을 입에서 굴리던 워렌이 묵묵히 고개를 끄덕였다. 인형 판매를 시작하고 나서 자발적으로 담배를 끊기 위해 노력한 건 좋았으나 입이 심심한 걸 참지 못하고 사탕을 먹기 시작한 것이 최근 새로운 중독 증세로 자리 잡는 듯싶었다.

"사탕도 뭐, 이 넓은 저택을 뛰어다니는데 그 정도 당분은 상관 없을 테고. 평소 궁금했는데 말이지. 따로 몸 만드는 운동이라도 하는 거야? 혼자 사는 독신남치고 몸 관리를 잘하는 것 같아서 늘 궁금했어."

워렌은 잘 정리된 손톱으로 자신의 옆구리를 꾹 찔러보는 카리나의 손길을 피하며 기분 나쁜 듯 대답했다.

"쓸데없는 말 마."

"하트퍼드 인형사님의 정보를 궁금해하는 사람들이 얼마나 많은데. 작은 것이 쌓여 큰 정보가 된다는 게 내 신조야."

"말도 안 되는 소리 할 생각 말고 신비주의 유지해. 상세히 알아서 재미있을 거 하나 없어."

"그런 건 우리가 판단하는 거예요, 인형사님."

해죽 웃으며 반박한 카리나는 아이들이 걱정된다며 부엌으로 향했다. 워렌은 사탕을 입에 문 채 주변을 둘러보았다. 조금 전까지만 해도 단정하게 정돈되어 있던 공간이 마치 폭탄이라도 맞은 듯 상자며 쏟아져 나온 옷가지들로 발 디딜 틈 없었다.

"난리가 났군……."

부디 어지르는 사람과 치우는 사람이 다르지 않기를 바라며 소파 한구석에 틈을 만들어 앉았다. 자리에 앉으며 주변의 옷가지들을 대충 밀어내는데 손끝에 부드러운 재질이 닿았다. 뭔가

하고 슬쩍 들어보니 실크 속옷이었다. 워렌은 몰래 남의 옷장이
라도 뒤지다 들킨 사람처럼 흠칫 놀라 재빨리 그걸 집어 던졌다.

피부에 감겨오는 매끈한 감촉이 아직도 손가락에 남아 있었다.
여자들의 옷은 쓸데없이 작고 부드러워서 하루가 멀다고 인형들의
옷을 갈아입히는 그조차도 아직 낯선 부분이 있었다. 괜스레 민망
해진 탓에 앞에 놓인 구두 상자며 모자 상자를 발로 슬슬 밀어내
고 있으려니 부엌 쪽에서 와글와글 시끄러운 소리가 들려왔다.

"아까 간식용 스위츠를 사오길 잘했지! 여긴 정말 먹을 게 하나
도 없네."

투덜대며 트레이를 들고 거실로 나온 카리나가 워렌에게 테이
블 위를 치우라며 손짓했다. 쌓여 있던 옷가지들이 옆으로 밀려
나고 다기들이 펼쳐졌다. 커다란 접시에 과자를 쌓아 담고, 대대
로 내려오는 고풍스러운 찻주전자와 잔, 밀크 자와 슈가볼을 꺼
낸 게 전부인 소박한 상차림이었다. 격식을 차리지 않은 간단한
티타임이 준비되었다.

홍차만큼은 지난달에 주문한 새 찻잎들이 넉넉하게 구비되어
있어서, 헤이젤이 과자와 어울리는 맛으로 골랐다고 했다.

"디저트가 에클레어라는 말에 차는 다즐링으로 했어요. 크림
이 들어간 과자류와 잘 어울리거든요."

"아, 다즐링이라면 워렌이 좀 까다롭지 않아?"

전날 티포트를 건네주며 시간 엄수 운운하던 모습이 기억이 났
는지 카리나가 물었다.

"그런가요?"

괜히 이걸로 했나 싶어 겁먹은 헤이젤이 묻자 워렌이 불퉁하게
대답했다.

"내가 까다로운 게 아니라 네가 너무 대충인 거지."

"까다롭다니까. 얼그레이 같은 건 대충 우려도 적당히 먹을 만하잖아."

"그 '적당히'의 기준이 참 새삼스럽군."

평소 손 하나 까닥하지 않고 고용인들이 내어주는 차를 마신다는 카리나는 다도에는 정말 관심이 없다고 못을 박았다. 가끔 정도는 대충 아무렇게나 우려 마셔도 죽지 않는다는 말에 믿을 수 없다는 표정을 한 워렌이 제 앞에 놓인 찻잔을 보며 심각한 표정을 지었다. 설마 이것도 전날 그녀가 접대했던 '개성 강한' 홍차는 아닐까 싶어 겁이 더럭 났다.

다른 건 몰라도 차에는 까다로운 워렌이었다. 정성스레 준비해 왔으니 아예 입에 대지 않고 물릴 수는 없을 테고, 어떻게든 이 난관을 헤쳐 나가야 한다는 마음가짐으로 잔에 입을 가져다 댔다. 설마 죽기야 하겠는가. 큰 각오로 한 모금 마신 뒤 눈을 깜박였다. 곁에서는 헤이젤이 뚫어지게 워렌을 바라보며 표정을 살폈다.

"맛있어. 까다로운 차인데 알맞게 잘 우렸네."

"다행이다!"

워렌의 칭찬에 크게 마음을 놓은 소녀가 활짝 웃었다. 예상외의 차 맛에 워렌이 감탄하는 걸 지켜본 카리나가 제안했다.

"앞으로 손님이 오면 헤이젤이 차를 내오는 건 어때? 하트퍼드 쇼룸 방문객이라면 이 외모의 아가씨가 따라주는 맛있는 차를 사양할 사람은 없을 텐데. 분위기도 잘 어울려서 인기가 많을 거야. 워렌도 매번 설명하랴, 차 내오랴 분주하게 움직이지 않아도 되잖아."

"흐음."

단칼에 안 된다고 자를 줄 알았던 워렌이 고민하자, 여지가 있다고 생각한 카리나가 선수를 쳤다.

"그럼, 그렇게 결정! 앞으로 잘 부탁해, 헤이젤!"

"네!"

워렌이 불만을 표하기 전에 얼렁뚱땅 결정이 내려졌다. 헤이젤은 차에 대한 지식 역시 해박했다. 다즐링도 종류에 따라 우리는 시간을 미묘하게 바꾼다는 설명에 워렌도 큰 불만 없이 그녀에게 맡기기로 했다.

"이렇게 맛있는 차를 헤이젤은 마시지 못하다니 아쉽네."

"전 먹지 않아도 괜찮아요. 행여 수분을 넣었다가 기계장치가 고장 날까 걱정되기도 하고요."

"한두 모금 정도는 괜찮아. 내부에 공간이 있거든."

"맛도 모르는데 먹어서 뭐해요. 청소만 번거롭죠."

안타까운 시선을 받은 헤이젤이 미소 지었다. 바람의 서늘함을 느끼지 못했던 그녀는 자신이 먹거나 잠들지 않아도 상관없다는 사실을 깨달았다. 기초대사가 전혀 필요하지 않은 몸이어서 차를 타도 남들이 먹는 걸 구경하는 게 전부였다.

"돌아갈 길도 머니 우리는 이만 갈게."

쇼핑한 물품을 헤이젤에게 한아름 안겨준 카리나는 다음에 또 보자는 말을 남기고 딸과 함께 떠났다.

"난 이만 작업하러 간다. 어제랑 오늘 밤낮으로 사람들이 북적거려서 아무것도 못 했으니 지금부터라도 일을 시작해야 하거든."

"아, 거실은 제가 치워둘게요."

헤이젤의 대답에 워렌이 웃었다.

"대충 치워둬. 어차피 찾아오는 사람도 얼마 없고."

"네에."

"나는 저기 지하 작업실에 있으니 혹시 무슨 일 생기면 헤매지 말고 찾아와."

집 구조를 몰라 도둑이 들었을 때 깨우지 못했다던 말이 기억 났는지 워렌이 자신이 있을 곳을 손가락으로 가리켰다. 위층으로 오르는 계단 밑에 달린 작은 문이 그가 주로 시간을 보내는 작업 실이라는 설명에 헤이젤이 고개를 끄덕였다.

워렌마저 사라져 조용해진 거실에서 포장지와 상자를 치우던 헤이젤은 수북이 쌓여 있는 옷가지들을 커다란 봉투에 몰아넣으며 곤란한 표정을 지었다.

"이걸 어디에 치워둬야 하는 거지?"

남의 전시 작품에 멋대로 깃드는 민폐를 끼친 것만도 부족해서 인형과 함께 도망치지 않았던가. 돌려줄 때 야단을 맞기는 했지만 신부님을 불러 악령퇴치 의식을 벌여도 당연할 법한 상황을 너그러이 넘어가 준 것뿐만 아니라 그녀가 사용할 물품들을 한아름 사서 안겨주는 과분한 처우를 받았다. 이 상황에서 자신이 있어야 할 공간까지 요청하는 건 너무하다 싶었던 헤이젤은 종이 가방을 움켜쥐고 자리에서 일어났다.

"거처 정도는 스스로 알아서 처리하자!"

워렌에게 폐를 끼치지 않고 지낼 만한 공간이 떠오른 소녀는 밝은 표정으로 거실을 빠져나갔다.

2.

안개 낀 전시회

선선한 가을바람이 기분 좋은 아침. 하트퍼드 저택에는 일찍부터 방문객이 있었다. 일반적인 손님과 달리 워렌을 깨우지 않고 직접 열쇠로 문을 열고 들어온 그는 기분 좋은 콧노래를 부르며 닫혀 있던 거실의 덧창문을 열기 시작했다. 어둡던 실내가 순식간에 밝아지자 쏟아져 들어오는 햇빛에 눈이 부신 듯 청년은 잠시 눈을 감았다. 빛을 받은 그의 머리는 밝은 갈색이었고 어둠에서 드러난 얼굴은 순하고 서글서글한 인상이었다.

그는 실내를 둘러본 뒤 목적한 방까지 헤매는 일 없이 바로 계단을 올랐다. 크고 작은 방이 많아 미로 같은 하트퍼드 저택의 구조에 익숙한 사람이 아니면 할 수 없는 행동이었다. 인형 작업용으로 사용되는 방은 워렌의 지하 작업실 말고도 몇 군데 더 있었는데 그것들이 황량하리만치 넓은 저택의 어느 구석에 박혀 있는지를 아는 사람은 극소수에 불과했고 청년은 그중의 한 사람임이 틀림없었다.

그가 향한 곳은 인형의 마감과 조립을 완성하는 공간이었다. 그곳에서 오른쪽 벽에 나 있는 문을 통하면 목공 작업이 가능한 방이었고, 왼쪽 문이 부자재 창고로 사용되는 방으로 연결되었다. 청년은 조립실로 들어가 메고 있던 가방을 내려놓았다. 옷걸이에 걸려 있는 낡은 작업용 앞치마를 몸에 걸친 후, 역시 덧창이 내려진 창가로 다가갔다.

무겁게 내려앉은 탁한 공기를 환기할 겸 창문을 열던 그는 밖을 내다보다가 고요한 정원 한구석에서 움직이는 무언가를 발견하고 흠칫 놀랐다. 혹시 잘못 본 것은 아닌가 싶어 눈을 비벼본 다음 고개를 빼고 다시 확인해 보아도 이질적인 움직임은 여전히 이어지는 중이었다. 꼬물꼬물. 무엇인가, 혹은 누군가가 유리로 된 낡은 온실 속에서 분주하게 돌아다녔다.

"……어? 사람이 있네?"

지금 시각에는 잠들어 있을 집주인 외에 비어 있어야 할 저택이었다. 정원 한구석에서 사람이 움직이는 모습을 본 청년은 놀란 얼굴로 방을 빠져나왔다.

헤이젤은 밤새 온실에 있었다. 사방이 유리로 둘려져 있어 비를 피하기 좋을 거라는 생각에 온실 안에 거처를 마련한 뒤 잡초와 죽은 꽃나무들로 어지러운 내부를 정리하느라 밤을 새웠다.

"이 정도면 적당할까? 나머지는 오늘 밤에 더 하도록 하고."

저택도 그렇지만 정원이며 온실 역시 그간 버려진 세월을 적나라하게 드러냈다. 사람 손이 닿지 않은 정글이라고 해도 믿을 수 있을 정도로 풀이 울창했고 심어두었던 열대 나무들은 모두 죽었다. 그녀는 온실 안에 무성하게 돋은 잡초를 뽑고 쌓여 있던 낙엽을 치운 뒤 만족한 표정을 지었다. 이것만으로도 한결 정돈된 느낌이 들었다.

선물 받은 옷이라 최대한 조심하며 청소했지만, 정원을 다듬다 보면 어쩔 수 없이 흙이 묻었다. 이미 이곳저곳 얼룩이 생긴 스커트를 내려다보며 한숨을 쉰 그녀는 풀물이 들기 전에 빨리 빨아야겠다고 서둘렀다. 종이봉투 안에서 어제 사온 드레스를 꺼내 들고 이리저리 살펴보며 감탄을 터뜨렸다.

"이거 요즘 입기 딱 좋아 보여."

헤이젤은 연한 갈색의 수수한 드레스를 펼쳐 들고 함박웃음을 지었다. 평소 입던 옷은 프릴이며 레이스가 지나치게 많이 달려 있어서 불편했는데, 이 옷은 활동성이 좋아 보였다. 거기까지 생각이 떠오른 소녀가 고개를 갸웃했다.

'나는 평소에 화려한 옷을 입었었나?'

기억이 나지 않았다. 어렴풋하게 떠오른 드레스는 프릴이며 리본이 가득 달려 있어 인형 옷 같은 인상을 주었다. 정말 자신이 그런 옷을 입었던 걸까? 어쩌면, 전시실에 있는 인형들의 드레스가 우연히 떠올랐을 수도 있었다.

'가끔 뭔가 기억이 날 듯도 한데, 집중해서 캐내려고 하면 잠에서 깬 것처럼 금방 사라져.'

제대로 기억하고 있었다면 어제 카리나가 물어보던 질문에도 답할 수 있었을 거라고 헤이젤은 아쉬워했다.

'기억은 천천히 되찾기로 하고.'

옷을 갈아입어야겠다며 블라우스를 홀렁 벗어 던진 뒤 의자에 걸려 있던 드레스를 집어 드는 순간, 온실 입구에서 누군가가 불쑥 들어왔다.

"거기 누가 있나요?"

"꺄아아아악!"

"어? 이게 뭐야, 으악! 저기요!"

"꺄아아— 치한! 사람 살려!"

"아, 아닙니다! 정말이에요!"

드레스를 움켜쥐고 자리에 주저앉은 헤이젤이 연속으로 비명을 질렀다. 남자 역시 크게 당황했는지 같이 소리를 지를 뿐 좀처럼 피할 생각을 하지 못하는 것 같았다.

"대체 무슨 일이야?"

상쾌한 아침을 뒤흔드는 시끄러운 비명에 잠이 깬 워렌이 엉망이 된 모습으로 정원으로 뛰쳐나왔다. 워렌의 시야에 새빨갛게 달궈진 채 당황하는 낯익은 청년의 얼굴이 먼저 들어왔고, 그런 그가 바라보는 방향에 무언가가 더 있다는 걸 깨닫고 몇 걸음 앞으로 나아갔다. 그 시선 끝에는 상의를 벗어 던진 채 몸을 웅크리고 주저앉아 있는 금발 미녀가 있었다.

"헤이젤? 거기서 뭘 하는 거야?"

야외 노출증이 있는 아가씨였나, 고약한 버릇일세. 저러다 몸에 상처라도 나면 안 될 텐데. 워렌이 잠이 덜 깬 멍한 머리로 생각을 정리하는 사이, 서로를 향해 경악하던 두 사람이 동시에 외쳤다.

"아는 사람이에요?"

워렌은 시끄럽게 소리치는 오리들을 넌더리난다는 얼굴로 물끄러미 바라보았다. 하나같이 귀찮고 성가시고 손이 많이 간다. 아침부터 이게 무슨 난리통인지. 선선한 바람에 조금씩 정신이 돌아오자 청년을 향해 손을 까닥거렸다.

"르네, 이리 와봐."

"네."

르네라 불린 청년이 다가가자 워렌은 커다란 주먹으로 인정사정없이 머리를 내리쳤다.

"바보야. 아가씨가 벗고 있을 땐 일단 옷 입을 시간을 줘라."

"아야! 아. 네? 네, 죄송합니다!"

"나한테 미안할 게 뭐가 있나. 얼른 안으로 돌아가 물이라도 한잔 마시면서 기다려. 설명할 테니."

르네를 저택으로 쫓아 보낸 워렌이 수풀 속에 쪼그려 앉은 헤이젤에게 손짓했다.

"이제 나와도 돼."

"워렌이 있잖아요."

"난 상관없잖아. 그거 내가 만든 건데."

"그래도……."

"거참 귀찮게 하네."

우물거리는 헤이젤을 위해 등을 돌려준 워렌이 그 틈을 타 옷을 갈아입는 소녀에게 지적했다.

"이런 데서 벗고 있으니까 누가 보는 거야."

"제가 나체로 돌아다닌 것처럼 말하지 말아주세요."

"아니야?"

"아니에요!"

소녀의 행동이며 반응에 기가 막혀 피식, 웃음이 새어 나온 워렌은 주변을 바라보다 이전과 달라진 온실의 변화를 알아차렸다. 허리까지 올라왔던 잡초며 들풀들이 깨끗하게 정리되어 있었고 자갈을 깔아놓은 통행로 사이에 싹 텄던 풀들도 전부 치워졌다. 뽑아놓은 잡초가 입구 쪽에 가득 쌓여 있는 게 보였다.

"온실을 정리한 건가?"

"아, 네. 너무 산만해서요."

"밤새 이걸 혼자 했어?"

워렌이 놀란 듯 돌아보았다. 등 뒤의 원피스 지퍼를 올리기 위해 바동대던 헤이젤이 잠시 놀라 그를 바라보다가 고개를 끄덕였다. 그 모습을 보고 곁으로 다가간 워렌이 흘러내리는 금발을 앞으로 넘겨주고 지퍼 올리기를 도왔다.

"쓸데없는 짓 하지 마."

"제가 멋대로 정리해서 싫으셨어요? 물어보고 할걸 그랬나 봐요."

헤이젤이 눈치를 보며 대답하자 워렌이 이번에는 헤이젤의 머리를 주먹으로 툭 때렸다.

"아야!"

"아프지도 않으면서 엄살은. 그런 뜻이 아니야. 어차피 온실은 사용하는 사람도 없는데 정리해서 뭐하냐는 말이었……."

드레스의 지퍼를 올린 워렌은 그제야 헤이젤 앞에 놓인 종이봉투의 산을 바라보며 눈을 크게 떴다.

"이게 다 뭐지?"

"어, 어제 사주신 옷들이요."

"알아. 그게 왜 밖에서 뒹굴고 있는지를 묻고 있어."

"뒹구는 거 아니에요. 옷 갈아입고 있었거든요."

"옷을 왜 여기서 갈아입어?"

영문을 모르겠다는 표정으로 헤이젤을 지켜보던 워렌의 얼굴이 점차 일그러졌다. 이제야 사태가 파악된 모양이었다. 그는 씁쓸한 한숨을 쉬었다.

"말을 하지 그랬어."

"바쁘신 거 같아서, 제 임의로……. 죄송해요."

작업실에 틀어박힌 워렌을 방해할 수 없었던 헤이젤이 어디로 가야 할지 몰라 방황하다 떠올린 장소가 이곳 온실이었다. 어차피 추위나 더위를 느끼지 못하는 그녀에게 실내나 실외는 큰 차이가 없었고 온실에는 지붕까지 있으니 비를 피할 수 있어 편하겠다는 생각을 했던 거였다. 헤이젤은 복잡한 표정으로 자신을 내려다보는 워렌을 바라보며 여기가 아닌 헛간으로 갔어야 했을까를 고민했다.

"따라와."

눈치를 보며 머뭇거리는 소녀를 본 워렌이 화가 난 것처럼 의자 위에 올려진 종이 가방을 세게 움켜쥐었다. 그가 별다른 설명 없이 온실을 빠져나가자 종종걸음으로 그 뒤를 쫓은 헤이젤은 그가 1층 부엌 근처에 있는 방 앞에 멈춰 있는 것을 발견했다.

"여기가 손님방이야. 내 방은 바로 옆에 있고."

"예?"

"그 안에 있는 동안은 여길 써. 아무리 튼튼한 기계 몸이라지만 아가씨가 노숙하는 걸 지켜볼 만큼 양심 없지는 않아. 온실은 위험하니까 얼씬도 말고."

워렌의 설명을 들은 헤이젤이 다시 방을 둘러보았다. 푹신해 보이는 침대에 소박하지만 정갈한 느낌이 드는 옷장이며 책상까지, 필요한 것이 전부 갖춰져 있었다.

"정말 제가 써도 돼요? 손님이 오시면 어쩌죠?"

조심스레 묻는 말에 워렌이 다시 눈썹을 확 찌푸렸다.

"꼬마가 쓸데없는 걱정하는 거 아니야."

워렌은 아이는 아이답게 솔직한 게 좋다고 생각하는 쪽이었다. 그는 지나치게 사양하는 헤이젤의 반응이 마음에 들지 않았다. 주어진 것에 그저 순수하게 기뻐하면 될 나이의 소녀가 이런저런 눈치를 보는 모습에 짜증이 일었다. 이사벨처럼 좋다 싫다를 확실하게 표현하는 아이를 선호하는 그에게 이런 반응은 답답했다. 그런 그의 불편한 마음을 읽었는지, 고개를 끄덕인 헤이젤이 조심스럽게 워렌을 껴안았다.

"고맙습니다."

"어······."

갑자기 끌어 안겨 놀란 그의 등 뒤로 두 사람을 기다리다 지쳐 찾아온 르네의 발소리가 들렸다.

"워렌. 여기 계시는 건가요? 저어, 조금 전에는 대체, 으허억! 정말 죄송합니다!"

두 분이 그런 사이인 줄도 모르고! 라고 외치며 다시 도망치려는 르네를 워렌이 황급히 불렀다.

"그런 사이 아니니까! 르네! 돌아와!"

다급한 부름에 돌아온 르네의 얼굴은 보란 듯 잘 익은 토마토 같았다.

"여기는 그, 내 친척인······ 헤이젤."

어정쩡하게 옆구리에 매달린 소녀를 손가락으로 가리키며 워렌이 설명했다. 잠시 놀란 표정을 지었던 헤이젤도 인형에게 유령이 씌었다는 말은 함부로 꺼내기 힘들다는 걸 뒤늦게 깨닫고 어색하게 고개를 끄덕였다.

"안녕하세요……."

치한이라고 소리 질렀는데 화 안 났으려나. 헤이젤이 르네의 안색을 살피며 인사를 건넸다. 르네는 당혹감에서 미처 벗어나지 못했는지 뻣뻣해진 목을 가누느라 정신없어 보였다. 그는 쑥스러운지 이쪽을 제대로 바라보지도 못했다. 다행히 화를 낼 것 같은 분위기는 아니었다.

"여기는 내 조수, 르네. 르네는 주 2회 정도 일을 도와주러 오는데 별로 쓸모는 없어."

"안녕하세…… 아니, 아까는 죄송했…… 아니. 워렌! 처음 소개받는 분께 그런 설명은 너무하지 않습니까!"

당황한 르네가 반박했지만, 틀린 말은 아니었는지 곧 어깨를 축 늘어뜨렸다.

"르네라고 합니다. 저어, 조금 전에는 죄송했어요. 인기척이 있길래 놀라서 그만."

"저도 죄송했어요. 옷을 갈아입고 있던 터라."

"예에……."

조금 전 있었던 일을 설명하니 다시 그의 얼굴이 붉어졌다. 무슨 오해를 하고 있는지 모르지만 제대로 이상한 생각을 하는 게 틀림없어 보였다. 아마도 그녀가 밖에서 옷을 벗어야 했을 모든 변수와 가능성을 떠올리고 있을 터였다. 수줍은 얼굴로 몇 마디 나누던 헤이젤은 문득 이상한 생각이 들어 워렌을 올려다보았다. 저택에 아주 가끔 방문한다는 카리나조차 헤이젤의 얼굴을 보고 누군지 깨닫지 않았던가. 주 2회나 저택을 방문한다는 르네가 어째서 '신부'의 얼굴을 알아보지 못하는 건지 의아했다.

시선의 의미를 깨달은 워렌이 짓궂게 웃으며 설명했다.

"르네는 페디오포비아(Pediophobia)야."

"네?"

"사람 모습을 한 사물을 무서워하는 공포증이지. 눈, 코, 입이 달린 인공 창작물 대부분을 껄끄러워하고 정면으로 응시하지 못해. 사람 인형도, 동물 인형도 다 힘들어 해."

그런 공포증도 있어? 깜짝 놀라 르네를 바라보니 그가 부끄러운 듯 머리를 긁적였다.

"그래도 요즘은 얼굴만 안 마주치면 괜찮다고요."

"보통 페디오포비아들이 다 그렇지 않아? 르네는 대대로 인형을 만드는 집안의 후계자야. 평생 인형을 만들어야 하는 집 맏이가 인형을 무서워해서 부모님 걱정이 이만저만이 아니지."

"저희 가문도 전통적인 기술로 비스크 인형을 만듭니다만 워렌 님은 인형 외에 오토마타 기술도 있으셔서……."

"겸사겸사 여기서 새 기술도 배울 겸 인형에 익숙해지라고 보내졌어. 후계자가 인형 보고 기겁하는 걸 공방 사람들에게 숨길 겸."

"제자로 들어온 거군요?"

"뭐, 그런 거지. 여기 온 지 일 년 정도 되어서 기계적인 기술은 조금 늘었는데 공포증 쪽은 좋아졌는지 전혀 모르겠던걸."

"조, 조금씩 나아지고 있습니다!"

한심하다는 워렌의 시선에 르네가 고개를 푹 숙였다. 순한 인상의 르네는 워렌 앞에 서니 호랑이 앞에 놓인 사슴 같은 인상을 주었다. 르네 역시 그리 작지 않은 키였지만, 신장도 체격도 월등히 큰 워렌과 함께 있으니 어딘가 가냘퍼 보였다. 그런 그를 바라보던 워렌은 헤이젤의 어깨를 툭 치며 흘리듯 말했다.

"뭐, 시간이 있으면 르네를 좀 도와주라고."

"네. 도울 일이 있으면 언제든 불러주세요. 제가 잘할 수 있을
지는 모르겠지만요!"

"아, 아닙니다. 손님에게 일을 시킬 수는!"

당황하는 르네의 모습을 보며 헤이젤은 뒤늦게 워렌이 한 말의
의미를 깨달았다.

'아, 그게 아니라.'

헤이젤은 워렌의 말이 르네가 '인형'에게 익숙해질 수 있도록
도와주라는 의미였다는 걸 깨닫고 밝게 웃었다. 그거라면 헤이젤
도 해볼 수 있을 듯싶었다.

"잘 부탁해요, 르네!"

말괄량이처럼 씩씩하게 손을 내민 헤이젤을 휘둥그레 뜬 눈으
로 바라보던 르네가 곧 손바닥을 제 앞치마에 몇 번 비벼 닦더니
마주 잡아왔다.

"저야말로, 잘 부탁합니다."

이 저택에서 자신이 할 수 있는 일이 하나 더 났음에 헤이젤은
진심으로 기쁜 표정을 지었다.

✺

워렌의 일과는 단순한 편이다. 느지막이 기상해서 간단한 식사
와 함께 신문을 읽고, 저택을 한 번 둘러본 뒤 별일 없으면 작업
실로 들어가 오후 늦게까지 인형을 만든다. 인형 작업은 매일 다
른 편인데 최근은 전시회 준비로 정신이 없었다.

"전시회는 언제예요?"

"2주 후. 금주 안에 작업을 마치고 다음 주부터는 전시 준비에

들어가야 해."

"쇼룸에 있는 작품들이 전부 나가는 거예요?"

"전부는 아니고 반 정도만. 나머지는 지금 마무리 작업 중이야."

이제는 헤이젤이 타주는 차에 익숙해진 워렌이 찻잔을 집어 들며 대답했다. 시간은 오후, 작업을 중단하고 한숨 돌리려 작업실에서 나온 참이었다. 마른 가을 같은 차 내음이 테이블 주위를 맴돌았다.

"다음 주 초에 인형들을 모두 옮길 거야. 자리 배치며 디스플레이 같은 것도 그때……."

여기까지 말한 워렌이 잠시 말을 멈추고 물끄러미 헤이젤을 바라보았다. 요 며칠 헤이젤에게 익숙해졌다고는 하지만 그녀 역시 그가 만든 작품이었다.

"왜요? 아! 설마 저도 가서 전시되어야 하나요?"

"뭐? 아니, 그런 건 아닌데."

"그렇구나. 워렌의 역작이었으니 당연히 전시 계획이 있으셨겠죠. 그것도 정중앙 자리에. 으음, 몇 시간 정도는 가만히 있을 수 있을 것 같은데. 아주 노력하면 폐장 시간까지는 어떻게 버틸 수 있을지도 몰라요!"

"그럴 필요 없……."

생각지도 않은 제안에 어이가 없어진 워렌이 성급하게 끼어들었지만 미처 말리기도 전에 종달새처럼 이야기를 늘어놓았다.

"아, 오토마타니까 조금 움직여도 괜찮지 않을까요? 저장된 동작이 많다고 하는 거죠! 그럼 좀 어색해도 어느 정도 넘어갈 수 있을 텐데."

"헤이젤, 잠깐만 기다려 봐, 헤이젤!"

"하필 이런 시기에 제가 폐를 끼치게 되어서 죄송…… 네?"

"진정하고 내 말 잘 들어. 난 너를 전시할 생각이 없어."

"정말요?"

헤이젤은 어딘가 못 미더운 시선으로 워렌을 바라보았다. 어쩔 수 없어서 빼는 거 아니냐고 다시 물으려는 순간, 그의 큰 손이 소녀의 머리를 쓰다듬었다.

"네가 걱정할 일 아니야. 신경 쓰지 마."

그래도, 라고 말하려던 헤이젤은 신문을 보며 말없이 제 머리를 쓰다듬는 워렌의 손길에 눈을 깜박거렸다.

"워렌?"

"어."

기사에서 눈을 떼지 않고 대충 대답을 하면서도 일정한 속도로 손을 움직이는 워렌을 바라보며 헤이젤이 어쩔 줄 몰라 했다. 이거 꼭 강아지 쓰다듬는 거 같지 않나?

"머리 헝클어져요."

"아, 그렇군."

지적을 받은 뒤 약간의 정적이 흘렀다. 아쉬운 듯 손을 거둔 워렌이 헤이젤의 머리를 쓰다듬던 자신의 손바닥을 응시하다가, 미련 가득한 눈빛으로 쥐었다 폈다 하기를 반복했다.

"……역시 고양이를 데려와야겠어."

나지막이 혼잣말하던 그가 자리에서 일어났다. 사탕 병 안에서 한 움큼 사탕을 집어 든 워렌이 작업실로 사라지자, 잔을 치우던 헤이젤이 창밖을 내다보며 중얼거렸다.

"밖에서 책 읽기 좋은 날씨네."

그릇 정리를 마치면 정원에 나가봐야겠다며 종종대는 발걸음을 재촉했다.

은둔하는 경향이 있는 집주인은 작업 기간 내내 하루에 한두 번 마주치는 게 전부일 정도로 얼굴을 보기 힘들었다. 전시회 준비로 바쁜 그가 작업실 고행을 이어가는 동안, 르네가 워렌의 일을 돕기 위해 하트퍼드 저택을 드나들었다. 그의 방문은 주 2회가량. 생각보다 자주 마주치면서도 서로 인사 외의 대화를 건넬 수 있게 된 건 아주 최근의 일이었다.

아직도 헤이젤이 인형인지를 모르는 르네는 처음 말을 나눌 때는 제대로 눈도 못 맞췄다. 헤이젤은 이게 혹시 말로만 듣던 그 인형 공포증 때문인가 걱정했지만 후에 르네가 반라의 미녀를 봤던 충격이 커서 부끄러웠다고 수줍게 털어놓았다.

'아가씨의 나체를 보다니 용서할 수 없기는 한데…… 이게 내 몸도 아니고.'

밖에서 옷을 갈아입은 누군가의 잘못은 전혀 계산에 넣지 않는 헤이젤이었다.

저택에 사람이라고는 달랑 둘인데, 워렌은 얼굴을 보기가 하늘의 별 따기보다 조금 쉬운 정도여서 헤이젤은 남아도는 시간 대부분을 무료하게 보냈다. 심심함을 떨치지 못한 소녀는 길게 흘러내리는 머리카락을 손수건으로 질끈 묶은 뒤 정원으로 나갈 준비를 마쳤다. 그녀는 최근 며칠간 저택 뒷마당을 정리하고 있었다.

"낙엽 정리는 끝났고, 잡초 뽑기부터."

그녀는 창고에서 녹이 슨 낙엽 갈퀴를 찾아내어 유용하게 사용했다. 아직 어색하기만 한 손놀림으로 넓은 정원을 돌며 웃자란 나무를 정리하고 잡초를 뽑는 데 며칠이 걸렸다.

"다듬기 전에 씨앗을 모아야겠어. 내년 봄에 심으면 화단을 가꿀 수 있을 거야."

초가을이 되니 정원에 핀 이름 모를 야생화들의 씨앗이 영글기 시작했다. 헤이젤은 작게 자른 종이를 삼각형으로 접어 봉투를 만들고 그 안에 씨를 담았다. 꽃 이름을 모르니 종이 위에 꽃 모양을 따라 그려서 기록으로 남겼다.

'봄꽃의 채종 시기를 놓쳐서 아쉽네. 일단은 이걸로 만족해야겠어.'

씨앗 주머니는 꽃 그림을 색연필로 꼼꼼히 채색해서 완성했다. 준비된 봉투들을 창고에 있던 낡은 과자 상자에 차곡차곡 담았다. 이대로 잘 모아두면 다음 해 봄에 유용하게 사용할 수 있을 거라는 생각을 하던 소녀가 손을 멈추고 하늘을 올려다보았다.

"내년 봄에도 이곳에 있을 수 있을까?"

들어왔을 때만큼이나 우연히, 언젠가 다시 사라지게 되는 건 아닐까.

헤이젤은 지금 생활이 꽤 마음에 들었다. 욕심을 내려는 건 아니지만 언젠가 떠나야 한다면 모두에게 인사를 하고 갈 기회 정도는 주어지기를 간절히 바랄 정도로.

＊

워렌은 스스로가 그리 사교성이 좋은 성격이 아니라는 걸 어린 나이에 일찌감치 깨달았다. 교우관계를 진작 포기한 그는 학교에 다닐 때도 노골적으로 일만 안 쳤다 뿐이지 제멋대로 행동하는 문제아급 학생이었고, 사람들의 접근을 쉽게 허락하지도 않았다. 그는 매끈하게 차려입고 그럴듯한 말로 지식을 뽐내는 공작새 같은 신사들과는 거리가 멀었다.

귀족이라면 자고로 한량으로 사는 게 미덕이라고 생각하는 사람 역시 많았지만, 그건 팔자 좋은 몇몇에 제한된 이야기였다. 세상은 변했고 이제 적절한 수입이 없는 귀족들은 평민처럼 일해야 먹고살 수 있는 시대로 접어들었다. 태생이 귀족인 워렌 역시 꽤 유명한 퍼블릭 스쿨을 졸업했기에 그에게도 남들이 보기 좋은 직업을 선택할 기회가 주어졌다. 또래의 다른 귀족 청년들은 대부분 증권업계 혹은 그 비슷한 그럴듯한 화이트칼라의 직종을 선택했으나, 모임이며 파티 같은 사교 생활을 즐기지 못하던 그는 정해진 길을 마다하고 손을 사용하는 직업을 선택했다.

그가 인형사가 되었다는 사실은 귀족 사회에서 이미 소문이 자자한 상태였다. 이조차도 하트퍼드 브랜드가 유명해진 최근 몇 년에 밝혀진 사실이지 그전에는 다들 그가 어디로 사라졌는지조차 소식을 들을 수 없었다.

"당신이 귀족이라 인형·팔기가 수월해."

물론 가장 첫 번째 이유는 인형의 완성도였지만 워렌의 그 이름 자체로도 화제성이 있어 상표 가치가 올라갔다고 카리나가 말한 적 있었다. 그때 워렌은 브랜드 명을 제 성이 아닌 다른 거로 할 걸 그랬다며 혀를 찼다. 그는 인형이 고가인 만큼 그 가치를 알아주는 사람이 데려가기를 희망했다. 그러나 상황은 그의 기대와 정반대로 움직였다. 인형의 시장성과 투자가치를 알아본 사람들이 너도나도 경매에 뛰어들어 고객 관리는 이미 엉망이 된 상태였다.

'그래서 쇼룸을 만들었지. 카리나가 선별한 수집가들이 먼저 인형을 볼 수 있도록.'

한정된 수량이니만큼 제한된 사람들에게 먼저 구매할 기회를 주는 방식으로 암암리에 판매하는 것도 지금은 소문이 날 대로 나 반발하는 고객들을 달래느라 정신이 없다며 카리나가 우는소리를 했다. 그런 걸 다독이는 게 에이전시가 할 일이 아니냐고 워렌은 반박했지만, 불만이 커지는 것을 막을 수는 없었다. 공개적인 판매와 넉넉한 수량 구비. 구매자들의 불평을 달래기 위해 기획된 것이 이번 전시회였다.

'카리나는 전시회 마지막 날 인형을 전부 경매에 붙일 생각인가 본데, 과연 그걸로 반발을 잠재울 수 있을까?'

수량이 한정된 이상 어떤 방식으로 판매해도 사지 못한 사람들 입에서는 불만이 나온다. 일인 한 점으로 낙찰 수량에 한도를 두어도 대리인을 내세워 사들이면 그만이라 눈속임을 하려면 얼마든지 가능했다. 워렌은 이제 적당히 제작에만 집중하고 싶은데 상황이 그를 그리 내버려 두지 않는다며 탄식했다.

전시회 준비는 느리게 진행되고 있었다. 최고로 바쁜 시기에 도둑이 들고, '신부'에게 이상이 생겼다. 전시회 준비만 해도 모자랄 시간에 여러 가지로 신경을 써야 할 일들이 생겨 일정이 밀렸으나 최근 지나치게 부지런히 저택을 드나드는 르네의 도움을 받아 어떻게 시간을 맞출 수 있게 되었다.

오후 일정을 정리하고 작업실에서 나온 워렌은 주위를 둘러보며 헤이젤을 찾았다. 이 시간쯤이 되면 차를 마시자고 부르고는 해서 이제 그도 자동으로 작업을 멈추고 소녀의 부름이 들리기 전에 거실로 나왔다. 넓은 저택에서 혼자 생활하던 그에게 갑작스러운 동거인이 생긴 지 열흘 정도가 지났다. 처음에는 거북하기만 하던 다른 이의 존재가 이제 곁에 있는 것이 꽤 자연스럽다는 기분이 들기 시작하는 시기였다.

겁이 많던 유령 소녀는 생각보다 말괄량이였다. 지하 작업실에 있으면 위에서 이리저리 뛰어다니는 분주한 발소리가 들렸고, 드물게 찾아오는 방문객들과도 모두 사이가 좋았다. 자신이 소중한 오토마타 안에 들어간 사고를 미안하게 생각하는지 워렌을 돕기 위해 청소며 빨래 같은 소소한 집안일을 돕고 있다는 것도 알고 있었다.

정적을 깨고 그를 찾는 목소리가 들려오면 잠시 쉬어야 할 때라는 걸 알게 되어 좋았다. 그가 느끼는 편안함은 소녀의 천성에 깃든 다정함에서 비롯된 것으로, 워렌뿐만 아니라 그녀를 아는 모두가 헤이젤을 좋아했다.

'특히 몇몇이 지나치게⋯⋯.'

찻잔 준비가 되어 있는 거실에 인기척이 없자 워렌은 창밖을 내다보았다. 그곳에 자신이 찾던 사람이 있었다. 그리고 그 곁에 르네 역시 함께 있었다. 아침 내내 날씨가 좋다고 노래하더니 침대보를 빤 모양이다. 크고 하얀 리넨 천이 빨랫줄에 널려 펄럭였다. 르네가 커다란 천을 줄에 걸어주면 헤이젤이 부지런하게 그걸 펼치고 당겨서 구김을 없앤 후 집게로 집었다. 르네는 그 모습을 흐뭇한 표정으로 지켜보는 중이었다.

"하라는 일은 안 하고 아주 홀딱 빠졌군."

속살대는 두 사람을 지켜보자니 괜스레 미운 소리가 삐져나왔다. 투덜거리면서도 햇살에 녹을 듯 건강한 그들의 모습에서 눈을 뗄 수가 없었다. 어느 집에나 있을 법한, 쾌청한 가을 오후의 따뜻한 한때.

이런 장면을 자신의 집에서 볼 수 있을 거라 생각해 본 적 없던 워렌은 새삼 신기한 기분이 들었다. 빛을 머금은 어린 꽃 같은 그들의 존재가, 이 오후가, 모든 것이 전부 반짝였다.

'빛과 그림자 같네.'

그로서는 접근하기 힘든 공간이었다. 곁에서 함께하기엔 남의 옷을 입은 것처럼 어색하고 마냥 뒤를 돌아보게 하는, 근본적으로 저와 다른 사람들을 보는 눈부심이 느껴졌다. 그때, 마치 그의 시선을 느낀 것처럼 헤이젤이 뒤를 돌아 그늘진 창가에 서 있는 워렌을 찾아냈다. 그와 눈이 마주치자 헤이젤은 스스럼없이 활짝 웃어 보였다. 친숙한 사람을 향한 거침없는 미소에 그는 잠시 당황했다. 언제부터인가 소녀는 자신을 부쩍 따랐다.

"처음 말 걸었을 때는 비명 지르며 도망가더니."

창밖에서 소녀가 르네를 부르는 소리가 들렸다. 이만 들어가서 차를 마시자고 외쳤다. 빨래 바구니를 바닥에 내려놓고 스커트 자락을 부풀리며 뛰어 들어오는 모습을 지켜보며 워렌은 씁쓸한 표정을 지었다.

"'그녀'의 얼굴로 저런 표정을 할 줄은 몰랐는데."

닮은 얼굴이지만 한 번도 본 적 없는 낯선 표정으로 달려오는 그녀를 보며 가슴 한구석이 저릿한 기분이 들었다. 그래서 그는 소녀가 제게 다가오는 만큼 충분하게 마음을 열어주지 못할 수도 있다는 작은 죄책감도 함께 맛봐야 했다. 그건 우려둔 지 오래된 홍차를 마신 것처럼 텁텁한 감각이었다.

※

외로움에는 익숙했다. 사람을 좋아하는 헤이젤이 이런 생각을 한다는 걸 알면 다들 의외라고 할 테지만 사실 소녀는 혼자 있는 시간이 많았다.

'그게 죽고 나서인지 죽기 전부터인지는 모르겠지만 침묵에는 익숙한 기분이야.'

사방이 조용하고 머릿속 제 생각밖에 들리는 게 없는 나날들. 결코 오래 살았다고 말하기 힘든 헤이젤이지만 그녀는 고독을 알았다. 그것이 더는 무섭지도, 슬프지도 않을 정도로 무뎌진 적이 있었다.

그래서 처음 워렌을 만나고 마음이 갔다. 그녀가 불의의 사고로 오토마타 인형 안에 들어오기 전까지 그는 혼자 이 커다란 저택에서 살고 있었다. 곁에 아무도 없는 게 당연하다는 얼굴로 오히려 자신의 고독을 방해받아 귀찮다는 듯 퉁명스럽게 굴던 그의 모습 위로 예전의 자신이 겹쳐졌다. 차를 마시자며 귀찮게 불러내고 별거 아닌 이야깃거리를 찾아 끊어지는 그의 대답을 듬성듬성 뜨개질하듯 이어보려 하던 것도 어쩌면 전부 예전의 제가 불쌍해서일지도 몰랐다.

'제멋대로 동정하고 있다는 사실을 알면 워렌은 분명 화를 내겠지.'

쓸데없는 생각 말라고도 할 터였다. 그는 강한 사람이니 어쩌면 정말 누군가가 필요하지 않을 수도 있었다. 멋대로 남의 귀한 인형에 씌워서 제멋대로 돌아다니기나 하고. 그에게는 헤이젤의 존재가 도움보다는 부담으로 인식될 수도 있었다.

"으으으, 그렇게 생각하니까 우울해진다."

좌우로 힘차게 고개를 흔든 헤이젤은 저의 존재가 부디 그에게 작은 도움으로 기억되기를 바라며 정원으로 향했다. 전시회 일정이 다가오면서 워렌은 이제 작업실을 떠나 갤러리 쪽에 가 있는 시간이 많았다. 카리나가 차에 인형을 싣고 출발한 다음, 그도 커다란 가방을 챙겨 집을 떠났다. 그는 늦게까지 준비 작업을 하면서도 밤이 되면 반드시 집으로 돌아왔다. 아마도 혼자 있을 헤이젤이 걱정되어서인 듯싶었다.

"짐일 수도 있다가 아니라 이미 짐인 것 같지만 말이지."

그렇게 생각하자니 더더욱 앞이 캄캄했다. 하는 일도 없이 신세만 지는 것도 모자라 바쁜 시간을 쪼갠 워렌이 몇 시간을 걸려 집에 돌아오는 이유가 자신이라니. 민망함에 몸 둘 바를 모를 지경이었다.

"괜찮다고 말했는데!"

며칠 정도는 혼자 집을 볼 수 있으니 걱정하지 말고 다녀오라는 헤이젤의 말에도 그는 유리병 속에 담긴 사탕을 보듯 빤히 그녀를 응시하다가 곧 가소롭다는 표정으로 피식 웃었다. 아무래도 소녀의 말은 그에게 그다지 믿음을 주지 못한 것 같았다.

"어쩔 수 없지. 제대로 잘하는 게 거의 없는걸."

계절은 가을. 본격적으로 낙엽이 지기 시작하는 시기였다. 넓은 정원은 쓸고 또 쓸어도 다음 날이면 새 낙엽이 쌓일 정도로 나무들이 몸살을 앓았고 그녀가 아침저녁으로 치우는 낙엽의 양도 제 키를 훌쩍 넘는 양이었다.

"슬슬 겨울 준비를 해야 할 거야."

이렇게 큰 저택이면 분명 준비할 것도 많을 테지. 이곳의 겨울은 대체 어떤 모습일지 궁금했다. 눈 내린 정원은 얼마나 예쁠까.

쉴 새 없이 떨어지는 나뭇잎들을 바라보며 소녀가 중얼거렸다. 벽 난로에 넣을 장작도 많이 필요할 거고 담요도 꺼내서 햇볕에 말려 야 할 거고, 털옷이나 깔개는 미리 솔질을 해줘야 했다. 손가락을 꼽던 소녀는 어딘가 신기한 듯 제가 했던 말을 되풀이했다.

"이러니까 정말 살아 있는 것 같잖아."

인형 안으로 들어오기 전에는 깨닫지 못한 기분이었다. 별일 없는 하루하루가 이토록 소중한 적이 있었을까. 한시라도 빨리 인형을 돌려줘야 한다고 생각하면서도, 하트퍼드 저택에서의 나 날에 욕심이 생겼다.

"겨울까지만이라도 더 보고 갈 수 있었으면 좋겠다."

헤이젤은 남에게 들려주지 못할 못된 속내를 작게 속삭여 보았 다.

✳

워렌은 기분이 언짢았다. 딱히 나쁜 일이 있었다기보다 사람이 북적이는 장소가 싫어서 자연스레 인상이 찌푸려졌다. 부딪쳐 오 는 사람들을 이리저리 피하며 아무렇지 않은 표정을 짓는 것도 무리였고 곁을 스치는 이들의 이야기가 멋대로 귀에 들어오는 것 도 불쾌했다. 언젠가 이 말을 들은 카리나가 수도승처럼 혼자 지 내는 시간이 많아 유별을 떠는 거라며 놀렸으나 백 보 양보해 그 사실을 인정한다 해도 싫은 건 여전히 싫은 거였다.

전시회가 열리는 갤러리는 번화가 정중앙을 통과하지 않으면 도착할 수 없는 곳에 있었다. 이곳은 교통이 편리한 데다 고풍스 러운 건물 외관이 그의 전시 이미지와 잘 어울린다며 카리나가 적극적으로 추천한 장소였다. 그녀는 워렌이 망설이는 눈치를 보이자 잽싸게 대리 계약을 해치워 반발을 사전에 차단해 버렸다.

덕분에 전시회 준비로 매일같이 그곳에 들락거려야 하는 동안 워렌은 지옥을 맛보는 경험을 해야 했다. 아침마다 장거리 기차 여행을 하는 것도 지치는데 사람이 빽빽한 거리에서 몸을 움츠리며 이동해야 하는 갑갑함까지. 그는 화가 치미는 걸 꾹 참은 채 길을 걸었다.

"이건 또 뭐야."

화려한 쇼윈도가 이어지는 백화점 곁을 지나던 워렌은 일찌감치 크리스마스 장식을 내다 건 상술에 혀를 차는 중이었다. 그가 만드는 인형과는 비교조차 하기 힘든 조잡한 조형의 남녀 마네킹이 화려한 연회복을 입고 중앙을 장식했다. 연말·연초를 노린 마케팅이 이미 시작되었음을 알리는 중이었다.

그나마 양심이 남아 있는지 아직 캐럴까지는 흘러나오지 않았지만, 그것도 시간문제였다. 눈썰매며 금색 장식이며 알록달록 달콤한 캔디 케인까지, 흘러넘치는 노골적인 선물 암시에 그는 넌더리가 났다.

'그건 그거고.'

잠시 발걸음을 멈춘 워렌은 백화점 안으로 들어갔다. 눈에 띈 김에 사탕 한 상자를 주문한 그는 포장된 사탕 봉지를 안고 밖으로 나오려다 멈칫했다. 무언가 볼일이 있는 사람처럼 상점 주변을 여러 번 맴돌던 워렌은 불편한 표정으로 인상을 찡그리고 뒤를 돌아봤다. 애매하게 신경질적이 되어 상자에서 사탕을 하나 꺼내 우물거리던 그는 결심한 듯 백화점 안으로 도로 들어갔다.

"감사합니다."

커다란 쇼핑백을 들고 나서는 워렌을 향해 점원들이 깍듯한 인사를 건넸다. 자신도 어울리지 않는 일을 했다고 생각하는지 그의 건조한 시선에는 자기혐오가 살짝 담겨 있었다. 무표정으로 봉투를 들고 나서는 모습이 마치 화가 난 사람 같았다.

"어머, 그게 뭐야?"

유명 브랜드의 쇼핑 봉투를 들고 갤러리로 들어오는 워렌에게 카리나가 외쳤다.

"눈도 좋네."

"쇼핑백 로고를 알아보는 건 여자의 본능이거든. 그 뚱한 반응을 보니 전시회 준비로 밤낮없이 고생하는 나를 위한 선물은 아닌 것 같고."

"사바나 초원에 던져 놔도 그 시력 덕분에 살아남겠어."

"칭찬은 아니지?"

워렌은 뭘 산 거냐고 집요하게 물어보는 카리나를 피해 봉투를 숨겼다.

"어제 알려준 대로 동선을 정리했고, 전시대는 미리 준비한 대로 배치했어."

"음, 나중에 내가 확인할게."

카리나의 질문 공세를 피해 자리를 뜬 워렌은 갤러리 정리를 하는 직원에게 다가갔다. 인형 리스트를 확인하고 배치해야 할 위치에 인형의 번호가 적힌 쪽지를 얹었다. 총 33체. 판매 보류 예정인 오토마타 세 체를 제외한 나머지가 전시회에서 판매될 예정이었다. 멀리서 늦기 전에 전시 타이틀을 적은 전단을 만들어야 한다며 서두르던 카리나가 외쳤다.

"초대장이 발부될 고객 명단 오늘까지 전부 확인하고 가. 안 그러면 아무나 다 불러 버릴 거야!"

그 말에 워렌이 한숨을 쉬며 고개를 끄덕였다.

"내가 본다고 아는 이름이 몇이나 있을지 모르겠지만 말이지."

오프닝 파티까지 앞으로 닷새. 정신없는 하루가 다시 시작되었다.

✳

전시회 준비로 종일 시달린 워렌은 집으로 향하는 마지막 기차에 몸을 실었다.

전시회 기간 며칠간만이라도 근처 호텔에 묵으며 출퇴근 시간을 줄여보라는 카리나의 권유를 사양하고 매일같이 돌아오는 중이었다. 큰 저택에서 혼자 밤을 밝히고 있을 헤이젤을 생각하면 걱정되어 편히 쉴 마음이 들지 않았기 때문이었다. 자그마한 호두알 같은 애를 황량한 곳에 던져 놓고 훌쩍 떠나 있기가 영 내키지 않았다. 텅 빈 저택에서 나뭇잎 떨어지는 소리에 놀라 겁먹을 소녀의 모습이 떠오르면 도저히 집에 가지 않을 수가 없었다.

'그거야말로 아동 학대하는 기분이 들거든.'

그런 그의 속내를 파악한 카리나가 전시 기간만이라도 자신이 맡아주겠다고 제안했으나 그 계획은 폐를 끼치기 싫다며 헤이젤이 극구 사양하는 통에 무산되었다.

사실 워렌은 고양이보다 강아지를 더 선호했다. 그중에서도 사냥개나 목장견 같은 덩치 큰 개들을 선호했다. 그가 동물을 섣불리 데려오지 못하는 이유는 책임감 때문이었다. 매일같이 산책을 시키고 돌봐줄 여유가 없는 그에게 생명을 맡는다는 건 커다란 부담으로 느껴졌다.

'내 한 몸 건사하기도 힘든 마당에 무얼 돌볼 수 있을 리가 없어.'

동물을 키우게 되면 의무가 뒤따른다. 워렌은 무책임한 짧은 즐거움을 선택하느니, 처음부터 인연을 맺지 않는 성격이었다. 강아지보다 독자적인 성향이 강한 고양이라면 집 안팎을 들락거리며 혼자서도 잘 놀 테니 세세하게 신경을 써주지 않아도 될 것 같았다. 그래서 키운다면 고양이가 나을 거라고, 나중에 기회가 되면 한 마리 정도쯤 데려와도 좋지 않을까 하는 생각도 했다.

그러나 그 작은 꿈마저도 헤이젤이 곁에 머물면서 점점 자신이 없어졌다. 집에서 누군가가 기다리고 있다는 사실은 기쁜 한편 그에게 막중한 책임감으로 다가왔다.

'고양이도 안 되겠어. 불가능할 것 같아.'

소통이 가능한 사람을 상대로도 이리 불안한데 동물은 더 안 되겠다 싶었다. 되돌릴 수 없는 선택을 하기 전에 미리 깨달을 수 있어 다행이라 생각하며 그는 집으로 향하는 발걸음을 재촉했다.

하트퍼드 저택으로 가는 밤늦은 길에는 조명 한 점 없었다. 그는 어두컴컴한 들길을 별빛에 의지해 걸었다. 집으로 가는 길은 이미 불빛 없이도 알아서 찾아갈 수 있을 정도로 익숙했다. 실내에서 흘러나오는 흐릿한 전등 빛에 의지해 정원을 지난 워렌은 열쇠를 꺼내 잠겨 있는 현관문을 열었다. 그의 귀가가 늦어지는 날은 방범창도 내려지지 않아 저택이 무방비하게 노출되는 날이기도 했다. 소녀가 평소보다 더 위험한 상태로 방치되어 있었다는 사실을 깨달은 그가 혀를 찼다.

'태엽 시계를 맞물린 타이머를 만들어야겠어. 일정 시간이 되면 내가 있든 없든 보안 시스템이 작동하게끔.'

현관문이 열리는 무거운 소리가 저택을 울렸다. 평소 같으면 어디에 있던 문소리가 나는 순간 고무공처럼 통통 튀어나오던 헤이젤이 어쩐 일인지 조용했다.

"헤이젤?"

부엌에 불이 밝혀져 있는 것을 발견한 그는 소녀가 있을 법한 장소로 향했다. 그곳에 들어선 워렌은 눈앞에 펼쳐진 광경에 숨을 들이켰다. 헤이젤은 그를 기다리다 작은 나무 탁자에 엎드린 채 잠들어 있었다. 길고 부드러운 백금발이 어깨와 탁자 위에 파도치듯 흘러넘쳤고 가스등 하나를 켜둔 은은한 조명 아래서 눈을 감고 있는 소녀의 모습이 불빛에 하얗게 빛났다.

'슬립 아이(Sleep Eye) 기능을 넣어두길 잘했네.'

기다리고 있는 사람이 있는 집이라니, 피부를 간질이는 낯선 감각이라고 생각했다. 잠들어 있는 요정 같은 모습을 잠시 감상하던 워렌은 소녀의 이름을 불렀다.

"헤이젤."

깊은 잠에 빠졌는지 돌아오는 대답은 없었다.

"헤이젤."

나지막이 한 번 더 불러보지만, 소녀는 눈을 뜰 생각을 하지 않았다.

"……올리비아."

조금 더 작은 목소리로 다른 이름을 불러본 워렌은 죄지은 사람처럼 황급히 소녀에게서 멀어졌다. 자신이 불러놓고도 상대에게 들리지 않기를 바라는 모순된 감정에 휩싸였다. 잠시 지켜보아도 소녀가 눈을 뜰 생각을 하지 않자 그는 안심한 듯 작은 한숨을 쉬었다. 굳이 깨워야 할 이유도 없었기에 그대로 안아 침실에 데려다주기로 했다. 그녀가 앉아 있던 의자를 조용히 뒤로 빼자, 손에 쥐고 있던 무언가가 도르르 굴러떨어졌다. 바닥을 뒹구는 물건의 정체는 헤이젤이 잠들기 전에 들고 있던 색연필이었다.

워렌의 시선이 자연스럽게 탁자 위를 훑었다. 그제야 소녀가 그를 기다리며 그림을 그리고 있었다는 걸 깨달았다.

"꽃?"

소녀의 앞에는 낡은 과자 상자가 놓여 있었다. 그 뚜껑을 열어 본 워렌이 허를 찔린 표정으로 파안했다. 안에는 삼각형으로 접힌 작은 봉투들이 들어 있었고 그 봉투 각각마다 다 다른 꽃과 허브 그림이 그려져 있었다.

"씨앗인가? 요 며칠 정원에 나가 있는 것 같더니, 이걸 하고 있었군."

봄이 오면 정원에 꽃을 심을 생각이라는 걸 눈치챈 그가 정성스레 채종한 씨들이 담긴 상자 뚜껑을 닫으며 미소 지었다. 겨우내 소중하게 상자를 보관할 모습이 눈에 선했다. 상자를 품에 안겨준 상태로 헤이젤을 안아 들었다. 소녀는 깊은 잠에 빠졌는지 좀처럼 깰 생각을 하지 않았다. 팔에 안긴 무게는 자신이 기억하는 인형의 것과 비슷했다. 헤이젤이 깃들었다고 해서 무게가 특별히 달라지지 않았다는 사실이 그를 아쉬운 기분에 빠지게 한 것도 같았다.

'영혼의 무게가 21g이라고 했던가.'

최근 어딘가에서 영혼의 무게를 재서 발표한 논문이 있었다고 한 듯도 싶은데, 기사를 접했을 당시에는 어처구니없는 실험이라고 생각해 관심을 두지 않았다. 지금은 그걸 좀 더 자세히 읽어두지 않은 것이 후회되었다. 단 21g으로 그의 삶이 이렇게 크게 변할 수 있다고 한다면, 그보다 더 큰 질량이라면 분명 인생 전체가 흔들리고도 남지 않았을까.

"어떤 얼굴로 줘야 하나 걱정했는데, 그럴 일은 없어서 다행이네."

헤이젤을 침대에 뉘어준 그가 중얼거렸다. 소녀가 아침에 눈을 뜨면 가장 먼저 발견할 수 있도록 상점가에서 산 큰 쇼핑백을 침대 머리맡에 올려두고 조용히 물러났다. 어째서 이걸 사고 싶어졌는지 자신도 잘 몰랐다. 그녀가 이유를 물으면 항상 타주는 차에 대한 답례라고 말하자고 혹시 모를 변명거리까지 마련해 두었던 그는 준비했던 것을 실전에 사용해 보지 못한 것을 안도해야 할지 아쉬워해야 할지조차 갈피를 잡지 못하는 자신이 한심스러웠다.

그러나 헤이젤이라면 이유를 묻는 대신 해바라기처럼 활짝 웃으며 고맙다고 인사할지도 모른다는 생각이 들었다. 어느 쪽이든 선물을 마음에 들어 해준다면 좋겠다고 생각하며 그는 침대 곁에 놓인 작은 등불을 껐다.

워렌이 귀가한 시각은 늦은 밤이었다. 그는 곧장 깊은 잠에 빠졌다. 식사할 틈도 없이 바쁜 전시회 준비와 왕복 여섯 시간이 소요되는 기차 여행에 지칠 대로 지친 그에게는, 지금이 하루 중 유일한 휴식시간이나 다름없었다. 헤이젤은 지금, 그 얼마 안 되는 소중한 잠을 본의 아니게 방해했다.

"워레에에엔!"

"크헉!"

별안간 워렌의 침대로 무언가가 펄쩍 뛰어올랐다. 그것은 곧 중력에 몸을 실은 채 세상모르고 곯아떨어졌던 그의 위로 떨어졌다.

"저거 뭐예요? 제 선물이에요?"

밟힌 개구리 같은 소리가 나는 것도 듣지 못했는지 헤이젤이 들뜬 목소리로 그의 침대 위에서 힘차게 뛰었다.

"허억, 헤이젤 너어……."

"고마워요, 아침에 일어나서 깜짝 놀랐어요!"

다시 한 번 폴짝, 가녀린 몸이 그 위에서 흔들렸다.

"대형견도 취소야…… 이런 거 도저히 못 키워."

"네?"

여전히 그의 몸 위에 매달린 채로 팔랑이며 발을 구르던 헤이젤이 물었다. 깜짝 놀란 건 워렌 쪽도 마찬가지였다. 날벼락에 가까운 헤이젤의 아침 인사에, 그는 나른하게 늘어지는 머리를 붙잡고 근육이 땅기는 배로 숨을 몰아쉬는 중이었다. 눈을 뜨자마자 그가 본 것은 선물을 발견한 헤이젤이 말 그대로, 커다란 강아지처럼 그의 방을 뛰어다니고 있는 광경이었다.

"머리맡에 그런 게 놓여 있었는지도 모르고, 한참 후에야 알았지 뭐예요!"

"엄청나게 기뻐한다는 건 잘 알았어. 마음에는 들어?"

"정말 예뻐요."

아침 인사도 건너뛰고, 아직 눈도 다 뜨지 못한 채 비몽사몽하는 워렌의 몸 위에 상체를 걸친 헤이젤이 해맑게 웃었다. 그를 향한 함박웃음에서 무조건적인 애정이 묻어났다. 아, 역시 해바라기 쪽인가. 다소 거친 알람이지만 아침을 시작하기에는 나쁘지 않다고 생각하며 그가 따라 웃었다.

함께 살기 시작하며 소녀는 이전보다 스스럼없이 감정을 표현하는 방법을 터득했다. 워렌을 어려워하던 이전 같으면 눈치를 살피며 수줍게 고마워했을 일도, 지금은 발랄하다 못해 씩씩하게 부딪쳐 왔다. 그는 이 변화가 나쁘지 않다고 생각했다.

"헤이젤."

"네."

맑게 반짝이는 씩씩한 대답이 돌아왔다.

"다 큰 처녀가 남자 침실에 뛰어드는 과감한 버릇은 고쳐 줬으면 하는데."

"헉!"

헤이젤이 뒤늦게 자신이 한 짓을 깨달았는지 워렌의 몸 위에서 굳었다. 제가 격렬하게 뛰어들었다는 자각이 없었던 게 틀림없었다.

'어쩐지 지나치게 스스럼없이 덤벼든다 싶었더니.'

그녀 역시 잠에서 덜 깬 상태였던 것이다. 선물을 발견하고 기뻤던 나머지 남의 방문을 박차고 들어와 몸을 던졌다는 걸 뒤늦게 깨달은 모양이었다. 당황한 소녀가 재빨리 몸을 일으키려는 순간, 단단한 팔이 허리를 감고 움직이지 못하게 조여왔다.

"히익. 아니, 제가 그게요."

"설명 계속해."

어떤 이야기를 들려줄지 궁금해 움켜잡은 허리를 놓아주지 않자 기세 좋게 덤벼들었던 목소리가 점점 작아졌다. 손아귀에서 빠져나가려고 몸을 버둥대자 코웃음을 친 워렌이 등을 쓰다듬으며 천천히 손을 이동해 얼굴 앞으로 흘러내린 머리를 어깨 너머로 넘겨주었다. 연인에게 장난치듯 움직이는 짓궂은 손길에 소녀의 눈이 점점 더 둥그렇게 커졌다.

"제가…… 정말 기뻤는데……, 아니 꼭 선물만은 아니고 워렌이 돌아와 준 것도……. 그래서 그만……."

오물오물 들려오는 설명에 그가 흐리게 웃자, 안겨 있던 헤이젤에게 그 울림이 전달됐다.

"워렌, 웃지 말고 일단 이것 좀 놓아……."

헤이젤이 워렌의 품에서 빠져나가려고 몸을 비틀었다. 그가 방심한 사이 재빨리 일어서려 뻗은 손이 미끄러져 그의 허리 아래, 상당히 중요한 부위를 단단히 잘못 짚게 된 사고가 발생한 것은 바로 그 순간이었다.

흠칫. 그가 큰 숨을 들이켰다. 예상외의 전개가 연이어진 아침이라고 생각하기는 했어도 과격한 모닝콜보다 더한 일이 벌어질 줄은. 의외의 습격에 놀란 그의 몸이 단단하게 경직되자, 소처럼 순한 눈을 껌벅이던 소녀가 고개를 갸웃거렸다.

"그……, 손, 좀 치워줬으면 좋겠는데."

사태를 파악하게 된 건 더없이 정중한 워렌의 부탁 덕분이었다. 응? 무슨 소리지? 헤이젤은 주변을 두리번거리다가 어색하게 굳어 있는 상대방의 표정을 확인하고 무언가 잘못되었다는 것을 직감했다. 도르륵 눈을 굴려 자신의 손이 놓인 위치를 확인하고,

"캬아아악!"

벼락을 맞은 사람처럼 펄쩍 튀어 올라 방문을 박차고 달려 나갔다. 뛰어 들어왔을 때만큼이나 정신없이 도망가 버린 소녀의 뒷모습을 눈에 담던 워렌이 한숨을 삼켰다. 저 멀리서 '으아앙 난 몰라- 이제 시집 못 가-'라는 소리가 들린 것도 같았다.

"저 말괄량이를 대체 어쩌면 좋지."

몸만 성숙하면 뭐하나, 알맹이가 한참 어린데. 귀신 아가씨가 결혼 운운한 건 좀 의외였지만 말이다. 어이가 없으면서도 조금 전의 일을 생각하자니 꾹 참고 있던 웃음이 터졌다.

"푸하하하하!"

워렌은 시원하게 웃으며 일어나 앉았다. 미녀가 깨워주는 나른한 아침이 그리 나쁜 것만은 아니라지만 이번엔 정말 정신이 확 들었다. 당황스럽고 민망하지 않았다면 거짓말이다. 그러나 그조차도 나쁘지 않은 충격이었다. 하루하루, 저 천방지축 아가씨가 이번에는 또 무슨 엉뚱한 일을 저지를까 기대하는 마음이 생기는 것은 어쩔 수 없었다.

헤이젤이 인형에서 쉽게 벗어나지 못하는 이상 이대로 영원히 저택 안에 가둬둘 수만은 없을 터였다. 지내다 보면 마을에도 나가고 사람들과 섞이는 일이 생길 것이다. 저 외견만으로도 날파리들은 충분히 꼬이고도 남을 텐데 선천적인 무방비함까지 더해지면 이래저래 오해를 불러일으키기 딱 좋아 보였다.

"앞으로가 기대되는데."

아마도 무척 귀찮으면서도 번거로운, 예상외의 일들이 생기리라. 워렌은 그런 확신이 들었다. 손이 많이 갈 것이 분명한 소녀에게 일러줘야 할 당부의 말은 많았다. 그러나 그에게는 먼저 확인하고 싶은 것이 따로 있었다.

"헤이젤."

워렌은 간단히 씻고 옷을 갈아입은 뒤 소녀의 방문을 두드렸다. 대답이 돌아오지 않아도 안에서 인기척이 들리기에 허락 없이 안으로 들어섰다.

"사이즈는 맞아?"

"아, 그렇지!"

부르는 소리를 듣고도 민망한지 등을 돌린 채 우물쭈물 대답을 망설이던 헤이젤이 꽃이라도 핀 듯 확 밝아진 얼굴로 그를 돌아봤다.

"잘 맞아요!"

"그래. 그거 전시회 오프닝 파티 때 입을 거니까 잘 걸어둬."

"파티요?"

헤이젤은 처음 듣는 말에 눈을 크게 뜨고 그를 바라보다가, 다시 무슨 생각이 들었는지 눈동자가 안정을 찾지 못하고 공중을 떠돌았다. 시선 둘 곳을 모르고 헤매는 모습이 볕 좋은 날 허공을 바라보며 손을 휘젓는 고양이를 연상시켰다.

"내 전시회 오프닝인데 에스코트할 아가씨도 없이 혼자 보낼 거야?"

"어······."

의외의 반응에 워렌은 눈썹을 슬쩍 치켜뜨고 더 말해보라는 듯 고개를 까닥했다. 한 번 더 요란하게 공중회전하던 소녀의 시선이 워렌을 향해 돌아오더니 조심스레 묻는다.

"카리나 씨랑 같이 가면 되지 않을까요?"

"내가 왜 그 여자랑."

틈도 주지 않고 칼 같은 답변이 돌아왔다. 엄청나게 싫은 표정은 덤이었다. 정말 진심으로, 생각조차 해보지 못했다는 반응이었다.

"카리나와는 일로 엮이는 것만으로도 충분해. 이미 내세에도 만나고 싶지 않을 만큼 지나치게 자주 보고 있어."

"내세까지······."

"다시 나가봐야 해서 긴 이야기는 나중에 시간 날 때 하도록 하고. 토요일 저녁이니까 잊지 말고 준비해. 필요한 거 있으면 미리 말해두고."

"없어요. 오늘 받은 거로 충분해요."

"나중에라도 생각나면 르네에게 말해. 오늘 들른다고 했어."

"르네가 오늘 오나요?"

밝아지는 헤이젤의 얼굴을 보며 워렌은 슬쩍 미간을 찌푸렸다. 일하라고 보냈더니 이것들이 노닥거리기는. 청춘이라 그런가, 아이들은 순식간에 의기투합해 버렸다. 숫기 없는 르네의 평소 성격으로는 상상하기 힘든 속도로 친해진 둘은 작업을 하면서도 도란도란 사이가 좋았다. 일할 때는 방해되지 않으려 자리를 피해주던 헤이젤마저 최근에는 간단한 사포 작업을 도우며 곁을 지킬 정도였으니.

"르네랑 이야기가 잘 통해?"

"네. 작업장 이야기라던가 가족에 대한 이야기를 들었어요. 이곳과 달리 르네의 작업실에는 사람이 많다는 사실 알고 계셨어요?"

"도제 형식으로 이어지는 전통이 있어서 각자 맡은 분야가 다르거나 할 테지."

"맞아요. 흙을 만지는 사람은 흙만 본대요. 가마를 담당하는 사람도 따로 있고요."

"그쪽은 나처럼 소량 작업이 아니라서 일이 상상을 초월하게 많아."

"……그렇더라고요."

그 말을 하면서 빤히 바라보는 느낌이, 정말 이렇게 조금 일해서 먹고살 수 있는 거냐고 묻는 것 같았다.

"쓸데없는 걱정하지 말랬지."

그쪽은 딸린 입이 많고 나는 하나고. 내게는 책임질 사람도 없고, 까지 생각하던 워렌은 헤이젤을 물끄러미 바라보았다. 곧 아무렇지도 않은 얼굴로 한마디 더 추가했다.

"나랑 너, 둘이 지낼 정도는 벌고 있으니까."

그 말을 남기고 워렌은 부엌으로 향했다. 아침을 만들기도 귀찮아 차나 한잔 마시고 떠나려던 그는 어제 헤이젤이 잠들었던 작은 탁자에 요깃거리가 준비된 것을 발견했다.

"비스킷도 꺼내놨어요. 차랑 같이 드세요."

오토마타의 재질 문제상 오븐 근처에 가지 못하게 했더니 요리하는 대신 찻잔 옆 작은 그릇 위에 워터 크래커와 치즈, 절인 올리브, 생햄 같은 것들을 준비해 두었다. 비명을 지르며 뛰쳐나간 뒤에도 부산하게 이걸 준비했을 생각을 하니 웃지 않을 수 없었다.

"술안주냐."

아침상을 바라보며 희미하게 웃다가 선 채로 크래커 위에 치즈와 햄을 얹어 몇 조각 씹었다. 짭짤한 햄과 치즈가 입에 들어가자 느끼지 못했던 공복 기운이 밀려왔다. 자리에 앉을 새도 없이 홍차를 들이켜고는 의자에 걸어두었던 재킷을 걸쳤다.

"다녀올게."

워렌을 쫓아 현관까지 나온 헤이젤이 잘 다녀오라며 손을 흔들었다. 그 모습이 극히 일반적인 가정에서 보는 장면 같다는 생각에 뒤를 돌아보았다. 저택 입구에서 자신을 배웅하는 소녀의 모습을 눈에 담은 워렌은 이건 자신의 세상이 아니라는 생각을 다졌다. 따뜻한 시간에 익숙해지는 게 아니라고 되뇌었다. 그리되었을 때, 나중에 힘들어지는 건 다른 사람이 아닌 그 자신일 테니까.

'그래도 힘이 되는 건 사실이지.'

기분 전환도 할 겸 씁쓸한 기분을 지우려 손이 주머니를 뒤졌다. 무심결에 담배를 찾던 그는 곧 자신이 금연 중이라는 사실을 깨달았다. 아무것도 찾지 못한 빈손을 머쓱하게 꺼내며 주먹을 쥐었다 폈다 반복했다. 사탕이라도 몇 개 들고 나올걸. 어제 산 사탕 상자는 아마 헤이젤에게 준 선물과 함께 봉투 안에 들어 있을 터였다.

급한 대로 역 근처의 가판대에서 몇 개 사서 가야겠다고 중얼거리며 발걸음을 재촉했다. 가판대에서 파는 사탕은 맛이 조잡해 그리 좋아하는 편은 아니지만, 조간신문과 사탕 서너 개면 기차 여행의 지루함을 달랠 수는 있을 터였다.

오늘도 긴 하루가 예상되는 워렌은 기차 시간에 늦지 않기 위해 조금 더 속도를 냈다.

아침 일찍 워렌이 나가면 헤이젤은 그의 방에 들어가 침대를 정리했다. 자기 물건에 타인의 손이 닿는 걸 그리 좋아하지 않는 워렌은 평소 방 정리를 스스로 했다. 언제 봐도 늘 깔끔하게 정돈되어 있어서 도움이 필요해 보이지 않던 그조차 요 며칠 정신없이 바빠지자 조금씩 방을 어지르기 시작했다. 덜 중요한 순서대로 하나씩, 신경 쓰기를 포기하는 걸 눈치챈 헤이젤이 그가 없는 동안 간단한 정리를 돕고 있었다.

"바쁘긴 한가 봐. 점점 엉망이 되어가네."

이불은 몸만 빠져나간 채 구겨져 있고 옷을 꺼내 입은 서랍은 너저분하게 열려 있었다. 머리는 다람쥐가 둥지를 틀어도 될 정도로 헝클어진 걸 물 묻은 손으로 몇 번 쓸어 넘겨 정리하는 게 끝이었다. 식사도 하는 둥 마는 둥, 집에 와서는 쓰러져 잠들고 눈을 뜨면 집을 나섰다. 이런 일정이 계속되면 건강을 버릴 것 같은데도 워렌과 카리나는 멈출 기색을 보이지 않았다.

'그런 면에서는 상당히 잘 맞는 파트너인 듯싶은데 그렇게까지 질색을 할 줄은.'

바쁜 중에 자신에게 줄 선물까지 챙겨 온 워렌의 마음에 감동해 그의 침실에 난입했던 헤이젤은 침대보를 정리하던 손을 멈췄다. 세상에. 난 대체 무슨 생각으로 그런 짓을 한 거지. 아니, 생각이 없으니 그런 짓을 했을 테지만.

그때를 떠올리자 깜짝 놀라던 워렌의 표정이, 당황한 숨소리가 밀물처럼 빠르게 머릿속으로 흘러들어 왔다. 헤이젤은 부끄러움에 발을 굴렀다.

"으아아아아, 창피해서 몸 둘 바를 모르겠어!"

침대를 바라보고 있자니 조금 전 벌어진 참사가 떠올랐다. 아침에 눈을 뜨고 워렌이 돌아왔는지를 살피다가 머리맡에 있는 선물을 발견하고 놀랐었다. 신나서 침실에 다이빙하고 나서야 제가 엄청난 짓을 저질렀다는 걸 깨달았다.

"아빠에게 하던 그대로 워렌에게 덤벼들었지 뭐야. 제대로 해명도 못 했으니 예절도 모르는 애라고 생각하고 있을 거야."

출장이며 일로 늘 바쁜 헤이젤의 아버지는 크리스마스와 연말만큼은 꼭 집에 돌아와 딸과 함께 지냈다. 아버지가 머리맡에 놓아준 선물을 발견한 아침이면 헤이젤은 워렌에게 했던 것처럼 과격하게 아버지에게 뛰어들어 감사 인사를 건네고는 했다.

"그래서는 안 되는 거였나 봐. 내가 생각해도 이 정도면 완벽한

치한 같아."

외간 남자의 침실에 뛰어드는 대담함은 대체 어디서 나온 걸까.

아빠는 과격한 인사를 좋아하셨는데, 하고 생각해 보니 아버지는 소녀가 뭘 하든 기뻐해 주었다. 아무래도 그런 반응을 보고 버릇이 잘못 들었던 게 틀림없었다. 잘못 몸을 더듬은 건 순전히 실수라고 하더라도 앞으로는 이런 일이 없도록 조심해야 한다고 헤이젤은 중얼거렸다.

남자 하반신을 더듬은 게 사실상 더 큰 실수 같기는 한데, 여기에 대해서는 절대로 깊게 생각하면 안 될 것 같다는 공포가 밀려와 기억에서 극구 봉인하는 중이었다. 뻗어 나가는 망상을 멈추기 위해 심호흡을 깊게 한 헤이젤은 걷어낸 침대 시트를 들고 씩씩하게 밖으로 나갔다.

"날이 좋으니 말려야지."

예전에 하녀들이 하던 말이 떠올랐다. 침대에 깔린 서너 장의 침대보와 속담요, 베갯잇과 깃털 이불은 반드시 매일 햇볕에 말리고 통풍을 시켜줘야 병이 생기지 않는다고 했다. 비가 오거나 습한 날이면 보일러실에 가져가 바짝 마를 때까지 널어야 한다고 선임이 신입 하녀에게 일러주던 말이 떠올랐다. 깐깐하게 울리던 목소리가 기억에 생생했다.

'그건 언제 들었던 말이더라?'

만일 제가 정말 하트퍼드 집안의 사람이었다면, 아마도 이 저택이 폐허가 되기 한참 전의 이야기였을 터였다. 품에 침대보를 한아름 안고 뒷마당으로 향하며 헤이젤은 저택을 돌아보았다. 다 낡은 나무 바닥이 새것처럼 기름을 곱게 먹어 반질반질하고 유리창 역시 먼지 한 점 없이 깨끗하게 닦여져 있는 모습을 상상해 보앞다. 아름다운 주인과 제복을 입은 하인들이 북적이는, 사람 사는 기운이 넘치는 화려한 저택을 떠올려 봐도 어쩐지 저나 워렌이 들어갈 만한 그림은 아닌 것 같은 낯선 기분이 들었다.

"그때라면 워렌도 이렇게 힘들게 살지 않아도 되었을 텐데."

제 아버지도 일이 있어 늘 바빴지만 화이트칼라의 꽤 고상한 직종이었던 것 같았는데 생활을 위해 노동자처럼 손을 사용하며 일하는 귀족이 있다는 사실은 워렌을 만나 처음 알았다. 귀족의 생활이 전부 편한 것만은 아닐 수도 있다는 걸 알게 된 헤이젤은 처음에 무척 놀랐다. 거기에 카리나 역시, 집에 하인이 있다는 거로 보아 서민 출신은 아닌 듯싶은데 아이를 돌보랴 일하랴 바쁜 직업여성으로 살고 있었다.

'시간이 많이 흐른 걸까?'

자신도 이 시대에 태어났다면 그들처럼 살고 있었을지도. 소녀는 직업을 가지고 열심히 일하는 제 모습을 그려보았다. 무슨 일을 하고 있을지 상상은 잘되지 않았지만 그건 그것대로 나쁘지 않았을 것 같다고 생각했다.

"어이차."

집에 저와 워렌밖에 없기 망정이지 가족이 많았다면 이불 환기만으로도 종일 걸렸을 거라고 종알대며 가져온 침구를 전부 빨랫줄에 널고 가볍게 먼지를 털었다. 아침 일이 대충 끝날 때쯤이면 르네가 찾아올 시간이 된다. 찻물을 올리기 위해 부엌으로 뛰어가던 헤이젤은 현관에서 얼쩡거리는 르네를 발견하고 그를 불렀다.

"들어오지 않고 뭐 하고 있어요?"

"헤이젤이 밖에 있는 것 같아서 같이 들어가려고 기다리고 있었어요."

르네는 낯가림이 심하고 수줍음을 많이 타는 편이었다. 그러나 시간을 주고 기다리면 하고 싶은 말은 반드시 끝까지 하는 성격이기도 했다. 시작이 느릴 뿐, 절대로 첫인상만큼 무르거나 유약한 사람이 아니라는 걸 알게 된 헤이젤은 그가 언젠가 인형 공포증도 극복할 수 있을 거라 믿었다.

"뒷문으로 같이 들어가요. 안 그래도 지금 물을 끓이려던 참이었어요."

"그럼 주전자는 제가 얹을 테니 헤이젤은 컵을 꺼내주세요."

르네는 스스럼없이 타인을 도와 상대를 편하게 해주는 사람이었다. 솔선수범해 남을 돕는 성격이라 공방에서도 선배들이 몰래 자신들의 일을 떠맡기는 듯싶었다. 후계자가 될 사람에게 그런 짓을 해도 되느냐고 헤이젤이 화를 내자 르네가 씁쓸한 미소를 지으며 대답했다.

"제가 인형을 만지지 못한다는 건 다들 아니까요."

후계자답지 못한 모습을 보이자 다들 그를 우습게 여겼다. 헤이젤은 르네의 약점을 잡아 괴롭히는 사람들이 얄미워서라도 어떻게든 공포증을 이겨낼 수 있도록 도와주어야겠다고 생각했다. 그는 헤이젤이 인형이라는 사실을 아직 모른다. 시간은 걸렸지만 그녀와 대화를 할 수 있게 된 그라면 분명 괜찮아질 수 있다고 헤이젤은 확신했다.

"저기, 헤이젤."

"네. 여기 과자도 드세요."

며칠 전 식료품점 점원이 가져다준 땅콩버터 쿠키와 아침에 워렌이 준 사탕을 함께 내어놓으며 헤이젤이 대답했다.

"너무 가깝게 앉은 것 같아요."

"그런가요?"

차를 마시는 르네 옆에 바짝 다가가 앉은 헤이젤이 얼굴을 가까이 가져다 대며 물었다. 한시라도 빨리 제 얼굴에 익숙해지기를 바라고 하는 행동이었지만 상황을 모르는 사람이 본다면 여자 쪽에서 작정하고 유혹하려 들었다는 말이 나올 만한 광경이었다. 수줍은 듯 웃은 그가 슬쩍 몸을 뒤로 빼며 통사정했다.

"다른 사람이 보면 오해하겠어요."

"오해라니요?"

대답 대신 수줍게 고개를 끄덕인 르네가 뜸을 들이더니 말을 이었다.

"헤이젤이 저 좋아하는 줄 알면 어떻게 해요."

"어? 저 르네 좋아하는데."

"하하……."

틀린 말이 아니라고 답하자 르네는 더 곤란한 표정을 지었다. 그제야 자신의 행동을 돌아본 헤이젤이 자세를 고쳐 앉으며 머쓱하게 덧붙였다.

"그런데 그런 의미로 말한 거 아니죠? 알았어요. 조심할게요. 제 행동이 워렌이나 르네를 곤란하게 만드는 것 같아 미안해요."

"워렌과 무슨 일 있었나요?"

"오늘 아침에 워렌 침대로 뛰어들었거든요. 아침 인사 하려다가 야단맞았어요."

"헉……!"

경악하는 르네를 보며 헤이젤이 진지하게 물었다.

"역시 이상한 행동인 거죠? 저 정말 창피해서……."

"워렌은 뭐라고…… 하던가요?"

"별말 없었어요. 나쁜 버릇 고치라고만."

"우와. 어른이구나……."

헤이젤이 마음을 연 상대에게 스스럼없이 군다는 건 르네도 잘 알고 있는 사실이었다. 행동 자체는 과격해도 그리 큰 의미가 없었을 거라는 사실 역시 짐작할 수 있었다. 그러나 아름다운 처녀가 침대로 뛰어드는 데도 별 반응이 없었다는 워렌은 정말 대단하다고 생각했다. 다른 사람도 아니고 헤이젤 같은 미녀가 자는 동안 덤벼들었다면 르네는 눈을 뜨자마자 심장마비로 숨이 멎었을 터였다.

"워렌이 전시회 파티 때 입을 드레스를 선물해 주었거든요. 너무 기쁜 나머지 실수했어요."

"헤이젤도 파티에 오나요?"

"네, 르네도 갈 거죠? 아는 사람 없으면 어쩌나 걱정했는데, 다행이에요."

"저도 마음이 놓이네요."

르네의 경우, 초대받은 건 그뿐만 아니라 아버지와 공방의 선배들 역시 함께라고 했다. 그로서는 내키지 않은 파티였다. 혼자 빠질 수도 없는 터라 억지로 참석해야 하는 상황이었다며 헤이젤과 함께 있으면 안심이 될 거라고 말해 소녀가 웃었다.

"재미없으면 둘이 몰래 빠져나가서 다른 데서 놀아요!"

"아, 그것도 좋은데요."

"워렌에게는 비밀로!"

워렌이라면 분명 빈자리를 눈치챌 거라고 난감해한 르네였지만 소녀가 우기자 어쩔 수 없다는 듯 웃었다. 곧이어 르네는 작업실로 가야 한다며 자리에서 일어났다. 헤이젤은 찻잔을 정리한 뒤 도우러 가겠다고 그를 먼저 올려 보냈다.

'파티라. 아버지와 함께 가 본 적이 있는 것 같기도 한데, 기억이 나질 않네.'

갤러리에서 하는 파티는 어떤 것일까 하고 생각해 보아도 본 적이 없으니 쉬이 상상이 가지 않았다. 그녀는 선물 받은 드레스를 입고 가면 된다지만 워렌은 무엇을 입고 가려나 싶었다. 시간 나는 대로 워렌의 정장도 찾아 준비해 두어야겠다고 생각하며 그릇들을 치웠다.

＊

"내일 저녁에 파티가 있다고?"

젊은 귀족들 중심으로 티 파티가 열리는 거대한 정원 한구석에 밀회하는 듯 보이는 젊은 남녀가 대화를 나누고 있었다. 검은 머리의 청년이 나태한 자세로 정원 벤치에 기대 있었고 그 옆에 과일 바구니를 든 아가씨가 웃고 있었다.

"응. 비싼 인형을 만드는 인형 작가라던데. 요즘 유명하다더라. 인형에 관심 없는 사람들도 그가 만든 비스크 돌에는 흥미를 보인다며."

청년에게 청포도를 한 알씩 먹여주던 갈색 머리의 자그마한 영애가 그가 들을 수 있도록 크고 명확한 목소리로 혼잣말했다. 남자는 어딘가 나른하고 매혹적인 눈빛으로 상대를 보는 버릇이 있었고 이 시선으로 쉽게 이성을 유혹할 수 있다는 걸 잘 아는 듯

이 행동했다. 남자는, 여자가 포도를 입에 넣어줄 때마다 그녀의 하얀 손가락을 살짝 핥았다. 붉은 혀가 손가락을 스칠 때마다 아가씨는 볼을 붉히며 간지러운 듯 키득거렸다.

"아, 나도 예쁜 인형 정말 좋아하는데. 누가 그런 거 선물 좀 안 해주려나."

"렉시도 초대받았어? 갈 거야?"

"뭐야, 아서. 전시회 같은 거에 관심 있어?"

의외라는 반응을 보인 아가씨가 청년에게 되물었다.

"예술 전반에 관심이 있지. 혹시 알아? 내가 인형을 사게 될지."

"어머, 멋있다. 정말이지? 나 안 가려고 했는데 같이 가야겠네!"

렉시는 고가의 인형을 사준다는 말에 흥분한 기색이었다. 아서가 파트너를 해준다면 가겠다고 말하며 무얼 입고 가야 좋을지를 물어왔다.

"넌 피부가 생크림처럼 희고 부드러우니까 뭘 입어도 잘 어울릴 거야."

"어쩜! 나에 대해 정말 잘 안다니까."

아무렇게나 뱉은 칭찬에도 렉시는 숨이 넘어갈 듯 기뻐했다. 감미로운 칭찬 한마디와 약간의 관심. 처녀들을 행복으로 가슴 부풀게 하는 건 간단했다.

'지루해.'

잘 꾸며진 정원을 가득 채운 아름다운 음악 소리. 지금은 세련된 바이올린 독주가 한참 흘러나오는 참이었다. 바삐 돌아다니는 하인들의 긴장된 얼굴과 최고급 와인, 자신만을 바라보는 아름다운 아가씨까지. 갖출 것을 전부 갖추고서도 아서는 무료했다. 다른 생각이 들지 않을 만큼 머리를 꽉 채울 만한 흥미로운 일은 없을까 궁리하며 터져 나오는 하품을 꾹 눌렀다.

잘생긴 얼굴에 부드러운 목소리를 가진 아서는 인생 만사 대충 살아도 어느 정도까지는 먹고 들어가는 타고난 능력을 갖춘 한량이었다. 호기심에 이것저것 위험한 일에도 손을 대보았지만 절실함이 부족한 탓인지 끝까지 유지되는 건 아무것도 없었다.

얼마 전, 그는 의뢰를 받아 다 허물어져 가는 폐가에 갔다. 실물 크기의 인형을 훔쳐와 달라는 기묘한 요청이었다. 무료함에 호기심이 더해져 굳이 자신이 하지 않아도 될 일을 나서서 맡았는데, 볼품없이 크고 황량한 저택에서 그는 뜻밖의 인물을 만났다.

그 얼굴을 대체 뭐라고 표현할 수 있을까. 적당히 누군가를 즐겁게 해줄 만큼은 아름다움을 표현할 수 있다고 자만하던 그조차 그녀를 마주한 순간 머리가 하얗게 날아가는 기분이 들었다. 지금도 그녀를 떠올리는 것만으로도 손끝이 떨릴 정도로 가슴이 뛰었다. 누군가를 갖고 싶다고 생각한 건 그때가 처음이었다.

후에 그는 그 폐가가 하트퍼드 가문 소유라는 것과 거기서 괴짜 후계자가 홀로 인형을 만들며 지내고 있다는 소식을 접했다. 아서가 아무리 수소문해도 만월이 뜨던 밤에 만난 그 아가씨에 대한 정보는 얻을 수 없었는데, 마을 사람들의 말에 의하면 가문의 먼 사촌이라 소개했단다. 천재적인 인형사라는 워렌 하트퍼드가 전시회를 연다는 말에 그는 설렘을 감출 수 없었다. 그 금발의 미녀도 올까. 아서는 그녀를 꼭 다시 만나고 싶었다.

"이름도 못 물어봤네."

"아서, 방금 뭐라고 했어?"

"아무것도. 파티는 나와 함께 가는 거다?"

다정한 미소로 바라보자 렉시가 볼을 붉히며 안겨왔다. 보드랍고, 가냘프고, 다정한 제 품의 온기를 느끼면서도 그 밤에 닿았던 달처럼 서늘한 입술이 떠오르는 건 왜인지 모르겠다. 아서는 파티장에서 만나지 못한다면 다시 그 흉가로 찾아가면 된다고 생각하며 미소 지었다.

＊

"프레스 명단, 업계 관련자 명단, 고객 명단……."

워렌은 카리나가 넘겨주는 종이를 들여다보는 척하며 반쯤 잠에 빠진 상태였다.

"이건 인형 같은 건 절대 사지 않을 테지만 파티라니 그저 좋다고 달려든 애물단지 명단. 뿌린 초청장의 80% 이상이 참가할 것 같으니 음식은 예정 최대치로 주문했어."

기억도 나지 않는 사람들 목록을 들여다보며 멍하니 졸고 있으려니 상황을 눈치챈 카리나가 단호하게 워렌을 발로 차 깨웠다.

"당신만 졸려? 나도 피곤하다고. 여기 집중해. 얼른 끝내고 파티 후에 좀 쉬자."

"파티 다음은 전시회인 거 잊었어?"

"종일 나가 있지 않아도 갤러리 직원들이 알아서 처리해 줄 거야. 오후에 한 번 정도 얼굴 내밀면 돼."

들고 있던 종이를 내려놓은 워렌이 탁자에 놓여 있던 신문을 잡았다. 기차 안에서 보려고 샀지만 오는 내내 정신없이 자느라 한 줄 읽어보지도 못한 채 그대로 들고 온 새 신문이었다. 그냥 버리기도 뭣 하길래 슬쩍 훑어보기라도 할 요량으로 펼치자 곁에서 기사를 힐끔대던 카리나가 참견을 했다.

"방화사건 또 났대?"

"방화?"

"그래. 연쇄 방화 사건인 것 같다고 하던데. 저기 기사에, 불났다고 하잖아."

"불이 났다는 기사는 몇 번 본 적 있는데 그게 방화였어?"

"신문을 대체 어떻게 읽으면 그걸 놓칠 수가 있지?"

기가 막힌다는 얼굴로 워렌을 바라보던 카리나가 화재 기사가 난 부분을 손을 짚으며 설명했다.

"이 년 전쯤에 큰 화재 있었잖아. 센트럴뱅크 은행장 저택에서 난 의문의 화재. 워낙 큰 불이어서 다들 처음에는 그게 원한 관계일 거라 생각했거든. 그런데 몇 개월 후에 다시 비슷한 재력가 저택에서 불이 난 거야. 둘 다 방화로 추정되는 불임에도 범인을 잡지 못했고. 공통으로 물건을 훔쳐간 흔적이 있었대. 절도범치고는 규모가 너무 커서 배후가 있지 않으냐는 소문이 돌았어."

워렌도 그 기사를 읽었던 기억이 났다. 하트퍼드 저택처럼 외곽이 아닌 시내 중심부에 자리한 저택들이라 불이 커지면 큰 인명 피해를 피할 수 없는 위험한 상황이었지만 다행히 주변 피해 없이 화재를 진압할 수 있었다는 내용이었다.

"피해자도 나왔던가, 그래서 한바탕 난리가 났던 사건?"

"응. 그건 알고 있네. 은행장은 출장으로 집에 없었고 대신 그 가족이 피해를 보았던가? 그 후에도 잊을 만하면 불이 난 거야. 전부 비슷한 방법으로 시작된 불이고 모방 범죄냐 아니냐 말이 많은데, 주로 큰 공장이나 저택, 상점 등 유명하거나 돈 있는 곳을 노린다는 소문이야."

"도둑질만 하는 것이 아니라 방화까지, 쓸데없는 일을 하는군.

사람을 해칠 목적이었나.”

“범인이 아직 잡히지 않았으니 그게 어떤 이유였는지는 몰라. 연관성이 있는지 알아보기 위해 합동수사 중이라고 하던데 그 와중에 또 피해가 생겼네.”

더는 사고가 없으면 좋겠다고 중얼거리던 카리나는 주먹으로 제 어깨를 두드리며 피곤함을 하소연했다. 잠을 깨야겠다며 직원에게 진한 커피를 두 잔 주문했다.

“난 커피는 별로.”

“까다롭게 기호성 따지라고 주는 거 아니거든요. 각성제라고 생각하고 쭉 들이켜.”

시커먼 액체가 가득 출렁이는 잔을 보며 워렌이 눈썹을 찌푸렸다. 독배를 앞에 둔 영웅처럼 한참을 고민하더니, 맛을 음미할 여유도 없이 단숨에 털어 넣었다.

“홍차의 타닌을 좋아하면 커피의 쓴맛도 즐기는 거 아니었어?”

“떫은맛과 쓴맛의 차이를 모르는 사람에게 대체 무슨 말을 해야 할지 모르겠다.”

홍차 맛이 다 거기서 거기라는 말을 할 때 짐작했어야 했다며 워렌은 고개를 흔들었다. 그는 미각 파괴자와 더 나눌 말은 없다는 듯 자리에서 일어났다.

“피곤하겠지만 두 시간만 더 있다가 가. 준비 거의 끝났어. 내일 오전 중에 파티 준비 마무리만 하면 끝나.”

“그래. 카리나도 고생 많았어.”

“와. 그런 건 말보다 성의를 담은 수표로 표시해 주면 좋겠다.”

“너도 어지간하다.”

“생활을 책임지고 있는 싱글 마더를 우습게 보지 말라고. 딸을 양육하려면 받을 건 다 받아 챙겨야지."

"······이혼위자료 넉넉히 받은 거 아니었어?"

"있어도 늘 부족한 게 돈이야."

고용주보다 훨씬 부자인 주제에 틈만 나면 털어갈 생각을 한다며 워렌이 커피 마실 때보다도 더 씁쓸한 표정을 지었다. 그 반응을 부러 못 본 척한 카리나는 자신도 커피 한 잔을 재빨리 마시고 자리에서 일어났다.

"파티에 참석하는 날까지 집에 다녀올 거야? 옷 갈아입고 준비하려면 시간 걸릴 테니 오늘만이라도 호텔을 잡아서 쉬지 그래?"

"내일 헤이젤도 데려오기로 해서 돌아가 봐야 해."

"헤이젤도 와? 하긴, 당신 인형 중에서도 가장 아름다운 그 아이가 참석하면 파티 분위기 좋아지겠네."

"그런 계산으로 데려오는 거 아니야. 계속 혼자 두니 심심해하는 거 같아서."

"그래, 잘 생각했어. 내일 집으로 차 보내줄까? 짐도 있을 텐데 둘이 같이 오려면 차가 편하지 않겠어?"

"필요 없어. 기차로 충분해."

"아가씨랑 데이트하면서 참 분위기 없게 구네. 기차가 뭐야, 기차가."

"쓸데없는 데 비용 낭비할 필요 없으니까."

그 말을 들은 카리나가 워렌을 돌아보며 요염한 미소를 지었다.

"내 말을 듣지 않는 걸 후회할걸."

"후회를 왜 해."

"두고 봐."

카리나의 의미심장한 경고를 '날씨도 좋으니 기차를 타고 창밖

경치도 구경하면서 오면 되는 거 아니냐'고 단호하게 내쳤던 워렌은 곧 자신이 했던 말을 크게 후회해야 했다.

＊

파티 날 당일은 구름 한 점 없이 쾌청했다. 가벼운 감색 원피스에 여행 가방을 든 헤이젤은 역 주변을 두리번거리느라 정신이 없었다. 여기저기 기웃대며 이건 뭐고 저건 어디에 쓰는 거냐고 귀찮을 때까지 물어왔다.

"우와아아. 고래 배 속에 들어와 있는 기분이에요."

철골로 만들어진 우아한 아치형의 역 내부를 입을 벌린 채 바라보는 모습에 워렌이 물었다.

"기차 타본 적 없어?"

"없어요. 아니, 없는 것 같아요!"

재빨리 돌아온 대답에 워렌도 그제야 만일 헤이젤이 정말 예전 사람이라면 기차가 없거나 드문 시대에 살았을 수도 있었을 거라는 생각을 하게 되었다. 저리 신기해하니 기차 여행을 선택하길 잘했지 뭔가. 역시. 헤이젤의 마음을 모르는 건 자신이 아니라 카리나 쪽이었다며 어깨를 폈다. 눈을 크게 뜨고 분주하게 여기저기를 둘러보는 헤이젤을 보는 워렌의 입꼬리가 슬쩍 올라갔다.

기차가 도착하기 전 늘 하던 대로 가판대 신문을 사러 잠시 곁을 떠났던 워렌은 자리로 돌아와 소녀를 찾았다.

"헤이젤?"

조금 전까지 그녀가 서 있던 장소는 텅 비어 있었다. 대신 그보다 조금 더 떨어진 곳에 사람들이 몰려 웅성댔다. 이따금 큰 소리가 터지는 게 싸움이라도 난 모양이었다.

"밀치지 마, 내가 먼저라니까!"

"처음 발견한 건 나야!"

의미를 알 수 없는 목소리가 감정을 실으며 점점 커졌다. 안 좋은 예감이 든 워렌은 시비가 이는 곳으로 빠르게 접근했다.

"헤이젤!"

"워렌……."

남자들에게 둘러싸여 난처한 표정을 짓던 헤이젤이 군중 속에서 남들보다 머리 하나가 더 큰 워렌을 알아보고 구세주라도 만난 듯 기뻐했다. 사람들이 몰려든 탓에 구석까지 밀려갔는지 플랫폼 끝자락에 서서 울 것같이 애처로운 얼굴로 그를 올려다보았다. 금색 종달새 한 마리가 늑대들 사이에서 도움을 청하고 있었다. 복잡한 틈을 타 누군가 그녀의 가방을 들어주겠다며 억지를 쓰는 모습에 그가 눈을 찌푸렸다.

"아 뭐야, 일행이 있었어?"

"있으면 또 어때, 뭐 나쁜 짓 한 것도 아니고……."

헤이젤에게 일행이 있고 그 상대가 남자라는 사실에 실망한 청년들이 애써 괜찮다며 서로를 격려하며 뒤를 돌아보았다. 자신들의 수가 훨씬 많은 것 역시 어느 정도 위안이 되었던지, 일행이 있으면 어떠냐 하며 눌러보려다 키도 덩치도 훌쩍 큰 위압적인 사내를 발견하고 흠칫 놀랐다.

"무슨 일입니까?"

덩치만 큰 게 아니라 인상 역시 사나워 보이는 워렌의 등장에 청년들이 주춤대는 사이 그가 인파를 밀치고 헤이젤 곁으로 갔다. 그가 소녀의 어깨를 감싸 안아 제 쪽으로 당기며 인상을 쓰자 주변에서 탄식이 흘렀다.

"헤이젤, 무슨 곤란한 일 있었어?"

"아니요. 저분들이 길을 물었는데 제가 잘 몰라서……."

"저 사람들이 전부?"

어린 양의 탈을 쓴 늑대들이 무리를 지어 양몰이꾼이라도 찾고 있었다는 말인가. 말도 안 되는 소리에 기가 찬 워렌이 짜증을 내며 주변을 둘러보자 남자들이 한 걸음 뒤로 물러났다.

"길을 잃은 게 아니라 양심을 잃은 거겠지."

"네?"

"아냐. 모르는 건 역무원에게 알려달라고 하면 돼. 그걸 초행인 네가 대답할 이유는 없어."

"아, 그렇군요. 여러분. 저쪽에 계신 분께 여쭤보면 된다네요."

헤이젤의 상냥한 설명에 이곳저곳에서 숨을 들이켜는 소리가 들렸다. 목소리도 귀엽다며 심장을 움켜쥐는 사람, 들고 있던 가방을 떨어뜨리는 사람 등 반응도 제각각이다.

'지랄들 한다.'

워렌은 단체로 정신이 나간 남자들을 노려보며 인상을 구겼다. 한심한 광경에 더는 말을 섞고 싶지 않아진 그가 헤이젤의 팔을 잡고 이동하니 남자들이 눈치를 보면서 슬금슬금 뒤를 따랐다. 덩치 큰 워렌이 쏘아보는 것이 두려운지 이전처럼 노골적으로 달라붙지는 못하고 거리를 둔 채 틈을 노리는 것이 전부였지만. 헤이젤 역시 모르는 사람들이 던지는 시선이 불안한지 워렌 곁에 바짝 달라붙었다. 이전처럼 거칠게 다가오거나 말을 던지는 사람은 없었으나 자기들끼리 숙덕대는 소리는 전보다 더 커졌다.

'저것들 조금 전까지는 싸우고 있던 거 아니었어?'

워렌은 의기투합한 청년들을 흘겨보며 생각했다. 그에게는 새삼스러울 것 없을 얼굴이지만 다른 이들에게는 여파가 클 헤이젤의 미모를 염두에 두었어야 했는데, 생각이 짧았다는 걸 뒤늦게 깨닫고 후회했다.

그는 슬쩍 제 곁의 소녀를 내려다보았다. 자신이 만든 인형이라 자주 잊고 살지만 헤이젤의 얼굴은 지나가던 사람들이 한 번씩 뒤를 돌아볼 정도로 아름다웠다. 반짝거리는 부드러운 금발에 바다 조각을 맑게 얼린 것 같은 신비한 푸른 눈동자. 그리고 무엇보다도 꾸밈없는 맑은 표정이 시선을 끌었다.

그래서 카리나가 자동차를 운운했던 건지도 모른다. 기왕 말해 줄 거 이유도 설명해 주면 좀 좋았냐고 애먼 사람을 원망하던 워렌은 지친 듯 어깨를 늘어뜨렸다. 혼자 두는 게 아니었다고 후회해 보지만 이미 늦었다. 기차에서 한숨 잘 생각이었는데, 이러다간 아무래도 힘들지 싶어 보였다. 자리를 이동하고 얼마 지나지 않아 그들이 타야 할 기차가 역에 도착했다. 번호를 찾아 자리에 앉으니 역에서부터 따라오던 청년들이 모두 헤이젤의 뒷좌석에 모여 우물쭈물 말 걸 틈만 찾고 있었다.

'어이. 제자리에 가서 앉으라고, 좀.'

아무도 자기 자리를 찾아갈 생각은 없어 보이지 뭔가. 운 나쁘게 기차는 오늘따라 한산하기만 해서 청년들이 몰려들어도 좌석 문제로 제재할 사람이 아무도 없었다. 헤이젤의 맞은편에 앉아 있던 워렌이 어쩔 수 없이 그녀를 불렀다.

"헤이젤, 이리로 와."

몇 시간이나 남자들을 경계하며 갈 정도로 체력이 넘치는 상태가 아니었던 워렌은 자신이 복도 쪽 좌석으로 옮기고 소녀를 창가

옆자리에 앉혔다. 한쪽 팔로 소녀를 껴안은 채 머리를 마주 댔다.

"워렌?"

"……미안. 너무 졸려."

그 말만 남기고 워렌은 눈을 감았다. 헤이젤은 스르르 떨어지는 워렌의 머리를 어깨로 받쳐 주며 안색을 살폈다. 근 보름 정도 제대로 잠도 못 자고 장거리 출장을 이어가던 그에게 흔들리는 기차 안은 요람과 같았다. 서서히 앞으로 기울어지려는 머리를 손으로 막아 편하게 기댈 수 있게 자리를 잡아준 뒤 손가락으로 흘러내린 머리카락을 살짝 정돈해 주자 주변에서 시샘이 담긴 야유가 터져 나왔다.

예상치 못한 큰 소리에 놀란 헤이젤이 고개를 들어 주변을 살폈다. 워렌이 보란 듯이 헤이젤을 싸고돌자 질투하던 남자들은 이제 헤이젤이 보이는 애정 가득 담긴 행동에 투덜거렸다. 목소리가 커지자 소녀는 손가락을 입에 가져다 댔다. 워렌이 그녀를 보호해 주듯 자신도 그의 단잠을 지켜주고 싶다고 생각한 헤이젤은 제 손을 잠든 워렌의 손에 끼워 꼭 잡아준 뒤 배시시 웃어 보였다.

그의 손을 몰래 잡는 것뿐인데 마치 도둑질이라도 하는 양 움직임이 조심스럽다. 잠에서 깬 그가 염치도 없다며 제 손을 내치지 않을까 하는 걱정에 손가락이 떨렸다. 그러나 소녀가 내밀어 잡은 손으로 주변의 공기는 확실히 바뀌었다. 더는 두 남녀 사이에 끼어들 여지가 없다고 생각했는지 논란이 점차 사그라지기 시작했다.

물론 두 사람이 연인이든 부부든 상관없다는 사람도 있었다. 그런 이들은 끈질기게 헤이젤을 바라보며 말을 걸거나 추파를 던졌지만 워렌과 손을 연결하고 있는 헤이젤은 그들이 더는 부담스럽지도, 무섭게 느껴지지도 않았다.

하트퍼드 가에서, '신부' 안에 들어가면서 겪은 일련의 일들은 때로 헤이젤을 놀라게도, 또 당황하게도 만들었다. 낯선 공간에 갑자기 떨어져 무서워할 때마다 그녀를 지탱해 준 건 곁에 있는 이 퉁명한 남자였다. 헤이젤은 잡고 있는 손을 바라보았다. 자신보다 한참 크고 강한 손이었다. 이 손을 잡고 있는 한, 불안할 일은 없을 거라는 생각이 들었다.

'이럴 때 온기를 느끼지 못하는 게 아쉬워.'

갑자기 닥친 낯선 세상에서 길을 잃지 않도록 의지가 되어준 사람. 그가 함께 있어준다면 소녀는 더는 무서울 게 없었다.

남자들의 무리는 기차 여행이 번화가로 접어들면서 흩어졌다. 지정 좌석을 찾아 들어오는 사람들이 점차 늘어나 어쩔 수 없이 자리를 내어줘야 했기 때문이었다. 그들은 헤이젤과 헤어지는 것을 대단히 아쉬워했지만 목적지에 도착할 즈음 워렌 역시 잠에서 깨어나 무서운 표정으로 불청객들을 쫓았기 때문에 더는 붙어 있을 수 없었다.

"기차만 타고 왔을 뿐인데 지치네."

"그래요? 전 정말 재미있었어요."

목을 길게 늘이고 창밖 구경을 하느라 정신없던 헤이젤이 웃었다.

"체력 좋다고 방심했나. 아무래도 늙은 모양이야. 분명 잔 것 같은데 이미 지쳤어. 정신적으로 특히."

"저런."

늙었다는 표현에 헤이젤이 안타까운 시선을 보냈다. 이십대 후반에 저런 소리가 나올 정도면 정말 피곤한 게 틀림없었다. 너라도 즐거웠다니 다행이라고 그는 기운 없는 얼굴로 중얼거렸다. 선잠이 들었다가 깨보니 흉한 사내새끼들이 올망졸망 자신을 바라보고 있는 기분 더러운 상황이라 잠으로 풀었던 피로가 다시 쌓이는 기분이라나 뭐라나. 카리나가 들었으면 예술가 선생의 지나치게 예민한 반응이라고 통박하고도 남았을 불만을 토로했다.

피곤하다는 워렌에게 해줄 것이 없어 아쉬워하던 헤이젤은 문득 무언가 생각난 듯 어깨에 멘 작은 가죽 손가방에 손을 댔다. 가방을 열자 손수건에 쌓인 색색의 작은 사탕들이 모습을 드러냈다. 소녀가 말없이 사탕을 꺼내 포장지를 까는 모습을 의아하게 바라보던 워렌은 곧 그 동그랗고 예쁜 드롭스가 제 입으로 들어오자 놀란 눈으로 상대방을 바라보았다. 서늘한 손가락이 잠시 그의 입술에 닿았다 떨어졌다.

헤이젤은 사탕을 먹여놓고 뿌듯한 표정을 지었다. 그 모습에 워렌의 입꼬리가 따라 올라갔다. 어이없기도 하고 기가 막히기도 하고. 예상외의 격려에 웃음이 터져 머리를 쓰다듬어 주자 소녀 역시 곱게 눈을 접었다.

기차가 역에 도착하자 헤이젤이 가방에서 챙이 큰 모자를 꺼내 눌러썼다. 그녀 역시 '신부'의 미모를 잊고 있었다며 이 정도면 꽤 가릴 수 있을 거라 설명했다. 모자를 눌러쓴 덕분에 번화가를 빠져나오는 건 그리 어렵지 않았다.

워렌은 먼저 갤러리 근처의 호텔에 방을 잡았다.

"오늘은 파티 때문에 막차도 못 탈 거야. 하루는 여기서 묵으려고 해. 짐도 있고 오후에 옷도 갈아입어야 하니 방을 잡아두는 게 편하지."

"네."

"나는 일하러 가볼 텐데, 여기 있을래? 조금 후에 르네가 데리러 올 거야."

"르네에게 저랑 같이 있으라고 부탁하셨어요?"

"아니. 파티 시간 전까지 너 혼자라고 하니까 알아서 오겠다고 하던데."

"와아."

"가보고 싶은 곳에 데려가 달라고 해. 파티 준비할 시간 계산하고 돌아오고."

"네!"

어린아이 가르치듯 꼼꼼하게 일정을 알려준 워렌이 호텔을 떠나며 혼잣말했다.

"고생 좀 할 거다, 르네."

역시 이런 일은 혈기 왕성한 젊은 애에게 맡기는 게 정답이었다며 그는 사탕을 문 채 갤러리로 향했다.

"잘 왔어! 기다리고 있었지 뭐야."

"……왜 들어가기가 싫지."

"미녀가 반겨주는데 이 반응은 뭐야."

갤러리 문을 열자 카리나가 두 팔을 활짝 벌려 워렌을 맞았다. 그 모습이 섬뜩해 워렌은 뒷걸음쳤다. 미녀라는 말에는 이견이 없었다. 그러나 미녀가 반겨준다고 전부 기뻐해야 하는 건 아니라고 그는 생각했다. 특히, 카리나처럼 속셈이 있어 보이는 미녀가 최선을 다한 미소로 화사하게 웃을 때는 더욱.

"신문사랑 잡지 인터뷰 일정 잡혀 있어. 지금 사진사가 갤러리 내부 사진을 찍는 중이고, 인터뷰는 이쪽에서."

"인터뷰 같은 거 안 한다고 했잖아."

"신문에 사진만 덜렁 내밀라고? 그러지 말고 이리 와. 몇 마디만 운을 떼면 나머지는 내가 도와줄게."

"아니, 그러니까 광고 같은 거 난 별로."

"말도 안 되는 소리 하지 마. 이미 와 있다니까!"

대체 무슨 도움을 주겠다고. 카리나의 첨언은 그다지 도움이 되지 않을 가능성이 컸다. 막막한 표정으로 천장을 응시하던 워렌은 혼자 다녀오겠다며 기자가 기다리는 사무실로 들어갔다.

"어깨를 축 늘어뜨린 뒷모습이 의기소침한 곰 같네. 덩치는 산만하게 커서 애들처럼 싫다는 기운 풀풀 풍기기는."

기왕 하는 거 좀 적극적으로 활기차게 응대해 주면 좋으련만. 카리나는, 손이 많이 가는 작가님이라며 워렌의 널따란 등을 노려보았다. 인터뷰실에 들어간 그가 인사를 하다 말고 당황해서 카리나를 외쳐 부르는 소리가 들렸지만 무시한 채 문을 닫았다.

"신문사와 잡지에서 인터뷰를 왔다고 했지 각각 한 명씩 왔다는 말은 한 적 없으니까 뭐."

카리나가 잡아놓은 인터뷰는 다섯 개였다. 전부 마치고 나올 시간이면 점심시간을 넘길 테니 얌전히 일한 착한 아이에게 상으로 먹일 만한 걸 준비해 놓아야겠다며 얄미운 미소를 띤 채 밖으로 나갔다.

"속았어."

어째 지나치게 반기더라니. 카리나에게 한 방 먹었다. 장시간에 걸친 인터뷰에서 해방된 워렌이 깊은 한숨을 쉬며 중얼거렸다. 산 넘어 산이었다. 기자들은 기사를 넣을 공간이 이미 준비되었다,

내일 아침 기사여서 급하다 같은 말을 반복하며 인터뷰 취소를 받아주지 않았다. 아무래도 카리나가 까다로운 인형사님 다루는 기술을 제대로 전수한 눈치였다. 오전 내내 시달릴 대로 시달린 그는 전시회장 뒷부분에 준비된 간이 소파에 늘어져 있었다.

"체력만큼은 아쉽지 않을 거라 생각했는데 말이지……."

사람에게 시달리는 스트레스가 남다른지 선선한 가을인데도 등에 땀이 배었다. 일단 씻어야 할 것 같아 카리나가 보지 않는 틈을 타 갤러리를 빠져나왔다. 호텔에 돌아와 혹시 헤이젤과 르네가 있을까 찾아봤지만 둘은 예정대로 외출한 건지 보이지 않았다.

"하긴 젊은 남녀를 호텔 방에서 발견하는 건 또 그것대로 난감하겠군."

피곤하니 쓸데없는 생각을 한다며 침대에 몸을 던진 워렌은 조금만 더 참으면 된다고 자신을 다독였다. 그는 잠시 누워 있겠다고 눈을 감은 지 얼마 되지 않아 잠에 빠졌다.

헤이젤이 호텔로 돌아온 건 파티가 시작되기 두 시간 전이었다. 파티 준비를 위해 일찍 르네와 헤어져 방으로 돌아와 보니 워렌이 구두까지 신은 채 침대에 쓰러져 잠들어 있었다.

"워렌?"

먼저 와 있을지 몰랐던 워렌이 침대에서 잠들어 있자 헤이젤이 놀라 뛰어갔다. 어디 아파서 일찍 돌아온 건가? 이마에 손을 얹어봤지만 체온을 느낄 수 없는 몸은 열이 있는지 감지할 수가 없었다. 하는 수 없이 숨 쉬는 모습을 유심히 관찰했다. 힘든 기색 없이 곤히 자고 있다는 걸 깨닫고서야 가슴을 쓸어내렸다.

"정말 피곤한가 봐. 전시회는 다음 주까지라는데 그때까지 계속 이렇게 지내야 하는 걸까?"

좀 더 재우고 싶어도 이제는 외출 준비를 해야 할 시간이었다. 살며시 어깨를 흔들며 이름을 부르자 눈썹이 작게 꿈틀거렸다.

"워렌, 이제 일어나야 할 시간이에요."

"음……."

그는 석양에 눈이 부신 듯 미간을 찌푸리고 앞을 응시했다. 저물어가는 오후 햇살이 가득한 방 안에서 헤이젤은 워렌이 일어나기를 기다리며 지켜보았다.

"……비아, 돌아온 거야?"

목에 걸린 듯 사라진 이름을 듣고 헤이젤이 눈을 크게 떴다. 올리비아. 이전에 워렌이 그녀를 보며 중얼거렸던 이름이었다. 대답을 기다리는지 그는 풀린 눈으로 빤히 그녀를 올려다보았다. 호선을 그리는 입꼬리가 좋은 꿈을 꾸는 듯도 해 보였다. 옅은 기쁨이 담긴 시선에 제가 올리비아라고 해주어야 할지 아닌 것을 밝혀야 할지 당장 해줄 말을 찾지 못한 소녀가 그대로 어색하게 웃었다.

헝클어진 머리카락을 정리해 주려 들어 올린 손을 커다란 손이 낚아챘다. 워렌은 헤이젤의 손바닥을 제 뺨에 가져다 대고 어리광 부리듯 볼을 비볐다. 멍하게 깜박이던 눈이 다시 감기는 느린 동작을 지켜보는 헤이젤은 당혹스러움을 느꼈다. 혹 '올리비아'에게 심장이 있다면 지금쯤 그 심장 뛰는 소리가 정신없이 귀를 울렸을 거라는 생각이 들었다.

작고 하얀 손을 자신의 뺨에 가져다 댄 워렌은 곧 피부에 전해지는 차가운 한기에 정신을 차렸다. 그는 자리에서 벌떡 일어나 눈을 부릅뜨고 외쳤다.

"헤이젤?"

"네에."

손을 잡힌 채로 머쓱하게 대답하자 워렌이 당황하며 잡았던 손을 놓아주었다.

"미안. 잠시 누워 있으려 했는데 잠이 들었나 봐."

"시간에 맞춰 잘 깼어요. 얼른 일어나서 씻고 오세요."

"음. 늦기 전에 준비해야지."

워렌은 건조한 손바닥으로 얼굴을 쓸었다. 정신이 돌아왔는지 그는 조금 더 평온해진 얼굴로 헤이젤을 바라보았다. 그 시선이 자신이 아닌 올리비아를 보고 있다는 생각에 애매한 미소를 돌려주자 그가 물었다.

"옷 벌써 갈아입은 거야?"

아, 이번에는 그쪽이 아니라 '헤이젤' 쪽을 보고 있었나.

워렌의 말에 황급히 제 모습을 내려다보았다. 그는 자신이 선물한 연한 살구색 드레스를 바라보는 중이었다.

"네. 머리만 정리하면 돼요."

"보석 같은 거, 필요하면 사러 갈까?"

라운드 넥으로 시원하게 파진 목을 바라보며 워렌이 물었다. 아무리 그가 남이 사는 모습에 관심을 두지 않는 사람이라 해도 직업이 직업인 만큼 여성 의복에 대한 기본적인 감각은 뛰어난 편이었다. 최신 유행까지는 몰라도 클래식 드레스를 보는 눈썰미는 평균 이상으로 날카로운 쪽이라고 감히 장담할 수 있을 정도였다.

헤이젤을 위해 고급 레이스가 아낌없이 사용된 우아한 드레스를 골랐다. 치수도 정확하게 알았고 어울리는 스타킹과 구두도 준비했다. 그러나 익숙지 않은 백화점 쇼핑이 지나치게 부담스러웠던 나머지 클러치라든가 보석류까지는 생각도 못 하고 도망치듯 뛰쳐나왔다는 사실을 뒤늦게 깨달았지 뭔가.

"아니에요. 머리를 이렇게 꼬아서 뒤로 묶은 다음에 나머지를 풀어두면 돼요."

소녀가 어설프게 손으로 설명하는 모양이 어떤 것인지 짐작은 안 가지만, 일단 고개를 끄덕였다. 두고 보다가 아무래도 안 되겠으면 늦더라도 상점가에 들렀다가 가면 된다고 생각한 워렌은 수건을 들고 욕실로 들어갔다.

"후-우-"

워렌이 사라지자 소녀가 참았던 숨을 토해냈다. 숨이 막혀서라기보다는 시름을 덜어내는 행동에 가까웠다. 긴장했던 몸을 이완시키고 거울을 보았다.

"뭐라고 대답해야 좋을지 몰라서 진짜 당황했어."

헤이젤은 거울 속에 비치는 얼굴을 들여다보았다. 환상에서 튀어나온 것만 같은, 마치 요정처럼 몽환적인 아가씨가 자신을 향해 웃었다. '신부'가 실존하는 사람일 거라고는 생각해 본 적 없었는데, 워렌의 반응을 보면 누군가 모델이 있었던 게 틀림없었다.

"돌아온 거야?"

그는 분명 그렇게 물었다. 소녀는 워렌이 그토록 애타는 시선으로 바라보던 올리비아와 헤어지게 된 사연이 무엇일지 궁금했다. 궁금해도 선뜻 묻기 힘든 분위기가 그들 사이에 있었다.

'보석이 뭐가 필요할까. 이렇게 예쁜데.'

헤이젤은 작은 다발로 나눈 백금발을 손으로 꼬았다. 여러 갈래를 만들고 그걸 다시 꼬아서 연결하자 섬세한 땋은 머리가 완성되었다. 뒷머리를 매만져 느슨하게 뒤로 묶으면 되는데, 문제는 제힘으로는 정중앙에 매듭을 묶는 것이 아무래도 힘들었다. 때마침 워렌이 턱시도로 갈아입고 나오자, 헤이젤이 그를 불렀다.

"워렌! 머리 좀 묶어주세요!"

머리를 들어 올린 채로 낑낑대며 자신을 찾는 헤이젤의 모습을 본 그가 입꼬리를 올렸다.

"정중앙에 묶으면 되는 건가?"

"네. 저기 끈으로 매듭을 꽉 묶은 다음에 리본을 묶어주세요."

소녀가 원하는 대로 리본을 달아주고 보니 장식이 없어도 꽤 화려해 보이는 머리 모양이 완성되었다. 그가 땋는 방법을 유심히 들여다보자 헤이젤이 돌아가서 알려주겠다며 웃었다.

"진주 목걸이가 아쉬운데 말이지."

소녀의 쇄골을 따라 손가락을 흘리며 그가 중얼거렸다. 목선을 따라 두르는 한 줄짜리 짧은 진주만으로도 지금보다 훨씬 완성된 느낌이 들 것 같다며 눈을 가늘게 뜨던 그는 결국 헤이젤을 데리고 서둘러 번화가로 나섰다.

"정말 괜찮다니까요. 이러다 파티 늦어요."

"카리나가 번화가에 전시장을 잡았을 때는 환경이 저주스러웠는데 지금은 편해서 좋군. 걱정하지 마. 빨리 다녀오면 돼."

어차피 워렌이 주인공인 파티였다. 그는 자신이 올 때까지 다들 알아서 즐기고 있을 거라는 느긋한 소리를 하며 소녀의 손을 잡아끌었다.

보석상에서 진주 목걸이 하나만 사면 된다고 생각했던 워렌이 계산에 넣지 않은 게 있었다.

"세상에, 아가씨에게는 이것도 잘 어울릴 거 같네요."

헤이젤의 외모에 흥분한 상인이 당장 필요하다는 진주 목걸이는 꺼내지도 않고 어울릴 만한 다른 보석들을 들고 와 들이대기 시작했을 때, 그는 일이 꼬였음을 직감했다. 시간이 지체되었다고 하는데도 듣지 않고 잡아두는 통에 화가 난 워렌이 결국 호통을 내질렀다. 이런 식이면 다른 곳으로 가겠다는 협박에 뒤늦게 정신을 차린 주인은 주문품인 진주 목걸이를 들고 왔다. 유백색 진주 목걸이를 꺼내 길이가 적당한지 확인한 워렌이 고개를 끄덕였다.

"시간 없으니 여기서 걸고 가. 보석함은 거추장스러우니 여기다 버리고……."

"무슨 말씀을 그렇게 하십니까! 진주는 경도가 약한 보석입니다. 광택을 오래 유지하려면 착용 후에도 세심한 관리가 필요하니 반드시 적합한 보관함에 넣어……."

"알았으니 제발 좀 그만해 주게!"

상인의 잔소리에 인상을 구긴 워렌이 건네받은 보석함을 주머니에 쑤셔 넣었다. 말 많은 주인을 다그쳐 결제를 마치는 중에도 헤이젤이 거울에서 시선을 떼지 못하자 의문스럽게 생각한 그가 무슨 일인지를 물었다.

"헤이젤. 무슨 문제라도 있나?"

"정말 예뻐요."

"목걸이가?"

"오랜만에 다시 보니 새삼 예쁘달까, 우후후."

무슨 소리인지 알 것 같았다. 헤이젤은 거울을 통해 '신부'의 얼굴을 보고 있었다. 그렇게나 좋을까. 입이 귀에 걸릴 정도로 웃으며 제 얼굴을 들여다보는 모습이 영락없는 자아도취 말기 환자 몰골이어서 저 얼굴이 아닌 다른 사람이 같은 행동을 했다면 정신 상태가 염려되기 딱 좋을 장면이었다. 하긴, 처음 만났을 때도 인형이 예쁘다며 달라붙어 있던 걸 떠올려 보면 당연한 반응일지도 모르겠다. 원하는 대로 마음껏 거울을 보게 해주고 싶어도 지금은 때가 아니었다. 늦었다며 일으켜 세우자 뒤늦게 제 목에 걸려 있는 목걸이를 발견한 헤이젤이 눈을 휘둥그렇게 떴다.

"워렌. 이거 비싼 거 아니에요?"

"설마 지금 본 거야?"

"아가씨! 천연 진주 중에서도 최상급품이랍니다. 그것과 쌍을 이루는 팔찌와 귀걸이 세트도 있는데 한 번 걸쳐 보지 않으시겠습니까? 사지 않으셔도 됩니다. 그게 싫으시면 여기 에메랄드 목걸이라도."

"시간이 없으니 그 정도만 하자고 하지 않았나!"

대화에 끼어들어 어떻게든 한마디라도 더 건네보려는 상인에게 호통을 친 워렌은 금액에 대해 걱정할 것 없다고 일갈하고 헤이젤의 손을 이끌었다.

"드레스도 그렇고, 지출이 너무 심한 거 아니에요?"

"이봐, 아가씨. 에스코트하는 상대에게 이 정도는 쓰게 해줘."

아무리 돈 없다는 소리가 자주 나와도 이 정도도 쓰지 못할 정도로 가난하지는 않다고 그가 투덜댔다.

"빚을 갚아야 해서 아끼는 것뿐이야. 그것만 아니면 인형 판매가가 꽤 된다고. 아니 그것보다, 대체 왜 내가 너에게 재정 상황을 설명해야 하는지 모르겠다. 카리나가 하는 말을 곧이곧대로 믿지 마."

걱정하라고 사준 선물이 아닐 텐데. 이 정도 지출로 걱정 받을 정도면 대체 평소에 얼마나 없어 보인 건지 모를 지경이었다. 워렌은 카리나가 다른 허튼소리를 하지 못하게 미리 입조심을 시켜야겠다며 걸음을 재촉했다. 생각에 빠져 한참 걷다 보니 헤이젤이 조금씩 뒤로 처지는 기분이 들었다. 뒤를 돌아보니 둘 사이에 거리가 벌어졌다. 소녀가 자신의 속도나 보폭을 쫓아오지 못하는 건가 싶어 멈춰 물었다.

"힘든가?"

물어보고 나서야 뭔가 잘못된 질문이라는 걸 깨달았지만 귀찮아서 정정은 하지 않았다. 이유를 묻는 말로 대충 이해해 주기를 바랄 뿐.

"아니요. 그런 게 아니라 저, 드레스 자락이 다리에 감겨서 빨리 걸을 수가 없어요."

"아. 그게 문제였나."

상황을 이해한 워렌이 헤이젤 곁으로 돌아왔다. 하늘하늘 부드럽게 감기는 원단으로 만들어진 긴 드레스는 움직일 때마다 몸에 달라붙었다. 확실히 그렇겠군, 드레스를 바라보며 그가 중얼거렸다. 이 상태라면 그의 보폭에 맞춰 걷기 힘들 터였다.

"배려가 모자랐군. 좀 늦었기는 해도 굳이 서두를 필요도 없으니, 자."

기왕 걷는 거 주변 구경이나 하며 가자며 워렌이 팔꿈치를 내밀었다. 헤이젤이 손으로 그 팔을 잡고 가까이 다가섰다.

"낮에는 날씨가 좋았는데, 오후에는 흐리네요."

"날이 저물기 시작했으니까."

번화가를 조금 벗어나자 사방이 눈에 띄게 어두워졌다. 불빛이 잦아든 거리에 청회색의 안개가 내려앉은 걸 알 수 있었다. 헤이젤은 고개를 들어 위를 올려다보았다. 아직 하늘이 높아 비가 내릴 것 같지는 않았지만, 점점이 켜진 가스등 사이에 구름이 내려 앉은 것처럼 안개로 가득 차 있었다.

"안개가 낀 강을 헤엄치는 물고기가 된 기분이에요."

"멋진 표현이군."

워렌은 소녀의 묘사를 막연하게 받아들이는 눈치였다. 감상적이라는 생각을 하고 있을지도 몰랐다. 점차 짙어지는 어둠과 안개에 공포를 감지한 표현이라는 것까지는 알지 못한 듯싶었다.

헤이젤은 두려웠다. 자신이 이미 죽음을 맞이한 영혼이라는 사실을 깨달은 후부터 매 순간 어둠 속을 방황하는 기분이었다. 언젠가 그 속에서 흔적도 없이 사라지지 않을까 두려웠다. 자신이 왜 여기 있는지, 무엇을 해야 하는지 알 수 없는 만큼 안개처럼 탁한 시야로 사는 기분을 떨칠 수 없었다. 매일같이 다시 내일이 있을까 궁금해하지만 누구에게도 확답을 받을 수 없는 질문이었다.

"지금 이곳에 혼자 있는 게 아니라서 다행이라고 생각하고 있어요."

"그런가."

워렌이 곁에 있어 어두운 밤거리를 혼자 걷지 않아도 된다는 사실에 위안을 받았다. 의식이 끊기는 순간까지 누군가가 함께 있어준다면 정말 좋을 테지만 그거야말로 불가능한 꿈이다.

'언젠가 이 순간이 그리워질 시간이 있겠지.'

팔을 붙잡은 손에 힘이 들어갔다. 소녀는 어떤 일이 있어도 겁먹지 말자며 아무것도 보이지 않는 어둠을 똑바로 바라보았다.

"다 왔어."

갤러리 가까이에 도착해 워렌이 속삭였다. 목적지에 다가갈수록 점점 말수가 적어지던 워렌은 입구 근처에서 가서는 아예 말이 없어졌다. 도착을 알리는 목소리에 긴장감이 역력했다. 사람 많은 장소를 좋아하지 않는 그에게 이목이 쏠리는 파티 장소는 부담이 큰 모양이었다. 선뜻 내키지 않는 얼굴로 안을 들여다보던 그가 갤러리 입구에 들어서는 순간, 사람들의 시선이 전부 집중되었다.

"워렌."

"음."

경직되어 창백해진 얼굴을 바라보던 헤이젤이 그의 옷깃을 살짝 잡아당겼다. 부르는 소리에 헤이젤 쪽으로 고개를 돌린 순간, 그의 팔을 잡고 발돋움한 소녀가 조심스럽게 입술에 키스했다.

"전시회 축하해요."

"오오오!"

입구에서 벌어진 작은 해프닝에 사람들이 환호성을 질렀다. 깜짝 놀랄 만한 미녀와 함께 나타난 파티의 주인공이 갑작스러운 키스를 당해 당황하는 모습은 초대객들의 긴장을 풀어주기에 충분한 이벤트였다. 파티 초반에 살얼음처럼 깔렸던 어색함이 깨지자 순식간에 분위기가 부드러워졌다. 그들은 곧 워렌 근처로 몰려들어 스스럼없는 격려를 나누기 시작했다.

"헤이젤!"

워렌이 사람들과 인사를 나누고 있는 동안 뒤로 물러나 전시되어 있는 인형들을 구경하던 소녀에게 다가온 사람이 있었다.

"르네!"

"드레스가 정말 잘 어울려요."

정장 차림의 르네는 샴페인 잔을 두 개 들고 있었다.

"고마워요. 르네도 멋져요. 이거 제 거예요? 저는 괜찮은데."

"헤이젤은 너무 안 먹는 것 같아요. 혹시 체중 조절을 하는 건가요?"

"그런 게 아니라……. 저 먼저 먹고 왔거든요."

"그런가요."

시무룩해진 르네가 들고 있던 잔을 치우려고 하자 소녀가 얼른 팔을 잡았다.

"주세요. 술은 못하지만 받을게요."

"무리해서 마시지 않아도 괜찮아요."

"르네랑 같은 잔 들고 싶어서 그러는걸요."

그 말에 청년의 얼굴이 미소로 발갛게 피어올랐다. 기쁜 듯 잔을 건네주는 그에게 술을 못하니 마시는 것까지는 이해해 달라고 설명했다.

"알았어요. 고마워요, 헤이젤."

진한 회색 정장을 입고 머리를 올백으로 넘긴 르네는 평소보다 더 의젓해 보였다. 잿빛에 가까운 나비넥타이의 수평을 맞춰주고 있으려니 뒤에서 르네를 부르는 소리가 들렸다.

"르네, 여기 있었구나."

"아버지!"

키가 그리 크지 않은 초로의 신사에게 건네는 호칭을 듣고 헤이젤이 물었다.

"아버님이세요?"

"네. 헤이젤도 같이 가죠."

"르네. 모두를 버려두고 대체 어디를……."

아버지라 불린 사람은 온화한 분위기의 르네와 달리 엄해 보이는 강한 눈빛을 가진 남성이었다. 그는 갑자기 사라진 아들을 꾸짖으려다 함께 나타난 미녀를 보고 눈을 휘둥그렇게 떴다.

"아는 사람에게 인사하고 왔어요. 아버지, 여기는 헤이젤."

"안녕하세요. 아드님께 늘 신세 많이 지고 있답니다. 워렌의 사촌이에요."

"아, 안녕하십니까. 르클레어라고 합니다."

"르네 이름을 듣고 부모님이 프랑스 분들이 아니실까 생각했었어요."

상냥하게 대답하는 헤이젤을 보고 놀란 아버지가 르네에게 이런 미인을 알고 있었느냐며 감탄했다.

"하트퍼드 가문에 선남선녀가 많은 모양입니다. 워렌 군도 잘생겼지만 아가씨는 그가 만드는 인형들보다도 훨씬 더 아름답군요."

"감사합니다."

혈통에 이런 미인들이 많아서인지 하트퍼드 인형들도 하나같이 미모가 뛰어나다며 신기해하는 르클레어의 말에 헤이젤은 대꾸할 말을 찾지 못하고 웃기만 했다.

"그렇지. 이곳에 제 제자들도 함께 왔답니다. 데렉! 아이슬리! 폴! 이쪽으로 와 인사해라."

르클레어가 이름을 부르자 전시된 인형을 잡아먹을 듯 가까이서 구경하던 세 청년이 고개를 돌렸다.

"아, 저분들이."

착한 르네를 괴롭히는 그 나쁜 놈들인가. 헤이젤은 전투력 게이지가 상승하는 걸 억누르며 그들을 향해 미소 지었다. 전시물을 들여다보며 한참 숙덕거리던 남자들이 곁으로 다가와 인사를 건넸다. 헤이젤을 머리끝부터 발끝까지 눈으로 더듬는 모양이 스승만 곁에 없었다면 그녀를 향해 진득한 휘파람을 불며 추파라도 던질 기세였다.

"안녕하십니까."

"르네 친구분이시라네."

그들은 헤이젤이 르네와 아는 사이라는 설명을 듣자 놀란 눈치였다. 헤이젤의 얼굴과 몸을 힐끔거리며 기분 나쁜 미소를 짓는 모양이 르네를 통해 어떻게 친해질 수 있지 않을까 궁리하는 것 같았다.

"얼프기가 어쩐 일로."

누군가가 작은 목소리로 중얼거렸다. 르네나 르클레어의 귀에는 닿지 않은 듯했지만, 곁에서 그 소리를 들은 헤이젤은 자신이 비난받은 것처럼 기분이 상했다.

'하루라도 빨리 르네가 공포증을 이겨내도록 특훈해야겠어. 저런 사람들에게 무시당하고 있다니 내가 다 화가 나.'

기분 상한 나머지 그들에게서 시선을 돌리자니 멀리서 사람들과 대화를 나누는 워렌의 모습이 눈에 들어왔다. 입구에 들어설 때 보이던 긴장한 모습은 간데없이 여유로운 태도로 상대와의 대화에 몰입한 모습이었다.

'다행이다.'

워렌은 멀리서 봐도 눈에 띄었다. 검은색 턱시도에 연록빛 크라바트. 전시회 준비로 정신없는 사이 살짝 길어진 앞머리를 옆으로 단정하게 붙이고 서 있으니 인형을 만드는 예술가라기보다 젊은 사업가 같은 인상을 주었다. 작업복으로 구겨진 셔츠를 입고 있는 모습만 보다가 깔끔하게 꾸민 그를 보니 어딘가 낯설었다. 보기 좋게 단련된 위압적인 체격은 사람들의 시선을 쉽게 끌었다.

'키스가 효력을 보였나 봐.'

긴장감을 푸는 데는 역시 충격요법이 최고라고 뿌듯해하던 헤이젤은 주변을 둘러보았다. 고급스러운 복장을 한 신사 숙녀들이 그의 인형을 바라보며 뜨겁게 토론을 나누었다.

'다시 봐도 놀라워.'

전시장을 가득 채운 인형들은 각각의 매력을 최대한으로 발휘하게끔 전시되어 있었다. 르네가 만든 미니어처 가구가 함께 배치되어 마치 인형의 집에 들어선 것 같은 착각을 불러일으켰다. 사람들의 반응은 열광적이었다. 전시된 인형에 감탄이 터졌고 손님들은 갤러리 스태프를 찾아 가격이며 구매 방법을 묻기 바빴다. 경매로 판매가 이루어진다는 설명에 날짜와 시간이 적힌 카드를 받아가는 사람들이 줄을 이었다.

화기애애한 분위기를 지켜보던 헤이젤은 곧 르클레어의 세 제자가 보이는 움직임에 수상함을 느꼈다. 그들은 스태프의 눈을 피해 몰려다니며 전시물을 손으로 만져도 보고, 옷도 뒤집어 봤다. 그뿐인가. 저들끼리 이야기를 나누며 인형을 손가락으로 쿡쿡 찌르기까지 했다. 아무리 전용 스탠드로 세워두었다 하더라도 자칫 잘못하면 전시 작품이 쓰러져 박살이 날 수도 있는 위태로운 상황이었다. 같은 업계 사람들이라고 도저히 생각할 수 없는 무례한 행동을 하던 그들은 곧이어 기분 나쁜 웃음을 지으며 쑥덕거렸다.

'……뭘 하는 거지?'

한 번 미워 보이니 뭘 해도 밉살스럽다며 헤이젤은 그들을 노려보았다. 저 밉상 삼총사가 사고를 치기 전에 주의를 시켜야 할 것 같아 그쪽으로 가려는데, 스쳐 지나가는 헤이젤의 손을 잡아채는 사람이 있었다.

"거봐요. 내가 다시 만날 거랬잖아."

"헉!"

귓가에 숨을 불어 넣듯 속삭이는 목소리에 놀라 뒤를 돌아보니 생각지도 않았던 사람이 서 있었다.

"안녕, 예쁜이."

"당신은……!"

검은 머리에 맑은 호박색 눈동자를 한 청년이 헤이젤의 허리를 감싸 안아 자신의 품으로 잡아당겼다. 손에 들린 샴페인 잔의 찰랑대는 액체와 같은 빛을 띤 달콤한 눈동자가 정면에서 그녀를 내려다보며 속삭였다.

"이런 걸 아마 운명이라고 하죠?"

"인형 훔치러 왔던 도…… 읍!"

"우리의 소중한 첫 만남을 만천하에 다 알릴 셈? 재회가 기쁘다는 건 알겠지만, 연인끼리의 비밀로 해주었으면 하는데."

"읍, 으읍?"

여기 도둑이 있다고 외치기 직전, 남자가 움직였다. 아무 일도 없다는 듯 나른하게 웃으며 헤이젤의 입을 막은 그는 인적이 드문 구석으로 소녀를 끌고 갔다. 연인이라니? 연인? 이 남자가 대체 뭐라고 하는 거야? 헤이젤은 대담한 도둑의 행동에 어이가 없었다. 입을 막은 남자는 여전히 옅은 웃음기가 담긴 시선으로 소녀를 응시했다. 한참 버둥대다 제 입을 막은 손을 간신히 떼어낸 헤이젤이 화를 내며 물었다.

"대체 여긴 어떻게 들어온 거예요? 뭔가 또 훔치러 왔어요?"

"음? 초대받아 왔는데?"

"당신이 초대객이라고요?"

도둑이 초대 손님 명단에 들어 있다니 말도 안 된다고 생각한 헤이젤은 당장 워렌에게 알릴 생각으로 몸을 틀었다. 남자는 눈을 살짝 휘면서 허리를 감싸 안은 팔에 힘을 주었다. 그러더니 제품에서 벗어나는 걸 용서하지 않겠다는 투로 헤이젤을 나무랐다.

"이제야 만났는데 또 사라지려 하다니, 너무한걸."

남자는 움켜잡은 허리를 바짝 잡아당기었다. 맞닿은 가슴에 틈이 생기지 않을 정도로 밀착한 탓에 상대를 바라보는 헤이젤의 고개가 위로 젖혀지며 길고 가느다란 목선이 드러났다. 남자는 그 목에 입술을 댈 듯 고개를 틀며 대답했다.

"또 훔치러 온 거 맞아. 대신 오늘은 조금 다른 걸 훔칠 생각이지. 네 마음을 가지러 왔어."

"진짜 소름 돋아……."

긴장감이라고는 전혀 느껴지지 않는 느긋한 어조였다. 근사한 얼굴이 점점 더 가까이 다가오며 목덜미에 느린 숨을 불어 넣었다. 이게 웬 흉측한 선전포고란 말인가. 그의 말에 대꾸하기도 싫어진 헤이젤이 입술을 꾹 깨물었다. 이 정도면 훌륭한 성희롱이다. 그것도 상대의 반응을 충분히 계산한 뒤 꺼내는 질 나쁜 성적 유희였다. 남자는 처음 만났을 때부터 수치를 모르고, 교만한 자세로 상대를 배려하지 않았다. 그가 속삭이는 감미로운 사탕발림에 기뻐할 사람도 어딘가에는 분명 존재할 테지만 헤이젤에게는 역효과를 불러일으킬 뿐이었다.

"차라리 인형을 훔치러 왔다고 하는 게 이것보다는 덜 놀랍겠어요."

"난 어디서든 가장 아름다운 것만 노리는 성격이라서."

자칭 탐미주의자는 제 높은 안목에 자신이 있었다. 지금 이곳에서 가장 고귀한 것이 제 손안에 있다고 믿어 의심치 않아 하며 녹을 것 같은 시선을 던졌다. 자신이 매력적이라는 걸 무기로 진심을 보이지 않는 사람은 곤란했다. 가면을 쓴 상대가 하는 말을 어디까지 받아들여야 하는지 구분할 수 없는 소녀는 아예 아무것도 믿지 않는 쪽을 선택할 수밖에 없었다.

"그대를 부를 이름을 알려줘."

"싫은데요."

"그럼 내가 알아서 부를까? 당신이 좋아하는 방식은 아닐 테지만 난 상관없어. 설탕 과자나 아기 비둘기 같은 건 어때?"

"대체 뭘 어떻게 하면 그렇게 정신에 치명적인 타격을 주는 말만 할 수 있는 거예요?"

"기뻐?"

"천만에요!"

단호한 대답에 남자가 웃었다. 아무래도 그녀의 반응을 계산하고 꺼낸 말인 듯 장난스러운 미소가 떠나지 않는다.

"그러니까 이름."

"……헤이젤."

"예쁜 이름이네. 누가 지었는지 센스는 없지만."

금발에 푸른 눈. '신부'의 모습을 한 헤이젤에게 그 이름이 어울리지 않는다는 건 그녀도 잘 알고 있었다. 뭐라 해줄 말이 없어 어깨만 으쓱하니 남자는 그제야 자신의 이름을 밝혔다.

"아서."

"도둑놈이라고 부르면 안 돼요?"

"헤이젤에게 이름으로 불리고 싶은걸."

"누가 불러줄까 봐."

절대 이름을 부르지 않겠다고 다짐하는 소녀를 즐거운 듯 바라보던 아서가 그건 그렇고, 라고 화제를 바꿨다.

"화려한 입장을 하더군. 입구에서 입맞춤이라니. 그 남자랑 그런 사이였던 거야?"

"그런 사이?"

"저 덩치 크고 사나워 보이는 남자랑 사귀느냐고."

"아."

워렌을 격려하기 위해 키스한 걸 본 모양이었다. 연인 사이로 오해했나 본데, 대체 뭐라고 대답해야 이 남자를 떨궈낼 수 있을까 고민하던 소녀는 그 질문에 딱히 긍정도 부정도 돌려주지 않았다.

"어디가 좋은 거야? 딱 봐도 신경질적일 것 같고, 무뚝뚝하고, 가진 것도 없다는 소문이던데. 명예인가? 아니면 덩치 큰 남자가 취향? 힘 좋은 남자를 좋아해?"

어쩜 이렇게 속물적인 기준으로 사람을 보는 걸까. 나열되는 조건들을 들으며 헤이젤은 탄식했다. 헤이젤이 아는 워렌은 무심한 듯 보여도 남을 잘 돌보는, 속이 다정한 사람이었다. 아서가 말하는 내용은 전부 사실이 아닌 데다가 워렌과 사귀는 사이도 아니니 뭐라 해줄 말이 없었다.

침묵을 긍정으로 받아들인 듯 보이는 남자가 눈을 가늘게 뜨고 소녀를 바라보았다. 표정을 읽기 힘든 호박색의 눈동자가 헤이젤의 작은 반응 하나라도 놓치지 않겠다는 듯 옭아맸다.

3.

꼬이는 실타래

파티는 순조롭게 진행되었다. 카리나의 예상대로 초대장을 받은 사람은 거의 전부 모습을 나타냈고, 인형에 대한 관심 역시 뜨거웠다. 사람들은 경매에 관련된 정보를 하나라도 더 얻고 싶어 바짝 애가 탔다. 성급한 이들은 벌써 특정 인형을 노리는 경쟁자가 몇이나 될지를 가늠해 보며 낙찰에 대한 우려를 표시하는 등 필사적인 반응을 보였다.

전시에 대한 팸플릿이 준비되어 있었지만 작가의 설명을 직접 들을 기회를 놓치고 싶지 않던 사람들은 워렌에게 다가와 질문 공세를 퍼부었다. 과열된 반응에 파티장에 도착 후 물 한 모금 마실 시간 없이 시달리던 그를 구한 예기치 않은 구세주는 카리나였다.

"아유, 선생님. 안녕하세요. 저기 이 곰 같은 남자 좀 빌려갈 수 있을까요? 전시 문제로 급히 상의할 것이 생겨서……."

끈질기게 질문하는 손님을 떼어내고 한적한 장소로 옮긴 카리나는 측은한 표정으로 워렌을 바라보며 와인 잔을 건넸다.

"무슨 문제가 생겼어?"

"문제는 무슨. 누가 준비했는데 그런 게 생겨. 보기 답답해서 빼내온 거야. 그러게 사람들이랑 섞이는 연습이 필요하댔지. 미련하게 잡히면 도망 나올 줄을 몰라요."

"대체 왜들 이렇게 끈질긴 거야."

워렌은 미소 짓다 굳어 경련하는 제 입꼬리를 손으로 쓸어내리며 한숨을 쉬었다.

"하트퍼드 인형사를 직접 만날 기회가 그리 흔할 것 같아? 워렌이 서투니까 다들 이때다 싶어서 뛰어드는 거라고."

"……전시회는 이게 마지막이다."

"댁이 사회성을 키우면 해결될 문제거든요?"

앞으로 두 번 다시 전시회를 하지 않을 기세로 고개를 흔드는 워렌을 한심하다는 듯 바라보던 카리나가 문득 제 곁을 바쁘게 지나가는 한 아가씨를 불러 세웠다.

"렉시 양, 어딜 그리 바쁘게 가세요?"

"아……."

렉시라고 불린 영애가 카리나를 돌아보았다. 붉은 드레스에 화려한 다이아몬드 귀걸이를 한 세련된 인상의 아가씨였다. 눈에 띄는 미녀는 아니지만 둥근 눈매에 애교가 묻어나 귀여웠다. 카리나에게 가볍게 인사하는 모습이 서로 구면인 모양이다. 렉시는 자신을 부르는 목소리에 마지못해 발을 멈춘 듯 안절부절못한 모양새로 주변을 둘러보았다. 그녀는 카리나 곁에 오늘 밤 파티의 주역인 워렌 하트퍼드가 함께 있는 것도 눈치채지 못할 정도로 주의력이 산만한 상태였다.

"일행이, 보이지 않아서……."

"같이 오신 분이요?"

"네. 조금 전까지는 함께 있었는데, 저기. 실례할게요. 좀 찾아봐야 할 것 같아서요."

"그러세요. 좋은 밤 되시길."

급한 인사를 건네고 사라지는 뒷모습을 아쉬운 듯 바라보며 중얼거린다.

"아유. 이참에 소개 좀 하려고 했더니만. 남자랑 함께 온 눈치네."

"무슨 소리야?"

"아니, 렉시 정도면 집안도 괜찮고 재력도 있고. 꽤 예쁜 아가씨잖아. 워렌이랑 잘 어울릴 것 같아서 연결해 보려고 했지."

"쓸데없는 짓 하지 말라고 내가 누누이 말했지."

"이게 왜 쓸데없는 짓이야? 워렌 지금 나이가 몇이라고 생각해? 내가 결혼하라는 말은 않더라도, 괜찮은 아가씨 가끔 만나보는 게 뭐가 나빠."

"그럴 시간 없다니까."

"댁한테 여자가 붙어야 내 손이 좀 덜 가지 않겠어?"

"목적은 역시 그거냐."

오로지 제 편의를 위해 다른 여자를 소개할 생각을 하는 카리나의 발상에 기가 찼다. 워렌은 피곤한 눈가를 쓸며 에이전시를 갈아 치워야 하는 걸지를 고민했다.

"내 기억이 확실하다면 영애가 오늘 함께 온 사람이 분명."

카리나는 제 기억을 더듬었다. 초대객들이 입장할 때 한 명 한 명 인사를 나누어서 전부는 아니더라도 기억나는 일부가 있었다.

렉시와 함께 입장한 사람은 확실히 바람둥이로 유명한 미남자였다는 생각이 들었다.

"뺀질이가 취향이면 워렌처럼 덜 다듬어진 남자는 처음부터 눈에 들어오지도 않겠네."

"시비 거는 거냐."

렉시가 워렌에게 눈길도 주지 않았던 이유를 깨달은 카리나가 손을 내저었다.

"아니, 반대야. 아가씨의 남자 취향이 나쁘다는 소리를 하는 중이야. 함께 온 남자가 염문으로 꽤 유명하거든."

"금시초문이군."

"워렌은 모를지 몰라도 그 남자, 사교계 유명인이야. 그는 렉시가 기대하는 것만큼 그녀에게 충실할 사람이 아닐 텐데. 파티장에서 다른 괜찮은 여자를 보기라도 하면 뒤도 안 볼 가능성이……. 더 괜찮은 여자라. 흠. 이거 어쩐지 안 좋은 예감이 들지 않아?"

아름다운 아가씨라면 분명히 이 파티장에 있었다. 마치 꿈속을 거니는 것 같은 착각을 불러일으키는 감미로운 금발 미녀가.

"헤이젤은 어디 있지?"

카리나의 질문에 상황 파악이 안 되는 얼굴로 눈만 껌벅이던 워렌이 뒤늦게 미간을 구겼다. 노련한 바람둥이가 숫기 없는 소녀를 구워삶는 건 시간문제다. 헤이젤이 위험할지도 모른다는 생각에 워렌은 자리를 박차고 뛰쳐나갔다. 뽀얗고 작은 얼굴에 낭창하게 가는 몸매, 물결치는 백금발. 복잡한 파티장이지만 자신이 만든 얼굴을 찾지 못할 리 없다.

사방을 둘러보던 그는 한참 구석진 곳에 어떤 남자와 단둘이 있는 그녀를 발견하고 빠른 걸음으로 다가갔다. 헤이젤의 허리를 감아 안은 청년은 초면에 지나치다 싶을 정도로 몸을 가까이 붙이고 무언가 이야기하고 있었다.

"저 덩치 크고 사나워 보이는 남자랑 사귀느냐고."

"아."

남자가 헤이젤에게 저와의 관계를 묻고 있다는 사실을 깨닫자 발걸음이 저절로 멈췄다. 제가 뭐라도 되는 양 추궁하는 어투에 눈썹이 치켜 올라갔다. 더 들을 것도 없이 두 사람을 갈라놓으려는 순간 남자의 말이 이어졌다.

"어디가 좋은 거야? 딱 봐도 신경질적일 것 같고, 무뚝뚝하고, 가진 것도 없다는 소문이던데. 명예인가? 아니면 덩치 큰 남자가 취향? 힘 좋은 남자를 좋아해?"

자신은 이런 평을 듣고 있는 건가. 분명 저라고 하는 소리일 텐데 타인 입에서 들리는 묘사가 낯설다. 차분하게 곱씹어보려 해도 역시, 들을 가치도 없는 말이었다. 남이야 신경질적이든 무뚝뚝하든 아무려면 어떤가. 그는 타인이 뭐라던 신경 쓰지 않고 살아왔고, 앞으로도 그럴 예정이었다.

남자에게서 헤이젤을 구해야겠다며 나서려던 순간, 카랑카랑한 대답이 들려왔다.

"당신이 워렌에 대해 뭘 알아요?"

헤이젤의 입에서 나온 건 평소 그와 함께 있을 때의 조금 늘어진다 싶을 정도로 말랑하고 보드라운 목소리가 아니었다. 날이 선 듯 딱 부러지는 어투가 낯설었다.

"타인을 싸구려 잣대로 쉽게 판단하려는 사람과는 할 말 없어요."

당돌한 소녀의 대구에 아서의 눈이 크게 떠졌다. 기대했던 것과 다른 반응이었는지 흥미롭다는 시선으로 헤이젤을 바라봤다. 그의 입에 걸린 미소가 더 짙어졌다.

"의외인데. 그런 틀에 박힌 교과서 같은 소리를 할지 몰랐어."

"자신과 의견이 다른 사람은 우습게 봐도 된다는 건가요?"

"아냐. 그런 뜻이 아니라."

어느 틈인가 헤이젤을 벽으로 몰아붙인 아서가 반짝이는 금발을 손가락에 걸었다. 금색으로 빛나는 얇은 실을 실패에 걸듯 적당히 말아 자신의 입술에 가져다 대며, '덕분에 눈이 번쩍 뜨였어'라고 간지럽게 속삭였다.

"거짓말."

"믿어주지 않는 거야?"

"진심이 아니면 믿을 필요 없죠."

헤이젤은 남자에게 잡혀 있던 머리카락을 빼냈다. 그가 거짓말을 한다는 걸 안 이상, 더는 남자의 말에 흔들리지 않을 자신이 있었다. 남자가 무슨 일을 저지를지 모른다는 불안함은 여전했지만 처음만큼 아예 이해할 수 없는 괴물로 보이지는 않았다. 소녀는 손을 뻗어 남자의 가슴을 가볍게 밀어냈다.

"마중이 와서 이만 가봐야 해요."

"마중?"

아서는 소녀의 시선을 따라 뒤를 돌아보았다. 몇 걸음 뒤에 차가운 표정으로 이쪽을 바라보고 있는 덩치 큰 남자가 있었다. 표정을 읽을 수 없는 사내가 충직한 기사처럼 헤이젤을 기다렸다. 분명 그에게도 들렸을 대화 내용에 대해서 당사자는 입을 꾹 다문 채 끝까지 언급이 없었다. 굳이 상대할 가치가 없다고 말하는 듯한 그 시선은 아서를 건너뛰어 헤이젤에게 고정되었다.

다른 사람의 존재 따위는 이미 잊은, 건조한 열기를 띤 눈동자가 한 사람만을 똑바로 응시했다. 헤이젤은 제게 내밀어진 손을 향해 다가갔다. 희롱하던 남자를 미련 없이 뿌리친 소녀는 어깨와 허리를 곧게 펴고 워렌의 큰 손 위에 제 손을 얹었다. 에스코트를 허락하는 여왕님 같은 그 모습에 워렌의 입꼬리가 삐뚜름히 올라갔다.

메마른 낙엽 같은 시선에 푸르스름한 불꽃이 지펴졌다. 그의 침묵은 절대 고요하지 않았다. 워렌은 손아귀에 들어온 작은 손을 제 쪽으로 당겨 헤이젤을 가슴에 안고 그 자리를 떠났다. 아서의 품에서 벗어난 소녀는 뒤돌아보는 일 없이 그녀의 기사와 함께 자리를 떴다.

"흐음. 다시 만나자는 말을 하려 했는데 말이지."

사냥감을 놓친 개는 짖지 않는 법이다. 입을 열면 볼썽사나운 소리가 나올지 모르니 아쉬울 땐 다무는 게 상책이었다. 제대로 된 사냥을 하려면 조금 더 생각하고, 더 깊은 덫을 놓는 것. 그것이 한 번 놓친 목표물을 다시 잡는 방법이었다.

'마음에 안 들어.'

아서는 외모가 아름다운 사람을 좋아했다. 예쁘기만 하다면 그 입에서 나오는 말이 기대에 못 미치는 수준이라도 적당히 참을 줄 알았다. 어차피 아름다움과 두뇌를 전부 갖춘 사람을 만나기는 쉽지 않은 세상이다. 생각 없는 미인은 또 그 나름대로, 매력적이라고 받아들일 수 있는 너그러움이 아서에게는 있었다.

헤이젤이라는 아가씨 역시 예외는 되지 못했다. 그녀는 예쁜 외모에 주입식으로 길러진 고리타분한 상식을 앵무새처럼 읊는 타입이었다. 정답을 말하는 만점 시험지처럼 틀에 박힌 사고를 하는 고루한 미녀. 그것이 헤이젤에 대한 아서의 평가였다. 어차피 저런 유형을 다루는 법은 빤했다. 착한 아이로 사는 것이 최선이라 생각하는 아가씨를 손에 넣는 방법은 수도 없이 많았다. 그중 어떤 방법으로 접근하는 것이 가장 효과적일지는 조금 더 궁리해 보아야 하겠지만, 공략이 어려운 상대는 아닐 터였다.

"아서, 여기 있었군요!"

헤이젤이 사라진 뒷모습을 보며 생각에 잠겨 있는 아서를 부르는 목소리가 있었다. 렉시였다. 그를 발견하고 한달음에 달려오는 그녀를 보며 아, 그러고 보니 이 아가씨랑 함께 왔었지, 라는, 상대가 들으면 크게 낙담할 생각을 했으나 표정에 드러내지는 않았다. 아서는 얼굴에 미소를 그려 넣으며 물었다.

"렉시. 무슨 일이야?"

"무슨 일이라니, 갑자기 사라져서 걱정했잖아요!"

"그랬어? 미안. 아는 사람을 만나서 인사하느라……. 이곳저곳에 아는 얼굴이 많더라고. 설마 날 찾느라고 파티를 즐기지 못한 거야?"

"당신이 돌아간 줄 알고……."

"내가? 파티 시작된 지 얼마 되지도 않았는데, 그럴 리가."

능청스러운 대꾸를 한 아서는 아무 일도 없었다는 듯 렉시의 어깨를 안고 인파 속으로 걸어 들어갔다. 목이 마르다며 와인이 있는 곳으로 그녀를 이끌자 어딘가 못 미더운 표정으로 토라져 있던 렉시 역시, 추궁을 담은 입술을 몇 번 달싹이다 멈추고 그가 재촉하는 방향으로 끌려가기를 선택했다.

＊

북적이는 공간, 갑갑한 정장, 꽉 막힌 공기도 전부 워렌이 싫어
하는 것들이었다. 예의 차린 인사말과 절제된 몸짓, 의미심장하
게 주고받는 시선들 역시 숨통을 조이는 기분이 들어 예전부터
사교 모임은 그에게 달갑지 않은 장소였다.

조금 전에도 낯선 이가 자신에 대해 떠드는 소리를 들었다. 사
물을 겉핥기식으로 판단하고 그걸 진리라 믿는 사람들은 어디에
나 있다. 그들을 욕할 생각은 들지 않았다. 불쾌하다기보다는 그
저 지긋지긋했다. 그런 작은 무심함이 반복되는 장소에서 느껴지
는 불순물들이 가슴에 켜켜이 쌓여 숨통이 조여오던 참이었다.
한시라도 빨리 헤이젤을 데리고 밖으로 나가려는 순간, 그녀의 당
돌한 대꾸가 귀에 들렸다.

"타인을 싸구려 잣대로 쉽게 판단하려는 사람과는 할 말 없어
요."

청량감이 감도는 목소리를 들으며 그는 감탄했다. 영혼에 내려
앉은 먼지를 깨끗이 씻어내는 상쾌함마저 느껴졌다. 작은 아가씨
는 그의 생각보다 의사 표현이 확실한 사람이라는 걸 깨달았다.

'별거 아닌 한마디에 감동할 정도인 걸 보면, 지치기는 한 모양
이야.'

전혀 개의치 않는다고 말해도 제 편을 들어준 사람이 있다는
사실이 흐뭇하지 않을 수 없었다. 자신을 변호해 준 소녀를 봐서
라도 오늘은 도중에 도망가지 않고 끝까지 파티를 견뎌내겠다고
다짐했다.

"이상한 놈이 붙지 않도록 같이 있어주고 싶어도 오늘은 그게 힘드니 가능하면 이사벨이랑 같이 있어."

"이사벨이 왔어요?"

"여자아이들 사이에서 인형 전시회는 어떤 의미가 있나 봐. 자기도 반드시 오프닝 파티에 가야 한다고 졸랐다던데."

"발돋움해서 어른들 틈에 끼고 싶은 걸지도 몰라요."

"아이들은 아이들다운 게 가장 좋은데 말이지. 왜 조급해하는 걸까."

"누구나 그 순간이 얼마나 소중한 건지 지나기 전에는 깨닫지 못하는 거 아닐까요."

그 말에 워렌이 걸음을 멈췄다. 물끄러미 내려다보는 시선에 복잡한 감정이 섞여 있었다.

"세상 다 산 노파 같은 소리를 하는군. 내가 보기엔 너도 어린 애인데 말이지."

"그 말은 숙녀에게 실례예요."

애써 발돋움하려는 소녀는 이사벨 말고도 한 명 더 있는 듯 보였다. 뾰로통하게 볼을 부풀리며 항의하는 헤이젤을 보며 워렌이 너털웃음을 터뜨렸다.

"워렌, 지금 저 비웃은 거죠!"

"비웃다니. 천만에. 그런 거 아니야."

모르는 남자 앞에서 오만한 여왕님 같은 태도도 취할 줄 알던 그녀지만 워렌 앞에서는 영락없는 철부지 어린 소녀로 돌아왔다. 불만 가득한 얼굴을 묵묵히 지켜보던 그가 중얼거렸다.

"……숙녀라."

"네?"

"아니. 숙녀에게는 숙녀다운 대우를 하는 것이 마땅한 것 같아
서."

무슨 의미인지 몰라 어리둥절한 그녀에게 워렌이 속삭였다.

"네? 워렌. 잘 안 들려……."

그가 하는 말을 놓치지 않으려 목을 길게 뺀 헤이젤이 위를 올
려다보았다. 그 모습을 지켜보던 워렌이 눈을 가늘게 떴다. 소녀
의 입술 위로 제 입술을 살짝 떨어뜨려 본 건 단지 그녀가 어떤
얼굴을 할지 궁금해서였다. 맑은 푸른색 잉크가 물에 번지듯 확
장되는 모습을 보며 워렌은 자신이 실수했음을 깨달았다.

헤이젤의 놀란 표정이 사랑스럽다는 생각이 든 순간 그는 낭패
감을 느꼈다. 장난을 쳐서는 안 되는 거였는데.

깊고 푸른 물이 그의 사막에 스며들었다.

＊

헤이젤의 등장은 이사벨보다도 카리나 쪽이 더 격렬하게 반겼
다. 아이를 데려온 탓에 행동에 제한이 있던 그녀는 믿고 맡길 만
한 사람이 생겨 신이 났는지 잘 부탁한다는 말만 수십 번 반복하
더니 곧 바람처럼 사라졌다.

"정말 둘만 두어도 괜찮겠나."

보다 못한 워렌이 물었다. 지금이 기회라고 잽싸게 도망가는
카리나를 보자 외려 걱정이 되는지 두 사람의 곁을 떠나지 못하
고 어물거렸다.

"르네도 있으니까 괜찮아요. 걱정되시면 셋이 모여 있을게요."

헤이젤은 다망한 워렌의 등을 떠밀며 걱정하지 말라 설명했다.

르네의 어디가 안심 지표가 되는지 몰라 머뭇대던 워렌은 끝까지 못 미더운 얼굴로 뒤를 돌아보다가 결국 그를 찾는 고객들에게 잡혔다. 지독하게 싫은 얼굴로 인형 설명을 하러 끌려가는 모습을 지켜본 헤이젤은 오히려 그가 더 걱정된다고 생각했다. 정말 보호자인 카리나가 곁에 없어도 괜찮으려나 하고 생각하려니 새삼 혼란스러운 파티장에서 아이까지 돌보며 일하던 그녀가 존경스러워졌다.

'그래. 이사벨이라도 잘 돌봐서 짐을 덜어줘야겠어.'

조금이라도 카리나를 도와야겠다 생각한 헤이젤은 이사벨 쪽을 돌아보았다. 사실 의무나 책임감 같은 걸 들먹일 필요도 없었다. 헤이젤은 이사벨을 많이 좋아했다. 아서 같은 사람과 함께 있느니 아이와 함께 어울리는 쪽이 그녀로서도 훨씬 즐거웠다.

"파티에 오고 싶어 했다며? 충분히 구경 다 했어?"

"응? 으, 응."

"이사벨?"

쾌활하게 떠들던 이사벨이 파티로 화제가 옮겨지자 묘하게 말꼬리를 끌었다. 짙은 청록색의 어른스러운 드레스를 입은 곱슬머리 꼬마 숙녀는 당혹스러운 표정을 감추지 못했다.

"오고 싶던 거 아니었어?"

분명 카리나는 이사벨이 조르는 통에 데리고 왔다는 것 같았는데. 아이의 반응이 이상해 빤히 쳐다보니 당황한 듯 시선이 흔들리고 있었다. 주변을 둘러보던 아이는 엄마가 없는 것을 확인한 다음에야 헤이젤의 귀에 속삭였다.

"실은 말이야."

전시장 가장자리에 놓인 의자에 앉아 이사벨이 털어놓았다. 파티에 오고 싶기는 했단다. 어른들 모임에 가보고 싶었던 것도 사실이고 무엇보다도 워렌이 만든 인형들이 보고 싶었다고 했다.

"엄마 없는 동안 아빠가 올까 봐 날 데리고 나온 거야."

"아빠? 이사벨 아빠가 왜?"

소녀가 들려준 내용은 대충이랬다. 이혼한 부모님은 이사벨의 양육권 문제로 오랜 시간 싸웠다. 기나긴 법정 싸움 끝에 카리나가 딸을 키우게 되었고 남편은 달 1회 정도 외에는 만나지 못하게 못 박았다고 했다.

"이혼하신 거구나……."

처음 듣는 가정사에 헤이젤은 놀랐다. 보모와 함께 집에 두고 나오기라도 하면 어떻게 알았는지 남편이 몰래 찾아와 딸을 데리고 간다는 거였다.

"아버지 뭐 하시는 분인데……."

전부인이 자리를 비운 걸 대체 어떻게 아는 거며 직업이 무엇이길래 틈만 나면 딸을 보러 온다는 걸까. 저래서야 일은 제대로 하는 건지 걱정되는 내용이었다.

"몰라. 엄마에게 물어보면 매번 화만 내고 알려주지 않아. 아, 화는 나한테 내는 게 아니라 아빠한테 내는 거야."

행여 뜻이 잘못 전달될까 추가 설명을 붙인 이사벨은 오늘 파티에 온 이유도 그 때문이라고 설명했다.

"그렇구나. 이혼하시고……. 이사벨 인기가 많네."

"뭐?"

"좋겠다. 다들 데려가려고 한 거잖아. 아빠도 널 무척 좋아하시나 본데."

"그런 거 필요 없어. 정말 좋아하면 둘이 내 앞에서 싸우지나

말던가."

마마걸이라 불릴 정도로 엄마를 따르는 이사벨은 아빠도 많이 좋아한다고 했다. 눈치 보지 않고 두 사람 모두 볼 수 있으면 좋겠다고 생각하는 것 같았다.

"그럼 엄마가 일하는 동안에는 어떻게 하는데?"

집을 비우는 틈을 타 찾아오는 아버지라면 카리나가 밖으로 돌아다닐 수 있을 리 없지 않은가. 그에 대한 해답은 뜻밖에 학교에 있었다.

"수녀님들이 하는 작은 학교가 있어. 주 며칠은 거기서 공부해. 아빠가 찾아온 적은 있었지만 그래도 거기서는 말썽 부리지 못하고 쫓겨났어."

"그래, 그렇구……. 말썽?"

"아빠는 일이 생각대로 안 풀리면 기물을 파손해."

"헉."

방금 뭔가 무서운 말을 들은 것 같은데. 헤이젤은 눈을 동그랗게 뜨고 이사벨을 바라보았다. 뜻대로 되지 않으면 물건을 부수는 아버지라니. 카리나가 이사벨을 싸고도는 이유를 알 것 같았다. 달에 한 번만 만나게 하는 이유도.

"기도하는 곳은 부수는 거 아니라고 참는대. 나한테는 정말 다정한 아빠인데, 다른 사람들에게는 화를 살짝 잘 내."

"아하하. 그것 참……."

굉장한 아버지시구나. 이사벨이 말하는 '살짝 내는 화'가 어느 정도인지 짐작도 가지 않았다. 그래도 딸에게 다정한 아버지라니 그나마 다행이라고 생각했다. 딸에게까지 화를 낸다면 용서하기 힘들 테니까. 뭐, 이사벨의 아버지가 어떤 사람이든 엮일 일은 없을 테지만 말이다.

"여기 있었군요."

엄청난 가정사에 당황하는 헤이젤을 구원하는 다정한 목소리가 들려왔다. 두 소녀를 발견하고 다가온 사람은 르네였다.

"르네!"

"안녕, 르네!"

"이사벨. 여기는 웬일이야?"

하트퍼드가에 일 배우러 다닌 지 일 년이 넘었다던 르네는 당연하다면 당연하게 이사벨과도 서로 아는 사이였다. 르네를 발견한 이사벨은 재빨리 그에게로 달려가 폴짝 안겼다. 르네가 들어 올려 안아주니 한쪽 팔로 그의 목을 안은 아이는 헤이젤을 손짓으로 불렀다. 헤이젤이 다가가자 남은 팔을 뻗어 그녀까지 껴안는다. 세 사람은 파티장 한가운데 서서 꼭 껴안은 상태가 되었다. 아이를 가운데 끼운 채 두 남녀가 포옹하고 있는 것으로 보여 영문을 모르는 사람들이 지나가며 웃었다. 본의 아니게 헤이젤과 얼굴이 맞닿을 지경이 된 르네는 당황한 듯 수차례 눈을 깜박였다.

"이렇게 함께 있으면 다들 가족으로 보겠네. 르네가 아빠고 헤이젤이 엄마!"

부모님과는 이렇게 지내본 적이 없다는 이사벨이 행복한 듯 두 사람을 꼭 안았다. 안쓰러운 마음에 한동안 아이를 바라보던 헤이젤은 얼굴이 붉게 달아오른 르네를 발견하고 뒤늦게 깜짝 놀랐다.

"가, 가족이라니. 그럼 부부가, 헉."

르네는 헤이젤과 이사벨을 번갈아가며 어쩔 줄 몰라 했다. 다른 이가 보기에는 소꿉놀이하는 남매로밖에 보이지 않을 세 사람이지만 미혼인 르네에게는 가족이라는 가정 자체가 크게 낯선 모양이었다. 그는 적잖이 당황했는지 안고 있던 아이를 재빨리 내려주며 '하하하하!' 하고 어색하게 웃었다.

아직 한참 젊은 청년에게 예상외로 강한 자극이었는지 달아오른 얼굴에 손부채질을 하며 먼 곳을 보는 모습이 아무래도 또 무언가 망상하는 게 틀림없었다. 그 모습을 본 헤이젤은 르네가 예술가라 그런지 보통 사람들보다 상상력이 깊고 풍부한 것 같다며 감탄했다.

"아. 이 근처에 유명한 사탕 가게가 있다는데, 헤이젤은 가봤어?"

침묵을 깨고 이사벨이 물었다. 엄마를 따라 나온 파티는 초반 얼마 동안만 즐거웠다. 오늘을 위해 예쁜 드레스를 장만하고 커다란 리본까지 준비했을 땐 정말 신났었다. 화려한 사람들을 구경하고 맛있는 디저트도 양껏 먹었지만 파티장에 진열된 아름다운 인형 구경이 다 끝나도록 어른들의 지루한 이야기는 끝날 줄을 몰랐다. 친구도 없이 기다림에 지쳐 있던 아이는 헤이젤과 르네를 만나 생기를 되찾았다. 답답한 곳에 있지 말고 밖에 나가자고 조르기 시작했다.

"사탕 가게? 그런 곳이 있어요?"

금시초문이던 헤이젤은 르네를 바라봤다. 갑작스러운 질문에 당황한 르네가 이리저리 눈을 굴리더니 곧이어 '아!'라는 작은 감탄사를 내뱉었다.

"있어요. 생긴 지 얼마 안 된 곳인데 종류도 다양하고 특히 포장이 예뻐서 선물용으로 인기가 많대요. 이 근처였던 것 같습니다."

"우리 거기 가보자!"

심심하던 차에 잘되었다는 듯 소녀는 두 사람의 손을 잡아끌었다.

"어쩌죠…… 잠시 자리를 비워도 되려나?"

"가까운 곳이니 빨리 다녀오는 거로 하죠."

"얏호!"

아이가 팔짝팔짝 뛰며 달려 나가는 통에 뒤처진 둘도 부산하게 뒤를 따랐다.

'워렌이 좋아할 만한 사탕이 있을지 찾아봐야지.'

거기까지 생각한 헤이젤은 그제야 워렌 선물은커녕 이사벨에게 맛보기를 시켜줄 돈조차 가지고 있지 않다는 사실을 깨닫고 막막한 표정을 지었다. 괜히 가자고 했나. 아이를 실망하게 하고 싶지 않았던 헤이젤은 어찌해야 좋을지 몰랐다. 르네는 절망에 빠져 자신을 바라보는 소녀를 보고 놀라 물었다.

"헤이젤, 왜 그래요?"

"르네. 저 돈이 한 푼도 없어요……."

부끄러운 듯 고백하는 헤이젤을 보며 르네가 웃음을 터뜨렸다.

"돈은 제게 있으니 걱정하지 마세요. 두 분 마음껏 드실 정도는 가지고 있습니다."

"르네가 최고야!"

사탕을 사준다는 말에 신난 이사벨이 환호했다. 어서 가자고 폴짝폴짝 뛰는 모습에서 평소 어른스러운 척하는 작은 아가씨의 모습은 느껴지지 않았다. 헤이젤과 르네는 웃음을 터뜨리며 소녀의 뒤를 따랐다. 해가 진 가을 저녁은 쌀쌀했다. 드레스 위에 가벼운 숄을 걸친 두 아가씨는 르네의 에스코트를 받으며 조명이 반짝이는 파티장을 빠져나갔다.

✳

하트퍼드 인형전 파티에는 여러 종류의 손님들이 모였다. 같은 업계의 사람들, 기존 구매객들 그리고 미래의 고객들. 전부 워렌이 만든 인형에 관심이 있거나 그런 사람들이 모이는 장소에 관심이 있는 사람들이다. 희귀한 하트퍼드 인형을 사려는 목적으로 모인 파티이다 보니 각양각색의 반응이 나오기 마련인데, 개중에는 억지를 부려서라도 당장 손에 넣기를 바라는 사람도 있었다.

"경매가 무슨 말이오! 보름 후면 출장으로 이곳에 없는데 그때 판다는 건 나더러 사지 말라는 소리가 아니겠소. 그러지 말고 딱 한 체만 미리 팝시다. 어떻습니까? 내 가격은 후하게 쳐 드리겠습니다."

"대리인을 내세워 낙찰 받으시면 됩니다."

"될지 안 될지 모르는 결과를 두고 불안해서 어떻게 그냥 갑니까!"

"최고가를 거시면 낙찰 받게 되지 않을까요."

"남을 골탕 먹이려고 필요 이상으로 가격을 올리는 사람을 만나면 어쩌라고 그런 소리를 하는 거요. 치사하게 그러지 말고 한 체만 예약을 받아주시오. 아픈 딸을 위해 선물하고 싶소."

"따님 일은 정말 안됐습니다만, 예외는 있을 수 없습니다."

"환자 선물이라는데 너무 매정하지 않습니까. 제가 많은 걸 원하는 것도 아니고 딱 하나만 부탁하자는 건데."

"판매는 경매로 진행됩니다."

점잖게 생긴 신사는 생긴 것과 다르게 끈질기게 달라붙었다.

그러나 워렌 역시 이런 사람들에 대한 면역이 있는 터라 쉽게 넘어가지 않았다. 귀족이라는 이유로, 유명인이라는 이유로 특혜를 바라며 억지를 부리는 사람에게 이골이 날 대로 난 그를 설득하기에 지금 같은 사연으로는 역부족이었다.

혜택을 바라는 사람이 고위 인사일수록 거절하기가 만만치 않은 법이다. 신사가 붙잡고 협상을 시도한 사람이 카리나였다면 아마 거절까지 한참 더 걸렸을 테지만 상대는 키도 덩치도 큰 워렌이었다. 압도적인 신체 조건에 인상마저 사나워, 보통 사람이라면 지레 겁먹고 포기했을 상황에서도 마른 체구의 중년 신사는 끝까지 고집을 부리며 매달리는 중이었다.

'근성은 대단하지만 그렇다고 예외를 둘 수는 없지.'

거절을 받아들이지 못하고 계속 졸라대는 남자가 귀찮아 슬슬 소리라도 지를까 고민하는 중이었다. 카리나가 알았다면 기겁했을 일을 저지를 타이밍을 재고 있는 그의 귀에 날카로운 비명이 들려왔다. 카리나의 목소리였다.

"나가. 나가라고!"

파티장에서 들려서는 안 되는 대화 내용이었다. 무언가 잘못된 것을 감지한 워렌은 미적대며 자신을 붙잡는 신사의 팔을 뿌리쳤다. 그는 소동이 난 방향을 향해 발걸음을 서둘렀다.

놀러 온 파티가 아닌 이상, 기회가 닿는 데까지 영업을 해야 했다. 아이를 데리고 와 행동반경이 그리 넓지 못했던 카리나는 헤이젤에게 딸을 맡긴 후 물 만난 고기처럼 파티장을 누볐다. 그러던 그녀의 눈에 초대받지 못한 인물이 파티장 안을 돌아다니는 모습이 보였다.

"아니 저 인간이 여기엔 무슨 일로!"

아름다운 숙녀의 입에서 터진 망발에 주변에 있던 사람들이 모두 놀란 표정으로 카리나를 바라보았다. 시선이 자신에게 쏠린 것도 아랑곳하지 않고 입술을 깨물며 분노를 표시하던 그녀는 잠시 양해를 구하고 대화하던 사람들에게서 멀어졌다. 그 시선 끝에는 말끔한 정장을 걸친 금갈색 머리의 남자가 있었다.

'조금 있으면 신작 오토마타 시연이 있을 예정인데, 그 전에 내쫓든가 해야지.'

인형사 워렌 하트퍼드는 섬세한 인형들을 만드는 솜씨 좋은 인형 장인으로 유명했다. 그러나 세상에 드러난 실력은 빙산의 일각일 뿐 사람들 대부분은 그가 오토마타 역시 만들 수 있다는 걸 몰랐다.

'그것도 보편적인 오토마타가 아닌 아주 특별한 작품들을 오늘 공개하기로 했는데.'

망할 자식이 꼭 중요할 때 나타나 상황을 망친다며 그녀는 이를 갈았다. 대체 저 남자를 누가 들여보낸 건지도 꼭 알아내 용서하지 않겠다며 씩씩거리며 전남편이 있는 쪽으로 다가갔다.

"여긴 누구 마음대로 들어온 거야?"

"이런. 이게 누구야. 내 사랑하는 부인님 아니신가."

"전부인이라고 불러. 사랑은 개나 주고 초대받지 못한 사람은 나가줬으면 좋겠어, 파비오."

깐깐한 목소리에 파비오라 불린 남자가 미소 지었다.

"무슨 소리야. 내가 그렇게 예의 없는 짓을 할 리가 없잖아. 정당하게 초대권을 들고 입장했다고."

"아…… 알았어. 또 어디서 여자 꾀어서 들어왔구나."

수단과 방법을 가리지 않는 파비오는 파티에 들어오기 위해 가능한 모든 수단을 동원했을 터였다.

"당신이 내 딸을 만나지 못하게 방해하니 어쩔 수 없지."

"이사벨은 내 딸이야. 그리고 약속 잊었어? 한 달에 한 번만 만나기로 되어 있잖아."

"그건 그거고, 우연히 만나는 건 어쩔 수 없는 거지."

"노리는 게 그거였겠지만 내가 눈치챈 이상 어림없어. 돌아가. 밖에 데려온 당신 부하들도 전부 데리고."

"그들은 날 기다리고 있는 것뿐이야. 얌전한 애들한테 시비 걸지 마. 그게 딸을 다른 남자에게 맡겨놓은 사람이 할 소리인가? 요즘 털갈이도 다 못 한 영계를 만나나 본데."

"다른 남자라니? 뜬금없는 소리로 논지를 흐리지 마. 시커먼 남자들은 미관에 좋지 않다고 말했지!"

어긋나는 대화에 점점 목소리가 커지자 주위의 시선이 모여들었다. 평범한 대화가 아니라는 걸 깨달은 워렌이 멀리서 달려와 상황을 확인했다.

"카리나. 무슨 일이야?"

"아, 별거 아니야. 미안해. 금방 나갈 거야."

카리나가 파비오를 밖으로 밀어내며 사과했다. 그를 밀치자 근처에서 망을 보던 부하들이 무서운 얼굴로 들어오려 했다. 험상 궂은 장정들이 입구로 밀려들자 겁에 질린 초대 손님들이 작게 비명을 질렀다. 카리나는 딸을 보기 전에는 나가지 않겠다고 버티는 남자를 향해 손해배상을 청구받고 싶지 않다면 나가서 이야기하자며 눈을 부릅떴다.

"카리나. 위험한 일이면 같이 가줄까."

"아냐. 그 정도로 돌지는……. 미친놈은 맞는데 아직 그 지경까지 미치지는 않았기를 빌고 있어."

"역시 같이 나가는 게 나을 것 같은데."

"파티 주역은 남아 있어. 혹시 내가 돌아오지 않으면 이놈이 범인이라는 걸 만천하에 상기해 주고. 여기 증인들 많으니 뭐든 함부로 하지는 못할 테지만."

"신사 숙녀 앞에서 불한당 취급을 하다니."

"닥치고 나가. 깡패."

짜증이 가득한 목소리로 파비오를 밀어낸 카리나는 곧 남자의 팔을 잡아끌어 파티 장소에서 멀리 떨어진 골목으로 갔다. 혹 무슨 일이 있을지 모르니 최대한 불빛이 밝고 통행인이 많은 곳에서 그와 말다툼을 하려는 것 같았다. 방금 만난 상대가 전남편이라는 사실을 깨달은 워렌은 차마 둘 사이에 끼어들지 못하고 입구 근처에서 그들을 지켜봐야 했다. 사건을 흥미진진하게 바라보던 몇몇 역시 걱정하는 말을 나누며 남자가 떠나는 걸 지켜보았다.

쏘아대는 카리나에게 항변하던 남자는 결국 고개를 떨어뜨리고 실망한 표정으로 전시회장에서 멀어졌다. 그녀 말대로, 여성에게 위해를 가할 정도로 불한당은 아니었는지도 몰랐다.

"꺄아악, 큰일 났어요-!"

사건이 터진 건 그때였다. 예기치 않은 큰 소리는 입구 쪽이 아닌, 파티가 열리는 전시홀 내부에서 들려왔다. 날카로운 비명에 놀라 손님들이 뒤를 돌아봤다. 당황한 워렌 역시 소리가 들리는 곳으로 몸을 돌렸다. 소란이 이어졌다.

"누군가가 인형을 훔쳐갔어요. 인형이 없어요!"

비명을 지른 사람은 갤러리에서 일하던 직원이었다. 내부가 어수선한 틈을 타 누군가가 손을 댄 것이다. 인형이 사라졌다는 말에 워렌은 조금 전, 시연을 위해 꺼내놓은 세 체의 오토마타들을 떠올렸다. 가격을 책정할 수 없을 정도로 귀한 인형이라 이번 전시회에서도 전시만 할 예정이었다. 순간 머리에서 핏기가 가시는 기분이 들어 이를 악물었다. 그는 사람들이 술렁이는 곳을 향해 서둘렀다.

"조금 전까지 있었는데 감쪽같이 사라졌어요!"

직원이 없어졌다고 밝힌 인형은 워렌이 걱정하던 오토마타들이 아니었다. 우려했던 최악의 상황이 아니라는 말에 안도한 것도 잠시, 사라진 인형이 있던 전시대를 바라보며 혀를 찼다. 빈 장소는 붉은 장미꽃잎 같은 드레스를 입은 소녀 인형이 서 있던 곳이었다.

아무리 작은 소동이 있었다 하더라도 전시장 내부에는 사람이 가득했다. 모두가 한눈파는 작은 틈을 타 인형을 훔쳐 내기란 쉬운 일이 아니다. 엔간한 강심장이거나 숙련된 도둑이 아니고는 불가능한 일로 보였다. 훔치는 것만큼이나 범인을 찾기 역시 쉽지 않을 거라는 짐작이 되었다. 저와 어울리지 않는 일을 하려니 일이 꼬이는 거라며 워렌은 깊은 한숨을 내쉬었다.

❋

사탕 가게는 르네가 말한 대로 파티장 근처에 있었다. 장소가 기억이 나지 않는다던 르네는 다행히 헤매는 일 없이 두 아가씨를 가게로 안내하는 데 성공했다.

"지나가다 얼핏 한 번 본 게 전부여서 자신이 없었는데. 두 분 고생시키지 않고 제대로 찾아 다행입니다."

"저 이렇게 예쁜 가게는 처음 봐요!"

멀리서 사탕 가게의 알록달록한 색이 보이는 순간 환호성을 지른 이사벨은 먼저 가게 안으로 뛰어 들어갔다. 아이가 가게 안을 바쁘게 돌아다니는 사이, 천천히 뒤따라 걸어가던 헤이젤과 르네는 연한 분홍색과 금색으로 꾸며진 가게 외관을 구경하며 이야기를 나누었다.

"마음에 드신다니 모셔온 보람이 있네요."

"과자로 만들어진 집에 온 것 같아요. 점원들 의상도 신비한 난쟁이들 같고요."

"비슷한 콘셉트 아닐까요? 환상의 나라에 방문하는 기분이 들게끔."

"맞아요. 정말 과자 나라가 있다면 저럴 것 같은걸요."

기뻐하는 헤이젤을 바라보며 르네가 웃었다. 흥분을 감추지 못한 이사벨은 유리창에 붙어 두 사람에게 어서 오라고 손짓했다. 헤이젤은 그런 아이에게 손을 마주 흔들며 미소를 지어 주었다.

"저러다가 이사벨이 가게 안의 사탕을 전부 먹어버리겠어요. 얼른 가서 적당히 말리죠."

"이곳에 온 걸 카리나 씨가 알면 이 썩는다고 화낼 거예요."

얼굴을 마주 보며 둘은 키득거렸다. 가게 입구에 도착한 헤이젤이 웃으며 문손잡이로 팔을 뻗었다. 밀고 들어가려는 그 손을 옆에서 르네의 손이 살짝 잡아왔다.

"미안해요."

르네가 조금 망설이는 목소리로 속삭였다.

"르네?"

"선배들이 기분 나쁘게 굴었죠. 저는 말리지도 못하고 보고만 있고……. 남자답지 못했습니다."

"아―"

사탕 가게로 향하는 르네의 발걸음이 점차 느려진 이유는 따로 사과할 시간을 찾기 위해서였던 것 같았다. 그걸 지금껏 마음에 담고 있을 줄 몰랐던 헤이젤은 최선을 다해 르네를 다독였다.

"르네가 사과할 일은 없어요. 물론 기분이 좋았다고 말하기는 어렵지만, 사과해야 할 사람은 르네가 아니라 그 사람들인걸요."

"제가 곁에 있으면서도 아무 말도 못 했어요. 그러고도 남을 사람들이라는 건 알았는데 막상 닥치니까 눈앞이 하얘져서."

사탕 가게에 온 것은 즐거웠지만, 자책하는 르네를 보는 건 즐겁지 않았다. 애먼 사람이 힘들어해야 할 이유는 어디에도 없었다. 이것도 전부 다 그 나쁜 놈들 탓이라고 생각한 헤이젤이 르네의 손을 마주 잡았다.

"르네!"

"네, 네?"

"우리 그 인형 공포증 최선을 다해 극복하기로 해요!"

"무슨 말입니까?"

"르네가 만드는 미니어처 가구들은 아무나 따라 할 수 없는 섬세함이 있어요. 당신에게는 재능이 있잖아요. 공포증만 이겨내면 그 형님이란 작자들 코를 납작하게 누를 수 있다고요!"

헤이젤이 잡아온 손을 들여다보며 당혹한 표정을 짓던 르네는 그녀가 한 말의 내용에 한 번 더 놀랐다. 무슨 말인지 완벽하게 이해하지 못한 듯 멍하니 손을 바라보던 그는 가슴이 벅찬지 숨을 크게 들이켰다.

"헤이젤……."

"본때를 보여주자고요. 어디 누가 더 잘하나 두고 보라고 하지."

열변을 토하는 소녀를 보던 르네가 잠시 울 것 같은 얼굴을 하더니, 곧 나머지 손도 잡혀 있는 손 위에 올리며 고개를 끄덕였다.

"맞습니다. 저, 최선을 다할게요."

"당신이라면 분명 해낼 수 있어요. 저는 확신해요."

"헤이젤……."

르네의 눈이 크게 뜨였다. 인형을 무서워한다고 놀림을 받거나 야단맞은 적은 있어도, 격려를 받은 적은 없었다. 엄한 부친은 아이가 무서워할수록 더 강하게 다그치며 이겨낼 것을 강요했다. 르네는 헤이젤이 보여주는 믿음에 크게 감동했다. 타인의 고통을 제 것처럼 생각해 주고 도와주겠다고 말하는 사람을 만나게 될 줄은 몰랐다. 천사처럼 아름다운 아가씨는 마음도 고왔다. 이런 이가 곁에 있어주는 한 정말로 공포증이든 뭐든 이겨낼 수 있을 것 같다는 생각이 들자 마음이 든든해졌다.

자신에게 과분할 정도로 사랑스러운 사람이 곁에 있었다. 신기루 같은 여인이 사라지기 전에 품에 가두어야 할 것만 같은 충동이 들었다. 망설이던 그가 떨리는 손으로 헤이젤을 안으려 팔을 뻗었을 때, 가게 안쪽에서 문이 열리고 이사벨이 뛰쳐나왔다.

"두 사람 대체 밖에서 뭘 하는 거야? 안 들어와?"

"어, 응!"

팔을 벌린 채 다가가려던 자세 그대로 어중간하게 굳은 르네를 바라보며 헤이젤이 대답했다. 잔뜩 긴장한 르네의 태도에 같이 숨죽이고 있던 그녀는 그제야 가볍게 가슴을 쓸어내렸다.

"평생 먹어도 남을 만큼 사탕이 많아. 방금 물어봤는데 종류가 백 개가 넘는대!"

둘 사이에 잠시 어색한 공기가 흘렀다. 그들은 서로를 마주 보며 부끄러운 듯 웃었다.

"들어갈까요?"

먼저 입을 연 건 르네였다. 그는 어쩔 수 없다는 듯 눈을 접고 웃더니 헤이젤의 손을 잡아 안으로 이끌었다. 아무렇지도 않은 듯 말을 꺼냈지만 잡은 손이 가볍게 떨리는 게 느껴졌다. 헤이젤은 모른 척 해주기로 했다. 긴장했던 건 르네만이 아니었으니까.

"이사벨! 사탕은 작은 봉지에 담아. 그 큰 봉지는 당장 내려두세요!"

"에이- 이 정도는 돼야 다 담을 수 있다고."

"다음에 또 오면 되니까 너무 욕심 부리지 말자. 너희 어머니가 아시면 우리 큰일 나."

"정말? 또 같이 와줄 거야?"

아이의 질문에 헤이젤이 웃으며 르네를 바라보았다.

"어때요? 우리 다시 또 올까요?"

맞잡은 손에 힘이 꾹 들어갔다. 동시에 청년의 얼굴이 희미하게 상기되었다.

"꼭 다시 오는 겁니다."

약속한 후에야 르네는 헤이젤을 바라보던 시선을 거뒀다. 그는 작은 봉지로 바꾸어 든 이사벨이 여기저기 뛰어다니는 곁으로 가 사탕 종류를 설명해 주었다.

"그건 매운맛인 것 같은데, 다른 걸 골라."

"이거 매운 거야? 색이 이렇게 예쁜데."

"아무리 예뻐도 시나몬과 후추가 주재료라는 걸로 봐서 충격적인 맛일걸."

"에이, 그럼 버터스카치로 바꿔야겠네."

르네가 아이에게 드롭스의 주재료를 설명하는 사이 가게 내부를 돌아다니던 헤이젤은 민트 향 가득한 사탕 박스 앞에서 발걸음을 멈췄다. 르네가 건네준 봉지 가득 흰 바탕에 녹색 줄무늬가 들어간 예쁜 박하사탕을 아낌없이 담고 설렌 표정을 지었다.

'워렌이 좋아해 줄까?'

그가 보관하는 사탕 통에는 늘 상당한 양의 박하사탕이 담겨 있었다. 자기 이야기를 거의 않는 워렌인지라 어떤 맛을 선호하는지 밝힌 적은 없었다. 가리지 않고 아무거나 다 잘 먹는다 해도 만일 싫었다면 굳이 사다두지 않았을 거라며 불안한 마음을 토닥였다. 박하 향 가득한 사탕을 담으며 언제 전해주면 좋을지를 상상해 보았다. 파티가 끝난 후 긴장이 풀렸을 때 건네주거나 집에 돌아가는 기차 안에서 주어도 좋지 않을까. 그가 어떤 얼굴로 선물을 받아줄지 궁금했다. 크게 기뻐하는 얼굴도, 놀라는 얼굴도 상상이 가지 않았다. 그저 워렌다운 건조하고 덤덤한 어투로 진심을 담아 고맙다는 말을 할 것 같다는 생각이 들었다.

'얼른 반응을 보고 싶어.'

그가 갑작스러운 키스를 했을 때도 어쩌면 옅은 박하 향이 났을 거라는 생각을 하던 소녀가 제 망상에 놀라 사탕 봉지를 떨어뜨릴 뻔했다.

"무슨 생각을 하는 거야, 대체!"

굴러 떨어질 뻔한 사탕 봉지 입구를 접으며 제 뺨을 톡톡 두들겼다.

'정신 차려야지, 헤이젤. 워렌의 장난에 놀란 나머지 아서가 집에 침입했던 도둑이었다는 말도 전해주지 못했어.'

혼란한 틈에 잊었던 사실이 떠올랐다. 돌아가면 이번에야말로 반드시 이 이야기를 해야겠다고 결심한 헤이젤은 혹시 자신의 한마디로 파티를 망치게 되는 건 아닐까 더럭 겁이 났다. 그렇게 되더라도 알려주기는 해야 하겠지만.

"어렵네……."

"뭐가요? 아, 헤이젤 혹시 사탕을 더 사고 싶어서 그런 거라면."

어느 틈엔가 곁에 온 르네가 혼잣말을 들은 것 같았다. 헤이젤에게 돈 걱정이면 망설이지 말라며 한 봉지 더 채울 것을 권했다.

"아니에요. 저 이거 하나면 돼요. 정말."

그녀 몫은 워렌에게 선물할 정도면 되었다. 르네에게서 받은 선물을 남에게 준다는 게 양심에 걸렸지만, 이번만큼은 마음으로 받기로 했다. 어차피 자신은 먹지도 못한다. 차마 그걸 알려줄 수 없는 헤이젤은 르네에게 다른 선물로 감사를 표현해야겠다고 생각했다.

"이거 봐. 봉투 안이 알록달록해!"

"가서 엄마 보여 드리자."

봉투 가득 담긴 사탕을 보여주며 이사벨이 행복해했다. 그 모습에 이끌려 따라 미소 지은 헤이젤이 소녀의 머리를 쓰다듬었다.

'아.'

아이의 머리를 쓰다듬던 헤이젤이 문득, 언젠가 신문을 읽으며 한가로이 제 머리를 만져 주던 워렌을 떠올렸다.

'그도 이런 기분이었을까.'

사랑스러운 무언가를 보면 만져 보고 쓰다듬어 주고 싶은 마음이 들지 않던가. 말로 표현해 주지 않는 한 상대가 어떤 생각을 하는지 알 수 없어 지금 자신이 느끼는 기분과 같을 거라는 확신은 없었지만 워렌 역시 같은 생각이었다면 좋을 것 같았다.

계산을 마친 르네가 돌아오자 세 사람은 함께 사탕 가게를 나왔다. 이른 어둠이 내려 갤러리로 돌아가는 길 주변이 새카맣게 물들었다. 점점이 켜져 있는 가스등 외에는 통행인도 별로 없는 한적한 시간이었다.

"이 주변이 번화가이긴 한데 유흥지보다는 가게들이 많아서 일찍 한산해지나 봅니다."

"그러고 보니 파티장에 올 때도 사람이 그리 많지는 않았어요."

사탕 봉투를 소중하게 껴안은 이사벨을 보호하듯 가운데 두고 길을 걷던 헤이젤과 르네는 곧 그들이 걷는 정면에 누군가가 길을 가로막은 채 우뚝 서 있는 걸 발견하고 발걸음을 멈췄다.

"안녕들 하신가."

단정한 정장 차림을 한 남자가 그들을 바라보며 말했다. 중절모를 쓴 그는 가스등 밑에 서 있는 탓에 얼굴이 잘 보이지 않았다. 간단한 인사를 건넨 것뿐인데도 위압적인 자세에서 어딘가 기분 나쁜 울림이 느껴졌다. 두려움을 느낀 헤이젤이 곁에 있던 이사벨의 손을 찾아 움켜쥐자 르네가 두 사람을 등으로 가리듯 한 발자국 앞으로 나아갔다.

"무슨 일입니까."

"다정한 모습을 보니 보기 좋아서 말이지."

모자챙에 가려진 얼굴은 날카로운 턱선과 그림으로 그린 것같이 휘어진 입술밖에 보이지 않았다. 대낮에 들었다면 지극히 일상적이라 생각되었을 어투와 대사였으나 그 몸짓에서 느껴지는 압박감은 평범과 거리가 멀었다. 남자는 들고 있는 스틱을 당장에라도 휘두를 것 같은 고압적인 자세로 그들을 바라보았다.

"멋진 밤이군. 안 그래?"

그는 즐거워 보일수록 섬뜩한 기분을 주는 기묘한 화법을 구사하는 남자였다. 시비 거는 것이 분명한 낯선 이의 접근에 헤이젤은 긴장했다. 하필 이사벨도 함께 나온 산책 중 벌어진 일이라 더 당혹스러웠다. 애초에 아이를 데리고 밖으로 나오지 말았어야 했을지도 모른다. 뒤늦은 후회를 해보지만 이미 돌이키기엔 늦은 선택이었다.

아무래도 이상해 보이는 남자의 행동에 헤이젤이 앞에 나선 르네의 옷자락을 움켜쥐었다. 더는 앞으로 나서지 말라는 표시를 하자 그가 뒤를 돌아봤다.

"우리 저 사람 피해서 가요. 돌아가도 되잖아요."

"헤이젤."

"이상한 사람과 굳이 마주할 필요 없다고 봐요. 이사벨도 있고."

"······알겠습니다."

망설이는 르네를 달래서 뒤로 돌아서려고 하니 중절모를 쓴 남자가 웃음을 터뜨렸다. 느긋한 표정으로 어딘가를 향해 손짓했다.

"그럴 줄 알고 손을 써두었지. 요즘 다른 조직 애들이 내 구역에서 날뛰는 탓에 호위를 좀 많이 데리고 다니는 편이거든."

그 말이 끝나기가 무섭게 헤이젤이 멈춰선 바로 뒷골목에서 사람들이 우르르 쏟아져 나왔다. 그들은 길을 가로막은 채 조용히 남자의 지시를 기다렸다. 퇴로가 막혔다는 사실을 깨달은 르네가 작게 혀를 찼다.

"헤이젤. 차라리 정면 돌파를 하죠. 제가 저 남자를 맡을 테니 이사벨과 함께 도망가세요."

"무슨 소리를 그렇게 해요? 르네는 어쩌고요!"

"갤러리가 가까우니 가서 사람을 불러주면 됩니다."

"안 돼요. 저 앞의 사람은 정상이 아닌 것 같고 뒤에 있는 사람들 역시 평범해 보이지 않는다고요."

"헤이젤, 상의할 시간이 없어요!"

작은 목소리로 나누는 대화를 어떻게 들었는지 남자가 끼어들었다.

"저 청년 말이 맞아. 상의할 시간 같은 건 주지 않을 생각이거든."

"왜 이러는 겁니까!"

"나? 난 단란한 사람들을 무척 거슬려 하는 병이 있어. 그리고 그중에서도."

남자는 어느 틈엔가 르네 앞으로 다가와 지팡이를 휘두르며 말을 이었다.

"지금은 네가 가장 마음에 안 들어!"

퍽―!

남자가 체중을 실어 휘두른 지팡이는 르네의 복부를 정확하게 가격했다. 르네는 낮은 신음을 흘리며 비틀거리다 몸을 접었다. 맞은 충격이 심했는지 그 자리에 무릎을 꿇고 한동안 움직이지 못했다.

"허억……."

"르네!"

헤이젤은 눈앞에서 일어난 일을 믿을 수가 없었다. 놀란 나머지 이사벨의 손을 놓고 그에게로 뛰어가려 하자 르네가 손짓으로 그걸 막았다. 고통으로 일그러진 얼굴은 여전히 기회를 봐서 아이를 데리고 도망치라고 말하고 있었다.

"대체 왜 이런 짓을……."

아무리 그렇다 하더라도 그를 희생시키고 갈 수는 없었다. 화가 난 헤이젤은 남자를 노려보며 고민했다. 정말 아무것도 할 수 없는 걸까. 그녀는 자신의 손을 바라보았다. 지금은 제 의지대로 움직이고 있지만 얇은 인공 피부 밑은 정밀한 기계와 태엽으로 만들어져 있었다. 정원 청소를 할 때도 행여 피부에 상처가 날까 싶어 억센 일을 피하던 헤이젤이었다. 충격이 주어지면 부러지거나 고장이 날지도 모른다. 그걸 알면서도 소녀는 고민했다. 이 팔로 저 사람을 밀치면 어떻게 될까 하고. 기계로 만들어진 몸이니 여린 아가씨라고 방심하는 사이에 밀어붙이면 남자 하나쯤 제압할 수 있을지도 모른다는 생각이 들었다.

소녀는 곁에 있는 이사벨과 르네를 번갈아 바라보았다. 이들의 관심을 잠시 다른 곳으로 돌릴 수만 있다면 해볼 만하지 않을까 싶어 궁리하는 걸 어떻게 알았는지 르네가 막았다.

"헤이젤! 이상한 생각은 하지 마세요. 안 됩니다!"

작은 주먹을 움켜쥐고 비장한 표정을 짓는 그녀를 본 르네가 창백하게 질린 얼굴로 말렸다. 그의 말을 듣고 잠시 망설인 게 문제였다. 헤이젤은 후에 그때를 떠올리며 르네가 입을 열기 전에 주저 말고 그냥 들이받았어야 했다고 회상했다. 그랬다면 많은 것들이 바뀌었을 거라고.

그러나 중절모의 남자는 그 순간 동요하는 헤이젤의 손에서 이사벨을 빼앗아 인질로 잡았고, 놀란 그녀가 말릴 틈도 없이 뒤에 있던 남자들에게 팔을 잡혔다.

"놔! 놓으라고!"

정강이를 발로 차며 저항하는 이사벨을 보며 남자가 한쪽 입술을 일그러뜨렸다. 한밤중에 행인에게 시비를 거는, 아무리 봐도 정신이 이상한 위험한 남자였다. 그런 사람이 아이라고 때리지 않는다는 보장이 어디에 있단 말인가. 돌변하면 무슨 짓을 할지 모르는 위험한 남자가 아이를 끌고 어디론가 향하기 시작했다.

"어디를 가는 거예요, 이사벨!"

"헤이젤! 놔, 이 멍청아. 내려놓으라고!"

아이의 저항이 생각보다 강하자 놀란 눈치를 보이던 남자는 결국 나머지 한 손으로 아이의 입을 막았다. 이사벨이 겁도 없이 팔다리를 버둥거리며 과격하게 반항하자 남자는 귀찮은 표정을 지으며 아이를 번쩍 안아 옆구리에 매달았다. 그는 어디론가 가려다 말고 방향을 틀어 다시 르네 앞으로 돌아왔다. 이제 반쯤 몸을 일으킨 르네가 채 일어서기도 전에 발로 복부를 다시 강하게 쳐올렸다.

"커억!"

아이를 한 손에 들고도 인정사정없는 발길질이었다. 일어나려던 르네가 다시 바닥에 쓰러졌다. 남자는 그것으로도 부족했는지 한 번 더 차려 하다가 아이가 제 옆구리를 있는 힘껏 꼬집는 통에 작은 신음을 지르며 물러났다.

"이걸로 봐주는 걸 다행으로 알아. 그리고 애가 시끄러워서 안 되겠어. 여자도 데려와."

"이거 놔요! 어딜 만지는 거야, 르네!"

"……헤이젤."

르네는 정통으로 얻어맞은 복부 충격이 심했는지 숨쉬기조차 힘들어 보였다. 잠시 끊어졌던 의식을 되찾은 그가 고통에 일그러진 눈을 애써 뜨며 헤이젤을 찾았을 때는 중절모의 괴한과 그 부하늘은 이미 어둠 속으로 사라진 후였다.

✳

크고 작은 소동이 쉬지 않고 벌어졌으나 그 또한 파티이기에 있을 수 있는 촌극이었다. 조용하기만 한 축제를 좋아하는 사람이 어디 있겠는가. 파티란 자고로 집에 돌아가서도 떠들 만한 풍성한 화젯거리를 안겨주는 게 최고였다. 그걸 기준으로 한다면 지금 갤러리에 모인 사람들 모두가 만족스러워할 만한 파티가 벌어지는 중이었다.

세상에 모습을 잘 나타내지 않는 인형사 워렌 하트퍼드와의 만남, 새로운 인형, 자잘한 이야깃거리들 그리고 조금 전 시연을 마친 오토마타의 무대까지. 쉴 새 없이 자극받은 눈이, 귀가, 입이 사람들을 흡족하게 했다. 모두 이곳에 모이길 잘했다는 생각에 조금 전 보았던 놀라운 오토마타 인형에 대해 떠들었다.

워렌이 만든 오토마타를 세상에 선보인 건 이번이 처음이었다. 클래식 돌만 만드는 줄 알았던 그가 이토록 정교한 재능을 가진 인형을 만들 수 있다는 사실은 사람들을 흥분시켰다. 나름 하트퍼드 인형에 대해 잘 안다고 생각하던 자칭 전문가들조차 놀라게 한 새로운 재능에 갤러리에 모인 사람들 모두 큰 충격을 받았다.

그가 이번에 소개한 인형들은 총 세 채로 각각 다른 크기의 인형들이었다. 워렌이 특별한 인형들을 소개하기 위해 커다란 무대를 함께 들고 나오자 기대에 찬 술렁임이 관객들 사이에서 터져 나왔다. 와인색 벨벳 커튼이 걷히자 준비되었던 무대가 드러났다. 아름다운 꽃들로 가득 찬 꽃밭이 배경이었다. 미니어처 제작에 일가견이 있는 르네가 심혈을 기울여 만든 꽃들은 마치 정원을 직접 옮겨놓은 것 같은 착각을 불러일으켰다.

르네는 이 배경을 만들기 위해 여름 내내 들과 공원을 돌아다 니며 자료를 준비했다. 이름 없는 꽃들과 잡초들까지 하나도 놓치 지 않고 관찰하고 스케치한 뒤 이를 다시 조형으로 만들었다. 비 율까지 정확하게 맞춘 자연스러운 배경이 섬세한 그의 손을 통해 완성되었다. 사람들은 이것만 보고도 이미 탄성을 질렀다.

정신없이 꽃밭을 들여다보던 사람들은 곧 커튼 뒤에서 걸어 나 오는 인형이 있다는 걸 깨닫고 웅성거렸다. 움직임이 기대 이상으 로 자연스러워 얼핏 보면 작게 줄여놓은 사람이 걷는 것처럼 보였 다. 맵시 있는 염소수염을 단 턱시도 신사가 무대 중앙으로 나왔 다. 그는 극장의 관계자거나 진행자의 위치에 있는 이로 분해 있 었다. 주변을 둘러보던 인형이 애교 넘치는 자세로 정중하게 인사 를 건네자 관객들 사이에서 웃음이 터졌다. 다들 박수로 인형을 맞이했다.

자세를 가다듬은 인형은 곧 무대의 반대쪽으로 걸어갔다. 그가 무대 끝에 다다르자 커튼 뒤에 숨어 있던 오르골이 그의 앞까지 튀어나왔다. 신사가 뻗은 손은 정확하게 오르골의 손잡이가 있는 위치에 걸렸고, 곧 그는 손잡이를 돌려 곡을 연주하기 시작했다. 단조롭지만 운치 있는 멜로디가 흘러나왔다. 음악이 인형극의 시 작을 알렸다.

관객의 귀가 낯선 오르골 음률에 익숙해질 즈음, 무대 높은 곳 에서 잠자리 날개처럼 투명한 날개를 단 요정이 나타났다. 성인 남성의 손바닥 크기 정도 되는 작은 인형은 얇은 시폰 드레스를 입은 아가씨였다. 머리에 들꽃 화관을 쓴 긴 곱슬머리 아가씨가 투명한 피아노선에 매달려 날갯짓을 했다.

"우와아—!"

날개를 파닥거리며 이 꽃에서 저 꽃으로 날아가는 모습을 본 사람들은 모두 감탄을 터뜨렸다. 몸에 연결된 피아노선이 오르내리며 정원을 옮겨 다니는 동안 요정은 손을 움직여 꽃의 향기를 맡았다. 갸웃거리는 고개와 손의 움직임이 느리면서도 우아했다.

"꿈을 꾸는 것 같아요."

누군가가 속삭였다. 그 말을 들은 사람들이 모두 고개를 끄덕였다. 꽃밭을 노니는 아름다운 요정을 보며 황홀해하는 동안, 오르골의 노래가 바뀌었다. 조금 더 밝고 경쾌한 노래가 흘러나오자 변화를 예감한 관객들은 술렁였다. 수염 달린 남자는 여전히 담담하게 오르골을 돌리고 있었고 긴 드레스를 입은 요정 아가씨도 우아하게 공중을 유영했다.

무엇이 더 있을지 기대에 찬 사람들은 곧이어 등장한 세 번째 인형을 보고 다시 환호했다. 요정 아가씨가 등장한 반대편에서 더 작은 크기의 요정이 날아올랐다. 알록달록한 나비 날개를 단 소녀가 재빠르게 꽃들 사이를 날았다. 아가씨보다 조금 더 빠른 속도로 역동적으로 움직이는 세 번째 인형은 몸짓 역시 어린아이 같은 귀여움을 담았다.

"아가씨와 어린 소녀의 차이를 잘 이해하고 만들었군요."

그렇게 말한 사람은 이전 저택을 방문했던 클레멘스 부인이었다. 쇼룸 방문 후, 그녀는 워렌의 강력한 지지자이자 팬이 되었다. 오늘 파티에서도 이미 마음에 드는 인형을 찍어놓고 어떻게 하면 경매에서 이길 수 있을지에 대해 열정적으로 토론했다. 이번에 전시된 아이 중 하나는 반드시 클레멘스 부인의 품에 안기게 될 거라 예견하기는 어렵지 않았다.

아가씨에 비해 앙증맞고 귀여운 나비 소녀가 등장하자 비로소 무대가 꽉 찬 느낌을 주었다. 두 요정은 진행자가 연주하는 오르골이 끝날 때까지 공중을 유영하다 음악과 함께 무대 뒤로 사라졌다.

"어머나⋯⋯."

오토마타의 가동 시간은 오 분 남짓. 길다면 길고 짧다면 짧은 시간이지만 관객들은 재현 시간보다 더 긴 구경을 한 기분이 들었다. 그제야 왜 인형사가 이 모든 걸 굳이 무대로 만들었는지 알 것 같았다. 세 체의 인형은 전부 아름다운 한 편의 극의 일부로 움직였다. 이런 오토마타가 존재했다니. 전 세계를 여행하며 색다른 인형을 모으고 그 역사와 지식 역시 남부럽지 않다는 박식한 사람들이 한자리에 모여 있었지만 이렇게 복잡하고 몽환적인 움직임을 보이는 기계인형을 본 사람은 아무도 없었다.

세상에 둘도 없는 기적의 오토마타. 그리고 이걸 만든 워렌 하트퍼드. 이곳에 모인 사람들은 자신들이 놓쳐서는 안 될 역사적인 장면을 함께했다는 사실을 깨달았다. 천천히 커튼이 내려가자 박수가 이어졌다. 다들 감격한 표정으로 무대를 바라보다가 곧이어 환성을 지르며 워렌의 이름을 불렀다. 사람들의 눈에는 흥분이 가득했다. 잦아들지 않는 환호성과 박수를 들으며 카리나가 속삭였다.

"무대는 성공적이네."

처음 선보이는 하트퍼드제 오토마타를 사람들이 어떻게 받아들일지 걱정했던 게 기우로 밝혀지는 순간이었다. 마음의 짐을 내려놓은 표정으로 기뻐하는 카리나에 비해 워렌은 무표정한 얼굴로 '그렇군'이라고 중얼거리는 게 전부였다.

"뭐야. 좀 더 기뻐해 주면 안 돼?"

"충분히 기뻐하는 중인데."

"하여간 저 안면 근육은 어디에 성냥개비라도 꽂아놨는지 움직이질 않아요."

워렌의 반응이 재미없고 시시하다며 투덜거리던 카리나가 문득, 중얼거렸다.

"이사벨이 정말 좋아했을 거야. 저거 사달라고 하면 어쩌지. 아니, 정말 안 팔 거야? 가격이 어떻게 돼도 제발 팔아달라는 사람이 나설 것 같은데."

"고장 내면 수리하러 불려 다녀야 하잖아. 싫어."

"아, 이유도 참 별나다. 귀찮은 것도 이 정도면 진짜 병이네!"

"카리나."

한몫 벌 큰 기회를 날렸다고 아쉬워하는 그녀를 불렀다. 무슨 일인가 싶어 그를 바라보니 워렌이 눈썹을 찡그리며 물었다.

"헤이젤, 그리고 이사벨은 대체 어디 있는 거지?"

"뭐?"

워렌은 오토마타 인형극이 시연되는 동안 관중들의 반응을 살폈다. 인제 와서 무대를 본다 해도 새로울 게 없었고 오르골 음악 어느 부분에 어떤 모션을 연결해 두었는지 역시 전부 외고 있었다. 만드는 동안 질릴 만큼 본 움직임이라 그의 시선은 자연스럽게 무대를 떠나 관중 쪽으로 향했다.

사람들의 시선이 최면에 걸린 것처럼 무대에 집중된 동안 그들의 표정을 확인하던 워렌은 문득 헤이젤이 이 무대를 어떻게 보았을지 궁금해졌다. 전시회를 연다고 했을 때 자신이 전시 대상이냐는 엉뚱한 질문을 건네던 그녀. 정말 몇 시간이고 의자에 앉아 있을 기세로 각오를 다지던 소녀의 돌발 행동을 떠올리고 슬쩍 입꼬리가 올라간 워렌은 어디선가 이 무대를 보고 있을 그녀를 찾아보았다.

한참 찾아도 헤이젤을 발견할 수 없자 워렌은 동요했다. 그녀라면 이 무대를 놓칠 리 없었다. 무언가 잘못되었다는 걸 직감한 그는 이번에는 그녀 곁에 있을 이사벨을 찾았고 곧이어 아이 역시 보이지 않는다는 사실을 깨달았다. 등줄기에 섬뜩하리만큼 차가운 불안이 흘렀다. 인파에 묻혀 미처 발견하지 못한 건 아닌가 싶어 시연이 끝난 후에도 계속 찾았지만 밝게 웃으며 공연을 축하해 줄 것으로 생각되던 얼굴은 끝까지 나타나지 않았다.

카리나가 무대 성공을 알려도 그 기쁨을 누릴 여유가 없었다. 대체 어디로 간 걸까. 초조함에 굳어지던 얼굴이 결국 참지 못하고 헤이젤과 이사벨의 행방을 물었다.

"없다고? 둘 다 없어?"

"보이지 않아."

"그럴 리가!"

사태의 심각성을 깨달은 카리나가 서둘러 전시회장을 한 바퀴 돌았다. 그녀 역시 찾지 못했는지 당황한 기색이 역력했다.

"어디로 간 거지? 조금 전까지만 해도 있었는데!"

불안감에 휩싸이는 그녀를 보며 워렌이 착잡한 표정을 했다.

"잠시 자리를 비운 건……."

그 순간, 갤러리 직원 중 한 명이 당혹스러움을 감추지 못한 채 그들에게 다가왔다.

"저, 하트퍼드 님. 긴히 드릴 이야기가."

"무슨 일이죠?"

대답을 한 건 카리나 쪽이었다. 날 선 대답을 듣고 놀란 직원이 주변을 둘러보더니 갤러리에서 사용하는 직원용 문 쪽을 가리키며 말했다.

"긴히 만나 보셔야 할 분이 계세요. 다치신 것 같습니다."

"다쳤다고?"

이해할 수 없는 설명에 워렌의 눈썹이 구겨졌다. 사고가 난 적 없는데 어째서 다친 사람이 나올 수 있다는 건지. 그러나 직원을 붙잡고 시시콜콜 따지는 것보다 직접 눈으로 확인하는 게 나을 듯싶어 그녀가 인도하는 대로 따라갔다. 직원 전용 출입문이 연결된 곳은 갤러리 옆의 작은 골목이었다. 화물을 나를 때 사용하는 문을 열자 벽에 기댄 채 몸을 웅크린 르네의 모습이 나타났다.

"르네? 무슨 일이 있었지?"

"다쳤어?"

"카리나. 당장 르네를 태우고 병원으로 갈 차를 불러줘."

고통을 느끼는 듯 배를 감싸 안은 르네의 얼굴은 식은땀으로 흠뻑 젖어 있었다. 부축할 요량으로 어깨를 잡자 르네가 그 팔을 세게 잡았다.

"워렌. 어떤 남자가 헤이젤과 이사벨을 데려갔어요."

"뭐……?"

"싫다는 두 사람을 납치했습니다. 제정신이 아닌 사람 같았어요. 어서 경찰을 부르세요."

"진정해. 일단 병원으로 가서 설명하자."

"전 괜찮습니다. 워렌, 이럴 때가 아니에요. 신고해야 합니다!"

"자동차 준비됐어. 르네, 얼른 이리로……. 잠깐. 경찰이라니 무슨 말이야?"

그들 곁으로 뛰어온 카리나가 흉흉한 대화 내용에 눈을 치켜떴
다.

"죄송해요, 카리나. 제가 함께 있으면서도 이사벨을 보호하지
못했습니다."

"이사벨? 르네가 지금 그 애랑 같이 있다가 이렇게 된 거야?"

"미친 남자가 갑자기 덤벼들어서……."

"뭐라고?"

딸에게 문제가 생겼다는 말에 카리나가 소리를 빽 질렀다.

"이사벨이 심심해하길래 잠시 산책하러 나갔습니다. 돌아오는
길에 이상한 남자가 시비를 걸면서 덤벼서……. 저는 이렇게 되고
반항하는 두 사람을 데려갔습니다."

"그 남자에게 맞은 거야? 혼자서 둘 다 데려갔다고?"

"동료로 보이는 사람들이 더 있었어요. 정말 죄송합니다."

"어째서 그 아이들을? 아니 이럴 때가 아니지, 넌 얼른 차를
타고 병원에 가! 우리는 경찰을, 인상착의가 어떻게 되지? 아악!
워렌, 나 뭘 먼저 해야 할지 머리가 안 돌아!"

"진정해, 카리나. 르네가 심하게 다친 것 같아서 직원들에게 르
클레어 씨를 모셔오라고 했어. 아버지와 함께 병원으로 가, 르
네."

"아닙니다. 저도 남아서 경찰에 증언하겠습니다."

"허튼소리 말고 뒤는 우리에게 맡기고 병원 먼저 가. 필요하다
면 경찰을 그쪽으로 보낼 테니까."

금방이라도 쓰러질 것 같은 얼굴을 하고도 남겠다고 고집부리
는 르네를 진정시키는 사이 전시장에 있던 다른 직원이 뛰어와 이

제 인형극 무대를 치워도 되는지를 물었다.

"뭐가 이렇게 할 일이 많아! 미치겠네!"

경찰에 전화를 걸던 카리나가 짜증을 냈다. 두 사람이 중심인 개막 행사다. 아이를 잃어버려도, 동료가 다쳐도 어떻게든 파티를 수습하고 진행해야 했다.

"카리나. 여긴 내가 맡을 테니 네가 르네와 경찰 쪽을 알아봐 줘."

"알겠어. 아무래도 워렌은 끝까지 남아야 할 테니 잘 부탁해."

평소 카리나에게서 보기 힘든 초조함이 배어 있는 목소리였다. 워렌은 곁을 지나가려는 그녀의 손목을 잡아주며 말했다.

"침착해. 차근차근 하나씩 한다. 지금 당황한다고 해결될 일이 아니잖아. 이사벨은 찾을 수 있어."

"……응, 알아, 알고 있어."

손 떨림이 잦아드는 걸 확인한 워렌이 그녀의 어깨를 툭 쳤다. 마음 같아서는 그 역시 다 집어 던지고 싶었지만 그래서는 안 됐다. 조금만 더 버티면 행사가 끝나는 시간이다. 그때까지만 갤러리 일에 집중하자며 눈을 감고 자신을 추스르는데, 르네를 옮기던 카리나가 속삭였다.

"헤이젤도 분명 무사할 거야."

"그래."

그래. 무사할 거였다. 그러니 자신은 지금 해야 할 일을 헷갈리면 안 됐다. 마른 낙엽이 돌풍에 휩쓸리는 듯한 몹쓸 소리가 귀를 울려도 어떻게든 이 순간을 참고 넘겨야 했다. 진정하려 숨을 가다듬는 사이에도 온몸에서 바람이 이는 감각은 잦아들지 않았다.

'이래서 싫었어.'

그는 새삼, 자신이 누군가와 연관되는 일을 극도로 꺼려했던 이유를 깨달았다. 소중한 것을 잃는 일은 두 번 다시 없을 거라 생각했다. 그러던 그가 시간이 지나고 기억이 흐려지자 다시 바보 같은 실수를 되풀이했다. 그는 파티장으로 돌아와 오토마타 무대를 치웠다. 무대를 본 뒤 흥분이 아직 가시지 않은 사람들이 그에게 달려들어 어째서 이제껏 이런 인형들을 발표하지 않은 거냐며 열정 넘치는 질문을 퍼부어댔다.

마음 같아서는 귀찮은 모든 걸 다 집어 던지고 헤이젤과 이사벨을 찾으러 가고 싶었다. 하지만 어린아이처럼 무책임하게 굴 수 있는 상황이 아니라는 것 역시 알고 있었다. 얽히고설킨 눈앞의 일들에서 도피할 수 없으니 가능한 한 빨리 파티를 정리하고 카리나의 뒤를 쫓아가야 했다. 당장 헤이젤을 찾아야 한다는 마음속 외침을 억누르며 그는 피곤한 눈매를 눌렀다.

"경찰은 병원으로 불렀어. 진술은 치료받으면서 하도록 하고. 범인 인상착의는 기억나?"

급히 부른 택시캡 안에서 카리나가 물었다. 복부를 움켜쥔 르네가 고개를 끄덕였다.

"등 밑에 서 있어서 확실하게 봤습니다. 검은 정장을 입은 삼십 대 초반 정도였고요. 손잡이가 특이한 스틱을 쥐고 있었어요. 모자를 쓰고 있어서 얼굴은 잘 안 보였지만 머리카락은 분명……."

"……옅은 갈색 곱슬머리."

"아, 네. 맞습니다. 카리나, 대체 어떻게 아신 거예요?"

"이 말려 죽일……. 여기서 차 세워요!"

르네의 설명을 듣던 카리나가 갑자기 운전사에게 소리쳤다.

"카리나?"

"미안. 병원에는 아버지랑 둘이 가. 르클레어 씨, 먼저 내려서 죄송합니다. 범인이 누군지 알 것 같아서요."

"그렇습니까. 잃어버린 따님을 무사히 찾으시기를 바랍니다."

"네. 저도 알아보는 대로 다시 병원으로 찾아뵐게요."

"카리나, 대체 무슨 일인지 설명을 해주세요! 그놈 위험합니다. 저도 같이 가도록 해주세요."

"아픈 사람은 얌전히 병원 가서 검사나 받아. 짐작 가는 새끼가 있어. 내가 잡아서 먼지 나게 털고 올 테니 기다려 줘."

아프게 해서 미안해, 라고 속삭인 카리나가 르네의 볼에 입맞춤하고 차에서 뛰어내렸다. 도저히 드레스를 입은 여성의 행동이라고 보기 힘든 날렵한 착지였다. 차도에 선 카리나는 다른 택시를 잡았다. 늦기 전에 워렌이 있는 갤러리로 돌아가 경찰 부르는 걸 취소해야만 했다.

"달에 한 번 만나는 게 모자란다고 사람을 패고 제 딸을 납치해 가? 아예 못 보게 만들어야 정신을 차리지, 망할 자식이."

워렌이 티를 내지는 않아도 지금쯤 폭발 직전일 터였다. 누군가 잘못 건드리기 전에 어서 돌아가 범인을 알고 있다고 알려주고 진정시켜야 했다. 르네 말이 맞았다. 미친 게 확실한 전남편은 툭하면 말보다 주먹이 더 먼저 나가는 남자였고 나쁜 짓을 일삼는 악인이었다. 성질이 급해 뭐든 대충 듣고 오해하는 데다가 공감능력도 떨어져 타인을 생각하는 감수성이 바닥을 기는 부류였다.

어릴 적, 강하고 위험한 매력을 가진 남자에게 끌렸던 카리나는 결혼 전까지 결코, 그가 이런 장애급의 이해력을 가진 미친놈인지 몰랐었다고 주장했다.

"그래서 이혼했는데 저 거머리 새끼가 떨어지지를 않아!"

버럭 소리를 지른 카리나의 목소리에 택시 운전수가 놀라 뒤를 돌아봤다. 아무것도 아니라는 손짓과 함께 한숨을 내쉰 카리나는 이 모든 사태가 자신의 업보 때문이라는 사실을 대체 어떻게 워렌에게 설명하면 좋을지 궁리하느라 정신이 없었다.

✴

파티는 성황리에 끝났다. 떠날 사람들은 일찍 장소를 떴고 여흥을 즐기고 싶은 사람들은 삼삼오오 무리를 지어 장소를 옮겼다. 주최자가 파티를 즐기는 성격이면 전시장 문을 닫고 남은 사람들과 홀에서 밤새도록 뒤풀이를 즐기는 게 관례에 가까웠지만 워렌 하트퍼드에게 그런 걸 기대하는 사람은 아무도 없었다.

시골에 은둔한 괴짜 인형사가 이런 번화가에서 전시회를 연다는 사실 자체가 이미 그의 한계를 넘은 일이라는 데 다들 동의했기에 딱히 파장 분위기를 아쉬워하는 이는 없었다. 예의상 워렌에게 같이 어울릴 것을 제안한 사람들도 없지는 않았다. 그런 이들은 워렌이 지친 얼굴로 잠시 노려봐 주면 다들 알아서 꼬리를 말고 사라졌기에 괴팍한 예술가에게 권유 이상으로 끈질기게 매달리는 경우는 거의 없다고 봐도 좋았다.

"나 돌아왔어!"

파티 마지막까지 어떻게 제정신을 지켰는지 알 수 없었다. 바짝 곤두선 신경을 간신히 억누르며 초대객들에게 작별 인사를 하는 워렌을 향해 카리나가 귀환을 알렸다. 곱게 세팅해 두었던 머리가 죄 헝클어져 산발이 된 그녀는 차마 누가 볼까 싶었는지 앞에 나서지 못하고 문 뒤에 숨어서 손짓으로 그를 불렀다.

"어째서 돌아온 거야? 르네는?"

"르클레어 씨에게 맡겼어. 혼자 두려니 여간 걱정이 되는 게 아니어서. 경찰 문제도 있으니 병원보다는 여기로 돌아와야 할 것 같지 뭐야."

"경찰은 병원 쪽으로 부른 거 아니었어?"

"그럴 생각이었는데, 취소했어."

"취소했다고?"

"병원 쪽은 취소했지만 이쪽으로는 올 거야. 인형 도난도 함께 신고했거든."

"그래. 그것도 있었지……."

잠시 무거운 침묵이 흘렀다.

"신경질 내면서 손님들 내쫓았을 줄 알았는데 생각보다 멀쩡하네."

"……흥."

"방금 거 취소. 칭찬하는 중에 발견했어."

카리나가 가리킨 곳을 바라본 워렌이 한숨을 쉬었다. 초조함을 감추지 못하던 그는 막대 사탕을 담배 쥐듯 손가락 사이에 끼웠다. 검은 정장을 입은 워렌과 상당히 어울리지 않은 조합이라 꽤 눈에 띄었는데, 그 역시 지적받고서야 자신이 손에 알록달록한 사탕을 쥐고 있다는 걸 깨달았으니 대체 언제부터 이 상태였는지 물어도 답할 수 있을 리 없었다.

"설마 줄곧 이 상태로 사람들이랑 인사한 건……."

"생각하고 싶지 않아."

괜히 금연했다고 투덜거린 워렌이 인상을 구겼다. 카리나는 어찌 되었든 더 큰 실수를 하지 않고 이 정도에서 그치길 다행이었다고 생각하자며 그를 다독였다.

"곰이 솜사탕 들고 있는 것 같았어."

나름 귀여워 보였다는 한마디를 더한 탓에 절대 위로가 아니게 되었지만 말이다. 그리 도움이 되는 격려는 아니었지만, 생각해 보면 이 상태에서 제정신으로 인사할 정신머리를 끝까지 챙겼다는 게 그나마 남은 안도 거리였다. 손님들이 전부 돌아간 후 갤러리 문을 닫은 카리나가 한숨을 내쉬었다.

"엄청난 밤이네."

"카리나. 방금 했던 말은 대체 무슨 뜻이지? 신고를 취소했다고?"

카리나는, 걱정하지 말라는 말과 함께 험상궂은 얼굴의 워렌을 타일렀다.

"걱정하지 말라니 말이 되는 소리를 해!"

손님이 다 빠질 때까지 잘도 참았다 싶을 정도였다. 더 시간을 끌었다가는 큰일 날 것 같아 재빨리 요점 위주로 설명했다.

"그 깡패 새끼가 누군지 알고 있어. 뒷정리와 도난 건은 직원들에게 맡기기로 하고, 따라와."

"범인을 안다고?"

"응. 그거 내 전남편 짓이더라고."

워렌은 뭔가 잘못 들었나 싶어 카리나를 다시 노려보았다. 그녀는 떨떠름한 얼굴로 미안하다고 사과했다.

"르네와 헤이즐이 휘말린 건 이사벨 곁에 있었기 때문이야. 그 남자가 제 딸이 보고 싶어서 수작을 부린 거 같아."

"이사벨을 만나는데 왜 르네를 때렸지?"

"미친놈이라서 그래. 나머지 이야기는 차 안에서 하도록 하고, 이리 와. 내가 차를 불러놨어."

"어디로 가야 하는지는 알아?"

"내 짐작이 맞는다면 갈 만한 곳이 있어."

조용한 거리에 또각거리는 하이힐 소리가 날카롭게 울렸다. 앞장서서 길을 걷던 그녀는 아, 라고 작게 중얼거린 뒤 뒤를 돌아 워렌에게 통보했다.

"지갑 챙겨. 나 차비 없거든."

"어이. 날 데리러 온 거 설마 그 이유였던 건 아니지?"

"어머, 설마 그럴 리가야."

이런 순간까지 저 좋을 대로 써먹는다고 투덜댄 워렌이 재킷에 지갑이 있는 걸 확인하며 그녀의 뒤를 따랐다.

❋

이사벨은 저를 안아 든 남자에게 거세게 저항했다. 한 손으로 몸을 잡고 나머지 한 손으로 입을 막은 남자는 이사벨이 팔다리를 휘두르며 때리는 걸 막거나 피할 수가 없었다. 저러다 참을성을 잃은 남자가 아이를 집어 던지거나 때리기라도 할까 조바심이 난 헤이젤이 이사벨에게 달려가려 했으나 주변을 에워싼 남자들이 틈을 내주지 않는 탓에 가까이 다가갈 수 없었다.

어두운 골목을 빠져나가자 으슥한 곳에 대기된 차가 몇 대 보였다. 그중 가장 앞에 주차된 차로 향한 남자가 아이를 안은 채 문을 열었다. 놀란 헤이젤이 제 입을 누군가가 막고 있는 것도 잊고 아이를 불렀다. 손에 막힌 둔탁한 비명을 들은 남자가 뒤를 돌아 헤이젤을 바라보더니 부하에게 데리고 오라고 손짓했다.

"조용히 한다면 같이 태워주지."

사악한 미소를 띤 남자가 그렇게 말하고는 대답을 종용했다. 그는 필사적으로 고개를 끄덕인 헤이젤에게 한마디 더 추가했다.

"경고를 어기고 소리 지른다면 달리는 차에서 던져 버릴 거야. 믿기 어렵다면 내가 할 수 있을지 없을지 시험해 봐도 좋아."

헉, 숨을 들이켠 헤이젤이 놀란 얼굴을 하자 남자의 팔에 매달려 있던 아이가 다시 발버둥 쳤다.

"읍! 읍읍! 읍읍읍!"

헤이젤이 얌전하게 차에 올라타는 걸 본 후에야 남자도 이사벨을 안고 탑승했다. 들어와 아이를 내려놓은 남자가 입을 막은 손을 떼자 벼락같은 노성이 울렸다.

"르네를 때렸어! 가만 안 둬! 당장 르네를 살려내!"

"안 죽였거든?"

"내가 용서하지 않을 거야! 르네-!"

순식간에 흉흉해진 분위기에 헤이젤이 이사벨을 말리려 해봐도 이미 엎질러진 물이었다. 엄마를 닮아 간결하고 직설적 화법을 사용하는 소녀는 욕을 섞어가며 있는 힘을 다해 정강이고 가슴이고 닥치는 대로 남자를 때리고 걷어차면서 소리 질렀다.

"거기다 뭐 잘했다고 헤이젤에게 협박을 해! 당장 차 돌려! 엄마한테 갈 거야!"

길거리에서 무턱대고 르네를 때리던 사람이 아이라고 봐줄 리 없다고 생각한 헤이젤은 재빨리 이사벨을 제 쪽으로 당겨 감싸 안았다. 위험한 남자 곁에 이사벨을 그냥 둘 수가 없었다. 아무리 아이의 힘이라고는 해도 사정 봐주지 않고 달려들었으니 남자가 격노할 터였다. 그가 다시 주먹을 휘두르기 전에 이사벨을 보호해야 한다는 생각밖에 없던 헤이젤은 가능한 한 아이가 보이지 않을 정도로 상체를 둥글게 말았다. 이를 악물고 몸에 떨어질 충격을 기다렸지만 주변은 조용하기만 했다.

악을 쓰던 이사벨이 지쳐서 헐떡거릴 때까지 조용히 맞기만 하던 남자가 무거운 정적을 깨고 입을 열었다.

"대체 왜 그 남자를 감싸는 거냐, 이사벨?"

"엥?"

남자가 아이의 이름을 알고 있을 줄은 몰랐다. 이사벨을 안다는 사실에 놀라 고개를 번쩍 든 헤이젤은 두려움을 잊고 남자를 바라보았다. 남자의 상태는 조금 전과는 확연히 달랐다. 불안한 듯 어쩔 줄 몰라 하며 헤이젤을, 아니 정확하게는 그녀 품에 안겨 있는 아이를 바라보았다. 헤이젤의 품에서 꼬물대며 머리를 뺀 이사벨이 남자를 노려보며 소리쳤다.

"내가 사람 때리지 말라고 했지, 파비오!"

"그렇지만 저 남자는 네 엄마랑 사귀는 것도 모자라 네 호감까지 사려고 하는걸! 나 봤어, 널 껴안고 있었잖아. 용서할 수 없어!"

"헤어진 여자에 대한 미련은 이만 버려, 남자답게!"

"그런 냉정한 말을 대체 누가 가르쳤어!"

이게 어떻게 된 일이야? 헤이젤은 이사벨과 파비오라 불린 남자를 번갈아 보며 상황 파악을 위해 최선을 다했다. 그러는 동안에도 이사벨은 남자를 매섭게 야단쳤고 잔소리를 들은 남자는 벌받는 강아지처럼 징징 우는소리를 하며 변명을 했다. 그 모습이 조금 전 보았던 광기 넘치는 포식자의 모습과 너무 달라서 어이가 없었다.

"이사벨. 이게 대체."

"제대로 알아보지도 않고 대충 상황 판단하지 말라고 내가 말했어, 안 했어! 르네가 왜 엄마랑 사귄다는 거야."

그러고 보니. 남자가 조금 전 르네가 누구랑 사귄다고……. 이사벨의 엄마와 사귄다고 하지 않았던가?

"르네가 카리나 씨와 사귀는 사이야?"

상황이 이런데도 호기심은 났다. 헤이젤이 궁금함을 참지 못하고 슬그머니 두 사람 대화에 끼어들더니 이사벨이 펄쩍 뛰며 대답했다.

"아니야!"

"그럼 그 얘기가 왜 나오는데?"

"저 바보가 오해한 거야!"

손가락질하며 내뱉는 분노 섞인 한마디에 파비오는 즉각적인 반응을 보였다. 생각지도 않은 부정에 눈을 크게 뜨고 이사벨을 바라본다.

"아니라고? 이, 이사벨. 네가 아직 어려서…… 그래. 어려서 뭘 모르는 게 아닐까?"

"파비오야말로 엄마를 아직도 몰라? 르네처럼 다정하고 얌전한 남자는 취향이 아니라고!"

"어. 그렇지. 카리나 취향은 나같이 위험하고 자극적인……."

콱!

아이가 다시 파비오의 정강이를 걷어찼다. 버림받은 주제에 자랑스러워하지 말라고 핀잔주자 단박에 기가 죽었다. 지금까지의 대화를 통해 헤이젤은 깨달은 게 있었다. 먼저, 이 위험하기 짝이 없는 남자가 아무래도 카리나의 전남편이자 이사벨의 아빠인 듯

싶다는 거였다. 그 가설을 토대로 다시 바라보니 이사벨과 좀 닮은 것 같기도 했다. 엄마의 붉은 머리를 판박이처럼 빼닮은 이사벨이라 남자와의 접점을 쉽게 찾아보기 어려웠는데 곱슬기가 있는 머리카락이라든가 처진 눈꼬리, 날렵한 턱선 같은 윤곽이 그를 닮아 있었다.

그러나 세상에 어떤 아버지가 자기 딸을 이런 식으로 만나러 온단 말인가. 조금 전과는 비교되지 않을 정도로 어수룩한 반응을 보이는 파비오의 모습에 헤이젤은 어이가 없었다.

"알아보지도 않고 다짜고짜로 무고한 사람을 팬 거예요, 그럼?"

"어, 그게."

갑자기 말까지 더듬어댔다. 뒤늦게 자신이 실수했다는 사실을 깨달은 것 같았다. 그는 이사벨의 눈치를 보며 어쩔 줄 몰라 했다.

"이미 때린 거 어쩔 수 없으니 그냥 넘어가면……."

"장난해요?"

머리끝까지 화가 난 헤이젤이 소리쳤다. 이럴 거면 대체 왜 무턱대고 사람을 팬 거며 잔인한 협박까지 해가며 차에 태웠단 말인가. 너무 화가 난 나머지 앞에 있는 상대가 맛이 좀 갔다는 것도 잊고 달려들었다.

"사람을 때려놓고 잘못 알았으니 어쩔 수 없다고? 그게 아이에게 모범이 되어야 할 아버지가 할 말인가요?"

매섭게 쏘아붙이는 헤이젤을 파비오가 놀란 듯 바라보았다.

"너. 지금 한 말 다시 한 번 해봐."

남자가 굳은 표정으로 그렇게 말했다. 딸에게 하던 것과는 전혀 다른 살벌한 저음에 헤이젤은 아차 싶었으나 이미 때려서 물릴 수 없다는 말이 있다면 이미 뱉어서 물릴 수 없다는 말도 있을 터였다.

"왜요! 또 때리게요?"

"아니. 그게 아니라."

눈을 껌벅거리던 파비오가 낯설다는 표정으로 헤이젤이 한 말을 되풀이했다.

"아버지는 아이의 모범이 되어야 해?"

"그걸 지금까지 몰랐어요?"

"이사벨, 아버지래!"

"뭐?"

"나더러 아버지라잖아. 쟤가!"

……화가 난 게 아니라 기뻤구나. 당장에라도 저년의 입을 찢으라는 노성이 터져 나올 거라 생각했던 헤이젤은 파비오가 보이는 반응을 이해하는 데 시간이 걸렸다. 그는 이사벨의 아버지로 인정받아 기분이 좋은 거였다.

조금 전까지 눈을 부라리며 노려보던 사람이 지금은 싱글벙글 하늘을 날기라도 할 듯 딸을 바라보고 있었다. 헤이젤은 눈앞의 남자만큼 감정 변화가 극단적인 사람을 본 적 없었다. 이러다 다시 수틀리면 달리는 차에서 내던져질까 두렵기까지 했다.

"그러니까 당장 차 돌려, 파비오. 엄마와 르네를 보러 가야겠어."

"이런. 아버지를 이름으로 부르다니 못-써-요!"

아이고. 신났네, 신났어. 남자는 뭐가 그리 좋은지 헤벌쭉 입을 다물지 못한 채 아이의 볼을 손가락으로 찌르며 애교를 부리는 중이었다. 일반인이 이 감정 기복을 이해하는 건 무리일지도 모르겠다는 생각이 든 헤이젤은 머리를 감싸 안으며 한숨을 쉬었다.

"아빠가 아빠다워야 그렇게 불러주지!"

이사벨의 한마디에 당황한 남자가 다시 헤이젤을 바라봤다.

"뭐, 뭔데요."

"뭘 어떻게 해야 아버지다워지지?"

"……그걸 왜 제게 물어요?"

기대에 못 미치는 대답이었는지 파비오의 눈이 가늘어졌다. 적당한 답을 줄 때까지 물러서지 않을 기세였다.

"그, 본인 아버지가 어땠는지 기억을 되짚어보면."

"최대한 그대로 하고 있는데."

"저런."

인성 교육이란 이래서 중요한 거다. 제 아버지를 답습해 따라 하고 있다는 파비오를 보며 헤이젤은 되뇌었다. 이사벨을 안은 팔에 힘이 들어갔다. 불량한 아버지와 할아버지를 두고도 착하고 바르게 자라준 아이가 기특했다. 이건 아마도 엄마인 카리나 덕이 크겠지만.

"네 아버지는 어땠는데."

자기 쪽은 그리 좋은 본보기가 되지 않는다는 걸 깨달은 파비오가 헤이젤에게 물었다.

"우리 아빠는 바쁜 분이셨어요. 여행을 자주 갔는데 돌아올 때는 늘 선물을 사오셨죠."

"그거, 나도 하고 있어!"

파비오가 쓸데없는 경쟁심을 보이며 외쳤다. 비교 분석이라도 할 태세다.

"연휴나 기념일은 가능한 저와 같이 보내주셨어요. 밤에 동화책도 읽어주셨고 추운 겨울에는 벽난로 앞에서 마시멜로를 함께 구워 먹기도 했어요. 목말을 타고 정원에서 사과를 딴 적도 있고, 둘이서 영화도 자주 봤고요."

"으아. 대체 뭐가 이렇게 많아. 어이, 리노. 받아 적어."

할 일을 손으로 꼽던 파비오는 결국 앞좌석에 앉아 있는 부하에게 메모할 것을 명령했다. 헤이젤이 해준 설명을 전부 기록한 종이를 여러 번 반복해서 읽으며 흠, 흐음, 하는 소리를 냈다.

"네 아버지는 꽤 가정적인 분이신 것 같군. 어머니 쪽은 어땠지?"

지금까지 들은 설명에 늘 아버지와 소녀, 두 사람밖에 등장인물이 없던 걸 깨달은 파비오가 문득 생각난 의문점을 물었다. 헤이젤의 대답이 잠시 막히자 이사벨이 다시 파비오의 팔뚝을 꼬집었다.

"바보야. 눈치 없이 그런 거 묻지 마!"

"왜?"

"헤이젤네 엄마는."

"돌아가셨어요."

어딘가 몽롱한 얼굴로 헤이젤이 대답했다. 그래, 엄마. 엄마는 어떻게 되셨지? 돌아가신 건 확실한데, 그 이상 아무것도 떠오르지 않았다. 대체 무슨 일이 있었는지 기억이 나지 않는다.

"그래? 줄곧 아버지랑 둘이었나 보군."

"네. 엄마는…… 사고로."

"헤이젤?"

자신을 안고 있던 헤이젤의 팔이 경직되는 걸 깨달은 아이가 괜찮은지 안색을 살폈다. 사고. 사고가 있었다. 헤이젤과 어머니가 탔던 차가 사고로 언덕에서 굴러서. 대체 왜 지금까지 이걸 잊고 있었을까?

"차가, 불에 휩싸여서. 연기가, 많아서. 숨이 막혔는데."

"파비오! 헤이젤이 이상해!"

빗길의 사고였다. 바퀴가 미끄러져 언덕에서 굴러 떨어진 차에 불이 붙었다. 비가 내리는 탓에 차가 폭발하지는 않았지만 연기와 불길은 쉽게 잡히지 않았다. 추락으로 상처를 입은 헤이젤은 문을 열지 못해 애를 먹었다. 운전사는 의식이 없어서 도움을 받을 수 없었다. 몇 번이고 손잡이를 잡아당긴 끝에야 소녀는 차에서 탈출할 수 있었다. 간신히 나올 수는 있었으나 연기를 상당히 마신 탓에 의식이 흐려져 그리 멀리 피하지 못하고 곧 정신을 잃었다. 연기를 마시며 정신이 멀어졌고 그러는 동안 어머니는.

헤이젤의 눈이 크게 뜨였다.

"엄마가 아직 차 안에 있어!"

"헤이젤!"

"안 돼. 엄마를 구해야 해. 아빠, 도와줘. 누가, 엄마를. 제발!"

"어, 이거 맛 간 거 같은데."

갑자기 돌아온 기억에 헤이젤이 날뛰기 시작했다. 당황한 파비오가 소녀의 몸을 눌러보려 했지만, 예상외의 괴력을 보인 탓에 그 혼자서는 역부족이었다. 이사벨까지 덤벼들어 헤이젤을 말렸으나 사고의 기억에 휘말린 그녀에게 그 목소리는 닿지 못했다.

"도와줘, 엄마가 위험해. 워렌, 워렌-!"

"야! 집까지 얼마나 더 걸리는 건데!"

"곧 도착합니다!"

"그걸로는 부족해. 더 빨리 몰아!"

뒷좌석에서 벌어진 사태를 백미러로 지켜본 운전사가 긴장한 얼굴로 대답했다. 차는 속력을 내며 달리기 시작했다. 사고 기억이 갑자기 돌아온 헤이젤은 온 힘을 다해 소리 지르고 몸부림치다가 어느 순간 실이 끊어진 인형처럼 툭, 몸에서 힘이 빠지더니 쓰러졌다.

"이제 다 한 건가."

이마에서 흐르는 땀을 닦으며 파비오가 중얼거렸다. 무슨 여자가 이렇게 힘이 세냐고 투덜대던 그가 헤이젤을 좌석에 눕히며 안색을 살폈다.

"지친 게 아니라 기절한 건가."

"헤이젤 괜찮은 거야?"

파비오는 걱정하는 딸을 안심시키기 위해 끼고 있던 장갑을 벗고 이마를 짚어보았다. 기묘한 얼굴로 미간을 구긴 그가 초조한 기색을 보이며 손가락을 코 밑에 가져다 댔다.

"이런 망할."

헤이젤이 숨 쉬지 않는 걸 깨달은 파비오가 굳은 미소로 딸을 바라보았다.

"어, 잠들었어."

"다행이다."

상황을 모르는 이사벨이 크게 안도하는 표정을 짓자, 파비오의 얼굴이 더 구겨졌다. 잠들었지, 그럼. 아주 영원히. 차마 끝까지 말하지 못하고 그는 다리를 꼬았다. 마음이 여린 이사벨은 친구가 죽었다는 사실을 알게 되면 큰 충격을 받을 터였고, 이런 일에서 자식을 보호하는 것도 분명 좋은 아버지가 해야 할 일일 거였다. 초조한 듯 발끝을 탈탈 떨며 파비오는 시체 처리 방법을 궁리하기 시작했다.

'괜히 데려왔어.'

그냥 거리에 버리고 올걸. 그는 어린 딸이 걱정스러운 표정을 짓는 걸 바라보며 한숨을 쉬었다. 아무래도 이사벨이 눈치채기 전에 몰래 처리해야 할 것 같았다. 그가 자신이 아는 시체 처리법을 하나씩 떠올리며 깊은 고민에 빠진 사이, 그들을 태운 차는 거대한 저택의 정문을 지나 정원 안으로 들어섰다.

❋

카리나는 택시 안에서 흐트러진 머리를 매만졌다. 완벽하게 세팅해 두었던 머리는 이미 풀어져 간데없고 산발한 붉은 머리만 남아 있었다. 흔들리는 차 안에서 엉킨 머리카락을 손가락으로 풀어가며 씨름하던 그녀는 적당히 묶어 올려 고정한 뒤 워렌을 바라보았다.

"인상 펴. 금방 도착할 거야. 그 미친놈도 딸이 보는 앞에서 헤이젤에게 애먼 짓은 못 할 테니까."

"르네를 병원에 실려 보낸 거 보면 딱히 그런 것 같지도 않은데."

"아- 그러고 보니 그러네. 미안. 희망을 줄 만한 말은 아껴야겠다."

골치 아픈 파티가 끝나면 쉴 수 있을 줄 알았던 상황은 오히려 더 나빠졌다. 악운은 인형을 도난당한 데서 끝나지 않고 르네는 병원에, 헤이젤과 이사벨은 납치되었다. 이사벨은 그렇다 치고 헤이젤의 안전이 그리 보장되지 않는 상태라는 게 워렌에게 새로운 두통을 주었다.

"평소에도 이런 짓을 자주하나?"

"시도는 했지. 사전 차단당했지만."

"그러다 틈을 발견한 거군."

"르네 말로는 이사벨이 심심해 보여서 사탕 가게에 들렀대."

"……그렇군."

대체 왜 파티장을 빠져나갔는지에 대한 의문이 풀렸다. 넓은 파티장에서 헤이젤을 찾지 못했을 때는 초조했다. 곁에서 응원해 줄 거라 생각하던 상대가 홀연히 사라지자 불안했다. 새 작품을 선보이는 긴장되는 날이다. 그곳에 모인 모두가 워렌에게 기대하는 바가 컸다. 팽팽하게 날이 선 신경을 안정시켜 줄 얼굴을 찾아 그의 시선은 인파를 헤맸다. 그렇게 무의식적으로 헤이젤을 찾았던 것 같았다. 그녀가 파티장에 없다는 사실이 그에게 꽤 타격을 주었던 건 확실했다.

"가면 찾아올 수 있는 건가?"

"아, 이사벨은 몰라도 헤이젤은 보내주겠지. 딱히 데리고 있을 이유가 없으니까."

"대체 왜 그런 남자랑 결혼한 거야?"

"어렸어. 그땐 잘생기고 위험한 남자가 멋있어 보였거든."

시달릴 대로 시달려 보고 나니 지금은 줘도 싫지만, 이라고 그녀가 중얼거렸다. 이야기를 나누는 사이 차는 웅장한 저택의 정문에 도착했다. 카리나는 주먹으로 문을 두들기며 파비오의 이름을 외쳤다. 차마 레이디 입에서 나오는 거라고는 믿기 어려운 난이도의 화려한 비속어가 쏟아졌다. 한두 번 해본 솜씨가 아니라고 워렌이 감탄하는 사이, 현관 앞 소동을 전해 들은 집사가 굳은 표정으로 문을 열고 그들을 실내로 안내했다.

"그 자식 여기에 있는 거 다 알고 있어. 어디야? 안내해."

"부드와르(Boudoir)에 계십니다."

그 말에 실내 구조를 아는 카리나가 안내도 없이 성큼성큼 걸어 들어갔다. 워렌이 뒤를 쫓으려 하자 집사가 앞을 가로막고 말했다.

"부드와르는 안주인만 들어가실 수 있는 곳입니다. 손님은 여기서 기다리십시오."

"비켜."

"주인님께서 손님의 방문은 언급하지 않으셨습니다. 허락받지 못한 분은 여기서 기다리셔야 합니다."

"나도 네 주인이란 작자가 우리 애를 납치하지만 않았다면 이곳에 발 들일 일 없었어. 망할 원망은 그에게 해."

워렌이 집사를 밀치고 들어가려 하자 그를 견제하려는 듯 다른 남자가 나타나 입구를 막았다. 얌전히 보내주지 않겠다는 태도로 협박하는 모습이 카리나는 몰라도 그는 손님으로 보지 않는 눈치였다. 집사 뒤에 모인 남자들은 하나같이 인상이 사납고 덩치가 컸다. 짐작하건대 저택의 경비를 담당하는 사람들이리라.

어딘가 켕기는 게 있지 않고는 이렇게 어깨 떡 벌어진 남자들을 줄줄이 고용할 이유가 없을 텐데 싶자 워렌은 짜증이 났다. 그는 육탄전을 벌일 기세로 한 남자의 상체를 세게 밀었다. 그걸 신호로 분위기가 순식간에 험악해졌다. 몇몇이 둥글게 감싸듯 그 주변으로 몰려들었고, 그 시점부터 모두가 말없이 서로를 노려보며 상대의 움직임에 촉각을 세우기 시작했다.

그 일촉즉발의 상황에서 비명이 울렸다. 카리나의 목소리였다.

"꺄아악, 헤이젤—!"

비명을 들은 워렌은 무언가 잘못되었다는 걸 깨달았다. 예기치

않은 외마디 소리에 하인들이 술렁이는 사이, 워렌이 선수를 쳤
다.

워렌은 앞을 가로막은 두 명에게 덤벼들었다. 앞에 나선 남자
의 턱을 팔꿈치로 갈기고 재빨리 몸을 틀어 곁에 있는 남자의 명
치를 때렸다. 횡경막을 정통으로 맞은 남자가 비명을 지르며 쓰러
졌다. 급소만 골라 주먹을 휘두른 탓에 장정 둘이 순식간에 무너
져 내렸다. 허를 발견한 틈을 타 워렌은 중심이 흔들리는 그들을
잽싸게 발로 찼다. 뒤에 있는 놈들 쪽으로 남자들이 쓰러진 덕분
에 그를 둘러싸던 원이 무너졌다.

빠른 속도로 앞을 정리한 그는 뒤에서 덤벼드는 장정들을 슬쩍
피하며 대치했다. 앞에서 기습으로 맞는 걸 본 남자들은, 워렌이
만만한 상대가 아니라는 걸 깨닫고 간격을 벌려가며 위협해 왔다.

'오래 끌면 불리해.'

그렇게 생각한 워렌은 주변을 살폈다. 덤벼드는 남자들을 거실
안쪽으로 유인한 뒤 장식장 위에 놓인 화병을 움켜잡았다. 금빛
테두리에 꽃 그림이 화려하게 들어간 목이 긴 도자기는 꽤 값나
가는 물건으로 보였다. 과시하기 위해 손님의 시선이 머물기 좋은
입구에 둔 게 틀림없었다.

"잠깐! 그건 선대 여왕님이 하사하신 임페리얼 차이나……!"

집사가 다급한 목소리로 외쳤다. 선제공격을 받아 되돌려 줄
생각만 가득하던 장정들 역시 그 외침에 흠칫 동요했다. 그 모습
에 워렌이 씩 웃었다. 제대로 된 걸 집었다는 예감이 들었다.

"그건 내 알 바 아니지."

"집안의 명예를 상징하는 물건입니다. 내려놓으시죠."

"일단 이걸 집어 던지고, 다음에는 뭐로 할까."

싸움에 자신이 있다고 말하면 이상하게 보일 테지만 워렌에게 주먹을 쓰는 일은 그리 낯설지 않았다. 나서서 시비를 걸지 않는다 뿐이지 누군가가 건드리면 늘 되갚아줬고 상황에 따라서는 먼저 덤비는 일도 흔한 편이었다. 그저, 지금 이곳에 모인 사람들은 그가 평소 상대하던 아마추어들이 아닌 싸움의 프로라는 걸 계산에 넣는 것이 중요했다. 엔간한 싸움에 잔뼈가 굵어진 사람들 다수를 상대하기는 불리하다는 걸 깨달은 그에게 적절한 응용이 필요한 시점이었다.

"저희가 무례를 범한 건 죄송합니다. 그러니, 제발."

"도자기를 건네주고 나면 또 말이 바뀔 텐데 이걸 어쩌나. 그 말을 믿을 만큼 순진한 나이는 아니어서 말이지."

그는 화병의 목 부분을 손가락 두 개로 집고 위태롭게 앞뒤로 흔들며 말을 이었다.

"빼앗겠다고 덤비거나 허튼수작 부리면 그대로 던질 테니까, 그리 알아. 부드와르로 안내해."

"……알겠습니다."

슬슬 달궈지던 판이 깨지려 하자 제대로 덤벼들 기회만 보던 남자들이 불만 가득한 눈으로 집사를 바라보았다. 집사 역시, 기대하던 전개가 아니어서 만족스럽지 않기는 마찬가지였다. 저 망할 놈이 손에 화병만 쥐고 있지 않았다면 당장 가구 몇 개 부서지는 것쯤은 용납할 테니 덤벼들라고 명령하고 싶은 얼굴이었다. 흉흉한 기운이 가득 찬 거실을 화병을 흔들며 지나가려니 누군가 작게 욕하는 소리가 들렸다.

"비겁한 자식."

워렌의 입가가 씰룩였다. 그도 이렇게 빠져나가기를 원한 건 아니었다. 마음 같아서는 손에 든 화병을 저놈의 면상으로 집어 던지고 화려하게 싸움을 재개하고 싶었지만, 지금은 때가 아니라는 말을 되뇌며 집사의 뒤를 따랐다.

"헤이젤? 애가 왜 정신이 없지? 아, 워렌. 대체 어디에…… 손에 든 그건 뭐야?"

"……위자료 좀 챙겨볼까 하고."

긴 소파에 눈을 감고 쓰러져 있는 헤이젤을 본 워렌이 굳은 표정으로 대답했다. 빠른 걸음으로 그녀에게 다가가며 더는 볼일 없어진 화병을 대충 집사 쪽으로 던지니 그가 '히이익-!' 하는 비명과 함께 바닥에 몸을 던져 도자기를 받아냈다. 집사는 십년감수한 얼굴로 화병을 감싸 안고 일어나 잰 뒷걸음질로 번개처럼 사라졌다. 그 움직임이 백발성성한 노인치고 나름 민첩하다며 입꼬리를 올려 비웃은 워렌이 소녀가 누워 있는 소파 앞에 멈춰 섰다.

"헤이젤."

손을 잡고 이름을 불러보지만 대답이 돌아오지 않는다. 눈을 감은 채 미동도 하지 않는 그녀 곁에서 침묵을 지키자니 당황한 카리나가 그에게만 들리도록 귓엣말했다.

"어떻게 된 거야? 전에도 이런 적 있었어?"

"……그건."

언젠가 집에 돌아온 워렌이 잠들어 있는 헤이젤을 발견한 적이 있었다. 안아서 침대까지 옮겨주면서도 당연히 잠들어 있다고 생각했다. 그도 지치고 피곤한 상태여서 그녀가 왜 잠이 들었는지 깊게 생각하지 않고 넘어갔었다.

'왜 의식이 없었는지 알아봤어야 했는데.'

잠들 필요가 없는 그녀였다. 자는 것처럼 보였을 뿐 무언가 문제가 있던 거라는 걸 그때 깨달았어야 했다고 그는 뒤늦게 자책했다.

"야. 너희 왜 내 앞에서 소곤거려."

파비오는 카리나가 워렌과 친밀하게 이야기하는 게 마음에 들지 않았는지 씩씩거리며 중간에 끼어들었다. 길에서 사람을 패고 납치한 주제에 귀엣말하는 정도로 불륜 현장을 발견한 듯 화를 내는 모습이 기가 막혔다. 어이없어진 워렌이 카리나를 바라보니 그녀는 창피한지 시선을 회피했다.

"왜 이렇게 되었지?"

"아무 짓도 안 했어!"

"너도 의심받을 만한 상황이라는 건 인정하는구나."

"아, 정말이야! 그 뭐지, 가족 이야기 하다가 걔가 미쳤다니까!"

"가족?"

"그래. 아버지 이야기를 할 때는 멀쩡했는데, 어머니 이야기가 나오니 갑자기 실성한 사람처럼 굴었어!"

"가족 이야기라고?"

예상외의 화제에 놀란 워렌이 미간을 찡그렸다. 유령의 과거 따위, 궁금해할 필요 없다고 생각했는데 그게 아니었나 싶었다. 파비오의 설명을 듣고야 헤이젤이 의식을 잃은 이유가 과거와 연관된 일이라는 걸 깨닫게 되었다.

헤이젤의 등장은 갑작스러웠다. 그녀가 느닷없이 사라질 수도 있다는 생각을 지금껏 해보지 못한 건 워렌의 불찰이었다. 헤이젤의 손을 꼭 쥐고 무언가 생각하던 워렌이 카리나에게 물었다.

"⋯⋯이사벨은."

"밤이 늦었잖아. 투정 부리다 잠들었대."

이미 그들에게 흥미를 잃은 파비오는 침대에서 잠든 아이 곁으로 돌아가 얼굴을 들여다보았다. 카리나와 함께 나타난 덩치 큰 사내가 이사벨을 빼앗아 갈까 경계하던 그는 워렌의 관심이 온통 헤이젤에게 쏠려 있는 걸 확인하고는 아무래도 좋아진 모양이었다. 정신 상태가 정상으로는 보이지 않는 그라도 자기 아이는 극진히 예뻐해 다행이었다. 침대 옆에는 아이가 눈을 뜨면 입혀보려고 준비한 옷이며 선물이 한가득 쌓여 있었다.

이사벨이 안전한 걸 확인한 워렌은 쓰러진 헤이젤을 안아 들었다. 깨질 것이라도 만지는 양 소중하게 다루는 모습을 카리나가 흥미로운 듯 유심히 바라보았다.

"비싼 도자기는 냅다 집어 던지더니."

"더는 볼일 없으니 나는 이만."

"응. 나는 이사벨 때문에 남아야 할 것 같아. 이대로 데려가게 할 사람은 아니거든."

"그렇군."

워렌은 한숨 쉬는 카리나를 측은하게 바라보았다. 이혼해도 시달리기는 마찬가지라며 불만을 토하는 그녀를 힐끔 바라본 뒤 돌아섰다. 카리나가 소녀의 가방을 챙겨주는 모습을 물끄러미 바라보던 파비오가 물었다.

"시체 치우기 좋은 장소 알려줘?"

"뭐?"

예상외의 말에 놀란 워렌이 눈을 크게 뜨고 파비오를 노려보았다. 재빨리 전남편에게 달려간 카리나가 있는 힘껏 파비오의 머리를 손바닥으로 내리쳤다.

"할 말 안 할 말이 있지!"

"아! 도와주는데 왜 때려!"

"네가 이러니까 이사벨을 못 만나게 하는 거야, 이 철부지야!"

"뭐가! 그냥 적당한 늪에 밀어 넣으면 되는 거잖아! 근처에 괜찮은 곳 있다니까?"

"닥치세요! 사물을 전부 깡패인 네 기준에 맞춰서 생각하지 말란 말이야. 야, 솔직하게 말해. 인형도 네가 훔쳤지?"

"인형? 무슨 소리야?"

"그런 짓을 할 만한 사람이 너밖에 없어! 없다고!"

"아, 그만 때려! 나 억울해! 오늘은 사람만 팼어!"

"아유, 기가 막혀. 뭘 잘했다고!"

한 대로는 정신을 못 차린 게 틀림없다고 외친 카리나가 연속으로 그를 때렸다. 파비오는 아프다고 소리소리 지르면서도 카리나에게 대들거나 반격하지 않았다. 고분고분 맞는 모습이 도저히 지나가던 사람을 잔인하게 폭행한 남자라고는 믿어지지 않을 정도였다. 워렌은 싸우는 소리를 뒤로하고 방을 빠져나갔다. 워렌이 나가는 모습을 카리나에게 멱살을 잡힌 채 힐끔 본 파비오가 무언가 생각난 듯 입을 열었다.

"이봐. 저 아가씨, 어디서 본 거 같은데."

"무슨 소리야. 그럴 리가 있나."

헤이젤이 워렌이 만든 인형이라는 사실을 아는 카리나가 코웃음 치며 그 말을 부정했지만 파비오는 진지한 표정으로 고개를 저었다.

"기억이 날 듯하단 말이지. 분명 본 적이 있어. 최근은 아니고, 몇 년 전쯤인가……."

"정말이야? 당신 사람 얼굴은 기억 잘하잖아."

"사기 치려면 상대를 확실히 기억해야 하니…… 아, 왜 또 때려!"

"어떻게 일상이 사기와 폭력으로 점철되어 있니 그래. 정말 본 거 확실해?"

"확실하다니까! 잠깐. 폭력을 폭력으로 말리는 행위는 금지되어야 한다고 봐!"

"아유, 말은 참 예쁘게 잘하네. 한 대 더 맞아야 정신을 차리지! 아, 안 그래도 궁금한 게 있었어. 당신, 하트퍼드 가문 족보 좀 구해볼래?"

"뭐? 그걸 왜? 설마 재혼처 뒷조사하는 걸 나더러 도우라는 건 아니겠지?"

"그 빈곤한 상상력은 어째서 이럴 때만 빛을 발하니, 정말!"

싫다는 표정으로 파비오를 노려보던 카리나가 곁에 듣는 사람도 없는데 목소리를 낮추며 설명했다.

"하트퍼드 선조 중에 특히, 헤이젤이라는 이름을 가진 여성을 찾고 싶어."

"……아까 죽은 여자?"

"안 죽었어."

"죽었거든? 몸도 차고 숨도 안 쉬었어. 너도 그 남자도 굳이 경직 오고 시반 생기는 걸 봐야 현실을 받아들이려는 거야? 아무리 예쁜 여자라도 죽으면 다 똑같아. 그런 거 부정해 봐도……."

"됐으니까. 알아볼 거야, 말 거야?"

카리나가 종알종알 떠드는 입을 손으로 틀어막고 화제를 다시 하트퍼드가 족보로 돌리자, 고개를 끄덕인 파비오가 볼을 살짝 붉히며 말했다.

"자기가 오래간만에 이러니까 떨린다."

"이 망할 변태……."

쓸데없이 파비오를 기쁘게 했다는 걸 깨달은 카리나가 재빨리 입을 막았던 손을 뗐다. 한동안 아쉬운 눈으로 그 손을 바라보던 파비오는 부하를 불러서 할 일을 명령했다.

저택 입구에 대기시켜 두었던 차를 타고 호텔로 돌아온 워렌은 헤이젤을 침대에 눕혔다. 이동하는 동안에도 감긴 눈은 다시 뜨일 기미가 없었다.

'그때와 똑같아.'

그날의 기억을 더듬어본다. 늦은 저녁. 나무 탁자에서 그림을 그리다 잠든 헤이젤. 그가 잠들었다고 생각했던 모습에 사실 큰 문제가 숨어 있던 것은 아니었을까. 그는 문득, 자신이 헤이젤에 대해 아는 게 없다는 걸 깨달았다. 소녀는 이제 제 삶에 녹아들었는데 그는 자신이 보고 싶은 모습만 보고 있었다. 유령의 과거 따위 알아서 뭐하나 생각했다. 언젠가 훌쩍 사라질 상대에 대해 굳이 알아야겠다는 생각은 하지 않으려 했다. 가족 이야기를 하다가 갑자기 쓰러졌다는 설명을 듣는 순간 그를 괴롭힌 것은 아무리 쓸데없는 말일지라도 전부 들어주었어야 했다는 후회였다.

지금 자신 앞에 있는 건 헤이젤이 아니라는 사실을 깨달았다. 침대에 누워 눈을 감고 있는 것은 그가 만든 인형 '신부'이지 자신이 알던 소녀가 아니다. 인형이 '헤이젤'이 되는 순간은 그녀가 눈을 뜨고 자신을 향해 웃고 있을 때라는 걸, 그 21g의 차이가 그토록 무거웠다는 사실을 뒤늦게 깨달은 그는 입술을 깨물었다.

✳

따뜻한 손이 제 머리를 쓰다듬는 걸 깨달은 헤이젤은 무거운 눈을 간신히 떴다.

'……워렌?'

잠든 제 머리를 쓰다듬어 줄 사람이라고는 워렌밖에 떠올릴 수 없었던 헤이젤은 눈을 뜨고 그의 모습을 찾았지만 익숙한 회갈색 머리가 보이지 않았다. 대신, 백발이 섞인 갈색 머리의 중년 남자가 그녀를 보고 웃었다.

"정신이 드는 거냐."

'아빠!'

아무리 출장으로 자리를 자주 비우는 아버지라 해도 얼굴까지 잊고 있었다니 딸 자격이 없었다. 그렇다. 아버지가 보이는 게 당연했다. 여긴 소녀의 집이었으니까. 화려한 벽지와 고급 가구, 네 기둥 침대에 둘린 천에는 색색의 자수가 놓여 있는 아늑한 그녀의 방이었다. 헤이젤이 어제까지 사용하던 방과는 사뭇 다른, 위압감마저 느껴지는 고풍스러운 침실이었다.

"왜 그리 멍한 표정을 하는 거냐, 애야. 꿈을 꾸었니?"

'꿈?'

워렌과 함께 지내던 일들이 새록새록 기억으로 떠올랐다. 그 모든 것이 꿈이었다고? 소중하게 생각되던 순간들이 전부 꿈이었다는 말에 어쩐지 가슴이 아파져 소녀가 울 것 같은 표정을 하자, 아버지가 '쉬이. 괜찮다'라고 속삭여 주며 다시 머리를 쓰다듬어 주었다.

"다시 자고 나면 무서운 꿈도 나쁜 꿈도 다 잊을 거야."

그랬다. 무서운 일들이 벌어졌었다. 어둠 속에서 나타난 남자가 르네를 때리고 이사벨을 납치해 갔다. 헤이젤은 무서운 기억들을 싫어했다. 가능하다면 전부 잊고 싶었다. 다 잊을 수 있을 거라는 아버지의 달콤한 제안에 평소처럼 안도를 느껴야 했겠지만 어째서인지 헤이젤은 하트퍼드 저택에서의 일을 잊고 싶지 않았다. 그게 정말 꿈이었던가? 소녀는 침대에 놓인 제 손을 들어보았다.

작고 여윈 하얀 손. 기계인형의 몸에 들어 있을 때 같은 흠집 하나 없는 길고 우아한 여성의 손이 아니었다. 하긴, 인형 속에 들어간다는 것 자체가 꿈에서나 일어날 법한 일이지 않은가. 소녀가 한참 제 손을 바라보며 갸웃거리자 그걸 지켜보던 아버지가 손을 잡아주었다.

'따뜻해.'

기차 안에서 워렌의 손을 잡았을 때는 느끼지 못했던 온기가 손끝에서부터 전해졌다. 헤이젤은 지금 이 순간이 현실이라는 걸 확신하면서도 또한 워렌과 함께 보낸 나날을 꿈으로 인정하고 싶지 않다고 생각했다.

워렌이 자신을 불러주던 목소리가 떠올랐다.

"헤이젤."

듣기 좋은 저음. 창가에서 스며드는 바람을 타고 그 목소리가 다시 들릴 것 같아 헤이젤은 눈을 감아보았다. 꿈에서 깬 지 얼마 되지 않아서인지, 남자가 무표정한 얼굴로 제 머리를 쓰다듬어 주던 감각까지 되살아났다. 그러자니 그 모든 일이 무척 오래전 있었던 일인 것만 같아서 아쉬움에 눈물이 날 것만 같았다.

＊

헤이젤이 잠 못 드는 밤이면 아버지는 그녀에게 자장가를 불러 주고는 했다. 엄마를 찾으며 울던 밤에는 특히, 걱정 가득한 눈으로 내려다보며 그가 속삭였다.

"괜찮아. 다 잊을 수 있을 거야."

그렇게 말해주는 그의 눈에도 슬픔이 가득 담겨 있어서 소녀는 그 말에 고개를 끄덕이며 울었다. 다 잊어버리면 아버지도 슬퍼하지 않을 것 같아 헤이젤은 잊기 위해 최선을 다했다. 그때부터 얼마나 시간이 지났을까. 언제부턴가 헤이젤에게 지난 시간의 기억은 흐리고 애매한 것이 되었다. 일부는 버려지고, 일부는 한데 섞였다가 지워졌다. 아버지는 그래도 상관없다 말해주었다. 어떤 상황이라도 헤이젤은 그가 사랑해 마지않는 딸이라고. 그러나 소녀는 이렇게 워렌과 하트퍼드 저택에 대한 기억 역시 지워지는 게 아닌가 싶어 내심 아쉬웠다.

'기억하고 싶은 게 생겼는데. 계속 잊어버리기만 하다 보니 기억하는 방법을 모르겠어.'

이대로 잠들었다 다시 깨어나면 워렌에 대해 전부 잊어버릴 것 같아 두려웠던 소녀는 오랜 시간 잠들지 못했다. 눈을 부릅뜨고 잠에 빠지지 않기 위해 최선을 다했다. 아쉬움에 버티다 버티다 끝내 눈이 감겼던 것 같았다.

다시 낯선 침대에서 눈을 뜬 헤이젤은 당황해서 주변을 둘러보았다.

'아빠?'

침대 곁을 지켜주던 다정한 아버지의 모습도, 그녀를 잡아주었던 따뜻한 손의 감촉도 느껴지지 않았다. 불안한 기분에 아버지를 찾던 헤이젤은 혹 자신이 잠든 사이 다시 기억을 잃은 건 아닌가 싶어 워렌과 하트퍼드 저택을 떠올려 보았다. 그녀가 묵던 방의 단정한 구조가 어렵지 않게 떠오르자 마음이 놓였다.

'잊지 않았어.'

다행이라며 한숨을 내쉰 소녀는 그제야 커튼이 쳐진 어두운 방이 제가 알던 그 어느 곳과도 닮지 않았다는 걸 깨달았다. 정말 무언가 잊지 않은 게 확실한 걸까? 어째서 자신이 이곳에 있는지 알 수 없던 헤이젤은 가만히 몸을 일으키다 구석에 놓인 의자에 누군가 앉아 있는 걸 발견하고 소스라치게 놀랐다.

"……워렌?"

어둠 속에서 그녀를 바라보고 있던 사람은 워렌이었다. 어두운 방에서도 의자에 앉아 있는 사람이 그라는 걸 실루엣으로 알 수 있었다.

'아직 잊지 않았어.'

워렌을 다시 만났다는 기쁨에 소녀가 웃었다. 그 어떤 낯선 장소라도 그가 곁에 있다면 더는 두렵지 않았다. 반가운 마음에 그를 부른 소녀는 그제야 비로소 워렌의 반응이 이상하다는 걸 깨달았다.

"왜 어두운 곳에서 그러고 있어요?"

미동도 않고 헤이젤을 바라보는 모습이 낯설었다. 그의 주변에 내려앉은 무거운 공기가 숨통을 조여왔다. 어디 아픈 건 아닌가 걱정된 그녀가 허둥대며 침대에서 빠져나갔다.

"워렌."

이름을 부르며 다가가도 그는 아무 말 없이 물끄러미, 자신에게 다가오는 그녀를 바라볼 뿐 대답하지 않았다.

"혹시 어디 아픈 건가요?"

워렌은 고통을 느끼는 듯 미간을 찌푸렸다. 헤이젤은 그 앞에 무릎을 꿇고 얼굴을 들여다보았다. 걱정스러운 얼굴로 그를 바라보다가 열이 나는 이마에 제 차가운 손이 도움 될까 싶어 팔을 뻗었다. 가늘고 긴 팔이 자신에게 다가오는 걸 굳은 표정으로 바라보던 워렌은 그 손이 제게 닿기 전 낚아채 난폭하게 끌어당겼다. 중심을 잃고 비틀거린 헤이젤의 허리를 다른 손으로 받쳐 안은 워렌이 거칠게 입술을 부딪쳐 왔다. 입술을 마주 댄 채로 그가 소녀를 노려보았다.

"너는 누구지?"

낮게 갈라진 목소리가 어둠을 깨고 바닥을 긁었다. 갑작스러운 입맞춤으로 놀랐던 헤이젤은 예상외의 질문을 받고 다시 눈을 크게 떴다. 화가 난 얼굴. 그는 분노하고 있었다. 반응이 이상하다는 생각에 걱정을 담아 대답했다.

"저 헤이젤이에요."

그러나 그가 원하던 답은 그것이 아니었는지 움켜잡은 손에 힘이 들어갔다. 워렌은 잡은 팔을 놓아주지 않고 끈질기게 소녀를 바라보며 대답을 구했다. 헤이젤은 무얼 더 말해야 하는지 알 수 없었다. 그래서 잡혀 있지 않은 손을 뻗어 그의 뺨을 쓰다듬었다. 워렌은 이번에는 거부하는 일 없이 소녀가 닿는 걸 지켜보았다. 서로 얼굴을 마주 댄 상태에서 차가운 손이 얼굴에 닿자 그가 눈을 감았다. 한동안 소녀가 어루만지는 대로 가만히 몸을 맡기던 워렌은 무거운 한숨을 쉰 후 잡았던 손을 놓아주었다.

"무슨 일 있었어요?"

헤이젤의 질문에 워렌이 굳은 얼굴로 대답했다.

"너 하루 넘도록 의식이 없었어."

"제가요?"

그러고 보니, 잠들지 않아도 되는 자신이 언제 침대에 누웠는지 영문을 알 수 없었다. 갑자기 의식을 잃은 헤이젤이 잘못될까 깨어날 때까지 지켜보고 있었던 거라면 그가 불안해하는 것도 이해가 갔다.

"설마 걱정돼서 계속 지켜보고 있었던 거예요?"

"걱정……."

낯선 여운을 느끼듯 소녀의 말을 반복하던 그가 자리에서 일어났다. 몸을 가누지 못하고 흔들리는 발걸음에 놀란 헤이젤이 달려가 그를 부축했다.

"워렌. 의사를 부를까요? 어디 아파요?"

"아니."

가녀린 몸에 체중을 기대며 워렌이 속삭였다.

"정말 피곤해……. 지독하게 긴 하루였거든."

"워렌?"

헤이젤이 인도하는 방향으로 몇 걸음 옮기던 그는 더는 버틸 수 없는지 무너지듯 침대 위로 쓰러졌다.

"꺄악!"

소녀를 품에 안은 채 침대에 고꾸라진 워렌은 그 자세 그대로 잠에 빠졌다. 놀란 헤이젤이 그에게서 벗어나기 위해 바동거려 봤지만 넓은 어깨 밑에 깔린 터라 깨우지 않고는 빠져나갈 방도가 없었다. 한참 이리저리 몸을 굴려봐도 워렌을 밀어낼 방법을 찾지 못한 헤이젤은 결국 모든 걸 포기하고 얌전히 품에 안겨 있기로 했다.

잠이 든 워렌의 규칙적인 숨소리가 귓가에 반복적으로 들려왔다. 안 좋은 꿈을 꾸는지 이마에 주름이 잡혀 있었다. 멍하니 그걸 바라보던 헤이젤은 손가락으로 구겨진 미간을 살살 펴보았다. 그러나 아무리 열심히 손가락으로 눌러보아도 접힌 이마는 쉽게 펴지지 않았다.

"……마음에 안 들어……."

갑자기 흘러나온 그 한마디에 헤이젤이 화들짝 놀라며 미간을 만지던 손가락을 뗐다.

"미안해요."

간질여서 잠을 깨웠나 싶어 두근거리며 다음 말을 기다렸지만 다시 색색 고른 숨소리만 들려왔다. 아무래도 잠결에 잠꼬대를 한 것 같았다. 눈앞에 손을 흔들어 그가 정말 자고 있다는 걸 확인한 헤이젤이 비로소 속내를 털어놓았다.

"저기 워렌. 저는 다시 돌아와서 정말 다행이라고 생각해요. 그러니 화내지 말아주세요."

자신의 방에서 눈을 떴을 때는 지난 일이 모두 꿈인 줄만 알았다. 다시 그를 만날 수 없다는 사실에 마음이 무척 아팠다. 더는 누군가를 잃고 슬퍼하고 싶지 않아서 기억을 지웠는데, 워렌을 잃었다고 생각했을 때 그러고 싶지 않다는 생각이 처음 들었다. 하트퍼드가에서의 일을 잊고 싶지 않았던 헤이젤은 참을 수 있을 때까지 잠드는 걸 거부하며 버티려 노력했었다.

'그 후에 어떻게 되었는지는 또 기억에 없어.'

모든 걸 잊기 위해 최선을 다하던 소녀는 이제 지키고 싶은 기억이 생겼다. 세상에는 도망가고 싶은 악몽들만 존재하는 게 전부가 아니라는 걸 새삼 깨달았다. 잊지 않아도 참을 수 있을까. 아직은 자신 없었다. 하지만 전부 잊어버리기에는 아쉬운 일들도 있다는 걸 하트퍼드가에서 지내며 깨닫게 되었다.

'남의 인생을 살면서 비로소 내 삶이 소중한 걸 알게 된다는 건 꽤 모순적이야.'

조금이라도 이 꿈이 계속될 수 있다면, 워렌의 곁에 있을 수 있다면 자신은 뭐든 할 수 있을 거라며 소녀는 그의 가슴에 얼굴을 기댔다. 두근대는 심장 소리가 들려왔다. 헤이젤은 눈을 감은 채 이것 역시 잊고 싶지 않다고 기도했다.

시간이 얼마나 지났을까. 워렌의 품에 안겨 빈둥거리던 헤이젤은 누군가 복도를 서성이는 발소리를 들었다. 그녀는 워렌이 잠든 후 천천히 주변을 둘러보고 자신이 있는 곳이 어디인지를 깨달았다. 이곳이 파티 준비를 위해 빌렸던 호텔 객실이라는 걸 깨달은 후에야 낯선 곳에 있다는 불안감을 떨칠 수 있었다.

'뭐, 워렌이 함께 있어준다면 어디든 상관없지만.'

이게 꿈이 아니라면 얼마나 좋을까. 곤하게 잠든 워렌의 얼굴을 보며 헤이젤이 미소 지었다. 밖을 배회하던 발소리는 다시 헤이젤이 투숙한 방 앞에서 맴돌더니 잠시 후 문을 두들기는 소리가 들렸다.

"워렌! 계세요? 헤이젤은 무사합니까?"

르네가 그들을 찾고 있었다. 쿵쿵, 노크 소리가 계속되자 워렌이 뒤척였다.

"워렌. 르네가 온 것 같아요."

"음……."

"일어나세요. 그가 어떤지 궁금해요. 잠은 조금 후에 더 자도 괜찮으니까."

"그래……."

잠시 숨을 토해낸 워렌이 꺼져 들어가는 목소리로 대답했다. 품에 안겨 있던 무언가가 자신에게서 벗어나려는 게 마음에 들지 않았는지 슬쩍 미간을 구긴 그는 도망 못 가게 힘주어 끌어안았다.

"잠깐, 워렌."

말릴 틈도 없이 품에 다시 갇혀 버린 헤이젤이 당혹스러움을 감추지 못하고 워렌을 올려봤다. 르네에게 문을 열어줘야 한다는 생각에 바동거리자 더 힘을 주고 바짝 당겨 안은 워렌이 헤이젤의 어깨에 입술을 묻고 속삭였다.

"가지 마……."

"헉."

어리광을 부리는 저음에 펄쩍 뛸 정도로 놀랐다.

'나만 잠버릇 나쁜 줄 알았는데 아니었어! 워렌이 백배는 더 나빠!'

투덜거리던 것도 잠시, 헤이젤은 어깨에서 점점 목덜미로 올라오는 그의 입술에 빳빳하게 굳어버렸다. 쓰다듬듯 더듬어 위로 오르자 소녀의 신경이 온통 그 입술이 스치는 곳으로 쏠렸다. 밀착된 가슴과 다리가 단단하게 얽혀왔다. 허벅지 사이를 가르고 들어온 다리에 허리 아래는 틈 하나 주지 않고 딱 달라붙게 되었다.

'히이이익! 부탁이니 움, 움직이지 말아줬으면!'

워렌에게 지나치게 관능적인 잠버릇이 있다는 사실을 새로 알게 된 소녀의 얼굴이 홧홧하게 달궈지기 시작했다. 아니, '신부'의 얼굴이니 사실 달궈졌다는 건 심리 상태에 더 가까웠겠지만. 이게 정말 자기 얼굴이었다면 아마 전신이 붉어지다 못해 타들어 재가 되었을 거라고 헤이젤은 생각했다.

그녀는 이제야 자신이 지난날 워렌의 침실에서 벌인 추태가 심각한 수준이었다는 걸 새삼스럽게 깨달았다. 남자 방에 뛰어들어 몸을 더듬다니! 난 치한이나 다름없었어! 눈치도 없이 참 위험한 짓을 했다며 반성하는 마음으로 외쳤다.

"미안해요! 다시는 안 그럴게요. 용서해 주세요!"

"어?"

소녀의 필사적인 외침에 비로소 워렌은 눈을 떴다. 그리고는 제 품에 안겨 바들바들 떨고 있는 헤이젤을 보며 '뭐 하는 거야?' 라고 물었다.

"아…… 워렌이 깨어나서 정말 기뻐요."

"응?"

조금 전까지 관능적인 목소리로 귀에 숨을 불어 넣던 사람이라고는 생각되지 않을 만큼 담백한 얼굴로 그녀를 내려다보는 워렌 때문에 헤이젤은 울 것 같은 심정이 되었다.

"르네가 문밖에 와 있어요……."

"르네?"

벌떡 몸을 일으킨 워렌이 서둘러 문을 열기 위해 나가다 말고 거울에 비친 자신의 모습을 보고 멈춰 섰다.

"이대로는 안 되겠군. 잠깐만."

워렌이 세면실로 뛰어 들어간 사이 산발이 된 머리를 정리한 헤이젤이 대신 문을 열고 르네를 맞이했다.

"르네. 몸은 괜찮아요?"

"헤이젤이야말로 그 후에 괜찮은지 걱정됐습니다. 갤러리로 갔더니 워렌도 어제부터 모습을 보이지 않는다고 하고……. 두 분께 무슨 일이 생긴 건가 걱정했어요."

"무사히 돌아왔어요. 미리 연락해야 했는데, 미안해요."

"그 불량배는 잡혔나요?"

"그 부분이 좀 복잡한데요."

본인도 다쳐서 병원에 갔던 주제에 헤이젤과 워렌 걱정만 하는 르네였다. 헤이젤은 미안한 표정을 지으며 그를 바라봤다.

"병원비는 카리나가 내줄 거야."

세면실의 문이 열리고 젖은 머리로 나타난 워렌이 앞뒤 다 자른 설명을 던졌다.

"변상 같은 건 됐습니다. 그것보다 카리나 씨라니요? 그녀가 뭔가 알고 있는 것 같긴 했는데, 대체."

"그분, 이사벨 아버지예요."

"예에?"

예상외의 대답에 놀란 르네는 입을 크게 벌리고 둘을 바라봤다. 헤이젤은 그 마음을 이해할 수 있었다. 대체 어떤 아버지가 딸을 그런 식으로 데려가는 거며, 왜 르네는 때린 건지, 그리고 길을 막던 불량배들은 대체 뭐 하는 사람들인지 등등.

"그 집 문제가 좀 복잡해. 카리나가 만나지 못하게 하니까 몰래 데려가려고 했나 봐."

"그런데 어째서 저를……."

"르네 씨가 카리나 씨랑 사귀는 사이라고 생각하고 엄청나게 질투했던 것 같아요."

"뭐라고요?"

르네의 얼굴이 경악으로 물들었다. 곁에 있던 워렌 역시 못 들을 말을 들었다는 듯 귀를 후볐다.

"저 그럴 만한 일은 전혀……. 근거는요?"

"없대요."

르네가 앓는 소리를 내며 자리에 주저앉았다. 일그러지는 표정이 이전 파티 동행을 권유했을 때의 워렌과도 닮아 있어서 당사자는 원치 않는 구설수였다는 걸 눈치챘다.

"그, 그런 거 아닙니다. 카, 카리나 씨랑 저는 따로 만난 적도, 정말로."

르네의 얼굴이 새빨갛게 달아올랐다. 갑자기 말까지 더듬으며 애처로울 정도로 헤이젤을 향해 사실이 아니라고 항변했다.

"알아요. 이사벨이 다 설명했어요."

"아, 그런가요……."

갑자기 피곤이 몰려온 듯 고개를 떨군 르네는 어깨를 축 늘어뜨렸다.

"그것보다도 몸은 좀 어때요?"

"크게 다친 곳은 없어서 금방 퇴원했습니다. 복부에 멍이 좀 크게 들기는 했는데 그 외의 뼈나 장기는 전부 무사하대요."

"다행이다."

무언가 곰곰이 생각하는 것 같던 르네가 심각한 톤으로 워렌에게 물었다.

"설마 카리나 씨가 그 남자랑 이혼한 이유가 가정 폭력……."

"음. 그건 아닐 거야. 힘 관계는 오히려 반대인 것 같던데."

"네?"

"자세한 건 카리나가 돌아오면 들어."

"어찌 되었든 모두 안전해서 다행입니다."

영문은 몰라도 무사하니 다행이라는 얼굴로 르네가 고개를 끄덕였다.

"그것도 그렇고, 인형을 도난당했다는 말을 들었습니다만."

"뭐라고요?"

르네의 부상을 살피던 헤이젤이 깜짝 놀라 소리쳤다. 외출했던 헤이젤과 르네는 인형이 사라진 사건에 대해 알지 못했다. 르네는 병원에서 뒤늦게나마 분실 소동을 전해 들었지만, 헤이젤에게는 여태껏 그럴 틈이 없었다. 워렌 역시 헤이젤을 찾아다니느라 도둑맞은 인형까지 챙길 여력이 없었던 탓에 '아, 그러고 보니 그것도 있었지'라고 중얼거리며 탄식했다.

"안내하는 직원의 눈을 피해 훔친 모양이야. 전부 보험에 들어 있으니 크게 걱정할 필요는 없어."

"의심 가는 사람은 없으십니까?"

"인형 보러 모인 사람들이 가득했으니 그중 동기가 없는 사람을 찾는 게 더 빠를걸."

"사람이 그렇게 많았는데, 아무도 못 봤을 리가…… 아, 맞다!"

도둑, 도둑에 대해서 워렌에게 설명했어야 했는데. 파티장에서 너무 많은 일이 터지는 바람에 지금까지 말할 기회를 찾지 못했던 헤이젤이 워렌의 팔을 붙잡았다.

"그 남자가 왔었어요. 저택을 습격했던 도둑 말이에요."

"뭐라고?"

"저택에 도둑이 들었어요?"

이번엔 르네가 소리를 질렀다. 그는 왜 이토록 중요한 일을 제게 말하지 않았느냐며 시끄럽게 항의했다. 헤이젤이고 르네고, 흥분한 다람쥐들같이 날뛰는 둘을 가까스로 진정시킨 워렌은 천천히 하나씩 설명하겠다고 달래야 했다.

워렌의 차분한 설명이 끝난 뒤, 헤이젤은 두 사람에게 저택에 도둑이 들었을 때 자신이 보고 들었던 것을 들려주었다. 귀족으로 보이는 젊은 남자와 그 하인으로 보이는 두 명. 하인들의 얼굴은 보지 못했지만 귀족 청년의 얼굴은 확실히 보았다. 말쑥한 정장을 입은 잘생긴 남자가 '다시 돌아오겠다'고 말한 부분에서 워렌은 인상을 구겼다.

"또 온다고? 그것보다 그 남자가 파티에 왔었어?"

"네. 초대받아서 왔다고 했어요."

"초청객 명단을 보면 이름을 알 수 있겠군요."

"아서라고 했어요. 성까지는 듣지 못했지만."

"너한테 이름까지 밝혔어?"

정의로운 의적 놀이를 하는 어린애도 아니고 통성명하는 도둑이라니 어이가 없었다. 워렌이 기가 차다는 얼굴을 하니 눈을 깜박이던 헤이젤이 '그 사람, 워렌도 만났어요'라고 말했다.

"내가 그놈 얼굴을 봤다고?"

"네. 저 데리러 오셨을 때 같이 있던 사람 기억나세요?"

설마. 눈을 크게 뜬 워렌이 헤이젤을 바라보았다. 시비를 거는 건지 사랑을 속삭이는 건지 구분하기 힘든 대화법을 구사하던 젊은 남자. 좋아하는 여자아이를 일부러 괴롭히는 어린애같이 짓궂은 태도로 워렌 흥을 보던 그 남자였다. 그 미끈하게 생긴 청년이 도둑이라는 말에 워렌은 기가 막힌다는 듯 혀를 찼다. 남의 집을 털러 다닐 만큼 환경이 궁핍한 사람으로는 보이지 않았는데, 의외였다.

"그 검은 머리 남자인가. 뻔뻔하게도 잘도 다시 나타났군."

"저택까지 찾아왔었으니 이번에도 그 사람일 가능성이 크지 않겠어요?"

"그런가."

그런 것치고는 인형은 안중에도 없이 헤이젤에게만 관심을 보이는 것 같았는데. 어쩌면 그런 모습이 전부 위장일 수도 있었다.

"그런데 왜 그걸 지금 말했지?"

그를 떠올리고 급격하게 기분이 가라앉은 워렌이 못마땅하게 묻자, 헤이젤이 당황했다.

"말할 틈을 못 찾았어요. 죄송해요. 제가 빨리 알렸다면 도둑 맞을 일은 없었을지도 모르는데."

아서에 대한 이야기가 나와서 괜스레 퉁명스러워진 탓일까, 헤이젤이 안절부절못한 채 미안해했다.

"널 탓하려는 건 아니야."

워렌이 무뚝뚝한 어조로 소녀에게 말했다. 그 남자가 아니더라도 그날 밤 인형을 탐내던 사람은 셀 수 없이 많았다. 워렌에게 다가와 비밀 거래를 요구했던 사람도 여럿이었고 사연을 들려주며 동정심에 호소하던 이들도 있었다. 추측만으로는 범인을 잡을 수 없으니 아무래도 이 건은 경찰에 맡기는 게 가장 빠를 것 같았다.

"난 이만 갤러리에 나가볼까 하는데, 르네. 헤이젤을 집에……"

워렌은 헤이젤이 의식을 차리지 못하는 하루 꼬박 호텔에 붙어 있었다. 마음 같아서는 조금 더 지켜보고 싶었지만 이미 하루를 빼먹은 그로서는 오늘은 무슨 일이 있어도 전시회장에 나가봐야 했다. 르네에게 헤이젤의 귀가를 맡길 생각이던 워렌은 잠시 틈을 들이다 고개를 흔들었다.

"아니. 역시 넌 집에 가서 쉬고 헤이젤은 나와 함께 돌아가는 거로 하지."

"제가 같이 가겠습니다."

"아무리 부상이 크지 않다고 해도 무리하는 건 좋지 않아. 게다가."

그 아서라는 남자가 언제 다시 나타날지 모르는 상황에서 헤이젤을 혼자 집에 두는 게 불안했다.

"아무래도 보안을 강화해야 할 것 같아서."

그 말에 르네가 어쩔 수 없다는 듯 쓰게 웃었다. 도둑이 저택 보안을 뚫고 들어왔다는 말을 들은 이상, 워렌이 걱정하는 바를 이해할 것 같았기 때문이었다.

"알겠습니다. 그럼, 저는 수요일에 다시 찾아뵐게요."

순순히 자리에서 일어난 르네가 인사를 건넸다. 헤이젤의 배웅을 받으며 호텔을 빠져나가던 그는 거리를 걷다 잠시 뒤를 돌아봤다. 인형을 도난당했다는 말을 들었을 때부터 뱃속이 울렁이는 기분이 들었다. 워렌이 말했듯 도둑은 그곳에 모인 이들 중 누구여도 이상하지 않았다. 그러나 불길한 예감은 계속 르네를 괴롭혔다.

"설마."

르네는 증거도 없이 누군가를 의심하면 안 된다고 자신을 타이르며 애써 밀려드는 의혹을 떨치려 고개를 저었다. 자신의 감이 틀렸을 거라 되뇌면서도 어두워지는 표정까지 감출 수는 없었다.

4.

다가오는 발걸음

전시회장에서는 하루 한 번, 정해진 시간에 오토마타 시연회가 열렸다.

파티장에서 반짝 이벤트로 선보이고 끝내려 했던 오토마타 무대는 파티가 끝난 후 돌아간 사람들의 입소문을 타고 엄청난 반응을 불러일으켰다. 그날 파티에 참석하지 못했던 사람들은 이튿날 갤러리로 찾아와 자신에게도 보여달라며 졸라댔다. 거기에 파티에서 본 사람들조차 다시 보고 싶다고 간청하는 바람에 예정에 없던 오토마타 시연은 결국 전시회가 끝날 때까지 하루 한 번씩 재연하는 것으로 결정되었다.

"이것만 끝나면 돌아갈 수 있으니 조금만 기다려."

인형극이 성황리에 끝난 뒤, 무대를 전시회장 뒤로 치우던 워렌이 설명했다. 파티 당일 인형극을 놓쳤던 헤이젤은 관객석 맨 앞자리에 앉아 누구보다 열광적인 반응을 보이며 요정들이 날아다니는 모습을 관람했다.

"세상에. 저렇게 작은데 어떻게 움직이죠?"

"부품을 작은 거로 쓰면 돼."

"그런 뜻이 아닌 거 알면서!"

상상의 세계를 현실로 불러내 신비로운 꿈을 창조한 인형사의 입에서 나온 말이라고는 생각하기 힘든 단조로운 대답이었다. 낭만이 느껴지지 않는다며 헤이젤이 볼을 부풀리자 워렌은 쓸데없는 기대 말라며 입꼬리를 비틀어 올렸다. 대단할 것 없는 이야기를 나누면서도 그는 자신이 그 파티 날, 관객 사이에서 필사적으로 헤이젤을 찾았던 이유가 그녀와 이런 소소하고 덧없는 대화를 나누고 싶어서가 아니었을까 하는 생각을 했다.

'밀어내려면 지금이야.'

마음속에서 누군가가 속삭였다. 이 이상 자리를 내주면 그녀가 떠났을 때 겪게 될 상실감은 그가 감당하기 힘든 크기가 될 거라고 경고했다. 쓰러져 정신이 돌아오지 못하는 헤이젤을 바라보던 그는 언젠가 소녀가 사라질 수도 있다는 사실을 깨닫게 되었다. 불쑥 나타난 것만큼 갑자기, 이유 같은 건 없을 거였다. 어쩌면 작별 인사도 남기지 못한 채 영원한 마지막을 맞이할 수도 있었다.

겁이 난다면 지금이라도 거리를 두면 되지 않겠느냐고 마음속 목소리는 속삭였다. 아마도 이게 네 마지막 기회가 될 거라고.

"아 참, 이거."

헤이젤은 어깨에 멘 작은 가죽 가방에서 무언가를 꺼냈다. 소녀가 워렌에게 내민 것은 귀여운 문양이 프린트된 종이봉투였다.

"이게 뭐지?"

"선물이요."

뜻밖의 말에 봉투를 받아 들고 안을 들여다본 워렌이 눈을 크게 떴다. 청량한 향의 박하사탕이 봉투 가득 담겨 있었다.

"전시회 축하해요, 워렌."

"사탕 가게에 갔다더니……."

워렌은 의외의 물건에 놀랐다. 셋이서 파티를 빠져나갔다는 말만 들었지 자신에게 줄 선물을 골랐을 거라고는 생각지 못했다. 사탕에서 눈을 떼지 못하던 그가 웃음을 터뜨렸다.

"하하……."

눈처럼 새하얀 박하에 밝은 녹색 줄무늬가 입혀진 귀여운 알사탕이었다. 어쩌면 이렇게 저 같은 걸 골랐을까. 봉투에서 한 알을 꺼내 들여다보았다. 비닐을 벗겨 작은 구슬 같기도 한 그걸 손에서 굴려보던 워렌은 그대로 조심스럽게 입에 넣었다.

도록, 알사탕이 이에 부딪치며 청량한 박하 향이 입안을 가득 채웠다. 한동안 온 신경을 집중해 사탕을 맛보던 워렌은 허탈한 듯 중얼거렸다.

"이렇게 내 마지막 기회가 날아가는군."

"네?"

"아냐. 아무것도. 헤이젤."

이름을 부르자 소녀가 고개를 갸웃하며 그를 바라보았다. 그는 몸을 굽혀 소녀의 볼에 입을 맞췄다. 귓가 가까이에 내린 입술이 박하 향을 담은 달콤한 감사의 말을 전했다.

"고마워."

그가 상대의 눈을 응시하며 속삭이자 헤이젤이 활짝 웃었다. 그 미소를 눈이 부신 듯 바라보던 워렌은 이제 되돌릴 수 없게 되었다는 사실을 인정했다. 더는 포기할 수도, 무를 수도 없는 막다른 골목으로 발을 내디딘 그는 깊고 어두운 길 끝에서 불어오는 미풍에 모든 것을 맡기기로 했다. 부디 이 밝은 미소를 다시 잃지 않게 되기를 간절히 기원하면서.

✳

집으로 돌아온 워렌은 경비를 강화한다며 분주하게 움직였다.

"하루 정도는 쉬는 게 좋지 않아요?"

"그 아서라는 도둑이 아직 네 주변을 얼쩡거린다는 걸 안 이상, 미뤄둘 수는 없어."

"그렇긴 하지만……. 그럼 제가 뭐 도울 일은 없을까요?"

"없어. 나중에 차나 한 잔 줘."

"네. 그럴게요."

정장을 벗어 던지고 셔츠 소매를 걷어 올린 워렌은 공구 박스를 챙겨 들고 재빠르게 밖으로 나가 일을 시작했다.

'하마터면 말실수할 뻔했네.'

인형 보안보다 헤이젤의 안전에 더 신경이 쓰여 시작한 공사라는 건 당사자에게 숨기고 싶은 사실이었다. 하트퍼드 저택은 낡고 거대했다. 별관을 제외한 본관만 해도 3층이나 되고 창문도 이백 개가 넘었다. 하나하나 다 돌아보려면 많은 시간이 필요할 거라며 워렌은 작업을 서둘렀다.

집으로 돌아와 짐을 푼 헤이젤은 자신이 머무는 방을 둘러보았다. 원래 그녀가 사용하던 침실과는 비교할 수 없을 만큼 꼭 필요한 물건만 놓인 단순하고 소박한 공간이었다. 베갯보 하나에도 제 이니셜 자수가 화려하게 수놓아져 있던 일상과는 꽤 거리가 멀었지만 이제는 이곳이 자신만의 공간 같다는 생각이 들기 시작했다.

"나 돌아왔어!"

하트퍼드 저택을 다시 보게 되어 진심으로 기뻤다. 이전까지는 남의 집에 잠시 머물다 가는 불청객이라는 생각으로 폐를 끼치지 않기 위해 최대한 조심했다면 저택에 애착을 느끼게 된 지금은 마치 제집처럼 아늑하고 좋게만 느껴졌다. 이런 걸 소속감이라고 하는 걸까. 이곳에서 지낼 수 있게 된 일이 새삼 행운으로 느껴지니 안 하던 청소를 해야겠다는 기특한 생각까지 들기 시작했다. 헤이젤은 장대 빗자루를 옆구리에 끼고 계단을 올랐다.

"저택이 워낙 큰 탓에 지금까지는 평소 사용하는 방들만 정리했는데."

헤이젤은 그동안 안 치우던 방들도 조금씩 정리해야겠다며 평소 들어가 본 적 없는 2층 안쪽의 가장 큰 문을 열어젖혔다.

"우와아."

작은 파티장을 연상시키는 거대한 홀은 가족 초상화들과 골동품들로 가득 차 있었다. 벽에 빼곡하게 걸린 그림들 외에도 벽면마다 차곡차곡 세워둔 수를 셀 수 없는 양의 그림들이 물 빠진 미색 리넨 천으로 덮여 있었다.

"이게 전부 하트퍼드 가문 사람들이구나."

전통과 혈족을 중시하는 선대들은 가족 구성원의 기록을 그림으로 남기고 싶어 했다. 커다란 방을 한가득 채우는 초상화들을 보니 도저히 어디부터 손을 대야 할지 모를 지경이었다.

"이 방 청소는 건너뛰도록 하자……!"

의기양양하게 들어온 지 채 몇 분도 지나지도 않아 패기 있게 청소 포기를 선언한 헤이젤은 빗자루를 문가에 기대놓고 가장 가까운 곳에 놓인 천을 훌쩍 들췄다. 거미줄 쌓인 천이 들썩이자 가라앉은 공기 사이로 뽀얀 먼지가 뭉게구름처럼 일어났다.

"으, 좀 살살 움직일걸."

먼지가 내려앉는 걸 손사래로 치워가며 안에 숨겨져 있는 그림들을 젖혀보았다. 나무틀을 씌운 캔버스 천에 프레임이 걸려 있는 그림들이 대부분이고 비교적 최근 그림으로 보이는 액자에는 유리를 댄 것도 있었다. 풍경화도 있었지만 인물화가 압도적으로 많았다. 대대로 가족 구성원을 그려놓는 전통이 이어진 것으로 보였다.

그림들은 제각각 시기를 알아보기 힘들게 섞여 있었다. 그러나 몇 백 년을 걸쳐 전혀 다른 화법과 색조로 이루어진 초상화들 사이에서도 간혹 닮은 얼굴들이 보여 그들이 가족임을 알 수 있게 했다.

"워렌의 눈매가 깊은 건 유전인가 봐."

헤이젤이 고풍스러운 제복을 입은 중년 남자의 초상화를 바라보며 종알거렸다. 가늘고 긴 칼을 들고 당당한 자세로 서 있는 모습이 군인 출신인 듯싶었다. 머리색이며 얼굴형은 다르지만 깊은 눈이나 날렵한 콧대만큼은 워렌과 많이 닮았다. 워렌에게는 하트퍼드 가문의 피가 진하게 남겨져 있는 것이 틀림없었다.

"머리색은 예전부터 꽤 다양했고, 아, 이 시기는 밀가루를 발라서 온통 흰색이야."

유행에 따라 머리를 다듬은 모양이나 의복만이 아니라 선호하는 자세까지 다른지 꽤 다양한 종류의 초상화가 남아 있었다.

"옷이 전부 화려하네."

어른은 물론이고 아이들 역시, 시대는 달라도 모두 고급스러운 옷을 입고 있었다.

'하긴, 이토록 크고 훌륭한 저택에서 살던 사람들이니 권세 역시 대단했겠지.'

대대로 화려한 삶을 살아오던 하트퍼드 가문의 지난 이야기를 그림으로 전해 듣는 기분이 든 헤이젤은 시간 가는 줄 모르고 빠져들었다.

"헤이젤?"

차 마실 때가 지나도록 나타나지 않는 헤이젤을 찾아 계단을 오른 워렌은 닫아두었던 대형 홀의 문이 활짝 열린 걸 발견하고 다가왔다. 그는 이곳이 저택을 가득 채우던 애물단지 같던 초상화를 전부 몰아넣어 둔 장소라는 걸 떠올렸다. 헤이젤이 대체 이곳에서 무얼 하는지 알 수 없었다.

"뭐 하는 거야?"

"아, 워렌! 저 찾으신 거예요? 설마 차 시간 지났어요?"

만면에 미소를 띤 채 그림을 들여다보던 헤이젤이 깜짝 놀라 그림에서 손을 뗐다. 호기심에 조금 들여다본다는 게 청소는커녕 차 시간마저 넘길 정도로 몰두한 것 같았다.

"미안해요. 지금 당장 차 준비를 할게요."

"아니, 급한 거 없으니까 그렇게 당황하지 않아도 돼."

앞으로 예의 바르고 착하게 살겠다고 결심한 지 얼마나 지났다고 돌아오자마자 이러는지. 허락도 받지 않고 멋대로 들어와 그림 구경을 하다가 차 시간까지 놓쳐서야 결심을 한 의미가 없었다. 그러나 워렌은 개의치 않아 하며 그녀 곁으로 다가와 펼쳐진 그림을 힐끔 들여다보았다.

"하도 많아서 정리도 안 되고, 누가 누군지도 모르겠어."

어딘가에 선대가 작성한 그림 리스트가 있었던 것 같은데, 라고 별 감흥 없는 목소리로 읊조리던 그는 오히려 뭐 재미있는 거라도 있느냐고 되물었다. 그가 초상화의 어느 부분에서 재미를 찾는지 알 수 없었던 헤이젤은 고개를 저었다.

"재미있다기보다는 흥미가 있었어요."

"흥미?"

"워렌 가족들은 어떤 분이실까 하는."

"흐음."

무언가 생각하는 듯 잠시 침묵한 워렌은 옆으로 치워져 있던 리넨 천을 다시 그림 위에 대충 덮고 헤이젤의 손목을 잡았다.

"가자."

"워렌?"

"우리 가족은 여기 없어."

손을 잡힌 채 그가 이끄는 대로 따라간 곳은 복도 끝에 놓인 작은 방이었다. 낡은 책들이 가득 꽂혀 있는 개인 서재였다.

"여기는……."

"기도실이라고 불리는 곳이야. 서재는 따로 있고, 이곳은 하트퍼드 가문 사람 중에서도 남자 주인만 사용이 가능한 개별실이지."

가문의 종주가 일을 처리하는 사무실 같은 역할을 한다고 워렌이 설명했다. 수 세기 전에는 정말 기도를 올리기 위해 만들어져 그 이름이 지금껏 내려왔다고 했다.

"시대에 따라 용도가 바뀐 걸 테지. 가족들 유품은 이쪽으로 옮겨놨어."

마호가니 조각이 고풍스러운 탁자 앞으로 간 워렌은 서랍을 열고 작은 책자를 꺼냈다.

"요즘 굳이 초상화를 그리려는 사람은 없으니까, 앞으로는 가족 앨범이 대신할 거야."

그가 건네준 것은 낡은 사진첩이었다. 화려한 금박 문양이 음각 인쇄된 두꺼운 겉표지를 넘기자 앨범을 가득 채운 흑백 사진이 나타났다. 젊은 부부의 결혼식부터 시작된 사진은 주인공 두 사람을 중심으로 가족이나 친지, 친구들로 보이는 사람들이 함께 등장했다. 꼼꼼하게 한 장 한 장을 넘겨보던 헤이젤이 손을 멈추고 놀라움을 표시했다.

"이 아기가 워렌이에요?"

작은 아기 사진을 짚으며 워렌을 돌아보았다. 엄마 품에 안겨 있는 갓난아기는 지금처럼 메마른 느낌이 없어서인지 워렌과 그리 닮아 보이지 않았다. 아이에게서 현재 모습을 찾기 위해 사진을 뚫어져라 바라보던 헤이젤이 까르르 웃었다.

"이렇게 어린데 미간에 주름이 있어!"

인상을 쓰는 모습은 예나 지금이나 그리 다르지 않다며 눈썹 사이를 손가락으로 펴기 위해 다가오는 장난스러운 손가락을 그가 움켜잡았다.

"행복한 가족이네요."

손가락을 잡힌 채 헤이젤이 워렌의 눈을 바라보며 말했다.

"그냥 평범한 가족이었어."

"그게 가장 행복한 게 아닐까요."

소녀가 활짝 웃었다. 뭐가 그리 심각한지 어릴 때부터 미간에 주름을 잡던 아이는 말수는 적지만 남을 배려할 줄 아는 다정한 소년으로 자랐다. 단란한 가정에서 부모를 통해 많은 것을 배웠다는 걸 짐작할 수 있었다. 앨범은 그가 청소년기에 들어섰을 즈음 끝났다. 이미 키도 어깨도 또래보다 훌쩍 큰 워렌 혼자 찍혀 있는 사진이 마지막 장을 장식했다.

"이때 부모님이 사고로 돌아가셨어. 배를 타고 외국에 나가셨는데 폭풍을 만나 좌초되었지."

"힘들었겠어요."

"학교를 졸업할 때 즈음이라 대학이며 진로 문제로 고민할 때였어. 갑자기 후계자니 상속이니 밀어닥쳐서 슬플 시간도 없었던 것 같아."

"그래서 이곳으로 이사 왔어요?"

"이곳은 성인이 되어 법적인 문제가 다 정리된 후에 왔어. 작위를 받아야 유산이 상속되는 상황이었거든. 혼자 하려니 아는 게 있어야 말이지."

"하트퍼드가 귀족 집안이라는 건 알았지만 워렌에게 작위가 있는 줄은 몰랐어요."

의외의 사실에 헤이젤이 눈을 크게 떴다. 하긴 워렌의 아버지에게 작위가 있었다면 맏아들인 그가 이어받는 게 당연하기는 하지만.

"사촌이라든가 아무도 도와줄 사람이 없었던 거예요?"

"아, 그게……. 작위는 몰라도 후계자가 이 폐가를 물려받고 관리해야 하거든. 손해 보는 일이라 다들 꼬리 말고 도망갔어."

저택을 물려받는 상속세를 충당하기 위해 살던 집과 물건들을 다 처분했지만, 그것만으로는 충분하지 못했다. 결국 어린 나이에 큰 빚을 지게 된 그는 그 후로 사촌들과 연을 끊었다고 설명했다. 한순간에 부모를 잃은 소년에게 이후 나날들은 꽤 험난한 과정이었음이 틀림없었다.

"그래서 혼자구나……."

부모님이 살아 계실 때는 하루가 멀다고 찾아오던 사촌들이며 친구들은 그가 힘들 때 곁에 남아주지 않았다. 사진첩 안에 담겨 있던 이들이 더는 그에게 소중한 사람이 되지 못한다며 담담히 설명하는 모습에 헤이젤은 슬픈 표정을 지었다.

"그런 얼굴 할 거 없어. 부모님 살아 계실 때도 도와달라고 오면 왔지 도움이 되어주는 사람들은 아니었으니까."

"그렇다고 혼자 남는 게 익숙해지는 건 아니잖아요."

"살다 보면 적응돼."

걱정하는 기색을 느꼈는지 워렌이 소녀의 머리를 쓰다듬어 주었다. 오히려 헤이젤을 위로한 그는 이제 정말 아무렇지도 않다고 말했다. 갑자기 혼자가 되었을 때는 당황했던 것도 사실이었다. 그러나 인형을 만들면서는 외로움을 느낄 틈도 없이 내내 바빴다. 해야 할 일도 많았고, 하고 싶은 일도 많았다. 시간은 늘 모자랐다.

앨범을 들고 부엌으로 자리를 옮긴 두 사람은 그 이후로 잠시간 침묵했다. 워렌은 헤이젤이 끓인 차를 홀짝이며 별 감흥 없는 얼굴을 하고 있었다. 그에게는 앨범 속 사촌들의 행방보다 헤이젤이 선물한 사탕이 담긴 유리병이 더 흥미로운 모양이었다. 그는 색색의 사탕이 담긴 병을 이리저리 돌려보며 조용히 차를 마셨다.

'지금은 괜찮은 것 같지만, 무척 힘들었을 거야.'

힘들 때 힘들다는 말을 나눌 상대조차 없었을 워렌을 떠올리니 안타까웠다. 어차피 유령으로 만날 거였다면 그때 미리 만나 위로해 줄 수 있었다면 더 좋았을 거라는 생각이 들어 아쉬웠다. 사진첩을 뒤적이던 소녀는 문득, 이 안에 '올리비아'가 있을지 궁금했다. '신부'와 같은 얼굴을 하고 있다면 분명 알아봤을 텐데. 앨범 첫 장부터 다시 꼼꼼히 등장인물들의 얼굴을 살펴보다가 워렌을 슬쩍 훔쳐보았다.

'올리비아는 어떤 사람이었을까?'

가족 이야기가 나온 지금 물어보는 게 가장 자연스럽다는 걸 알면서도 어째서인지 입이 떨어지지 않았다. 자신이 대체 무얼 망설이는 건지 고민하는 사이, 워렌이 헤이젤에게 물었다.

"……너는."

헤이젤은 퍼뜩 놀라 고개를 들어 워렌을 바라보았다. 그는 고집스럽게 사탕에 시선을 고정한 채 입을 열었다. 기분 탓인지 목소리도 조금 갈라진 것처럼 들렸다. 그 모습이 어쩐지 소녀와 눈을 마주치지 않으려고 애써 노력하는 것같이 어색했다.

"네 가족은 어떤 사람들이었어?"

사진첩을 넘기던 손이 멈췄다. 예상외의 질문에 놀라움을 감추지 못하던 헤이젤은 이해할 수 없다는 얼굴로 멍하니 그를 바라보았다.

"저요?"

내 가족. 어딘가 낯선 단어라고 헤이젤은 생각했다. 분명 그녀에게도 가족이 있었다. 암막 커튼이 내려진 것 같은 어두운 기억 저편에 누군가의 온기가 느껴진다는 건 알아도 애써 그걸 들추고 안을 들여다볼 생각이 들지 않았다. 모르는 채로 그냥 두어야 할 것만 같은 그것.

"저는 아빠랑 같이 살아요."

소녀가 설명하는 시제가 현재형이라는 걸 깨달은 워렌이 시선을 사탕 병에서 헤이젤 쪽으로 옮겼다. 소녀는 어딘가 몽롱한 얼굴로 남아 있는 기억을 헤집었다.

"일이 바쁜 아빠는 집에 계시는 날이 드물어요. 집에 돌아올 때마다 미안하다며 선물을 가득 사다 주시죠. 휴일은 둘이 함께 지냈어요."

"멋진 아버지인가 보군."

"네. 엄마가 돌아가신 후로는 더 다정해지셨어요. 제가 울까 걱정되나 봐요."

"어머니는 돌아가셨어?"

헤이젤은 자신에게 어머니에 대한 기억이 없다는 사실을 깨달았다. 한동안 멍하니 허공을 바라보며 고개를 갸웃거리던 소녀는 '그런가 봐요'라고 작은 소리로 대답했다.

그러다 뒤늦게 파비오의 차에서 떠오른 기억과 마주했다. 흠칫. 그 순간의 공포가 다시 밀려든 헤이젤이 동요를 보이자 당황한 워렌이 손을 잡아주었다. 헤이젤의 시선이 테이블 위에 올려진 손 위로 떨어졌다. 알 수 없는 불안감에 휩싸이던 마음이 조금씩 가라앉는 걸 느끼고 숨을 토했다.

"밤에 사고가 났어요. 빗길에 차가 미끄러져서 언덕에서 굴렀는데……. 차에 불이 붙어서 연기가 가득 차고 숨이 막혔어요. 앞이 보이지 않아서 무서웠어요. 계속 가슴이 답답해지는데 문이 안 열려서……."

거기까지 말한 소녀는 말을 멈추고 바닥을 응시했다. 자신이 파비오의 차 안에서 발작을 일으켰던 때를 기억했다. 가슴이 터질 것 같고 당장에라도 연기에 질식할 것 같은 기분에 미칠 것 같던 그건 아마도, 그 사고를 기억해 낸 장소 역시 좁고 어두운 자동차 안이었기 때문이었을 터였다.

'다시 그 일을 겪고 있다고 착각했어.'

더듬대며 상황을 설명하던 헤이젤이 갑자기 얼어붙어 아무 말도 하지 못하자 워렌이 자리에서 일어났다. 헤이젤은 맞은편에 앉아 있던 그가 제 곁으로 오는 걸 멍하니 바라보고만 있었다. 기억하기를 거부하는 머리는 그가 자신을 안아줄 때까지 가까이 왔다는 사실조차 인식하지 못했다.

"공기가 점점 뜨거워지는데, 나갈 수 없었어……."

"헤이젤."

막아두었던 댐이 터지듯 머리가 빠른 속도로 사고 당시의 기억을 되살렸다. 문을 열기 위해 손잡이를 잡았다가 놀라서 손을 뗐다. 달궈진 문을 잡은 손가락이 타는 듯 뜨거웠다. 드레스 자락을 잡아 손을 보호하면서 억지로 문을 열었다. 힘겨운 사투 끝에 정신없이 차에서 탈출해 뒤를 돌아보니 앞좌석에 앉아 있던 운전사는 핸들 위로 쓰러진 채 움직이지 않았고 차 파편에 다친 어머니역시 미동도 하지 않았다. 헤이젤만이 어둠 속에 홀로 남아 도와달라 소리를 쳤다. 목이 쉴 때까지 도움을 부르던 그녀는 힘을 다해 풀숲에 쓰러졌다.

'어제 있던 일처럼 생생한데 어째서 지금껏 잊고 있었지.'

타는 냄새와 연기가 다시 느껴지는 기분이 들어 몸이 떨려왔다. 의자에 앉아 멍하니 허공을 응시하고 있는 헤이젤 앞에 워렌이 무릎을 꿇고 그녀의 얼굴을 들여다보았다.

"괜찮아. 다 지난 일이야."

덜덜 떠는 소녀를 끌어안아 다독이며 워렌이 속삭였다. 등을 쓸어주며 괜찮다는 말을 반복해 들려주었다. 부드러운 위로에 바짝 곤두섰던 신경이 누그러들었다.

"하지만 이렇게 선명한걸요. 끝난 것 같지 않아요."

"아픔은 곧 무뎌져. 언젠가는 잊히도록 만들어졌거든. 잊지 않으면 도저히 살아갈 수 없는 기억도 있으니까."

셀 수 없이 반복되는 그날 밤의 악몽을 잊고 싶은 나머지 소녀는 제 기억에 빈틈을 만들었다. 잊을 수 없다면 지워 버리면 된다고 생각했다. 그래서인지 가족에 대한 기억이나 제 과거에 대한 기억이 거의 없었다.

"자연스럽게 사라지는 거였다면 애써 잊지 않아도 되는 거였는데."

워렌의 품에 안겨 소녀가 속삭였다. 저요, 제가 어떤 사람이었는지 기억이 안 나요, 라고.

하트퍼드 가족 앨범을 보며 소녀는 제 이야기를 워렌에게 들려줄 수 없다는 게 아쉬웠다. 잊지 않았다면 좋았을 텐데. 그러자 워렌이 대답했다.

"괜찮아. 지금 같이 있으니까."

기억도 추억도, 굳이 과거를 되짚지 않아도 앞으로 만들어 나가면 된다. 그 말에 헤이젤이 눈을 크게 떴다.

"그래. ……그렇구나."

의외의 사실을 깨달은 소녀가 고개를 끄덕였다. 빈 기억이 있다면 새로운 것으로 채워 넣으면 된다. 한결 마음이 편해진 헤이젤이 미소 짓자 워렌이 안고 있던 팔을 풀어 소녀의 손을 다시 잡았다.

"그래서, 어머니는 만났어?"

"네?"

돌아가신 어머니를 다시 만났느냐는 질문에 헤이젤이 놀란 표정을 했다.

"엄마, 다시 볼 수 있어요?"

"글쎄……. 아직 못 뵌 거야?"

그렇구나. 나 엄마를 볼 수 있는 거였구나. 유령이 된 지금이라면 어머니를 만날 수 있을지 모른다는 말에 헤이젤은 전율했다. 그토록 보고 싶었던 사람을 다시 볼 수 있다는 말에 가슴이 설렌다. 왜 지금껏 그 생각을 못 했을까. 가능하다면 당장에라도 만나고 싶었다.

"보면 좋겠다. 엄마가 나 데리러 오면 좋을 텐데."

헤이젤이 행복한 듯 웃었다. 그 말을 들은 워렌은 심장이 철렁 내려앉는 것 같은 기분이 들었다. 괜한 소리를 한 걸까. 저러다 정말 어머니를 찾겠다고 제 품에서 떠나가는 게 아닌가 싶어 뒤늦은 후회가 밀려왔다. 무의식적으로 잡고 있던 손에 힘이 들어갔다. 관절이 하얗게 될 때까지 사정없이 조여오는 손을 바라보며 헤이젤이 고개를 갸웃했다.

"워렌?"

"……그래, 어머니를 뵐 수 있으면 좋겠네."

굳어 갈라지는 목소리로 쥐어짠 대답이 흘러나왔다. 거짓말쟁이. 그는 자신을 비웃었다. 이럴 때조차 솔직하게 가지 말아달라고 매달리지 못하는 자신이 한심했다. 그러나 소녀가 어머니를 포기하고 자신과 함께 있는 걸 선택할 리가 없지 않은가. 진심이 담기지 않은 말을 건넨 그가 한숨을 쉬며 고개를 숙였다. 잠시 후 몸을 일으킨 워렌은 다시 일하러 갈 시간이라며 자리를 떴다. 밖을 향하는 그 뒷모습이 어쩐지 기운 없어 보여 헤이젤은 안타까운 마음이 들었다.

"일이 너무 힘든 모양이야……."

헤이젤은 식료품점 아저씨가 오시면 훈제한 칠면조와 소시지를 주문해야겠다며 식료품 구매 목록에 임의로 추가했다. '이럴 때일

수록 든든하게 먹어야 한댔어!'라고 중얼거리며 앨범을 치운 소녀
는 다시 빗자루를 들고 계단을 힘차게 올랐다.

✳

예상치 않았던 긴 여행의 다음 날, 워렌은 다시 갤러리로 향했
다.

"정말 오늘 또 가야 해요? 쉬는 날이 너무 없어요."

"전시회 끝날 때까지는 매일 나가봐야 해. 가서 한두 시간 있다
가 돌아올 거니까, 전처럼 피곤할 일은 없을 거야."

워렌은 걱정하는 헤이젤의 머리를 쓰다듬고 재킷을 걸쳤다. 현
관문으로 향하던 발걸음이 자연스럽게 창틀에 놓인 사탕 통으로
향했다. 그는 사탕이 담긴 유리병을 집어 들고 이제 일상이 된 외
출 전 사탕 고르기를 시작했다. 큰 덩치에 인상까지 사나운 남자
가 보석 감별하듯 사뭇 진지한 태도로 조심스레 사탕을 고르는
모습에 헤이젤의 웃음이 터졌다. 그러나 워렌은 주변 반응에도
아랑곳하지 않고 심사숙고해 아침에 가져갈 사탕을 선별했다.

더는 전처럼 아무렇게나 한 주먹 움켜쥐고 나가지 않았다. 충
분히 고민한 뒤 마음에 드는 사탕을 골라 든 워렌은 그것을 주머
니에 넣고 집을 나섰다. 큰일을 해치웠다는 양 흐뭇한 표정으로
내려놓는 유리병 안에는 헤이젤이 선물한 박하사탕들이 색색의
구슬처럼 반짝이고 있었다.

정문까지 워렌을 배웅한 소녀는 현관 앞에 쌓인 낙엽들을 치운
뒤 실내로 들어갔다.

"날씨가 좋으니 커튼을 빨아볼까."

이제 여름 커튼을 내리고 두꺼운 커튼을 걸어야 할 시즌이 되어가고 있었다. 헤이젤은 겨울 침구며 물건들이 어디 있는지 찾아봐야겠다고 종종대며 계단을 올랐다.

"오랜만에 들어와 보네."

예전에는 '신부' 인형을 보기 위해 매일같이 붙어살던 화이트 룸이었다. 커튼을 떼러 온 헤이젤이 방을 돌아보며 감회 깊은 얼굴을 했다. 고가의 물건이 많은 방이라 평소 잠가두는데, 오늘은 청소를 위해 워렌에게 열어달라고 부탁했다. 헤이젤은 가장 먼저 창문을 열었다. 환기를 시키고 커튼 봉을 내리기 위해 의자 위에 올라간 소녀는 창문 밑에 누군가가 서 있는 모습에 깜짝 놀랐다.

"이상하다. 오늘은 올 사람이 없는데?"

르네가 오는 날은 내일이고, 식료품 배달도 아직 멀었다. 워렌은 사서함을 사용하는 터라 특별한 경우를 제외하고는 우편물이 오는 일도 거의 없었다. 의아하게 생각한 헤이젤이 창에 매달려 밖을 내다보니 예상외의 인물이 소녀를 향해 반가운 듯 손을 흔들고 있었다.

"당신은……."

"야아, 그렇지 않아도 마음속으로 애타게 부르고 있었는데. 내 열렬한 기도가 통한 모양이야!"

"와, 느끼. 아니, 그것보다도, 도둑이야―!"

"잠깐, 헤이젤. 그건 너무하잖아."

"도둑에게 도둑이라고 외치는 게 뭐가 어때서요! 미쳤어, 이제는 아예 대낮에 오는군요?"

"뭐 훔치러 온 것도 아닌데 도둑이라는 말 좀 그만하면 안 돼?"

도둑을 도둑이라고 부르는데 대체 왜 화를 내는 건지 모르겠다며 헤이젤이 입술을 삐죽거렸다. 훔치러 온 게 아니라는 말을 대체 어떻게 믿느냐고 하자 그는 팔에 안고 있는 커다란 꽃다발을 흔들었다.

"이거 보면 모르겠어?"

"꽃다발?"

"헤이젤 주려고 준비한 거야. 문 좀 열어줘."

"안 돼요. 모르는 사람은 들이지 말랬어요."

"아, 선물까지 가져왔는데 진짜 너무하다. 그럼 나는 들어가지 않을 테니 헤이젤이 밖으로 나와."

그러면 되지 않느냐며 아서가 웃었다. 어딘가 못 미더운 시선을 던지니 그가 다시 손에 든 꽃다발을 흔들며 정말 이게 목적이라고 덧붙였다.

"지금 안 나오면 나올 때까지 매일 계속 찾아올 건데, 귀찮지 않겠어?"

매일 시달리느니 차라리 한 번에 해결하지 않겠느냐는 말로 유혹했다.

"나야 매일같이 와서 헤이젤의 얼굴 보는 것도 나쁘지 않거든. 좋을 대로 선택해."

엄청난 선전포고에 소녀는 입을 딱 벌렸다. 그가 날마다 찾아와 저택을 기웃거리는 걸 보니 지금 나가는 게 훨씬 나을지도 몰랐다. 저러다 워렌과 마주치기라도 한다면 큰 사고가 날 게 분명하다며 그녀는 고개를 끄덕였다. 의심이 채 가시지 않은 표정으로 정원으로 나온 헤이젤을 보며 아서가 인사했다.

"안녕. 오늘도 아름답네."

"무슨 날씨 이야기하는 것처럼 자연스럽네요."

"네가 예쁜 건 오늘 날씨만큼이나 자연스러워서."

"굉장하다……. 정말 왜 온 거예요? 사전 답사라도 하려고?"

"그런 거 아니라니까. 나는 인형보다도 네게 더 관심이 있거든."

"전시회장에서 인형을 훔친 사람이 당신 아니에요?"

"뭐야, 인형 도둑맞았어?"

한두 푼 하는 인형도 아닌데 경비를 뭐 그리 허술하게 하느냐며 아서가 혀를 찼다. 그 모습을 보니 정말 상관없는 사람처럼 보이기도 했다.

"안 받아줄 거야? 이렇게 예쁜데."

그가 헤이젤 앞에서 꽃다발을 흔들었다. 꽃잎 수가 풍성하고 화려한 붉은 장미였다. 의심쩍은 사람이 건네주는 물건이지만 꽃에는 죄가 없다는 말에 동의했다. 소녀가 경계하는 눈초리로 선물을 받아 들고 그에게 물었다.

"이건 대체 왜 가져왔어요?"

"너에게 어울릴 것 같아서 선물하는 거야. 당연하잖아? 헤이젤이랑 친구가 되고 싶어서 왔어. 첫 만남이 극적이기는 했는데 많이 놀라게 했으니 사과도 할 겸."

"……그래도 집에는 초대 못 해요."

꽃잎을 만지작거리던 소녀가 대답하자 아서가 웃었다.

"상관없어. 대신 나랑 잠시 데이트해 줘."

"데이트요? 지금?"

"응. 오늘 만나주지 않으면 내일 또 올 거야."

"그 방법 한 번 먹혔다고 너무 자주 써먹지는 말아주세요."

"정말이야. 나랑 차나 한잔 마셔줘."

"믿을 수 없는 사람이랑은 아무것도 같이 안 먹어요."

"흐음."

아서가 팔짱을 낀 채 헤이젤을 들여다보았다. 무언가 생각하며 힐끔대는 모습에 불안감을 느낀 소녀가 뒷걸음질 치며 물었다.

"뭐, 뭔데요."

"아니. 마음을 허락한 상대와만 식사한다는 거, 꽤 에로틱하다고 생각했어."

"멋대로 발정하지 말아주시겠어요?"

당황한 소녀의 비명에 아서가 웃음을 터뜨렸다.

"놀리려고 그런 게 아니라, 대체 얼마나 친해져야 같이 차 한잔 마셔준다는 말이 나올지 궁금했던 것뿐이야."

아서는 미녀의 허들은 높으면 높을수록 좋다며 싱글벙글 웃었다. 이해할 수 없는 아서의 반응에 꽃다발을 든 채 멍하게 바라보니 그가 작게 헛기침을 한 뒤 입을 열었다.

"지나치게 억지를 부려서는 헤이젤에게 호감을 살 수 없을 것 같으니 아무래도 오늘은 이 정도만 하고 돌아가야 할 것 같은걸. 얼굴 보여줘서 고마웠어. 장미, 마음에 들었으면 좋겠네."

"아, 네. 선물 고맙습니다."

"다음에 만날 때는 산책 정도는 같이 해줘!"

"생각해 볼게요."

작별 인사를 건넨 아서는 미련 없는 발걸음으로 하트퍼드가를 떠났다. 이제는 정말 인형을 훔치는 일에는 흥미를 잃었다는 얼굴이었다.

"정신없고 이상한 사람이네. 그것보다도, 그가 도둑이 아니라면 대체 누구지?"

꽃잎 사이로 얼굴을 묻으며 헤이젤이 혼잣말했다. 그가 하는 말을 전부 다 믿을 수는 없지만, 적어도 이번 분실 사건과 직접적인 관계가 없을 것 같다는 생각이 들었다. 그가 범인이라면 인형이 사라져 자신이 가장 먼저 의심을 살 것이 분명한 시기에 부러 하트퍼드가에 나타나지는 않았을 텐데. 아니, 파티장에서 자신의 이름을 알려준 것만 봐도 훔칠 생각이 없었다고 판단해도 좋을 것 같았다.

"워렌이 오면 경찰 조사가 어떻게 되어가는지 물어봐야겠네."

부엌으로 돌아온 헤이젤은 먼지 가득한 창고 안에서 커다란 청록색 화병을 꺼냈다. 유리로 만들어진 화병이 깨지지 않도록 조심스럽게 먼지를 털어낸 뒤 물을 채우고 장미들을 담았다. 거실에 옮겨두니 삭막한 풍경에 화사함이 더해졌다. 만족스러운 얼굴로 그걸 바라보던 헤이젤은 곧 아서에 대한 일은 전부 잊고 멈췄던 청소를 계속하기 위해 계단을 올랐다.

워렌은 평소보다 일찍 돌아왔다. 전시회 기간 동안에는 오토마타 시연 외에 별로 할 일이 없다더니 정말인 것 같았다. 전시회 도중에 지루해서 몰래 돌아왔다고 했다. 작가 본인의 전시회니 이른 퇴근을 뭐라 할 사람은 아무도 없었다며 뿌듯해한 워렌이지만 카리나의 잔소리만큼은 무서웠는지 그녀가 없을 때를 틈타 귀가한 것 같았다.

"이건 웬 장미야?"

"아!"

그렇구나. 꽃을 잘 보이는 곳에 두면 워렌이 출처를 묻는 거였구나. 아서와 워렌이 마주치지 않아서 다행이라고 여기던 헤이젤은 뒤늦게 제 생각이 짧았다고 후회했다. 거실이 화사해졌다고 좋아한 것도 잠시, 그곳에 화병을 둔 자신을 원망하기 시작했다.

소녀의 얼굴에서 낭패를 읽은 워렌이 재차 같은 질문을 했다.

"누가 왔었어?"

"……아서요."

"누구?"

"그, 저택에 침입했던 사람요."

"뭐라고?"

뭐 훔쳐 간 것도 없고 이제는 훔칠 생각도 없다는 말에 헤이젤은 과감하게 그에게서 도둑이라는 단어를 빼주기로 했다. 절대로 선물을 받아서가 아니라고 부정했지만 워렌은 헤이젤이 보이는 파격적인 대우가 마음에 들지 않았는지 화병을 노려보며 물었다.

"그 남자가 꽃을 들고 왔다고?"

헤이젤이 고개를 끄덕이자 워렌이 기분 나쁜 표정을 감추지 못했다. 파티장까지 찾아오더니 아직도 포기 못 한 건가 싶어 눈을 가늘게 뜨는데 소녀가 그와 있었던 일을 설명했다.

"장미 몇 송이 때문에 마음이 변했어?"

돌변한 그녀의 반응을 꼬집듯 지적하니 헤이젤이 펄쩍 뛰었다.

"어? 그런 뜻이 아니에요. 정말 인형을 훔쳤다면 한동안 이 근처는 얼씬도 안 했을 텐데, 굳이 와서 꽃만 주고 갔거든요."

"그건 그거대로 위험한 거 아닌가."

"그래요? 정말 자기 할 말만 하고 금방 가던데요."

워렌이 없을 때를 골라 살그머니 방문해 꽃다발을 선물하는 모양새에 속셈이 없다고 믿는 게 더 이상한데도 헤이젤은 그가 인형을 훔칠지 아닌지에만 관심을 두었던 모양이었다. 그래놓고도 수상한 사람을 집에 들이지 않았다며 뿌듯해하는 통에 워렌의 실소가 터졌다.

"도난 사건 범인은 잡을 수 있을 것 같아요?"

"경찰이 왔다 가기는 했는데, 행사 날 초대객이 워낙 많았던 터
라……."

"그렇구나. 의심 가는 사람은 없고요?"

"한둘이 아니야. 그 아서라는 남자도 믿을 수 없으니까 조심해."

워렌은 진지한 얼굴로 고개를 끄덕이는 소녀를 보며 감언이설
로 꼬신다 해도 따라가지 말라는 아주 기초적인 설명까지 해야
하나 말아야 하나를 고민했다.

※

도난 사건은 미궁에 빠졌다. 도둑맞은 시점에서 찾지 못할 거
라는 사실을 깨달은 워렌은 일찌감치 포기하고 보험 회사에 연락
을 넣는 것으로 마음의 정리를 마쳤다. 늦었지만 유리 진열장도
주문했다. 전시회 마지막 며칠만이라도 진열장에 넣어 추가 도난
을 방지하려는 용도였다.

"처음 하는 전시회다 보니 준비가 미흡한 부분이 많았어."

"동감이야."

"다음번에는 더 완벽하게 할 수 있을 거야."

"두 번 다시 안 해."

"경매 성공하면 그 소리 쏙 들어갈걸."

카리나와 워렌은 지치지도 않고 매일같이 같은 말을 반복했다.
그날 역시 아침 인사처럼 티격태격하고 있는데 문제의 고객이 들
이닥쳤다.

"안녕하십니까."

"잉그리드 씨, 안녕하세요."

파티에서 인형을 팔아달라 조르던 신사는 그 후에도 매일같이 전시장에 들러 하나만 미리 팔아달라며 졸랐다.

"매일같이 와주시는 건 감사한데 예외는 있을 수 없습니다."

"저리 많은데 한 체 정도는 먼저 파셔도 되지 않습니까. 그게 안 된다면 신작 예약이라도 좀 받아주세요."

"하트퍼드 쇼룸 방문 일정은 이미 올해 말까지 다 차 있는 상태여서요. 빨라도 내년 3월경에야 사실 수 있을 거예요."

"앞으로 5개월이라니 너무 오래 기다려야 하지 않습니까. 그러지 말고 부디 선처 좀 해주십시오. 어떻게 안 되겠습니까?"

"가장 빨리 주문하실 기회가 이번 경매랍니다. 그때 구매하시는 건 어떠세요?"

"그 시기에 제가 출장을 갑니다. 대리인에게 한도액을 불러놓고 가는 건 영 불안해서 말이지요."

실랑이가 잦아들 생각을 하지 않자 곁에서 듣고 있던 워렌도 지치기 시작했다. 대체 어떤 인형을 원하길래 저러나 싶어 침묵하던 그가 대화에 끼어들었다.

"잉그리드 씨. 어떤 인형을 원하시는 건가요?"

"아무거나 다 좋습니다."

"아무거나? 딱히 원하는 인형도 없으셨다고요?"

이 정도의 열성이라면 어떤 하나에 꽂혀서 조르는 것일 거라 생각하던 워렌은 예상외의 대답에 신사를 다시 봤다. 마음에 든 인형도 없는데 이렇게 열심히 방문한다는 건 역시 요행을 바라는 투자 목적이 아닐까 싶어 눈썹이 찌푸려졌다. 카리나도 비슷한 생각을 했는지 탐탁지 않은 눈길로 신사를 보았다. 사업가들은 이래서 불편했다.

"아무거나 상관없으시다면 다른 상표의 인형을 사셔도……."

"아니, 꼭 하트퍼드 인형을 사고 싶습니다. 제가 실수로 딸 인형을 망가뜨렸는데 이곳 인형이랑 얼굴이 비슷하거든요."

비스크 돌은 얼굴 형태가 전부 비슷비슷한 편이다. 남자의 설명이 그다지 신통치 않은 걸 확인한 워렌은 이미 관심을 잃은 듯 고개를 돌렸다. 그 반응을 지켜본 카리나가 재빨리 예의 바른 거절을 건넸다.

"저희도 어떻게 도와드리고는 싶지만, 형평상 이번 경매 아니면 내년 3월 방문이 최선일 것 같습니다. 따로 구매를 원하시는 분들이 워낙 많으셔서요. 원하신다면 일단 3월 방문 리스트에 이름을 올려두겠습니다."

"이렇게 매일같이 찾아오는데 정말 너무하는군요. 그럼, 3월 명단에라도 넣어주시오."

"네. 이리 오셔서 주소를 적어주시면 저희가 1월에 안내문을 발송해 드리겠습니다."

주소를 적어 건넨 신사는 돌아가기 전에 한 번 더 어떻게 안 되겠냐는 간청을 해보려 워렌을 찾았다. 그러나 워렌은 이미 갤러리에서 도망친 후였다. 거북한 손님을 피해 탈출한 그는 이놈이고 저놈이고 지긋지긋하다며 두 번 다시 전시회를 하지 않겠다는 결심을 굳히는 중이었다.

잉그리드라는 이름의 신사는 참 끈질기게 달라붙었다. 처음에는 남몰래 인형을 모으는 취미가 있거나 묘한 페티쉬가 있는 신사인가 싶었으나 이야기를 들어볼수록 그 이유란 것이 허술했다. 그는 인형에 대해 아는 것도 없었고, 딱히 원하는 인형이 있는 눈치도 아니었다. '아무거나'. 일반적으로 컬렉터도 아닌 사람이 아무거나 하나 팔라고 공을 들이는 경우는 투자 목적 외에 달리 없었다.

"혹시 전시장에서 인형 훔친 것도 저 남자 아니야?"

이유도 없이 집착을 보이는 모양새가 정상이 아니었다. 저 남자라면 사람을 시켜 인형을 미리 빼돌렸다고 해도 믿을 수 있을 거라고 카리나가 중얼거리던 말이 뇌리를 스쳐 지나갔다. 파티장에서 하도 이상한 사람들이 많이 몰려들었던 탓에 그가 범인이라 단정 지을 수는 없었지만 의심이 가는 건 어쩔 수 없었다.

"이곳인가."

르네가 소개했다는 사탕 가게 앞에서 걸음을 멈춘 워렌이 안을 들여다보며 중얼거렸다. 아주 예쁘고 사랑스러운 가게라고 헤이젤이 극찬한 그곳은 그녀가 설명한 대로 전시회장에서 그리 멀지 않은 곳에 자리해 있었다. 지나치게 경쾌한 색을 사용한 귀여운 외관에 눈살을 찌푸리던 그는 결국 어쩔 수 없다는 듯 가게 안으로 발을 내디뎠다. 달콤한 사탕과 젤리의 향이 한데 섞여 탁한 단내를 담고 있는 사탕 가게 특유의 공기에 그가 잠시 숨을 멈췄다.

점원이 건네주는 작은 봉투에 이것저것 내키는 대로 사탕을 담던 그는 박하사탕이 담긴 사탕 병 앞에 서서 한동안 그걸 바라보았다. 워렌이 망설이고 있다고 생각했는지 점원이 곁으로 다가와 설명을 시작했다.

"저희 가게 인기 상품이랍니다. 다른 상표의 민트보다 향도 뛰어나고 녹을 때 덜 물러서 다 먹을 때까지 식감도 아주 좋고요. 아이들만 아니라 어른에게도 인기가 좋은 제품이에요."

멍하니 그 설명을 듣던 워렌은 박하사탕으로 향하던 손을 멈추고 다시 병을 응시했다. 그리고는 입을 열었다.

"박하는 됐습니다."

이 많은 사탕 중에서 제게 박하를 골라준 소녀를 떠올렸다. 굳이 같은 걸 자신이 살 필요는 없다고 생각되었다. 젤리와 초콜릿, 풍선껌을 제외한 거의 모든 종류의 사탕 전부를 덜어 담으면서도 민트만은 절대 건드리지 않는 워렌에게 점원은 기묘하다는 시선을 던졌다. 그러나 그녀는 곧 그가 박하 향을 싫어하는 걸지도 모른다며 어쩔 수 없다는 듯 물러났다. 어찌나 많이 골랐는지 건네받은 작은 봉투로는 사탕을 도저히 다 담을 수 없던 워렌은 결국 커다란 상자에 가득 채워 가게를 나왔다.

✹

르네는 하트퍼드가로 출근하지 않는 날 대부분을 르클레어 공방에서 보냈다.

워렌의 작품과 달리 백화점과 장난감 가게에 납품이 들어가는 르클레어 공방은 대량생산을 기본으로 하는 곳이었다. 인형 제작역시 철저히 분업화되어 있어 각자의 자리에서 담당 분야를 작업하도록 공간이 배분되었는데, 일의 효율을 위해 중요한 작업순으로 자리가 배치되어 있었다. 당연하다면 당연하게도, 인형을 다루지 못하는 르네의 자리는 작업장 한쪽 끝 외진 곳으로 밀려났다.

인형 제작에 참여하지 못하는 르네였지만 손재주가 남달라 작은 소품들을 잘 만들었다. 상점의 유리 진열장 안에 들어갈 전시용 소품들과 가구를 만드는 건 거의 그의 몫이었다. 보통 미니어처 가구는 기본이 1/12로, 르클레어 인형이나 다른 비스크 인형이 사용하기에는 턱없이 크기가 작았다. 그래서 다른 비스크 돌 회사에서는 소품 없이 인형 위주로 판매하는 데 비해 르클레어 인형은 자회사 인형들 크기에 맞는 소품이며 가구를 생산하는 차별성을 둔 것으로도 유명했다.

르네는 미니어처 가구의 비율을 조절하는 일에 능숙했다. 그는 실물을 인형 크기로 작게 줄인 것 같은 가구를 주로 만들었는데, 이 물건들은 한정품으로 꽤 비싼 가격에 팔리고는 했다. 그는 지금 인형들이 사용할 아주 작은 찻잔과 티포트를 만들어 그 안에 그림을 그려 넣는 작업을 며칠째 이어가는 중이었다.

"야, 르네!"

"네?"

갑작스러운 호출에 붓을 내려놓고 뒤를 돌아본 르네는 무언가가 제게 날아오는 걸 보고 엉겁결에 그걸 두 손으로 받았다. 자세히 보니 그에게 던져진 것은 아직 채색이 들어가지 않은 인형의 머리 부분이었다.

"폴? 무슨 일이세요?"

이걸 대체 어쩌라는 거지, 라는 얼굴로 멀뚱거리며 그를 부른 사람을 바라보았다. 폴이라고 불린 사내는 르네의 그런 반응이 예상외라는 듯 입술을 비틀더니 재미없다는 표정을 지었다.

"……너 간이 커졌다?"

"예?"

"예전 같으면 놀라서 앞에 놓인 물감을 전부 엎었을 텐데."

"아…… 예?"

르네는 그제야 제 손에 들린 물건이 민머리라는 사실을 깨달았다. 뒤늦게 흠칫 놀란 르네는 그 물건을 작업 책상 저 멀리 보이지 않는 곳에 치우고 머쓱하게 웃었다. 뒤늦게 폴이 자신에게 다가온 이유를 이해했다.

"아, 하하하."

"뭐야, 재미없어."

나른한 오후, 점심을 마친 폴과 아이슬리는 졸음도 쫓을 겸 르네를 골탕 먹이려 했던 듯싶었다. 그러나 르네의 반응이 기대만큼 신통치 않자 실망한 그들은 흥미를 잃고 투덜대며 다른 곳으로 몰려갔다.

"퇴근하고 한잔하러 가자."

르네를 포기한 그들은 유약을 바르는 조에게 말을 건넸다.

"월급 전이잖아. 지금은 좀 힘들어."

"아이고, 쪼잔하긴. 내가 낼 테니 가자."

"정말? 너 요즘 씀씀이가 좋은데. 뭐야, 그 술집 여자에게 잘 보이려고 아직도 애쓰냐?"

"그딴 년, 이제 관심 없어. 훨씬 예쁜 여자를 보고 나니 그건 얼굴 축에도 못 들더라."

"차인 건 아니고?"

낄낄거리며 폴을 놀리던 조는 '네가 쏘는 거다?'를 몇 번이나 확인했다.

"푼돈 한두 푼 가지고 뭘 그래. 걱정하지 말고 가자."

"진짜지? 야, 너 정말 무슨 일 있었어? 경마장 다녀왔다더니 대박 쳤어?"

"시끄러워, 새끼야. 의심은 더럽게 많아서. 그럴 거면 관두든가."

"신기해서 그러지. 간다, 가. 사준다는데 빼는 사람이 병신이지."

왁자지껄 떠드는 소리가 꽤 멀리 떨어진 르네의 자리까지 들렸다. 듣고 싶지 않아도 귀에 들어오는 그들의 큰 목소리에 르네가 걱정스러운 표정을 지었다. 월급을 받으면 며칠 내로 탕진하고 다른 사람들에게 술을 사달라고 조르던 그들이 최근 돈을 물 쓰듯 사용하고 있었다. 술과 도박을 좋아하는 폴과 아이슬리다. 물론 조 말대로 그들이 도박에서 한바탕 땄을 가능성도 있었다.

'만일 그게 아니라면.'

무언가 위험한 일을 벌인 건 아닐까. 어쩐지 좋지 않은 예감이 들었다.

❋

조용한 평일 오전, 하트퍼드가를 찾은 사람이 있었다.

탕탕탕탕—!

"계십니까, 헤이젤?"

안 쓰던 찬장 속 그릇들을 전부 꺼내 청소하는 김에 용도와 크기별로 분류하던 헤이젤은 갑작스러운 소란에 놀라 현관으로 뛰어갔다. 워렌도 아니고 저를 찾는 사람이 하트퍼드 저택을 방문하는 일은 이전에 없던 일이었다.

"누구세…… 세상에."

문을 연 헤이젤은 방문객을 확인하고는 입을 딱 벌렸다. 도어노커까지 요란하게 두들기며 등장한 사람은 아서였다. 맵시 있는 진한 갈색의 정장을 입은 미청년이 햇빛을 후광처럼 등지고 화려하게 웃으며 소녀에게 인사를 건넸다.

"안녕, 오랜만이야. 날씨가 좋아서 같이 산책하러 가자고 찾아왔어."

"오랜만이라니……. 우리 어제도 보지 않았어요?"

"그랬던가? 널 보지 못한 시간이 너무 고통스러운 나머지 밤에도 잠이 안 오던데."

헤이젤은 아마도 그건 제 탓이 아니라 낮에 아가씨들이랑 찻집에서 노닥이다 지나치게 많은 양의 카페인을 들이켠 탓이지 않겠냐는 생각을 했다. 그녀는 일상을 핑크빛으로 녹여 표현하는 데도가 튼 남자를 바라보며 퉁명스럽게 물었다.

"……그런 닭살 돋는 건 어디서 따로 교육받아요?"

"무슨 소리야? 감히 누가 나를 양성할 수 있다고."

"하긴, 그도 그렇겠다."

"크게 양보해서 근처 마을까지만 다녀오는 거로 용서해 줄게."

"누가 언제 같이 나간대요?"

"안 가면 내일 또 올 건데?"

아서는 매력적인 눈웃음을 치며 소녀에게 나올 것을 권했다. 네가 원하지 않는 이상 들어가서 차 한잔 달라는 소리는 않을 테니 대신 곁을 달라 했다.

"난 헤이젤과 함께 있을 수 있으면 이렇게 종일 현관에 있어도 상관없어."

"아, 진짜! 저는 상관있다고요. 오후에 손님이 오기로 했는데!"

"그 손님 오기 전에 데려다줄게. 잠깐. 남자가 오는 건 아니지? 헤이젤이 그 사람이랑 같이 차를 마신다면 나는 질투에 불타 재가 될지도 몰라."

"굳이 기다릴 필요 없으니까 될 거면 지금 당장 재가 되어주세요."

"무슨 소리를 그렇게 해, 진심도 아니면서. 자, 아직 볕이 뜨거우니 모자를 쓰고 오시지요, 내 아가씨."

자기 하고 싶은 말만 하는 아서를 흘겨보던 헤이젤은 정말 이러다 워렌이나 르네가 올 때까지 그가 가지 않을 것 같아 두려웠다. 아닌 게 아니라 그는 현관 난간에 걸터앉아 편하게 자리를 잡은 참이었다. 그를 빨리 돌려보내야겠다고 생각한 헤이젤은 재빨리 모자를 들고 뛰어나왔다.

"아, 산책을 그리 기다리고 있었는지는 몰랐어. 자, 내 품에 뛰어와 안겨도 좋아."

"산책보다는 의사를 만나는 게 좋겠어요. 병원으로 가죠."

팔을 펼치며 제 품으로 뛰어 들어와 달라고 조르던 남자는 큰 소리로 웃으며 자리에서 일어났다. 하트퍼드 저택에서 근처 마을까지는 도보로 약 삼십 분 정도의 거리였다. 아서는 헤이젤에게 궁금한 것이 많았다. 이것저것 물어와도 제대로 된 대답을 돌려줄 수 없던 소녀는 반대로 그에게 세상 돌아가는 이야기를 들었다.

"반대야."

"네?"

"보통은 아가씨들이 떠들고 내가 들어주는 쪽이었는데, 헤이젤과 있으면 수다쟁이가 되어버리는군."

"그런 건 싫어요? 당신 목소리가 근사해서 듣기 좋은데."

"……아. 그거야말로, 유혹하는 거로 들리는군. 지금 내 심장 뛰는 소리 느껴져?"

"유혹 아니니까 염려 놓으세요."

딱 잘라 대답하는 헤이젤을 보며 아서가 웃었다. 마을에 도착한 그들은 주변을 구경하며 천천히 돌아다녔다.

"작은 마을이라 볼 게 별로 없네."

"그래요? 그래도 전 즐거워요."

"그대가 마음에 들어 해서 다행이야."

고급 상점과 북적이는 번화가를 선호하는 아서에게는 눈에 차지 않는 시골 마을일 테지만, 외출 자체가 극히 적은 헤이젤은 갑작스러운 산책을 내심 반기는 중이었다. 길을 걷던 아서는 멀리서 무언가를 발견하고 그쪽으로 소녀를 이끌었다.

"이거 어때?"

그가 가리킨 것은 작은 잡화점 안에 진열된 하얀 양산이었다.

"예뻐요. 왜요?"

"마음에 들어?"

예쁘다는 말에 입꼬리를 올린 아서가 가게에 들어가 양산을 샀다. 손잡이에 붉은 리본을 묶어 나온 그는 어리둥절한 얼굴로 서 있는 헤이젤에게 양산을 내밀었다.

"자, 선물."

"……제게 주는 거예요?"

"지금 내 곁에 너 말고 더 있어?"

헤이젤은 얼떨결에 양산을 받아 들었다가 곧 정신을 차린 듯 고개를 흔들며 그에게 다시 돌려줬다.

"안 돼요. 어제도 선물을 받는데, 이런 거 받아 돌아가면 워렌에게 혼나요."

아서가 준 장미를 바라보던 워렌의 험악한 얼굴이 떠올랐다. 꽃 외에 다른 선물을 또 받았다가는 그가 크게 화를 낼 것 같았다.

"말이 나왔으니 말인데, 헤이젤은 그 하트퍼드라는 남자랑 사귀는 사이야?"

"네? 워렌이랑? 그런 거 아니에요."

"그 남자랑 동거하면서 사귀지는 않는다고?"

"도, 동거 같은 거 아니거든요! 워렌이 선의를 베풀어 제게 잠시 머물 곳을 준 것뿐이에요."

"정말이지? 그럼 내 선물 못 받을 것도 없잖아. 연인도 아닌데 그런 거 참견할 만큼 속 좁은 남자가 아니라면."

"워렌 속 안 좁아요!"

"그럼 받아도 되잖아?"

자신이 원하는 대답으로 헤이젤을 몰아넣은 아서가 다시 화사하게 웃었다. 이 남자는 대체 저 세 치 혀에 뭘 발라놓은 걸까. 말로는 이길 수 없다는 걸 깨달은 소녀가 결국 양산을 받아 들었다. 은은한 광택이 있는 하얀 원단에 같은 색 비단실로 화려하게 꽃자수가 놓인, 한눈에 봐도 고급품이라는 걸 알 수 있는 물건이었다. 가을이라고 해도 한낮에는 볕이 꽤 따가운 편이다. 모자만 쓰고 산책을 나온 헤이젤에게 양산이 없다는 걸 꿰뚫은 모양이었다.

"보석을 사준 것도 아니고, 양산 하나 가지고 그런 미안한 얼굴 할 거 없어. 선물 받았을 때는 기쁜 얼굴을 해야 한다고 가르쳐준 사람 없어?"

"아하하……."

선물에 너무 기뻐 날뛰다가 잠들어 있던 워렌을 덮친 적 있는 헤이젤은 아서의 말에 기억 저편으로 밀어두었던 추태가 떠올라 부끄럽게 웃었다.

"고마워요. 잘 쓸게요."

아서에게 워렌과 같은 반응을 보일 생각은 없었다. 헤이젤은 그가 양산이 아니라 값비싼 보석을 선물한다 해도 워렌에게 느끼는 감정과 같은 것이 느껴지지 않을 거라는 걸 깨닫고 고개를 갸웃했다.

'생각해 보니 이상하네.'

워렌에게는 아버지가 선물을 주셨을 때와 같은 반응을 보였다. 선물을 받아 기쁜 마음에 달려들고 솔직하게 감사를 표현했다. 그때는 그게 맞는 행동 같았고 거리낌 없이 애정을 표현하는 데 망설임이 없었는데 지금은 대체 뭐가 다른 걸까. 같은 선물을 받고 마음을 써주었는데도 아서에게는 그럴 생각이 들지 않았다. 헤이젤은 양산을 손에 쥐고 물끄러미 그를 올려다보았다. 첫인상처럼 나쁘기만 한 사람은 아닌 것 같지만, 그래도 그는 제게 워렌과 같은 존재가 되지 못한다는 것을 깨달았다. 아니면 그 반대이거나.

'워렌이 특별한 걸까?'

그의 인형 안에 들어와 그가 베풀어주는 환경에서 사는 만큼 워렌이 그녀 일상 중 큰 비중을 차지하는 건 알았다. 감사하는 마음에 그를 따르고 좋아하는 줄 알았는데, 만일 그게 아니었다면? 생각지도 않았던 깨달음에 헤이젤은 잠시 말을 잃고 생각을 정리하기에 바빴다. 아서는 양산을 만지작거리며 생각에 잠긴 헤이젤이 아직도 쑥스러워한다고 생각했는지, 얼른 써보라고 재촉했다. 그 말에 정신을 되찾은 소녀가 서둘러 양산을 펼쳤다. 작은 프릴 레이스가 모서리를 장식한 귀여운 양산이었다.

"잘 어울리네."

"고마워요."

"인사는 한 번이면 충분해."

양산을 쓴 소녀의 모습을 들여다보며 그가 대답했다. 마음에 들어 하는 것 같아 다행이라고 말해주고 레이스의 접힌 부분을 손으로 만져 주었다. 그때, 그들 곁으로 검은 자동차 한 대가 지나가다 요란한 소리와 함께 먼지를 일으키며 멈춰 섰다.

"어이, 아서. 의외의 장소에서 만나는군."

"파비오?"

내려진 유리창으로 보인 얼굴은 헤이젤과도 안면이 있는 파비오였다. 그는 양산을 기울이고 있는 헤이젤의 얼굴은 미처 보지 못한 듯, 아서에게 시선을 집중한 채 인사를 건넸다.

"이런 촌구석에서 뭘 하는 거야. 오늘 꽤 큰 사교 파티가 있지 않았나?"

"안 갔습니다."

"의외네. 아- 그런가. 이거 미안하게 되었네. 데이트를 방해했나 보군."

아서 곁에 아가씨가 함께 있다는 걸 깨달은 파비오가 능글맞은 미소를 지었다. 아무래도 그는 아서에 대해 아는 것이 꽤 많은 듯싶었다. 대체 어떤 미녀와 함께이길래 그 큰 파티도 마다하나 호기심이 일었던 파비오는 양산 속 아가씨의 얼굴을 확인했다. 헤이젤과 시선을 마주친 그가 무심결에 비명을 질렀다.

"야, 너 안 죽었냐!"

"실례잖아요!"

"실례고 뭐고 말이 안 되니까 하는 말이지!"

외마디 비명으로 시작한 두 사람의 대화가 심상치 않자 당황한 아서가 둘 사이에 끼어들었다.

"둘이 아는 사이입니까?"

"당연하지!"

"아뇨, 모르는 사람이에요!"

"이게 진짜! 너, 거짓말할 걸 해라!"

"파비오, 헤이젤을 알고 있습니까?"

"알고 있다마다. 으아- 네 얼굴 보니까 생각났어. 시킨 거 잊은 줄 알면 마누라가 죽이려고 들 텐데. 완벽하게 까먹고 있었네."

"뭘요?"

"아무것도 아냐. 이런, 서둘러야겠는데. 아서, 자극이 필요하면 언제든 또 찾아오라고."

"한동안은 됐습니다."

힐긋 제 옆의 헤이젤에게 시선을 던진 아서가 거절했다. 그 모습을 본 파비오가 실실 웃으며 말했다.

"당장 오라는 뜻이 아니니까 알아서 해. 그건 그렇고 너."

"뭐, 뭐예요."

"너 어디서 나랑 만난 적 없어?"

"······지금껏 아는 체 해놓고 인제 와서?"

"아니 그때 말고 훨씬 전에 말이야. 얼굴이 낯이 익어서."

"이렇게 아름다운 아가씨면 한 번 보고 잊기 어려울 텐데요, 파비오."

아서가 웃으며 말을 건네자 파비오가 점점 더 답답하다는 얼굴을 했다.

"그게 이상하다는 말이야. 저렇게 눈에 띄는 얼굴을 잘 기억하지 못한다는 게 이상해. 그것보다는 뭐랄까, 조금 다른 인상이었다고 해야 하나? 설명을 잘 못 하겠지만."

"······설마 올리비아를 알아요?"

"올리······ 뭐?"

"······아무것도 아니에요."

어딘가에서 본 적 있는 얼굴이라는 말에 헤이젤은 문득, 그가 올리비아의 지인이 아닌지 물었지만 파비오는 그 이름을 모르는 눈치였다. 혹시 그녀를 아는 사람을 만날 수 있을까 기대하던 헤이젤은 시무룩하게 고개를 떨궜다.

"······애가 엉뚱한 데가 있단 말이야. 이사벨이 이상한 거 배우면 안 되는데, 걱정되네."

이사벨 인생에 가장 큰 악영향을 끼칠 것만 같은 사람이 친구는 가려 사귀어야 한다는 말을 남기고 두 사람 곁을 떠났다. 그는 카리나가 남겨줬다는 '숙제'라는 걸 해결해야 한다고 서두르는 통에 헤이젤이 한 말에 그리 의미를 두지 않는 듯싶었다.

"그럼, 갈까."

"어디를요?"

"······집에 데려다주려고 했는데, 그런 기대하는 눈빛을 던지면 마음이 약해지잖아. 나와 헤어지기 싫구나?"

"아뇨. 집에 가고 싶어요. 지금 당장, 무척."

"하핫."

놀리는 말에 정색하자 아서가 그럴 줄 알았다는 듯 웃었다. 손님이 온다는 말을 들어서 처음부터 오래 붙들 생각은 없었다고 했다.

"그래도 헤이젤이 아쉬워해 줘서 기쁜데."

"그런 적 없어요."

"수줍어하긴. 알았어. 그런 거로 해줄게."

말을 할 때마다 어쩐지 그의 페이스에 휘말린다는 기분이 들어 헤이젤은 난처했다. 그래도 다행히 아서는 밉살맞은 말을 하면서도 순순히 그녀가 원하는 대로 집에 데려다주었다.

"다음 주에 나와 공연 보러 가자. 뭘 좋아하지? 연극? 오페라?"

"……그런 곳은 부담스러워요."

"차도 같이 안 마셔줘, 선물도 부담스러워, 정말 까다로운 아가씨야. 그럼 뱃놀이는 어때?"

"뱃놀이요?"

"그래. 근처에 커다란 호수가 있는 걸 봤어. 보트를 빌려서 배를 타는 거지. 그건 괜찮지 않아? 들어가는 거라고는 노 젓는 데 필요한 내 노동 정도?"

"그거면 괜찮을지도요."

가을 날씨가 정말 좋은 요즈음은 뱃놀이하기 좋은 시기였다. 배를 타고 한적하게 책이라도 읽는 거라면 거절할 이유가 없다고 생각한 헤이젤이 고개를 끄덕이자 그 모습을 본 아서가 눈을 가늘게 뜨고 웃었다.

"흐음-"

"왜 또 그런 표정이에요?"

"우리 아가씨 취향을 파악하기 힘들어서 말이지. 인적 드문 으슥한 곳에서 나쁜 짓이라도 하고 싶은 건가?"

"누가, 아니 대체 무슨 나쁜 짓이요?"

"알면서, 또 그런다."

"아-! 뱃놀이 취소!"

"하하. 농담이야."

"눈빛이 전혀 농담으로 안 보였거든요!"

"정말이야. 난 강제로 덮치는 취미는 없으니 안심해도 좋아. 그럼 뱃놀이 결정이야. 다음 주에 준비해서 올게."

"준비는 뭘……. 그냥 배 타면 되는 거 아니었어요?"

"그래. 그거야. 배 빌려올게. 오늘 즐거웠어, 또 봐!"

대체 어떤 배를 빌려오려고 저런 소리를 하는지 두려운 생각이 들었다. 아서라면 어쩐지 자신의 상식에서 벗어난 뱃놀이를 준비할 것 같아 헤이젤은 괜히 허락했나 싶어졌다.

그러나 지금은 그 고민보다도 르네가 오기 전에 빨리 집에 들어가 정리하던 그릇들을 치워야 했다. 현관문을 열고 저택 안으로 들어온 헤이젤은 자신의 방에 모자와 양산을 걸어두려 종종걸음을 옮겼다.

오후 차 시간쯤 워렌이 큼직한 상자를 들고 하트퍼드 저택으로 돌아왔다.

"워렌! 일찍 오셨네요."

어떻게 알았는지 헤이젤은 그가 미처 도착하기도 전에 현관 밖으로 뛰어나와 이른 귀가를 반겨주었다. 정원 자갈을 밟는 발소리에 누가 오는지를 알았다며 활짝 웃는 그녀를 보자 피식 흘러나오는 웃음과 속없이 풀어지려는 제 얼굴이 당황스러워 그는 짐짓 아무렇지도 않은 척 헛기침을 하며 대답했다.

"음. 오늘은 오후에 경매가 있거든. 미리 도망 나왔어."

"벌써 전시회 마지막 날이네요. 경매 결과를 확인하지 않아도 괜찮아요?"

"내가 있으면 더 난장판이 될 것 같더라고. 나중에 추려서 들으면 돼."

전시회 기간 내내 사람들은 워렌이 갤러리에 나온 시간을 어떻게든 알아내 다양한 방법으로 그와 마주치려 들었다. 용건은 전부 같았다. 인형 양도에 대해 조르는 것. 어떻게든 확실하게 인형을 손에 넣고 싶은 사람들의 암투가 매일같이 벌어졌다. 이 상황에서 경매 때 낙찰받지 못한 사람들이 워렌에게 하소연하러 몰려들 것을 우려한 카리나가 '하해와 같은 너른 마음으로' 조기 퇴근을 허락해 주었다고 했다.

이제 모든 일이 제 손을 떠났다고 선언한 워렌은 창가에 둔 사탕 병을 들고 돌아왔다.

"그게 전부 사탕이에요?"

워렌이 상점에서 산 상자를 열자 안을 들여다보던 헤이젤이 놀라 물었다. 소녀에게도 익숙한 사탕 가게의 포장지였다. 리본을 풀자 그 안에는 헤이젤이 가게에서 보았던 거의 모든 사탕이 가득히 담겨 있었다. 그것도 젤리라던가 초콜릿, 마시멜로 같은, 워렌의 표현에 의하면 '사탕 가게의 이단'이라 불릴 만한 것들은 싹 빠진 그야말로 워렌다운 라인업이었다.

그러나 아무리 사탕 마니아인 워렌이라도 이건 좀 과한 게 아닌가 싶은 정도의 양이었다. 헤이젤의 시선을 느낀 워렌이 어색하게 변명을 시도했다.

"어, 응? 지나가다가 우연히 발견해서……."

전시회가 끝나면 부러 찾지 않는 한 그 가게에 갈 일이 없을 것 같았다며 워렌은 평소답지 않게 우물댔다. 사탕을 사고 싶으면 사면 된다. 어린아이도 아닌데 애써 변명을 늘어놓으며 헤이젤의 눈치를 살피는 모습에 소녀는 고개를 갸웃했다.

"이 정도 양이면 그 병에 다 넣을 수도 없을 것 같은데요."

"……그런가?"

워렌은 엄청난 양의 사탕을 들고 이리저리 우왕좌왕하며 둘 곳을 찾았다. 대체 왜 저러는 거지, 평소답지 않게 허둥대는 그 모습을 헤이젤이 걱정스럽게 바라보았다. 박하사탕이 담겨 있는 유리병은 절반 정도 비어 있었지만, 어째서인지 그 병에 다른 사탕을 섞고 싶지는 않은 눈치였다. 상자를 안고 빙글빙글 거실을 배회하는 워렌을 보다 못한 헤이젤이 자리에서 일어났다.

"부엌에 큰 유리병이 하나 더 있어요. 그거 가져올까요?"

"아, 그게 좋겠군."

"그거 하나 가지고는 모자랄 것 같으니 다른 게 더 있는지 찾아볼게요."

아침부터 부엌에서 그릇 정리를 하던 헤이젤은 커다란 유리병을 씻어 치워두었던 걸 떠올렸다. 입구가 넓어 사탕을 담고 꺼내기에도 수월한 그 예쁜 병이라면 지금 사용하는 단지 옆에 두어도 잘 어울릴 것 같았다.

헤이젤은 찬장을 열고 유리병을 꺼내려 발돋움했다. 애매한 높이에 올려둔 탓인지 병에 손이 닿지 않아 한참 팔을 휘적거려야 했다. 손에 아예 닿지 않는 거면 몰라도 적당히 닿을 것 같던 병은 손가락이 닿는 대로 점차 뒤로 밀려가기만 했다. 이대로라면 꺼내다가 깨뜨릴 수도 있어 위험하다고 판단한 헤이젤이 의자를 가져오기 위해 뒤로 물러나다가 무엇엔가 부딪쳐 작게 비명을 질렀다.

"이거야?"

"네, 그거 맞아요."

유리병을 가지러 간 소녀가 한참이 지나도 돌아오지 않자 걱정이 된 워렌이 뒤를 쫓아왔다. 까치발을 하고 한참 팔을 저어보던 소녀가 안 되겠는지 결국 포기하는 걸 보고 대신 꺼내줄 생각으로 가까이 다가갔다. 뒷걸음질 치다 제게 부딪친 헤이젤의 어깨를 안은 채로 찬장에서 유리병을 꺼낸 워렌은 그런 자신을 의아한 얼굴로 돌아보는 헤이젤을 보고 물었다. 소녀는 그의 가슴에 안겨 입을 딱 벌린 채 올려다보았다. 어쩐지 당황한 눈치였다.

"왜?"

"아뇨. 꺼내주셔서 감사합니다."

"고맙긴."

한 손에 병을 든 워렌이 이상한 소리를 한다며 소녀의 머리를 헝클었다. 높은 곳에 있는 물건은 소녀보다 키가 큰 자신이 꺼내는 게 당연했다. 애초에 자신이 먹을 사탕을 담을 병을 찾는 일이지 않은가. 워렌은 당연한 일이라고 대답했지만 헤이젤은 다른 생각을 하는지 여전히 멍한 표정으로 워렌을 바라보았다. 눈만 깜박이며 홀린 듯 자신을 바라보는 헤이젤의 시선에 워렌이 물었다.

"헤이젤?"

"네?"

"뭐 더 필요한 거 있어?"

"왜요?"

"계속 바라보고 있길래."

"제가요?"

'몰랐어?'라고 워렌이 되묻자 헤이젤이 눈을 데굴데굴 굴렸다. 아무래도 그를 바라보고 있다는 자각조차 없었던 것 같았다.

"좀 이상한데, 무슨 문제라도 있어?"

"문제요? 아-뇨- 없어요. 전혀."

"정말이야?"

워렌이 걱정스레 얼굴을 가까이 가져가니 히익, 하고 작게 숨을 들이켠 헤이젤이 슬그머니 그에게서 멀어졌다. 그 부자연스러운 행동이 '문제없다'와는 한참 거리가 있어 보였다.

"아무것도……. 저, 잠시 볼일이 생각나서 잠시만요!"

"뭐? 헤이젤, 정말 괜찮은 거야?"

"완전 괜찮아요오오!"

당장 비명을 지르고 싶은 걸 꾹 참은 헤이젤은 뒤도 안 보고 부엌 뒷문을 박차고 뛰쳐나갔다. 워렌이 어이없어 하는 건 알고 있었다. 그의 당황한 목소리도, 놀란 얼굴도 보았지만 헤이젤은 그 순간 도망가지 않고는 배길 수 없었다.

'이전처럼 고맙다는 인사를 하면 끝나는 일인데!'

가벼운 인사로 끝날 상황인데도 워렌의 얼굴을 바라보고 있자니 어째서인지 말이 막혀 인사가 나오지 않았다. 목이 꽉 막히고 배 속에서 나비라도 파닥대며 날고 있는 것 같았다. 그 넓은 가슴에 안긴 게 벌써 몇 번째인데 새삼스럽게 어색한 기분이 들고 간질간질한 느낌이 사그라지지 않았다. 그의 품에서 도망을 나온 뒤에도 대체 자신이 왜 이런 반응을 보였는지 이해를 할 수 없었다.

'그건가? 워렌이 내게 특별하다는 걸 인식해서?'

아무래도 그건 것 같긴 한데, 그렇다 하더라도 이상하지 않은가. 워렌이 자신에게 특별한 사람이라는 걸 깨달았다는 사실이 이 정도로 당황스러울 줄 몰랐다.

'특별한 사람이 생기면 좋은 거 아니었나?'

그럴 거라 생각했는데, 예상과는 좀 달랐다. 헤이젤은 혼란스러운 마음을 주체하기 힘들었다.

부엌 뒷문 쪽으로 널어놓은 흰색 침대보들이 바람에 흔들렸다. 펄럭이는 거대한 물결 아래에 주저앉은 헤이젤은 멍하니 천들이 흔들리는 모습을 올려다보며 조금 전 있었던 일을 되짚어보았다. 넘어지지 않게 어깨를 안아 부축해 주던 손이라던가 병을 꺼내던 커다란 팔, 닿아 있던 넓은 가슴. 평소에는 아무렇지도 않게 워렌에게 덥석 안기던 헤이젤인데도 오늘은 펄쩍 뛸 만큼 놀랐다.

'왜 그랬지?'

아무리 생각해 봐도 이유를 알 수 없다며 소녀는 답을 찾지 못해 답답해했다.

한편, 헤이젤이 뛰쳐나간 뒷문을 눈을 크게 뜨고 바라보던 워렌은 상황을 이해할 수 없었다. 갑자기 할 일이 생각났다며 밖으로 튀어 나간 소녀는 뒤뜰 빨래터에 털썩 주저앉더니 양손으로 얼굴을 감싼 채 바닥을 굴렀다. 구르다 멈추고 손발을 파닥거리는 모습이 아무래도 부엌 창문을 통해 제가 훤히 보이는 걸 눈치채지 못한 모양이다.

'……갑자기 왜 저러지?'

귀엽다. 다른 사람이 뜬금없이 뛰쳐나가 잔디밭을 뒹굴었다면 아마도 질겁하고 흰 눈으로 거리를 두었을 텐데 헤이젤이 저러니 가을 정원이 싱그럽다는 생각까지 들었다. 지금 워렌에게는 소녀의 엉뚱한 돌발 행동마저 사랑스럽기 그지없었다. 뭘 한다고 안 예쁠까. 귀엽고, 정말 귀여운데 문제는.

'어린애에게 몹쓸 마음을 품는 죄인이 된 것 같아……'

이렇게 마냥 예뻐 보여도 괜찮은 걸까. 이래서는 안 되는 거 아닐까. 묘한 죄책감에 괴로운 마음도 함께 따른다. 한숨을 쉰 워렌은 창밖을 바라보던 시선을 거뒀다. 평소 같으면 따라가 괜찮은지를 물었겠지만, 소녀의 부재는 지금 워렌에게도 절호의 기회였다. 그는 자신의 손에 들린 커다란 유리병을 움켜쥐고 서둘러 거실로 향했다.

아침 내내 그릇 정리를 했다더니 과연 찬장 안은 먼지 한 점 없이 깨끗하게 닦여 있었다. 헤이젤이 꺼내려던 유리병은 지금 워렌이 사용하는 사탕 병보다 훨씬 크고 입구도 넓었다. 그녀 말대로 이것이라면 꽤 많은 양의 사탕을 넣을 수 있을 것 같았다.

우르르 쏟아지는 상자 속 사탕들이 채 반도 담기기 전 병이 가득 찼다. 워렌은 사탕이 넘치지 않을 정도로만 채워 뚜껑을 닫았다. 남은 사탕은 어쩔 수 없이 한동안 상자에 남겨둬야 할 것 같았다. 새로 채운 유리병을 기존의 사탕 병 옆에 나란히 놓은 그는 반쯤 비어 있는 병을 바라보았다. 그 작은 병에는 헤이젤에게 선물 받은 박하사탕이 담겨 있었다. 상자에 남아 있는 사탕을 더 담으려면 담을 수 있는데도 굳이 반쯤 비어 있는 상태로 그냥 두었다. 워렌은 제 이런 모습을 헤이젤이 보지 않아 다행이라고 생각했다. 곁에서 왜 나머지를 담지 않느냐고 물어온다면 돌려줄 말을 찾지 못할 것이기 때문이었다.

'……딱히 아깝다거나, 아끼려고 남겨두는 건 아니긴 한데.'

워렌은 누구에게 들려주는 건지 알 수 없는 변명을 했다. 나날이 줄어가는 박하사탕을 보기 아쉬워 아예 다른 걸 한가득 사서 돌아왔다는 말은 차마 하지 못할 것 같았다. 그 말을 들은 헤이젤이 사탕은 사탕일 뿐, 먹으면 되는 거지 아이처럼 뭐 하는 거냐고 웃어버릴지도 몰랐다. 그래서 소녀가 자리를 비운 틈을 타 재빨리 사탕을 부어버렸다.

어째서인지 더는 박하사탕을 먹고 싶지 않아서 대신할 것을 사왔다고 말해줄 수는 없지 않은가. 그러다가 혹시 박하를 싫어하느냐고 물어오면 그것도 아니었기에 유치한 행동이라는 걸 알아도 이럴 수밖에 없었다고 그는 한숨을 쉬며 중얼거렸다.

✴

전시회는 성공적이었다. 방문자의 수도 예상을 훌쩍 뛰어넘었고 경매 역시 성공적으로 끝났다. 워렌과 카리나가 예상했던 대로 클레멘스 부인은 자신이 원하던 인형을 낙찰하는 데 성공했다. 카리나의 설명에 의하면 노부인은 내내 침착하고 노련하게 경매가를 올려 상대의 기선을 제압하는 데 성공했단다. 그녀가 낙찰받은 인형은 지난번 하트퍼드 저택을 방문했을 때 염두에 두고 있던 귀여운 여자아이 인형이었다.

"전시 품목 중에서도 특별히 인기 있다 싶은 인형들 대부분은 단골들이 가져갔어. 대리인을 내세운 사람들도 있었지만 거래하다 보면 누가 낙찰받았는지 대충 알게 되잖아. 몇몇은 모르는 이름이던데, 외국 사람도 있었고. 아 참."

경매에 대한 뒷이야기를 들려주던 카리나가 짓궂은 표정으로 워렌에게 속삭였다.

"그 사업가분은 결국 안 나타났어."

"누구?"

"왜, 매일같이 찾아와서 떼쓰던 늘씬한 체형의 중년 신사 있잖아. 잉그리드 씨라고 했던가."

"아, 그 사람."

처음에는 점잖은 분위기가 멋지지 않으냐고 묻던 카리나조차 매일같이 생떼를 쓰는 모습에 질렸는지 '나는 남자 보는 눈이 진짜 없긴 한가 보다'라고 탄식을 하게 만든 문제의 그 신사는 결국 경매장에 얼굴을 비치지 않았다고 했다.

"바빠서 못 온다고 하지 않았어?"

"아이, 다들 힘들다는 소리를 하는 거지. 핑계 없는 부탁이 어디 있어. 내 생각엔 말이지, 출장이고 뭐고 그 딸 준다는 것도 거짓말 같았다고. 그 사람, 말하는 게 어딘가 사기꾼 같지 않아?"

"그런가?"

"그래. 딸에게 줄 인형이라면 보통 그렇게 힘들게 조를 필요 없이 대체 용품을 찾아주게 되잖아. 말의 앞뒤가 맞지 않았다고. 그 냉대를 받아가면서 굳이 워렌에게 찾아온 이유는 애인에게 잘보이기 위해서였을 거야. 어린 애인이 하트퍼드 인형을 가지고 싶다고 하기라도 해봐, 매일같이 와서 매달릴 수밖에."

"그런 건 생각도 못 해봤는데."

"뜻밖에 흔히 있는 일이거든요. 워렌이야말로 뭔가 사다 바칠만한 아가씨가 제발 좀 나타나 주면 좋겠다."

"……15번은 누구에게 팔렸다고?"

"불리하면 말꼬리 자르기야?"

하긴, 저 남자라면 빚 갚는 걸 최우선으로 하느라 곁에서 여자가 들이받아도 눈 하나 깜짝 안 할 성격이라며 카리나가 가슴을 쳤다. 옆에서 잔소리하든 말든 워렌은 못 들은 척하며 전시가 끝난 인형들을 다시 꺼내 부속품들이 전부 제자리에 있는지 확인했다. 혹 전시 중 망가진 곳이 없는지도 꼼꼼히 들여다본 뒤 각자의 상자에 넣어 포장했다.

"아우, 딸 시집보내는 기분이야. 잘 가라, 얘들아."

전시회 내내 본 아이들이라 저도 모르는 사이 애착이 생긴 것 같다며 카리나가 인형들에게 인사를 건넸다. 인형은 이제 계산을 마친 낙찰자가 희망하는 주소로 하나씩 배달 가게 된다. 원하는 사람은 직접 갤러리로 와 받아가기도 해서 포장 마지막 날까지 전시회장을 빌려두고 있었다.

"그럼, 쇼룸 방문은 다음 주부터 시작해도 되지?"

"그거 말인데, 좀 쉬면 안 될까?"

"무슨 소리야. 3월까지 예약 다 찼다는 말 벌써 잊었어? 인형은 쇼룸에 남아 있는 애들만으로도 수량은 괜찮을 거야. 고객도 전시회가 끝난 다음이라는 거 이해하고 있으니까 진열장이 꽉 차 있을 필요는 없어."

"하아아."

"대신 말 잘 듣고 일 열심히 한 워렌에게는 일요일까지 휴가를 줄게."

카리나는 큰 선심이라도 쓴 것처럼 말하고는 자리에서 일어났다.

"정리 마지막까지 도와주고 싶은데, 전남편이 갑자기 보자고 해서 가봐야 할 것 같아."

"……혼자 가도 괜찮겠어?"

워렌이 걱정되는 얼굴로 카리나를 바라보았다. 전남편인 파비오는 아직 카리나에게 미련이 남아 있는 것으로 보였다. 아무리 파비오라도 사랑하는 여인에게 해가 되는 일은 하지 않으리라는 생각은 들지만 그다지 정상으로 보이지 않는 사람인 이상 걱정되는 건 사실이었다.

"응. 그래서 일부러 사람 많은 번화가에서 만나거든. 오늘은 뭔가 줄 것이 있다고 꼭 만나야 한다고 하도 설쳐 대서 시간을 내주기로 했어. 별거 아니기만 해보라지."

주먹을 공중에 휘두른 카리나는 붉은 입술을 화려하게 휘어 웃으며 손을 흔들었다.

✸

전시회가 끝난 뒤, 워렌은 말 그대로 한가함을 만끽했다. '좀 자고 올게'라는 한마디를 남기고 방으로 사라진 그는 꼬박 하루 동안 나타나지 않다가 무슨 문제가 생긴 건 아닌가 걱정이 되기 시작할 무렵 다시 밖으로 나왔다. 곧이어 하루치 식사를 한 번에 마치고 다시 거실에 놓인 소파 이쪽 끝에서 저쪽 끝을 굴러다니며 책을 읽거나 낮잠을 잤다.

평소 눈 뜨는 대로 작업실에 틀어박히던 일상과는 정반대로 철저하게 인형이 배제된 생활을 하며 충전하던 그는 이제 낮잠이며 독서에 흥미를 잃었는지 새끼 오리처럼 헤이젤 뒤를 졸졸 따라다녔다.

"대체 왜 따라오는 건데요?"

빨래를 널던 소녀가 의아해하자, 워렌이 나른한 얼굴로 대답했다.

"나 없을 때 헤이젤이 뭐 하고 하루를 지내는지 궁금해서."

"그런 게 다 궁금해요?"

"음."

소녀가 빨래를 너는 곁에서 바구니를 옮겨준 워렌은 다시 정원 벤치에 앉아 지켜보기 시작했다. 어디를 가도 무엇을 해도 워렌의 시선이 제게 달라붙는 게 느껴진 헤이젤은 몸 둘 바를 몰라 부끄러웠다. 그러나 그런 반응에 아랑곳없이 워렌은 '내가 여기 있다는 걸 신경 쓰지 말고 평소 하던 대로 할 것'을 요구했다. 그는 정말 그녀가 평소에 어떻게 지내는지에 대해 관심이 있어 보였다.

'그러니까 그게 어려운 거라고요.'

헤이젤은 울 것 같은 얼굴로 하늘을 올려다보았다. 안 그래도 돌변한 워렌의 행동에 신경이 쓰여 미칠 지경인데 온종일 곁에 붙어 주시받으려니 그 불편함이 이루 말할 수 없었다. 전시회를 마친 워렌이 곰처럼 집 안을 굴러다니던 첫날 부담스러워 어쩔 줄 모르던 헤이젤도 이튿날이 되자 조금 적응되었는지 그가 뒤를 따르든 말든 당당하게 제 할 일을 하기 시작했다.

"밖에 나가려고?"

"네. 정원 정리를 좀 하려고요."

치마가 더러워지지 않도록 낡은 앞치마를 찾아 맨 헤이젤이 녹이 슨 가위를 들고 밖으로 나섰다. 워렌이 따라다니는 게 부담스럽기는 하지만, 이럴 땐 쓸모를 찾아내면 된다. 정원으로 나간 헤이젤은 가위를 그에게 넘기고 제 키가 닿지 않는 나뭇가지를 가리키며 잘라달라고 했다.

"끝내 일을 시키는구나."

"곁에서 저 바라보기만 하면 뭐 해요. 기왕 이렇게 된 거 함께하자고요."

높은 나뭇가지를 자를 절호의 기회라고 기뻐한 헤이젤이 대빗자루를 들어 정원을 쓰는 동안 가위를 쥐게 된 워렌은 높은 곳에 난 잔가지들을 정리했다.

"이걸 전부 다듬으려면 사다리가 있어야 할 것 같은데."

정원에 놓인 낡은 사다리를 보던 그가 혀를 찼다. 아무리 봐도 올라가다 무너져 내릴 것 같은 모양새에 삭아 빠진 못이 헐거운지 흔들리기까지 했다.

"그렇게까지 본격적으로 하지 않아도……."

"기다려 봐. 기존의 사다리보다 더 안전한 모양이 떠올랐어."

발명가의 천성은 버리기 힘든 모양이었다. 어디론가 사라졌던 워렌은 갑자기 안전한 사다리를 만들겠다며 공구를 들고 나타났다. 그가 한쪽 구석에서 사다리의 다리를 보강하는 동안 헤이젤은 비질을 하며 정원을 청소했다. 쓸어도 쓸어도, 바람이 불어 새로운 낙엽이 쌓여 청소하는 보람이 없다며 소녀는 투덜댔다.

"가을이 무르익으니 바람도 더 강해지는 것 같아요."

작업에 몰두한 워렌이 대답이 없자 헤이젤이 웃었다. 그는 무언가 일을 시작하면 집중하느라 주변 인기척을 눈치채지 못하는 모양이었다. 지금이라면 아마 살짝 다른 곳으로 이동해도 모를 거라며 헤이젤은 살며시 자리를 비웠다.

'오후 차 시간이 다가오니 차 준비를 먼저 하고…….'

오늘은 식료품점에서 가져다준 배 타르트를 곁들이면 될 것 같았다. 항아리 모양의 배 과육 단면을 살려 예쁘게 잘라 구운 타르트는 눈으로 보기에도 탐스러웠다. 기왕이면 멋진 디저트 접시에 담아 내놓으면 더 좋지 않을까. 예쁜 그릇을 꺼내 테이블 세팅을 마친 헤이젤은 워렌을 부르기 위해 부엌 뒷문을 열었다.

"이런-!"

아침부터 강하게 불던 바람은 결국 줄에 널어놓은 빨래를 다른 곳으로 날려 버렸다. 빨랫줄을 걸어놓은 나무 큰 가지에 워렌의 셔츠가 걸려 펄럭였다. 그 모습을 안타깝게 올려 보던 소녀는 잠시 망설이다 나무줄기를 잡았다.

"빨랫줄도 내가 걸었으니 이 정도는 할 수 있을 것 같아."

작업에 몰두한 워렌을 불러오느니 스스로 나무를 타서 걷어 내리면 된다고 생각한 헤이젤은 꽤 익숙한 자세로 나무 밑동을 밟고 올랐다. 높이가 적당한 아랫가지가 계단 같은 역할을 해 초보에게도 오르기 어렵지 않은 나무였다. 워렌에게는 말하지 않았지만 헤이젤은 주변 풍경을 구경하러 이전에도 몇 번 이 나무에 오른 적이 있었다.

셔츠가 걸려 있는 줄기를 흔들어보았다. 흔들리기는 하지만 꽤 튼튼한 가지여서 중간까지 가도 부러질 일은 없을 듯싶었다. 가지에 앉아 조심스럽게 옆으로 이동하며 중간까지 자리를 옮긴 헤이젤은 셔츠를 향해 팔을 뻗었다. 하얀 셔츠가 손끝에 닿자 기쁜 나머지 성급하게 잡아당기다가 몸이 휘청였다.

"아, 안 되는데. 꺄아악!"

한편, 허술한 나무 사다리를 단단히 손보던 워렌은 문득 주변이 조용한 걸 깨달았다. 사방을 둘러보니 소녀는 간데없고 자신만 덩그러니 남아 망치질을 하고 있었다.

"헤이젤?"

아무래도 몰두한 사이에 일을 마친 헤이젤이 어디론가 가버린 모양이었다. 오후 차 시간이 되어가니 어쩌면 부엌에 있을지도 모른다는 생각에 자리에서 일어나는데, 갑자기 날카로운 비명과 함께 무언가 떨어지는 큰 소리가 들렸다.

"헤이젤!"

소리가 나는 곳으로 달려간 워렌은 자신의 셔츠를 쥐고 바닥에 쓰러진 헤이젤을 발견했다. 상황으로 보아 나뭇가지에 걸린 셔츠를 내리려다 실수로 떨어진 것 같았다.

"손이 안 닿으면 나를 불러야지. 내가 누구 때문에 사다리를 손보고 있었다고 생각해?"

화를 내며 곁으로 다가간 워렌은 뒤늦게 쓰러진 헤이젤이 움직이지 않는 걸 발견했다. 소녀를 일으켜 세우려 내려오던 손이 공중에서 멈췄다. 내려다보는 워렌의 표정에 심각함이 감돌기 시작했다. 헤이젤, 하고 워렌이 소녀를 다시 불렀다. 조금 전과는 달리 가늘고 가는, 자칫 들리지 않을 정도로 작은 소리였다. 곁에 누군가가 있었다면 과연 상대에게 전해지기를 원했던 걸까 의아해할 정도로 자신 없이 속삭이는 목소리. 그러나 정작 본인은 소녀가 들었을 거라고 믿어 의심치 않는지 대답이 돌아오기를 끈질기게 기다렸다.

소녀의 반응을 기다리는 사이 워렌 주변을 느긋하게 흐르던 가을 공기가 점차 말라붙었다. 아무리 기다려도 답변이 없자 워렌은 창백한 얼굴로 털썩 무릎을 꿇었다. 그가 처음 발견했던 모습 그대로 미동도 않는 그녀를 정신없이 꽉 끌어안고 외쳤다.

"헤이젤. 대답해 봐, 어디 아픈 데라도 있는 거야?"

무언가 잘못되었다는 생각이 강하게 들었다. 워렌은 전신의 피가 얼어붙는 공포를 느꼈다. '아프다'니. 말을 꺼낸 자신도 어이가 없을 만큼 멍청한 질문이었다. 인형에게 깃든 헤이젤은 사람이 아니다. 다쳤다고 병원에 갈 필요가 없었다. 또한, 완전한 인형 역시 아니었다. 인형에 문제가 생겼다면 워렌이 직접 고치면 되는 문제지만 지금 헤이젤이 눈을 뜨지 않는 건 그녀가 인형이어서도 아니었다.

'신부'가 아닌 헤이젤에게 생기는 문제는 워렌이 도울 수 있는 범위의 일이 아니었다. 그걸 알고 있는 워렌이 무력감에 빠져 짧은 숨을 토했다. 이럴 때 자신은 대체 무얼 할 수 있는 걸까. 지난번 헤이젤이 쓰러졌을 때는 정신을 잃은 한참 후에야 그녀를 보았다. 어떤 연유로 그렇게 된 건지 유추할 수 없었다. 그렇다면 지금은? 아마도 나무에서 떨어진 충격 때문일 거라 생각된다. 물리적인 문제일 것이다. 그래서 더 막막했다. 이유나 원인을 알아도 손을 쓸 수가 없다. 지금 그의 손에서 해결할 수 있는 건 아무것도 없었다.

'이번에도 또, 기다리기만 해야 한다고?'

한층 거칠어진 바람이 돌풍처럼 널어놓은 빨래 사이를 헤집었다. 휘잉, 심장을 긁어내는 소리가 워렌 주변에 일었다. 집게가 채 걸리지 않은 하얀 수건이 그 바람을 타고 하늘을 날았다.

'멍하니 뭐 하는 거예요. 저것 좀 잡아주세요!'

멀어지는 수건을 보며 소녀가 외치는 소리가 귓가에 들리는 것 같은데, 정작 그 말을 해야 할 사람은 품에 쓰러진 채 아무 말이 없었다. 빨래가 다 날아가는데 정말 괜찮으냐고, 어서 일어나 주워달라 말하라고 소녀를 흔들어 깨우고 싶었다. 셔츠를 손에 쥔 채 눈을 반쯤 내리깔고 멈춰 있는 그의 오토마타는 워렌이 듣고 싶어 하는 부드러운 목소리도 꾸밈없는 미소도 돌려주지 않고 차갑게 굳은 채 침묵했다.

✳

헤이젤은 하얀 벽을 바라보며 눈을 깜박였다. 언제더라, 하얀 가구들로 가득 채워진 하얗고 아름다운 방을 본 적 있었는데. 우연히 발견한 장소가 너무 예뻐서 넋을 놓고 구경했다. 반짝이는 샹들리에 불빛에 비치는 실내는 마치 인형의 집을 커다랗게 만들어놓은 것처럼 아기자기했다.

'모든 게 하얀 곳이었어. 그 사람만 빼고.'

누구였더라? 시커멓고 무서운 사람이 있었는데. 참 어울리지 않는 사람이어서 헤이젤은 그를 두려워했다.

'그런 사람은 없는 게 나은데.'

그 방에 대한 기억 중 유일하게 이질감을 주는 존재. 그런 이물질은 미관상 좋지 않다며 기억에서 지우려던 헤이젤은 잠시 멈칫했다. 아니. 정말 없는 게 나았던가?

'그 사람이 없어도 정말 괜찮겠어?'

마음에 스며든 그 한마디에 선불리 대답을 돌려주지 못하는 이유는 왜일까. 이전 같으면 망설임 없이 지워야 한다고 대답했을 상황에서 그녀는 쉬이 선택하지 못했다. 대답을 미루며 한참을 하얀 벽을 바라보고 있으려니, 곁에서 목소리가 들렸다.

"재미있니? 인기 작품이라길래 가져왔는데 아빠는 이런 로맨스 영화는 별로 취향이 아닌 것 같구나. 젊은 아가씨들 사이에서 인기가 많다고 하던데 네가 보기에는 어떠니?"

뒤늦게 하얀 벽에서 시선을 뗀 헤이젤은 곁을 바라보았다. 아버지가 소녀를 바라보며 물었다.

'아.'

조금 전 자신이 본 백색의 공간은 하얗고 예쁜 방이 아니라 영사실의 스크린이었다는 걸 깨달았다. 제가 있는 장소는 동화 속 공주님 거실 같던 곳도 아니고, 당연하게 그 검은 옷을 입은 남자도 없었다. 있지도 않은 사람을 없애야 하는지에 대해 짐짓 심각하게 고민하던 제 모습에 기가 막혔다.

대단한 착각을 하고 있었다는 걸 깨달은 헤이젤이 망상을 들킨 듯 부끄럽게 웃었다. 소녀가 웃자 아버지도 따라 웃었다.

"너는 마음에 든 모양이구나. 아빠는 말이다, 내 딸이 저런 제비 같은 남자를 만나서 결혼하겠다고 떼를 쓰면 어쩌나 싶어 아주 걱정이 크단다. 그래, 지금 이 기회에 미리 말해두는데 얼굴

반반하고 말만 번드레하게 잘하는 사내는 사위로 못 받아주니 그리 알아라. 영 못 미더워요, 에이."

시집갈 생각도 없는 딸에게 미래의 사윗감에 대해 설교를 시작한 아버지는 흑백 영화 속 주인공이 마음에 들지 않는지 연신 투덜거렸다. 저렇게 눈웃음이 헤픈 남자는 쓸데없이 이성을 홀리기 마련이라 곁에 두면 마음고생이 끊이지 않을 거라고 은근슬쩍 주인공을 비난하기까지 했다. 그는 극히 부모의 처지에서 보는, 다분히 감정 섞인 평가를 딸에게 열변하고 있었다.

흰 스크린 공간을 바라보던 헤이젤은 뒤늦게 아버지가 말하는 영화 속 주인공을 바라보았다. 늘씬한 체구에 잘 빠진 양복을 입은 남자 주인공은 짙은 머리와 두꺼운 눈썹을 가진 호남자였다. 여자 주인공에게 조금쯤 짓궂은 장난도 치지만 위기 때마다 기지를 발휘해 빠져나가는 머리 좋은 캐릭터였다.

아무래도 아버지는 저 모습을 얍삽하다고 생각하는 것 같지만, 영화 속 남자 주인공은 어딘가 자신이 아는 사람을 닮은 것도 같았다. 검은 머리 때문일까 아니면 저 눈썹 때문일까. 흑백 영화라 눈동자 색까지는 알 수 없지만 아마도 반짝이는 호박색이 아닐까 생각되었다. 어딘가 아서를 닮은 남자 주인공을 보며 소녀는 고개를 저었다.

'저런 사람은 저도 힘들어요.'

헤이젤의 반응에 아버지는 무척 기뻐했다.

"그래, 너도 싫구나. 다행이다. 우리가 사윗감 두고 싸울 일은 없겠어. 역시 내 딸은 현명하지 뭐니. 이 아빠 같은 진실 된 사람이 좋은 거지, 그렇지?"

신이 난 아버지가 지나치게 멀리 가자 이야기가 왜 그 방향으

로 가느냐고 소녀가 눈을 가늘게 떴다. 힐난하는 표정에 민망한
듯 허허 웃은 그는 헤이젤의 머리를 넘겨주며 말했다.

"오랜만에 딸과 함께 있으니 행복하구나. 이번 성탄절에는 일정
을 비워두었으니 같이 여행을 가도록 하자. 춥지 않도록 따뜻한
남쪽으로 장소를 정해두었단다."

헤이젤은 굳이 어디를 가지 않아도 아버지와 함께 있는 것 자
체가 좋았다. 지금처럼 함께 영화를 보는 것만으로도 충분했다.
소녀가 미소를 짓자 그도 기쁜 듯 말이 많아졌다.

"오늘은 기분이 좋아 보여 다행이다. 내 딸은 웃는 얼굴이 정말
예뻐서 이럴 때 아빠가 신이 나요. 여행 일정은 12월 중순부터 신
년 초하루까지야. 그곳 유명한 호텔에서 성대한 신년 이벤트가 있
다 하니 거기 참가하자꾸나. 아, 그래도 휴양지에서 모르는 청년
과 갑자기 사이가 좋아져서 아빠 저 이 남자랑 결혼할래요, 하고
나타나는 전개는 절대 용납 못 한다?"

아버지는 여전히 조금 전 본 영화 속 주인공이 마음에 걸리는
모양이었다. 어떤 애먼 사내놈이 제 예쁜 딸을 데려가려 들지 모
르니 철저하게 지키겠다고 불을 뿜는 모습에 소녀가 다시 웃었다.
아버지의 품은 따뜻하고, 안전했다. 이곳에 있으면 걱정할 일도
슬퍼할 일도 없을 거라는 생각이 들었다.

'……누군가에게 포근하게 안긴 적이 있었는데.'

소녀는 아버지를 바라보며 생각했다. 저 어깨보다 더 넓고, 더
키가 크고, 훨씬 힘세고 단단한 팔을 가진 누군가가 떠올랐다. 누
구였을까? 그때 헤이젤은 그 품 안에서 안전하다고 생각했다. 그
와 함께 있으면 두려울 것 없다고 안심할 수 있었다.

여행에 대해 떠드는 아버지에게는 미안했지만 헤이젤의 시선은

다시 하얀 벽으로 옮겨졌다. 저곳을 보다 보면 무언가 생각이 날 것도 같았다. 하얀 벽은 소녀의 마음을 다시 한 번 그 하얗고 예쁘장하던 방으로 데려갔다. 그곳에 무언가 아주 중요한 걸 두고 왔는데. 잊으면 안 되는 소중한 무언가를.

헤이젤의 의식은 거기에서 끝이 났다. 한참 여행 계획을 상의하던 아버지는 소녀가 잠이 든 걸 발견하고 입을 다물었다. 잠든 얼굴을 사랑스럽다는 듯 한동안 바라보다가 담요를 덮어주며 속삭였다.

"좋은 꿈 꾸렴, 내 예쁜 딸아."

＊

화려한 간판과 번쩍이는 조명. 행인을 유혹하는 음악 소리. 반짝이는 의상을 입은 카바레 댄서들이 무대 위에서 춤을 추었다. 진한 눈 화장에 망사 스타킹, 꽉 조인 코르셋과 긴 실크 장갑. 은밀한 부위만 간신히 가린 모습으로 댄서들은 소녀와 여인 사이를 오가며 교태를 부렸다.

담배 연기가 짙게 내려앉은 시끌벅적한 홀의 분위기도 춤과 함께 달아올랐다. 분위기가 무르익자 댄서들에게 유혹된 손님들이 홀린 듯 너도나도 그녀들의 가슴 사이에 팁을 꽂아주었고 답례로 윙크를 받은 남자들은 대단한 인사라도 받은 양 무리와 함께 열렬한 환호성을 질러댔다.

복잡한 홀 사이를 무심한 얼굴로 헤쳐 가는 빨간 머리의 미녀는 무대 위 댄서들과 달리 단정한 재킷에 긴 스커트 차림인데도 붉은 입술과 탐스러운 가슴 때문인지 사람들의 이목을 쉽게 끌었다. 그녀가 곁을 스쳐 지나갈 때마다 취객들의 시선이 따라 움직였다. 도도한 표정의 카리나에게 반한 사람들은 그녀가 바에서 주문하지 않을까 뒤를 쫓기도 했지만 그녀는 목적지가 달리 있는 듯 앞만 보고 걸어갈 뿐이었다.

잔뜩 취한 누군가가 술기운을 빌어 카리나의 손목을 잡고 제자리로 데려가려 했다. 그 용기 있는 행동에 그녀는 다른 쪽 손에 든 핸드백으로 자비 없이 상대의 머리통을 갈기고 다시 아무 일도 없다는 표정으로 제 갈 길을 찾아 나아갔다.

어두운 조명과 뿌연 연기로 가득 찬 홀을 지나자 찰랑대는 비즈로 발이 쳐져 있는 개별실이 나타났다. 공연에 관심 없는, 사적인 시간을 나누고 싶은 사람들이 사용하는 곳이었다. 카리나는 그중에서도 가장 안쪽에 자리한 특별실로 향했다. 유일하게 경호원이 서 있는 입구였다. 사람 그림자가 어리자 가드가 앞을 막아섰다. 어둠 속에서 카리나의 붉은 머리와 얼굴을 확인한 그는 곧 군말 없이 자리를 비켜 안으로 안내했다. 차라랑, 오색의 발이 흔들리는 시끄러운 소리가 음악을 끊고 카리나의 등장을 알렸다.

"어서 와, 카리나."

그녀를 반긴 건 파비오였다. 카리나는 그의 인사에 대꾸도 없이 허리에 손을 댄 채 입구에 서서 물었다.

"대체 왜 여기까지 부른 거야?"

"거기 불편하게 서 있지 말고 들어와 앉아."

테이블 위에 발을 얹고 소파에 눕다시피 몸을 기대고 있던 파비오가 카리나에게 들어올 것을 요구했지만 그녀는 움직이지 않았다. 그는 그제야, 카리나의 시선이 제 곁에 앉아 있는 두 요염한 댄서들에게 꽂혀 있다는 걸 깨달았다. 늘어져 있던 자세를 서

둘러 바로 한 파비오가 금발 미녀들을 내쫓는 수고를 하자 자신
은 곧 갈 건데 굳이 그럴 필요 있느냐며 카리나가 빈정댔다.

"아니, 얘네들은 저기, 네가 생각하는 그런 게 아니라."

"하하. 그러시구나. 걱정하지 마. 나 네 개인사에 상관 안 하니
까."

"아이씨, 그러지 마. 완전 상관 많이 하는 얼굴인데."

"네가 뭘 잘못 안 거지. 나 원래 이렇게 생겼어."

"아니거든. 카리나가 웃으면 얼마나 천사같이 예쁜데."

"닥쳐. 용건이 뭐야. 빨리 말해."

"……닥치라면서요."

눈치를 보는 와중에도 한마디를 안 지고 종알거리는 파비오를
노려보던 카리나는 대화의 진전이 없을 것 같다는 판단을 내렸
다. 이대로 밤새도록 남자가 원하는 농담 따 먹기를 하는 건 피곤
하기만 하니, 귀찮아지기 전에 돌아가는 게 나을 듯싶었다.

"할 말 없으면 간다. 만나서 귀찮았고 두 번 다시 보는 일 없도
록 하자."

"아냐! 진짜 할 말 많아, 그러니 잠깐만 기다려!"

망설임 없이 몸을 돌려 나가려는 카리나의 앞을 파비오가 서둘
러 막아섰다.

"그러지 말고 좀 앉아봐, 응?"

파비오가 무슨 속셈으로 자신을 여기까지 불러냈는지 용건을
모르는 카리나는 내키지 않는 얼굴로 그를 노려보았다. 소파 끄
트머리에 엉덩이를 살짝 걸친 모습이 수틀리면 언제든 가겠다는
무언의 협박과도 같았다.

"그, 그리 긴장하지 말고, 편하게 앉아."

"이사벨은 여행 갔어. 애를 보고 싶다는 말은 지금 안 통해."

"알아. 수녀들이 아이들 데리고 성지순례 간 거. 좋은 곳이지."

"그걸 네가 어떻게 알고 있는 거지, 설마."

"어, 내 호위들이 몰래 지키고 있어. 걱정하지 마. 믿을 만한 애들 뽑아서 보냈으니 아무도 못 건드려. 야, 우리 딸이 그렇게 오랫동안 여행을 가는데 내가 그냥 보냈을 거 같아?"

"뭘 건드린다는 거야, 어유. 이 멍청이가!"

이사벨이 떠난 여행은 한 달 코스의 꽤 느긋한 일정이었다. 덥지도 춥지도 않은 계절 동안 유적이며 문화재를 천천히 돌아보는 학습 여행이었는데, 주머니 사정 넉넉한 귀족 자제들을 대상으로 숙박이니 교통이니 모두 최고급으로 준비된 학습 투어였다. 카리나 역시 여행 건에 대해 파비오가 미리 알아낼 수도 있을 거라 짐작하기는 했다. 그러나 딸이 여행 간다고 호위를 붙여 보낼 생각을 하다니, 도저히 일반적인 상식이라 생각하기 힘들다. 기가 막힌 카리나가 벌떡 일어나 파비오의 머리를 소리가 나게 내려치자 목을 움츠린 그가 변명 아닌 변명을 했다.

"요즘 우리 구역에 낯선 놈들이 얼쩡거린단 말이야. 놈들이 행여 이사벨에게 해코지할 생각이라도 하면 어떻게 해. 안전이 중요하니까 몇 명 딸려 보낸 것뿐이야."

"네가 위험한 사업을 안 하면 소중한 딸이 위험해질 일도 없거든요."

"그렇지만 이거 가업인데."

"그래. 그리고 그걸 알고도 너랑 결혼했던 나도 미친년이고. 그거 얘기하려고 부른 거야? 이사벨이 안전하다고?"

파비오는 핸드백을 쥐고 자리에서 일어나려는 카리나를 보고 다시 한 번 펄쩍 뛰어올랐다.

"아냐. 오늘 부른 이유는 그게 아니고. 리노! 그거 가져와!"

파비오가 밖을 향해 소리친 조금 뒤 리노라고 불린 젊은 남자가 들어왔다. 카리나와도 구면인 그는 가볍게 눈인사를 건넨 뒤 준비되었던 커다란 봉투를 건넸다.

"뭐야, 이게."

"네가 부탁한 거. 열어봐."

"내가 부탁했다고?"

무슨 소리를 하는 건지 영문을 모르겠다는 얼굴로 봉투 속에 담겨 있던 종이를 펼친 카리나가 작게 감탄사를 읊었다.

"어머!"

카리나의 손에 들려 있는 건 복잡한 계보도(Genealogy Chart)였다.

양피지에 화려한 캘리그래피로 한껏 모양을 낸 가문 문양 밑으로 초대 부부의 이름이 적혀 있었다. 그걸 시작으로 작게 적힌 이름들이 복잡하게 가지를 치며 아래와 옆으로 뿌리를 내려 종이를 가득 채웠다.

"이거 설마 하트퍼드 가문 거야?"

"그래. 그 망할 혈통이 어찌나 오래되었는지 그거 다 펴봐. 읽기도 힘들 정도로 빽빽해."

"어쩜, 이런 걸 다 구했니."

"네가 구해달라고 했잖아."

파비오는 어깨를 으쓱이며 어서 칭찬하라고 재촉했다. 그 모습이 기가 차기도 하고 풋내기같이 귀여운 느낌도 들어 카리나가 피식 웃었다.

"그래, 잘했다, 잘했어."

다가가 이마에 입맞춤해 주니 금세 신이 나 말이 많아졌다.

"건국 왕조와 함께한 집안이라 분량이 엄청나게 많아. 물론 이름만 적혀 있지 출생 연도나 사망 연도는 구하지 못했고. 예전에는 성인이 될 때까지 살아남는 비율이 낮았던지라 리스트에 빠진 이름도 꽤 많을 거야. 모자라는 부분은 하트퍼드 가문과 결혼한 다른 가문 계보를 보고 확인했어."

"세상에. 이렇게나 많아. 뭐, 아주 선조까지 올라가는 건 바라지도 않았어. 취향을 봐서는 최근 몇 대면 될 것 같았단 말이지."

"최근 건 꽤 상세히 조사되었어. b라고 적힌 숫자가 탄생 연도고 d라고 적힌 게 사망 연도야. 그 역시도 전부는 못 찾았고. 이렇게 수고하지 않아도 완전판은 그놈 집 어딘가에 있을 텐데 말이지."

"그 넓은 먼지 구덩이 흉가를 언제 뒤지고 있느냐고. 아, 이 밑은 아직 살아 계신 분들인가 보네."

"그리고 네가 말했던 그 '헤이젤'이라는 이름의 여자 말인데, 내가 확인한 바로는 없었어."

콧노래를 부르며 양피지를 들여다보던 카리나가 그 말에 동작을 멈추고 파비오를 바라보았다.

"조사 제대로 한 거 맞아?"

"야, 어떻게 하고많은 감사 인사 중에 내 능력을 의심하는 말로 첫마디를 시작해?"

"아니. 당연히 있어야 할 게 없다고 하니까."

"왜 알아보기도 전에 당연하게 있을 거라 생각했는지나 들어보자."

"그게……."

설명하려던 카리나가 입을 닫았다. 파비오에게 헤이젤에 대한 이야기를 하는 건 아무래도 꺼려졌다. 어떻게 이 상황을 넘길 수 있을지 슬쩍 파비오를 바라보았다.

'평소에는 집중력이 그리도 짧더니.'

카리나는 혀를 찼다. 늘 이야기에 집중 못 하고 산만하게 이것 저것 다른 일을 해서 그녀의 화를 돋우던 파비오가 오늘따라 붙임성 있게 대화에 참여했다. 한마디 한마디에 온 신경을 곤두세우는 모습이 아마도 제가 조사 결과를 의심했다는 사실이 마음에 들지 않았나 보다. 그는 대답 여부에 따라 상대를 씹어 먹을 수도 있을 것 같은 시선을 던졌다.

"그게 말이지. 워렌이 저택에서 찾은 서류에 헤이젤이라는 이름이 있는데…… 그 사람 앞으로 상당량의 유산이 빠져나간 것 같더라고. 대체 누구일까 싶어서."

"그럼 그 시대만 찾아달라고 할 것이지. 상속일 날짜가 있을 거 아니야."

"어, 음. 겸사겸사 좀 알아보고 싶은 것도 있어서 전체가 필요했어."

"이미 줘버린 유산을 뭘 어쩌게. 치사하게 후대한테 뱉으라고 하려고?"

"……설마 그러기야 하겠어."

"빚에 쪼들린다더니 진짜인가 보네."

본의 아니게 워렌을 세상에 둘도 없을 쪼잔한 수전노로 만든 카리나는 결과를 얻기 위해 이 정도의 희생은 필요하다면서 시치미를 뗐다.

"뭔가 수상해."

"뭐가?"

"카리나가 겨우 그런 것 때문에 나에게 일을 부탁할 리가 없거든."

평소 수많은 사기꾼과 협잡배들을 접하는 탓인지 파비오는 거짓말을 쉽게 꿰뚫어 보았다. 눈을 가늘게 뜨고 흘겨보는 전남편을 더는 속일 수 없다는 걸 안 그녀는 말을 얼버무리는 대신 파격적인 제안을 건넸다.

"만약 이사벨과 함께 여행하는 걸 허락한다면?"

"뭐?"

뜻밖의 말에 파비오가 자리에서 벌떡 일어났다.

"진짜야?"

"두 번은 말 안 해."

사기당하는 거 아니냐며 여러 번 물어오던 그가 카리나가 진심이라는 것을 깨닫자 재빨리 거래 성사를 고했다. 이걸로 제 입을 막으려 한다는 걸 알았지만 아무래도 상관없었다. 며칠이고 귀여운 딸과 함께 지낼 수만 있다면 남의 가정사 따위 알 바 아니지 않은가. 그는 거만한 미소를 띠며 손가락을 내밀었다.

"치사하게 번복하기 없기다."

"어린애도 아니고 이게 뭐니."

타박하면서도 재빨리 손가락을 걸어 약속이 성사됨을 알린 카리나는 엮인 손가락을 만족스러운 듯 바라보는 파비오에게 작별 인사를 건넸다.

"기왕 온 거 한잔하고 가지?"

"그러고 싶은데 내일도 일이 있어서 빨리 가봐야 해."

"나 내일 당장 내려갈 거야! 말리지 마!"

"말리지 않아. 이사벨 잘 있나 확인해."

"맡겨만 줘."

"가서 나대지 말고 얌전하게 말 잘 듣고."

"알았어!"

"대답은 잘해요, 하여간."

말은 저렇게 해도 이사벨을 만나는 순간 들뜬 나머지 이것저것 전부 참견하고 들쑤시고 다닐 게 뻔했다. 카리나는 파비오 때문에 스트레스가 쌓일 예정인 수녀님들의 기분을 풀어주기 위해 어떤 선물을 준비해야 좋을지 미리 고민해 두는 것이 좋겠다고 생각했다. 치렁거리는 발을 헤치고 밖으로 나오자 밖을 지키던 리노가 카리나를 확인하고 입을 열었다.

"벌써 가십니까."

"응. 저 멍청이 지금 엄청나게 들떴으니까 잘 부탁해."

"걱정하지 마십시오."

"그리고 이거, 고마워요."

카리나는 양피지 묶음을 흔들며 인사했다. 생색은 파비오가 전부 냈지만 자료를 모으고 정리를 한 것은 리노였을 터였다. 고생을 알고 있다는 투로 말하자 무표정하던 리노가 입술 끝을 살짝 올리고 낮은 목소리로 속삭였다.

"계보도 전문가를 통해 수소문하고 모자라는 부분은 국립 도서관에서 자료를 찾았습니다. 완전판이 아니고 여기저기서 엮은 거라 오류가 있을 수 있습니다."

"이 정도면 훌륭해. 수고 많았어요."

카리나와 리노의 대화가 채 끝나기도 전에 룸 안쪽에서 파비오의 들뜬 목소리가 들려왔다.

"리노! 나 여행 갈 거니까 짐 싸!"

상관의 갑작스러운 여행 소식에 놀란 리노는 카리나를 바라보았다. 둘이 대체 무슨 이야기를 나눈 것인지를 묻고 싶은 듯한 눈치에 카리나는 무적의 미소를 지었다.

"고생이 많아요."

이놈이고 저놈이고, 더 귀찮아지기 전에 재빨리 자리를 떠야만 했다.

✳

헤이젤이 쓰러진 지 이틀이 지났다. 만 하루 만에 정신을 차렸던 지난번과 달리 소녀는 이틀이 지나도 잠에서 깰 생각을 하지 않았다. 워렌 역시 지난번처럼 모든 일을 중지하고 소녀만을 바라보는 일은 하지 않았다. 그는 평상시 같은 일을 하면서 때때로, 소녀를 눕혀둔 침대 곁에 앉아 물끄러미 들여다보고는 다시 일상으로 돌아갔다.

첫 사고 때는 당황해서 미처 눈치채지 못했던 부분이 이제 눈에 들어오기 시작했다. 의식을 잃고 누워 있는 헤이젤은 평소와 달리 정교하게 만들어진 인형이라는 것을 눈치챌 수 있을 만큼 인공적인 기운을 띠고 있었다.

'헤이젤의 의식이 있을 때는 어디를 봐도 완전히 사람 같아 보였는데 지금 보니 느낌이 크게 달라.'

어떤 마법인지는 알 수 없었다. 그저 영혼이 떠난 빈껍데기만 남아 있다는 인상이 지독하게 강했다. 파비오가 이런 모습을 가까이서 보고도 의심하지 않았던 이유는 단순히 산만한 그가 헤이젤에게 그리 관심을 두지 않았기 때문이었을 터였다. 충분한 주의를 기울였다면 아마도 이상한 점을 발견했겠지만 그는 오랜만에 만난 딸에게 정신이 팔려 있던 데다 시간상 어두운 밤이었다는 것 역시 그 무관심을 도왔을 것이다.

'이 모습을 파비오가 아닌 르네가 봤다면 뭔가 이상하다는 걸 한눈에 눈치챌 수 있었을 거야.'

새삼 다른 사람들에게 들키지 않아서 다행이라고 생각했다. 살아 움직이는 오토마타가 있다는 소문이 나 세상의 구경거리가 되는 것만은 사양하고 싶었다.

워렌은 미동도 하지 않는 헤이젤을, 아니 '신부'를 바라보며 자신이 그동안 꿈을 꾼 것이 아닐까 생각했다. 신이라도 된 것처럼 자신이 만든 오토마타가 살아 움직이는 망상을 보았던 건 아닐까.

'피그말리온이라도 되었다고 생각한 걸까.'

자신이 만든 조각상과 사랑에 빠진 신화 속의 남자를 허황하다 비웃을 때가 아니었다. 지금 상황으로 봐서는 자신이 그보다도 더 어이없는 처지에 빠져 있지 않은가. 전설 속의 남자는 살아 움직이게 된 자신의 조각과 사랑에 빠졌다지만 끝까지 제 여인을 지켜냈다. 워렌처럼 속절없이 다시 인형으로 돌아가는 걸 바라보는 한심한 상황을 겪지는 않았을 터였다.

워렌은 조용히 누워 있는 헤이젤의 얼굴선을 손가락으로 훑어보았다. 차가운 피부, 움직이지 않는 눈동자. 돌처럼 굳어 있는 소녀를 보니 그동안 함께 지냈던 날들이 전부 신기루 같다는 생각이 들었다. 헤이젤이 사용하던 방에 남아 있던 그녀의 물건이 아니었다면 그는 마침내 자신이 미쳐서 인형이 살아 움직였다고 믿었던 거라 생각했을지도 몰랐다.

시간이 지나자 태풍이 몰아치던 그의 가슴은 점차 가라앉았다. 가슴이 차가워질수록 머리가 뜨거워졌다. 헤이젤이 나무에서 떨어지는 장면을 반복해 떠올리며 그때 자신이 무언가 할 수 있었던 건 아닐까 되새겨 보기도 했다. 그러나 밤을 새우고 고민을 해도 명확한 답은 떠오르지 않았다. 혹시 헤이젤이 완전히 인형에게서 떠난 것이라면 이전처럼 그 모습을 볼 수 있지 않을까 하는 일말의 희망을 품고 저택 이곳저곳을 찾아다녀 보아도 이전 같은 작은 유령 소녀의 상냥한 목소리를 만날 수는 없었다.

"엄마 보면 좋겠다. 나 데리러 오면 좋을 텐데."

유령이 된 소녀라면 돌아가신 어머니를 만날 수 있지 않으냐는 말에 헤이젤이 놀랐었다. 어쩌면 그녀는 그리워하던 어머니를 만나 하트퍼드가를 떠났을지도 모른다. 어머니를 만난 기쁨에 이곳이나 그에 관한 건 미련 없이 내려 두고 가버렸을 수도 있었다. 헤이젤이 눈을 뜨지 않는 동안 워렌은 천 가지 가설을 세우고 만 가지 답변을 떠올렸다. 무엇 하나 소녀를 움직이는 데 도움이 되지 않았지만 이런 짓이라도 하지 않으면 도저히 견딜 수 없는 시간이었다.

일상을 지내다가도 문득 생각날 때마다 헤이젤이 잠든 방으로 갔다. 전과 같은 모습 그대로 누워 있는 그녀를 확인하며 다시 낙담하고는 하던 일을 마저 하러 돌아갔다. 그날 오후 역시 워렌은 거의 습관적으로 그 방에 들러 소녀의 얼굴을 확인했다. 모습에 변화가 없을 것을 예상하고 실망할 심적 준비를 하던 그는 소녀의 눈이 반쯤 떠져 있는 걸 보고 숨을 삼켰다.

분명 감겨 있었던 것 같은데, 원래 저랬던가? 쓸데없는 착각으로 섣불리 기뻐하면 안 된다고 들끓기 시작한 머릿속을 애써 가라앉혔다. 차마 이름조차 입에 담지 못한 채 조심스레 곁으로 다가간 워렌은 침대 가에 앉아 소녀의 얼굴을 들여다보았다.

"……자꾸 그렇게 찡그리면 주름 생겨요."

기억 속에서 끝없이 반복되던 목소리가 귀를, 아니 가슴을 후벼 팠다. 예기치 않은 충격에 그는 가슴에 손을 대보았다. 쿵, 쿵. 도끼로 혈관을 찍어 누르는 진동이 손바닥을 울렸다. 이게 사실이 아니라면 그는 이대로 심장을 잃고 죽을 수도 있을 것 같은 기분이 들었다. 부릅뜬 눈으로 헤이젤이 정말 정신을 차렸는지 확인하는 눈동자가 흔들렸다. 조심스레 얼굴을 쓰다듬어 보았다. 그의 손가락 사이로 금빛 속눈썹이 느리게 위아래로 움직였다.

깨지기 쉬운 유리 공예품을 쓰다듬는 손길을 느낀 소녀 역시 팔을 들어 그의 미간을 손가락으로 짚었다. 눈썹 사이에 접힌 주름을 살살 펴며 작은 목소리로 속삭였다.

"꿈을 꾼 것 같아요. 예전 제 방이던 곳에서 눈을 뜨고, 식사하고 영화를 보고. 연말에는 아버지와 같이 여행을 가기로 했어요. 조금 더 꿈을 꾸었다면 휴양지가 어디였는지 알 수 있었을까……."

여행을 가지 못한 아쉬움이 묻어나는 헤이젤의 말에 워렌이 짓눌린 목소리를 쥐어 짜내어 대답했다.

"여행이 가고 싶으면 데려갈게. 너 가고 싶은 곳으로."

"에이- 워렌은 바쁘잖아요. 아빠도 바쁘신 분이었거든요. 이번에 간신히 시간을 내서 둘이 여행 가는 거였는데."

"어디든 내가 데려갈 테니까, 그건 취소해."

"워렌?"

자신을 두고 어디를 간다는 말도, 어머니는 물론 아버지에 대
해서도 더는 듣고 싶지 않았던 워렌은 서둘러 헤이젤을 품에 안
았다. 숨 막히도록 강하게 끌어안긴 헤이젤은 눈을 깜박였다. 그
의 심장 뛰는 소리를 확인하니 이번에도 무사히 돌아왔다는 안도
감이 밀려온다. 그녀를 감싼 팔이 가볍게 떨리는 것 같은 기분에
워렌을 올려다보니 한층 더 어두워진 얼굴로 그가 속삭였다.

"……잘 돌아왔어."

"아!"

높낮이 없는 나지막한 그 한마디를 들은 소녀는 그제야, 그가
자신을 걱정했다는 걸 알았다. 그녀가 아버지와 즐겁게 지내는
동안 워렌은 홀로 남아 불안해하고 있었다는 것을 깨달았다.

'지난번에도 그랬지.'

아버지를 만나는 건 기쁜 일이다. 그러나 걱정하는 워렌을 두
고 떠나 있는 것도 마음이 편치는 않았다. 헤이젤은 그 마음을
이해한다는 듯 그의 넓은 등을 마주 안아주었다. 소녀의 팔이 자
신을 감싸는 순간 워렌은 눈을 감았다. 피부에 느껴지는 가느다
란 감촉이 정말 그녀가 다시 돌아왔다고 말해주는 것 같았다.

작은 어깨에 얼굴을 묻은 워렌은 다시 곁에 돌아온 소녀를 놓
기 싫어 한숨을 쉬었다. 이러다 한눈을 파는 새 다시 스르르 흘
러내려 눈을 감을까 두려웠다.

"이틀이나 지났다고요?"

헤이젤도 헤이젤이지만 워렌 역시 안정을 찾기까지 한동안의
시간이 필요했다. 소녀를 품에 안은 채 침대 가를 지키던 워렌은
그간 이틀이 지났다는 말을 꺼냈다. 자신이 생각보다 오래 정신
을 잃고 있었다는 걸 깨달은 헤이젤은 당황했다.

"제가 꾼 꿈은 그리 길지 않았던 것 같은데."

"그런가."

조금 진정되기는 했어도 여전히 우울해 보이는 워렌이 소녀의 말에 고개를 끄덕였다.

"나무에서 떨어진 뒤로 기억이…… 엄마야!"

"갑자기 왜 그래?"

"몸에 무슨 상처라도 남은 건 아니죠?"

헤이젤은 뒤늦게 제 몸 이곳저곳을 확인하며 망가진 곳은 없는지를 확인하기 시작했다. 무척 비싼 인형이고, 몰드도 전부 파괴돼서 두 번 다시 같은 인형은 만들지 못한다고 하지 않았던가. 나무에 올라가는 게 아니었다며 제 생각이 짧았음을 후회했다.

"미안해요. 제가 정말 조심했어야 하는데……."

"상관없어."

"상관없기는요. 이거 워렌의 걸작품인데. 세상에, 나라는 애는 정말 어쩌려고."

다시 한 번 팔 이곳저곳을 돌려보며 긁힌 상처는 없는지 조심스럽게 확인하는 헤이젤을 워렌이 말렸다.

"정말, 상관없다니까."

그것이 어떤 의미인지 이해하지 못한 헤이젤은 곤란한 듯 워렌을 바라보았다. 소녀는 행여 제가 죄책감을 느낄까 그가 걱정해 그리 말한다고 받아들인 모양이었다. 그렇지 않아도 워렌의 분위기가 계속 침울한 것이 마음에 걸리던 소녀였다. 인형을 함부로 다룬 걸 마음 상해하는 건 아닌지 염려되어 줄곧 그의 표정을 살폈다.

"걱정할 필요 없어. 인형은 언제든 다시 만들 수 있으니까."

예전에는 상상도 못 할 발언이지만 지금 워렌에게 인형 따위는 어찌 되어도 상관없었다. 그가 수십, 수백 체 똑같은 인형을 다시 만든다 해도 떠나 버린 그녀가 돌아온다는 보장이 어디 있다는 말인가. 그 무엇보다도 헤이젤이 중요했다. 소녀만 곁에 남아준다면 인형 같은 건 얼마든지 다시 만들 수 있었다.

돌아온다는 보장만 있다면. 워렌은 어두워진 마음을 드러내지 않으려 최선을 다했다.

"대신 이제 높은 곳에는 오르지 마."

"네에."

헤이젤이 다시 떠나 버릴 모든 가능성을 배제하면, 괜찮을까. 괜찮지 않을까. 바보 같은 생각이라는 걸 알면서도 워렌은 아이를 달래듯 소녀에게 조심할 것을 요구했다. 그러면서도 그녀를 이곳에 확실하게 못 박아둘 궁리만 하는 제 시커먼 속내를 들키면 안 된다고 진심을 은폐하려 했다. 눈치채면 겁을 먹고 도망칠 거라고, 언제든 다시 어머니든 아버지든 그리운 이를 만나러 떠날 거라고.

이번에도 헤이젤은 돌아왔다. 지금은 자신과 함께 있었다. 그것만으로도 숨통이 트이는 기분이었다. 한숨과 함께 온몸에 쌓였던 긴장이 풀어진다. 자신이 이렇게 겁쟁이일지는 몰랐다며 그는 탄식했다.

"워렌, 무슨 일 있어요?"

워렌이 이상하다는 걸 깨달은 건 그다음 날이었다. 헤이젤은 평소와는 다른 그의 반응에 혹시 무슨 일이 있나 걱정하기 시작했다. 그가 부르지도 않았는데 작업실에서 나와 그녀를 바라보고 있었다.

"아무것도."

늘 보던 무표정한 얼굴, 퉁명스러운 대답인데 전혀 달랐다. 고 개를 갸웃하던 헤이젤은 시계를 보고야 차 시간이 되어가는 걸 깨달았다.

"시간이 벌써 이렇게! 차가 마시고 싶어서 나온 거죠? 잠시만 여기 앉아 계세요. 금방 준비할게요."

"급한 거 없으니까 천천히 해."

"아녜요. 보통은 제가 부르러 가기 전에는 안 나왔으면서. 혹시 배가 고파요? 티푸드 양도 넉넉하게 준비할게요."

"정말 괜찮아. 그냥 차만 줘."

"……네."

못 미덥게 대답한 헤이젤이 워렌을 계속 힐끔거리다 자신을 바라보는 그와 시선이 딱 마주쳤다.

"저기 워렌."

"왜."

"저에게 뭔가 하실 말씀이 있으세요?"

"없는데."

그런데 왜. 비슷한 질문을 워렌에게서 들은 적은 있어도 제가 하게 될지는 몰랐다. 언제는 일과가 궁금하다며 뒤를 졸졸 쫓아 다니더니 이제는 틈만 나면 작업실에서 나와 물끄러미 바라보았 다. 피곤해서 그런가? 라는 생각도 해봤으나 분명 전시회를 마치 고 며칠간 데굴데굴 굴러다니지 않았던가. 피로한 건 아닌 것 같 고. 배도 안 고프고 할 말도 없는데 부르기도 전에 테이블에 얌전 히 앉아서 차를 기다리고 있다니.

무언가 기묘한데 그게 뭔지 도통 알 수가 없어 소녀는 답답했 다.

"아, 아침에 편지 온 거 보셨어요?"

워렌 앞으로 보내진 고급스러운 봉투에 화려한 인장이 찍힌 편지. 그가 잘 볼 수 있도록 거실 탁자 위에 올려두었는데 청소하고 돌아와 보니 이미 사라져 있었다.

"봤어."

무덤덤한 대답이 돌아왔다. 별거 아닌가 싶었는데 미간에 생긴 깊은 주름을 보고 그렇지 않다는 걸 깨달았다.

"안 좋은 소식이에요?"

"아니. 음, 별로 좋은 건 아니야. 나에게는 특히."

"무슨 일 있어요?"

점점 더 구겨지는 얼굴을 보며 헤이젤이 걱정하자 망설이던 워렌이 내용을 이야기했다.

"왕궁에서 온 초대장이야."

"네?"

"왕족을 위해 오토마타 시연을 해줬으면 한다고……."

어디서 소문을 들었는지 꽤 장황하게 '아름다운 요정들이 노니는 정원'이라느니 '살아 움직이는 것 같은 작은 인형들' 같은 표현까지 추가해 공주님이 꼭 보고 싶어 한다는 말을 잊지 않고 적었다.

"그건 나쁜 소식이라기보다 좋은 일 아니에요?"

"……왕궁 싫어해."

한결 불퉁해진 얼굴로 워렌이 툭 뱉었다. 격식을 차려야 하는 모든 장소를 혐오하는 그에게 왕궁은 실존하는 지옥 혹은 고문실에 가까웠다. 그는 주머니에 아무렇게나 구겨 넣어둔 초대장을 꺼내 헤이젤에게 건네주었다.

"왕가에서 보내온 초대장을 세상에."

헤이젤은 너덜너덜해진 종이를 손으로 싹싹 펴가며 내용을 확인했다.

"별궁에서 열릴 다회에서 오토마타 시연을 원하는 거네요. 왕궁이 아니에요, 보세요!"

"그게 그거지."

뭐가 어찌 되었든 왕가랑 연관되어 좋을 일 없다며 싫은 기운을 풀풀 풍기고 있는 워렌에게는 슬픈 일이지만 왕가의 초대는 개인이 거절할 수 있는 범위가 아니었다. 이건 반드시 인형을 들고 와 왕족들에게 봉사해야 한다는, 초대를 가장한 협박이었다.

"날짜를 미룰 수 있을지는 몰라도 아예 안 갈 수는 없지 않아요? 포기하고 얼른 다녀오시는 게……."

질질 끌며 고통받지 말고 빨리 해치우는 게 낫다고 설득하자 워렌 역시 무겁게 고개를 끄덕였다.

"그래. 피할 수가 없으니 기분이 더 엿 같은 거지. 독을 바른 올가미 같은 거라서."

"사흘 뒤면 날짜가 촉박하네요. 준비하려면 얼른 해야겠어요. 여행용 트렁크 꺼내놓을게요."

"후우……."

헤이젤을 잠시 바라보던 워렌이 깊은 한숨을 쉬었다. 정말 가기 싫은 것처럼 보여 헤이젤이 살살 달래듯 어깨를 쓰다듬었다.

"기운 내고 얼른 다녀오세요. 집은 제가 잘 지키고 있을게요."

별궁은 왕궁보다도 더 먼 곳에 있었다. 하루 만에 돌아올 만한 거리가 아니어서, 다녀오는 데 며칠은 걸릴 터였다.

"정장은 이번에 파티에서 입었던 거 다시 입어도 되려나요? 셔츠는 빨아두었고, 아, 슈트는 어떻게 들고 가야 하죠? 접어가면

다 구겨질 텐데. 그런 것도 왕궁에서 알아서 다려줄까요?"

다른 귀족들이야 주인이 여행을 가면 하인들이 따라갈 테니 걱정하지 않아도 될 테지만 워렌의 경우 혼자 움직여야 하니 귀찮은 일이 한둘이 아니다. 그가 왕궁에 가고 싶어 하지 않는 이유에는 아마 이것도 포함되지 않을까 싶었다. 소녀가 예복이며 준비물을 걱정하는 동안, 워렌은 다른 생각에 잠겨 있었다. 이것저것 물어오는 헤이젤을 조용히 바라보던 그가 물었다.

"……같이 가지 않을래?"

"저요?"

예상외의 질문에 눈을 동그랗게 뜬 소녀가 되물었다.

"그래. 별궁은 왕녀들을 위해 지은 건물이라 볼 게 많아. 기왕 가는 거……."

워렌답지 않게 말미를 흐리며 우물댔다. 요는, 귀찮은 일은 얼른 마치고 구경이나 하고 오지 않겠느냐는 말이었다. 생각지도 않은 제안에 헤이젤이 눈을 크게 떴다.

"같이 가도 돼요?"

"너만 좋다면."

"갈래요!"

소녀는 그 제안을 덥석 물었다. 왕궁도 그렇지만 별궁 역시 아무나 들어갈 수 있는 곳이 아니다. 초대를 받은 사람, 왕가와 가까운 이들만 출입이 허락되는 곳이 별궁이었다. 자신이 워렌의 하녀 자격으로 가서 의복 정리며 필요한 일들을 하겠다는 말에 이번에는 워렌의 눈이 커졌다.

"네가 그걸 왜 하는데."

"네?"

"내 파트너로 가는 거야. 너도 파티에 참석해야지."

"에엑!"

워렌의 말에 이번에는 헤이젤의 이마에 골이 파였다. 이건 아닌데. 괜히 간다고 했나.

"저는 집 지킬게요. 다녀오세요."

"언제는 간다며."

"아니, 그게."

"별궁은 정원도 예뻐."

"……아, 그건 보고 싶다."

별궁의 정원을 미끼로 내세우자 헤이젤은 눈에 띄게 흔들리는 모습을 보였다.

"저, 왕궁 예절 같은 거 하나도 몰라서 실수할 거예요."

"상관없어. 나도 잘 몰라. 인사말만 잘 건네면 끝이야."

우리가 언제 또 그 사람들을 다시 본다고, 라는 불경한 말을 내뱉은 워렌은 별궁에 관해 설명했다. 매해 이 시기면 왕비와 공주들이 별궁으로 이사한다. 공주뿐만이 아니라 왕가의 여성들 대부분이 따뜻한 남쪽 별궁으로 옮겨와 봄이 될 때까지 그곳에서 생활한다고 했다. 아마 인형극이 보고 싶다 한 이유도 시골 생활이 무료하고 심심해서일 거라고, 자신들의 여흥을 위해 귀찮은 일을 시킨다며 그가 투덜거렸다.

"거의 삼 대가 모여서 정신없어. 아주 징그럽게 떠들어댈 테니 각오해."

"허억."

왕족이라고 해도 어린 공주들을 만나 인형을 보여주고 끝나는 게 아니라는 암시에 헤이젤의 눈에 눈물이 고일 지경이었다.

"워렌이 가고 싶어 하지 않는 이유를 알 것 같아요."

"그렇지?"

"물귀신도 아니고……."

"아니, 겁을 줄 생각은 아니었는데 어쩌다 보니 그렇게 되었네."

그러나 그 귀찮음을 견디고 갈 만큼 정말 정원이 크고 아름답다고 워렌이 악마처럼 속삭였다.

"그래서였구나."

"뭐가."

"아까부터 워렌이 자꾸 절 쳐다봐서 제가 무슨 실수한 건가 걱정했어요."

차를 마시던 워렌의 손이 멈췄다. 그걸 보지 못한 헤이젤은 빠지는 것 없이 짐을 챙겨야 한다며 부산하게 자리에서 일어났다.

"……눈치채고 있을 줄은 몰랐는데."

워렌은 민망함을 감추지 못하고 머리를 긁적였다. 보이지 않는 새 무슨 일이 생길까 걱정된다는 말을 차마 본인에게 들려줄 수는 없었으나 헤이젤이 정신을 되찾은 이후로 그는 틈만 나면 그녀가 잘 있는지 확인하는 버릇이 생겼다.

별궁의 정원이 아름다운 건 사실이었다. 소녀에게 그 경치를 보여주고 싶은 마음 반, 곁에 두고 불안함을 다스리고 싶다는 마음 반이 섞여 함께 가지 않겠느냐 물었던 그는 어쩐지 미안한 생각에 손에 들린 찻잔을 우울하게 내려다보았다. 쓸데없는 비밀이 하나 더 늘어버린 기분이었다.

5.

되찾아야 하는 기억

커다란 인형극 무대와 함께 떠나야 하는 여행이었다. 쉽지 않은 여정에 어쩔 수 없이 차를 빌린 워렌은 이 모든 경비를 왕궁에서 받아내겠다고 이를 갈았다. 자동차의 좋은 점은 행인들이 구경 삼아 몰려들지 않는다는 점이었다. 지난 기차 여행처럼 워렌이 내내 긴장을 풀지 못하게 될까 걱정하던 헤이젤은 둘만 이동한다는 소식에 기뻐했다. 운전에 능숙한 워렌 덕에 순조로운 여행이었으나 저녁이 되고 어둠이 깔리자 그녀는 낮과는 달리 불안한 기운을 감추지 못했다.

"헤이젤."

"네."

"사고 안 나."

운전 중 문득 옆을 곁눈질한 워렌이 심상치 않은 분위기에 입을 열었다. 날이 어두워지자 급격하게 말수가 줄어든 헤이젤은 손이 떨리는 걸 들키지 않으려고 제 손을 마주 잡았다. 자동차 사고를 겪었다던 말을 떠올린 워렌이 그 손을 잡아 진정시켜 주었다. 헤이젤 역시, 그런 사고가 자주 나는 게 아니라는 걸 알면서도 몸에 힘이 들어가는 걸 멈출 수 없었다. 고개를 끄덕이면서도 안심하지 못하는 모습을 본 그가 차를 세웠다.

"정 불안하면 별궁 근처 마을에서 숙소를 찾아볼까?"

운전하느라 헤이젤이 긴장하고 있는 걸 눈치채는 게 늦었다며 워렌이 사과했다. 밤새 달리면 새벽녘쯤 별궁에 도착한다. 새벽에 도착해 문을 열어달라며 사람들을 깨우느니 인근에서 밤을 지내고 가면 느긋하게 아침에 입궁할 수 있다. 아무리 늦어도 다회 시간에는 맞춰 들어갈 수 있으니 문제 될 건 없었다.

"아니에요. 저 괜찮으니까. 거의 다 왔잖아요."

"물어보는 게 아니었는데."

"네?"

"뻔한 대답 나올 테니 물어보는 게 아니었다고. 조금 더 가면 마을이 있으니 거기서 쉴 거야."

상의할 필요가 없었다며 그가 방향을 틀었다.

"미안해요."

"내가 가자고 한 여행인데, 네가 미안할 거 없지."

별궁에 몇 번 가본 적 있다던 워렌은 길을 잘 아는 것 같았다. 핸들을 꺾어 좁은 길로 접어들더니 금방 마을을 찾아냈다. 작은 마을치고는 잘 지어진 웅장한 호텔이 있어 헤이젤이 놀라워했다.

"별궁 근처니까 오가는 사람이 많은 편이야. 궁에 머물지 못하면 이곳에 투숙해야 하는 데다 근처에 유적지도 있어서 여행자도 많……."

호텔 보이에게 주차를 맡기던 워렌이 저 멀리서 손을 흔드는 누군가를 발견하고 인상을 찌푸렸다.

"야아-! 안녕들 하신가."

"왜 여기에서 저 얼굴을 봐야 하지."

고즈넉한 시골 풍경과 어울리지 않는 화려한 복장의 파비오가 그들을 보며 미소 짓고 있었다.

"여긴 대체 어떻게 온 겁니까?"

"관광이지 뭐겠어."

워렌이 아는 한 고대 유적지와 가장 어울리지 않는 사람이 말하고 있었다. 대체 어디까지 믿어야 할지 몰라 노려보고 있으려니 파비오가 그런 워렌은 무시한 채 헤이젤을 향해 싱긋 웃었다.

"인기 많은 아가씨는 바쁘겠어."

의미심장하게 건네진 말에 워렌이 헤이젤을 돌아보았다. 파비오가 무슨 뜻으로 한 말인지 몰라 눈만 깜박이던 헤이젤은 뒤늦게 그가 아서를 언급하고 있다는 걸 깨달았다. 처음 보았을 때는 르네, 두 번째는 아서 그리고 이번에는 워렌. 볼 때마다 다른 남성들과 함께 있다는 걸 상기시키고 싶은 모양이었다.

"아!"

"뭐야. 워낙 만나는 남자가 많아서 기억하는 데도 오래 걸려?"

파비오가 키득대며 '뭐, 우리의 우정을 봐서 일러바치지는 않을게'라고 선심 쓰는 척했다. 누구에게 무엇을 일러바친다는 말인가. 숨은 의도를 헤아리던 헤이젤은 그것이 그와 관계성이 비교적 좋은 아서에게 비밀로 해두겠다는 말이라는 걸 깨달았다. 워렌에게는 들키든 말든 알 바 아니라는 뜻이라는 것도.

예사롭지 않은 워렌의 시선을 느낀 파비오가 뜨거운 불에 덴 것 같은 엄살을 부리며 발걸음 가볍게 뒤로 물렀다.

"카리나가 당신을 위해 선물을 준비했으니, 기대하라고."

워렌에게 들켜도 상관없는 게 아니라 카리나가 그에게 줄 선물을 마련한 시점에서 이미 모종의 복수를 하고 싶었을지도 몰랐다.

"선물 같은 거 필요 없어."

"아. 동감이야. 나도 너 따위에게 뭘 줄 필요는 없다고 생각하는데, 그녀 쪽에서 지극정성이라 부럽지 뭐야."

즉, 이 폭로전은 그의 소소한 복수였다. 파비오에게 남 속을 뒤집는 데 천부적인 재능이 있다는 말은 들었지만 직접 당해보니 그동안 쌓였을 카리나의 원한을 빙산의 일각이나마 이해할 수 있을 것 같았다.

"워렌?"

호텔 로비를 지나던 한 무리의 아이들 사이에서 귀에 익은 목소리가 들린 건 그때였다. 눈에 익은 붉은 곱슬머리 소녀가 고개를 빼꼼 내밀고 상대를 확인했다.

"이사벨?"

"헤이젤까지! 나 보러 온 거야?"

"이사벨, 여긴 어떻게 왔어?"

"어떻게 라니. 학교 여행…… 어? 파비오는 왜 여기 있어?"

"파비오가 뭐야. 아빠라고 부르랬지!"

"허. 관광 왔다더니."

부녀간의 대화에서 상황을 파악한 워렌이 파비오를 향해 비웃음을 날렸다. 아무래도 딸 뒤를 몰래 밟다가 들킨 모양이다. 오만하게 독기를 뿜던 남자는 어디론가 사라지고 어린 딸 앞에서 변명거리를 찾아 쩔쩔매는 철없는 아빠만 남아 있었다. 아버지가 학교 여행에 따라와서 창피하다는 냉담한 딸의 반응에 애타는 얼굴로 핑계를 늘어놓는 모습을 보며 워렌이 통쾌한 듯 웃었다.

"이사벨. 내일 다시 보자."

"응, 여기 며칠 더 있을 거니까 같이 놀러 가자!"

"이사벨! 아빠는 어쩌고!"

"몰라. 멋대로 따라왔으니 멋대로 어디든 가 있든가!"

"내 작은 천사가 너무 차가워!"

티격태격하는 부녀를 바라보던 헤이젤이 조그맣게 속삭였다.

"몰랐는데, 작은 카리나 씨 같네요."

"저 남자를 대하는 모습도 엄마를 똑 닮았어."

"그래요?"

아버지 다루는 스킬이 제 엄마랑 똑같다는 말에 헤이젤이 놀랐다. 저 교묘하고 이기적인 남자를 두 여인이 폭언으로 다스리는 모습은 도저히 상상하기 힘들었다.

"뺀질대더니 거참 고소하다."

워렌은 다분히 어린아이 같은 빈정거림을 남기고 호텔 보이가 건네주는 열쇠를 받았다. 쩔쩔매며 이사벨을 따라간 파비오가 시야에서 사라지자 워렌은 '그건 그렇고'라며 헤이젤에게 차가운 시선을 던졌다.

"조금 전 저 자식이 한 말이 무슨 뜻인지 설명 좀 들어보고 싶은데."

"히이익."

애먼 불똥이 자신에게 튄 것을 깨달은 헤이젤이 어깨를 움츠리며 작은 비명을 질렀다. 파비오가 사라진 곳을 바라보며 네가 저지른 일 뒷수습 정도는 하고 가라고 소리치고 싶었으나 호텔 로비

는 이미 텅 빈 뒤였다. 아무리 봐도 파비오의 복수는 워렌보다도
자신에게 치명적으로 작용한 것 같다며 소녀는 눈물을 글썽였다.

헤이젤의 손목을 잡은 워렌은 일직선으로 객실로 향했다. 쾅!
큰 소리가 나도록 문을 닫고도 잡은 손을 놓지 않은 채 소녀를 바
라보며 해명을 요구했다.

"그게 어떻게 된 일인가 하면요……."

헤이젤은 더듬더듬, 아서가 다시 찾아온 날 두 사람이 산책 갔
던 이야기를 했다. 거리를 걷다가 우연히 파비오를 만났고, 그와
아서가 상당히 친밀한 사이로 보였다는 것. 그리고 오는 길에 양
산 선물을 받았다는 부분까지 들은 워렌의 눈이 점점 가늘어졌
다.

"그게 다예요. 금방 돌아왔어요."

"그다음은?"

"네?"

"그 남자가 나 몰래 또 온 적 있어?"

"아니요. 아, 이번 주에 같이 배 타러 가기로 하기는 했는데."

"불법 침입자와 배 같은 걸 왜 함께 타!"

"그게, 그거라도 안 하면 극장에 데려간다고 해서……."

거절하기 힘들어서 잡은 약속이었다는 설명에 거절이란 말의
사전적 의미를 알고는 있느냐는 쓴소리가 뒤따랐다.

"게다가 저 남자가 그 도둑과 친한 사이였다 이거지."

지나치게 무방비한 대응을 한 헤이젤에게 한바탕 설교를 한 워
렌이 코웃음을 쳤다.

"'신부'를 훔쳐달라고 청탁한 게 누구인지 알겠군."

"네?"

대체 지금의 흐름에서 어떻게 그 이야기가 나오는지 이해할 수 없던 헤이젤이 야단맞던 것도 잊고 호기심 가득한 시선으로 그에게 다가갔다.

"뻔하잖아. 그 당시 내가 오토마타를 만든다는 걸 아는 사람은 극히 드물었어. 저택에 풀 스케일 인형이 있다는 건 내부자만 알고 있었고. 즉, 카리나나 이사벨이 무심코 흘린 말을 주워들은 파비오가 그 검은 머리에게 의뢰한 거지. 저택에 인형이 있다는 걸 어떻게 알았나 했더니."

"아. 그렇게 된 거였구나."

"호기심에 훔쳐 내서 팔아볼 생각이었던 것 같은데, 사람 잘못 건드렸어."

"워렌. 무서워요……."

격양된 어조로 워렌이 중얼거리자 겁을 먹은 헤이젤이 그의 소매를 잡았다.

"별거 안 해. 그저, 사랑해 마지않는 딸과 부인이 이쪽 인질이 될 수 있다는 걸 놈에게 철저히 깨닫게 해줄 생각이야."

"아―"

그거라면 뭐. 파비오에 대한 원한이라면 소녀에게도 있었다. 헤이젤은 고개를 끄덕이며 그 정도는 정당한 복수에 속한다고 잡았던 옷자락을 놓았다. 부디 마음대로 해주었으면 한다.

"그 남자가 부인 몰래 우리에게 복수하거나 그러지는 않겠죠?"

"무슨 일 나면 카리나가 눈치챌걸."

지옥문이 열릴 거라는 한마디에 안심한 헤이젤이 웃었다. 내일 파티에 가려면 얼른 깨끗이 씻고 자라고 워렌을 욕실로 밀어 넣은 뒤 호텔 서비스를 불러 내일 입을 정장과 드레스를 다리도록 부탁했다. 할 일을 마친 헤이젤은 객실 창을 열고 밖을 내다보았다. 어두운 저편에 거대한 건축물이 보였다. 실루엣만 보아도 꽤 웅장하게 지어진 별궁이 가까이에 있었다. 빛을 받으면 어떤 모습으로 보일지 궁금했던 소녀는 그 풍경을 상상하며 턱을 괴고 한참 창밖을 응시했다.

✻

늦은 아침, 준비를 마친 둘은 입궁했다. 간단한 몸수색 후 수월하게 별궁 입구를 통과한 두 사람은 노련한 인상의 나이 든 하인이 그들을 기다리는 모습을 보았다.

"오랜만에 뵙습니다. 워렌님."

"오랜만이군. 아직 정정하지 않은가. 이러다 아기 왕자님까지 모시겠군."

"적어도 하트퍼드가 후계자님이 탄생하시는 건 지켜보고자 합니다."

그는 헤이젤을 워렌의 연인이라 오해한 것 같았다. 그녀가 나설 자리가 아님을 알고 있으니 정정해 줄 수는 없었지만, 워렌이 동행을 제안하지 않았다면 굳이 오해 살 일도 없었을 거라 생각하니 미안한 기분이 들었다.

"거참 욕심도 많네."

"공주님께서 기다리십니다. 이쪽으로."

아는 사이인지 꽤 친밀한 어투로 말을 나눈 두 사람은 길고 화려한 복도를 지나 커다란 문이 있는 곳에 도착했다.

"오늘 다회는 별궁에 계신 왕족분들이 참석하십니다."

"알아. 할머니부터 어린애까지 삼대가 한데 모여 아주 시끄럽지."

"이번만큼은 부디 도중에 도망하시는 일은 없으시길 바랍니다."

이번만큼은, 이라는 말에 헤이젤이 힐끔 워렌을 올려다보았다. 짜증이 나는 듯 문 너머를 노려보는 그에게서 갤러리의 입장을 두고 풍기던 날카로운 긴장감은 느껴지지 않았다. 오히려 익숙한 지겨움이 느껴졌다면 모를까. 지나치게 능숙한 대처에 소녀가 의아함을 표하려는 찰나, 거대한 문이 열리고 안쪽에 자리한 하인들이 방문객을 소개했다.

"하트퍼드 공작님께서 오셨습니다."

"엑."

커다란 소리에 묻혀 소녀의 비명은 곁에 있는 워렌에게 간신히 들릴 정도였다. 깜짝 놀라 손으로 제 입을 가렸지만 워렌에게는 선명했던 모양이었다. 헤이젤은 기묘한 얼굴로 자신을 바라보는 그를 피해 끈질기게 앞만 바라보았다.

'워렌이 공작님이었어?'

처음 듣는 이야기다 보니 놀랄 수밖에 없었다. 더 큰 소리를 지르지 않은 자신이 기특할 정도였다. 귀족이라는 말을 들었어도 낡고 허름한 하트퍼드 저택에서 지내다 보니 변방의 이름 없는 귀족 정도가 아닐까 생각하던 헤이젤이었다. 작위를 승계받았다는 말은 들었어도 이렇게까지 높을 줄은 몰랐다. 워렌이 실리를 따지고 허식을 하지 않는 성격인 것은 알았어도 하인 한 명 없이 자취하는 공작님이라니 상상을 초월하는 파격이지 않은가.

예상치 못한 폭로에 눈을 휘둥그렇게 뜬 헤이젤 앞으로 아름다운 여성이 다가왔다. 연한 붉은색 드레스를 입은 우아한 숙녀가 그들을 향해 손을 내밀며 웃었다.

"어서 와요, 워렌."

"에드나 공주님."

정중한 인사를 건네는 워렌의 말에 놀란 헤이젤이 서둘러 공주에게 인사를 건넸다.

"당신이 대체 언제쯤 핑크빛 소문을 들려줄까 걱정했는데, 기우였군요."

"제 걱정을 해주시는 분들이 이리 많은지 몰랐습니다."

시큰둥한 반응을 보이자 공주가 채근했다.

"아무리 아끼는 아가씨라지만 제게 소개도 해주지 않을 건가요?"

"이쪽은 헤이젤…… 하트퍼드라고 합니다."

"어머. 하트퍼드 집안 아가씨로군요? 누구 딸이지? 질리언? 데이빗?"

"아주 먼 사촌이라 아마 모르실 겁니다."

"흐음? 그래요. 내가 모를 정도로 먼 사촌이 있나 보죠."

두 사람의 말이 길어지자 머뭇대며 고개를 든 헤이젤은 에드나를 유심히 바라보았다. 기품 넘치는 공주는 워렌과 비슷한 연령대가 아닐까 싶었다. 그녀는 요염한 검은 드레스가 잘 어울리는, 지적이고 매력적인 미인이었다.

'서로 친한가 봐.'

워렌이 공작이라는 말이 농담이 아니었을까 싶다가도 공주를 앞에 두고 허물없이 대화를 이어 나가는 모습을 보면 정말인 것 같다는 생각이 들었다. 왕가에는 세 명의 공주가 있다. 지금 워렌

과 이야기하는 에드나는 현 국왕의 둘째 공주로 몇 해 전 결혼을
해 지금 세 살짜리 아들이 있다고 했다. 이야기 나누는 도중에
깨알같이 아들을 데려와 부럽지 않으냐며 자랑을 하기까지 했다.

공주라는 신분을 떠나면 오랜만에 재회한 친구끼리 담소를 나
누는 모습이라고 해도 믿을 수 있을 만한 장면이었다. 워렌은 비
단 공주뿐만이 아니라 왕족들 대부분과도 안면이 있는지 그를 발
견한 사람들이 몰려들어 인사를 나누기 바빴다.

'이렇게 친하면 굳이 나까지 안 데려와도 되는 거 아니었을까?'

다회가 부담스러워 함께 가자는 말이 나왔다고 생각하던 헤이
젤은 느긋한 그의 얼굴을 보며 고개를 갸웃거렸다. 왕족들을 만
나 부담된다기보다 대가족 여성들이 총출동해 집안 문제아인 큰
아들을 두고 수다를 떠는 분위기에 더 가까워 보였다.

'가족이 없다는 말에 걱정했는데, 저분들이 그 자리를 대신할
수 있을 것 같은 느낌이 들어.'

사촌들과의 연도 전부 끊었다는 말은 들었지만, 아직도 그를
걱정하는 사람들이 있다는 걸 알게 된 헤이젤은 마음이 놓였다.
오랜만에 만난 이들과 따로 시간을 보내도록 해줄 생각에 소녀는
조용히 자리를 떴다. 커다란 정원에서 벌어지는 연회였다. 별궁에
나와 있는 왕족들이 참여하는 곳이라 그들과 안면이 없는 헤이젤
은 기웃기웃 정원을 구경하며 한적한 곳까지 걸어 나왔다. 철 지
난 장미 넝쿨 사이에서 불쑥 손이 나온 건 그때였다.

"이래도 인연이 아니라고 할 거야?"

"누구……!"

예상외의 사람이 헤이젤을 장미 숲으로 이끌었다. 장미 덩굴이
감긴 커다란 대리석 기둥 뒤에서 모습을 나타낸 것은 아서였다.

"여긴 어떻게 들어왔어요?"

"우린 마음이 통하나 봐. 나도 같은 걸 물으려던 참인데."

"설마 여기까지 뭘 훔치러 온 건!"

"아, 잠깐. 소리 지르는 건 좀 참아줘."

별궁에 도둑이 들었다고 비명을 지르려는 헤이젤의 입을 황급히 막은 아서가 곤란한 듯 웃었다.

"아무리 나라고 해도 고모님에게 들키면 무서워서 말이지."

"읍읍!"

"조용히 한다고 약속하면 놓아줄게."

헤이젤이 고개를 끄덕이자 아서가 못 미더운 눈치로 말을 이었다.

"망설이지도 않고 끄덕이니까 그건 그것대로 또 수상한데. 놓아주면 다시 소리 지르는 거 아니야?"

헤이젤이 입에 올려진 손을 양손으로 밀어 내리며 외쳤다.

"다음부터는 깨물어 버릴 테니 그리 아세요."

"아, 나 그런 플레이도 해보고 싶었어."

협박이 먹히지 않는 천연 변태에게 말을 잘못 꺼냈다며 헤이젤은 좌절했다. 아서는 나른한 미소로 설명했다.

"오늘은 정말 뭐 훔치러 온 거 아니니까 걱정하지 마. 아무리 나라도 이 정도로 경비가 삼엄한 곳을 털 만큼 간이 크지는 않으니까."

"그럼 대체 여긴 왜……?"

"오늘 인형극이 있다는 이야기는 들었는데, 헤이젤이 온 거 보니 그 하트퍼드 뭐시긴가도 같이 왔을 테지? 그 작자는 에드나 공주가 붙들고 안 놓아줄 테고."

"당신, 워렌이랑 아는 사이였어요?"

"아니. 헤이젤을 알게 된 뒤에 호기심이 일어서 살짝 조사해 봤어. 둘째 공주님이랑 공작님이 특별한 사이였다는 것도."

"특별한 사이?"

"몰랐어? 두 사람, 결혼할 거라는 소문이 있었어."

헤이젤의 눈이 크게 떠졌다. 친밀한 사이라고는 생각했지만 그 정도일 줄은 몰랐다.

"에드나 공주가 결혼을 늦게 한 건 하트퍼드 공작의 청혼을 기다리다 지쳐서라는 소문이 있었거든."

"그랬구나……."

어딘가 납득되는 설명에 소녀가 수긍하자 아서가 헤이젤의 얼굴을 손가락으로 쓰다듬었다.

"저런 괜찮은 여자를 기다리게 하다니 최악 아니야?"

만일 두 사람이 그런 사이였다고 한다면 재정 문제가 걸렸을 가능성이 컸다. 아무리 공작이라지만 딸린 하인 한 명 없는 집에 공주님을 모실 수는 없지 않은가. 원치 않은 결별을 힘들게 받아들인 걸지도 모른다. 내부 사정을 아는 헤이젤이 곤란한 얼굴을 하자 아서가 쐐기를 박았다.

"내 아가씨는 상처받지 않았으면 해."

유혹하는 어투로 달콤하게 달래는 아서의 대화를, 워렌의 서늘한 목소리가 칼처럼 잘랐다.

"하, 그건 댁이 관여할 일이 아니지 않나 싶은데."

헤이젤의 얼굴선을 따라 훑어 내려오는 손가락을 잡아채며 내뱉었다. 워렌은 그녀의 얼굴에 더러운 것이 묻기라도 한 듯 닿아 있던 손을 멀리 집어 던졌다.

"야아. 이번에는 꽤 빨리 눈치챘네?"

격렬하게 타오르는 눈을 마주한 아서가 능청스럽게 웃었다. 에드나에게 붙들려 정신이 나가 있는 동안 헤이젤이 사라진 걸 눈치채지 못했을 줄 알았다며 비아냥거렸다.

"뭐 그렇다 해도 그리 빠르진 않았어. 내가 하고 싶은 말은 다 했거든. 남은 건 헤이젤을 데리고 살짝 사라지는 거였는데."

"짧은 시간 동안 무척 야무진 꿈을 꾸셨군."

"정말 그럴까? 어때, 헤이젤. 나와 배를 타기로 한 약속, 지켜야지?"

안 그래도 저 배 때문에 얼마나 긴 설교를 들었던가. 아서의 말에 헤이젤이 흠칫 전날 밤의 공포를 떠올렸다. 굳이 보지 않아도 서릿발처럼 매서운 워렌의 눈빛이 점점 더 험악해지는 걸 느낄 수 있었다. 간다고 말했다가는 잔소리의 강도가 더 길어질 것을 염려한 헤이젤이 고개를 숙여 시선을 떨구자 아서가 그 모습을 어떻게 해석했는지 딱하다는 얼굴로 그녀를 설득하기 시작했다.

"만일 저 남자가 강제적으로 구는 거라면 언제든 말해. 내가 구해줄 테니."

"아니, 그런 게 아니라……."

"왜? 지난번처럼 또 불법 침입을 하시려고?"

"필요하다면."

"아주 사회에서 매장당하고 싶으신가 보군."

"헤이젤을 위해서라면 그 정도쯤 각오하는 건 아무것도 아니지."

점차 언성이 높아지자 경비들이 달려와 두 사람을 제지했다. 이들의 소동은 결국 나이 많은 왕녀들의 귀에까지 들어가고 말았다. 결국 둘 다 나이 지긋한 할머니들 앞에 끌려가 야단을 맞는 것으로 상황이 종료되었다.

"너희는 대체! 초면에 싸움이 뭐니!"

"워렌 너는 행사 때마다 오라고 그렇게 말해도 말 한 번 안 듣더니, 몇 년 만에 나타나서 참 잘하는 짓이다."

"그리고 아서 넌! 친구 보러 내려왔다더니 손님이 모셔 온 아가씨나 꼬시고! 정말 언제 철이 들래!"

상황을 지켜보던 헤이젤은 아서가 몰래 들어온 것이 아니라는 사실을 알게 되었다. 그는 왕녀 중 한 사람의 친척으로 이번 여행에 동행하게 되었다고 했다. 친구를 보러 내려왔다는 말에 어제 호텔 로비에서 만난 파비오가 자동으로 떠올랐다. 친구라는 건 아마 그를 말하는 게 아니었을까. 아서라면 아마도 파비오를 만날 생각에 겸사겸사 내려왔을 것 같았다.

'귀족일 거라는 생각은 했는데, 이 사람도 엄청난 집안 출신이었구나.'

첫인상이 좋지 않았던 탓인지 부유한 젠트리 계층이 아닐까 생각했는데 왕족과 직접적인 혈연관계일 줄은 꿈에도 몰랐다. 천성적으로 능청맞고 살가운 탓인지 어른들의 귀여움을 독차지해 이런 소규모 왕족 모임에도 자주 초대받는다는 말에 더더욱 놀랐다. 아이들처럼 야단맞는 두 사람을 지켜보며 안절부절못하던 헤이젤은 누군가 자신의 어깨를 가볍게 두드리는 걸 느끼고 뒤를 돌아보았다.

"어르신들 잔소리가 시작되면 기본 삼십 분이니 우리는 이 틈에 도망가요."

입술에 손가락을 댄 에드나가 헤이젤을 조금 더 안쪽, 인적이 드문 정원으로 안내했다.

"저 공주님. 여기는 왜……."

"손님으로 별궁까지 와서 남자들 옥신각신하는 거 보는 것만 해도 덥고 답답한데 할머님들마저 잔소리 보따리를 열기 시작하셨잖아요. 제대로 다과를 즐길 시간도 없었죠?"

여기로 끌고 온 것도 딱히 다과를 즐기는 일과는 거리가 멀다는 생각에 헤이젤이 재빨리 고개를 저었다.

"아, 괜찮아요. 저는 조수로 따라온 거라……."

"워렌 성격에 혼자 하면 했지 아가씨를 막 부릴 것 같진 않은데. 부담 갖지 않아도 괜찮아요. 좀 느긋하게 쉬라고 데려온 거니까."

그렇게 말한 에드나는 헤이젤을 벤치에 앉힌 뒤 자신도 그 옆에 앉아 한동안 말없이 정원을 바라보았다. 공주의 의도를 파악하지 못해 불안한 얼굴로 자리에 앉은 헤이젤 역시 하는 수 없이 정원을 바라보았다. 별궁 정원은 아직 남아 있는 푸른빛과 이미 변화가 시작된 붉고 노란 나뭇잎들이 한데 모여 커다란 과일 바구니를 연상시켰다. 단풍이 든 나무들의 색 조화가 절묘해 헤이젤이 저도 모르게 감탄하자 그 모습을 본 에드나가 설명했다.

"나무를 심을 때 가을철 낙엽 지는 색까지 염두에 두고 자리를 배치한다고 하더군요."

과연, 왕궁 정원사쯤 되면 사계절을 생각하고 나무를 심는 거로구나. 계절마다 각각 다른 그림이 그려지는 걸 예상하며 꾸며야 할 테니 지금 광경은 엄청나게 많은 고민과 노력 끝에 나온 작품이라는 사실을 새삼 깨닫는다. 그러나 정작 헤이젤의 관심은 눈앞에 펼쳐진 아름다운 정원보다도 옆자리에 앉은 성숙한 미인에게 쏠렸다. 둥근 이마에 동그란 턱선, 부드럽고 도톰한 입술. 전체적으로 포근한 인상을 주는 사람. 갈색 머리에 녹색 눈동자 역시 따스한 기운이 감돌았다.

'이 사람이라면 워렌과도 잘 어울릴 것 같아.'

결혼 이야기를 들어서 그런가, 조금 전 두 사람이 함께 서 있던 모습을 떠올려 보았다. 건조한 사막처럼 과묵한 남자와 그 영혼에 생명을 불어넣어 줄 단비 같은 여인. 워렌이 그녀 같은 여성을 놓친 건 정말 아쉬운 일임이 틀림없었다. 한 폭의 그림같이 어울리는 선남선녀가 이루어지지 않은 사실에 아쉽다는 생각을 하는 건 당연한 일일 텐데도 가슴 한편이 싸하게 내려앉는 기분 역시 함께 느껴졌다. 이건 대체 무엇일까. 에드나를 곁눈질하며 원인을 찾아보아도 짐작 가는 구석이 없었다.

정원을 보는 척 다시 에드나를 바라보다가 그녀와 눈이 딱 마주친 헤이젤은 당황으로 그 자리에 굳었다.

"……정원을 보여주고 싶었던 건 진짜예요. 정말 예쁜 곳인데 별궁 사람들 외에는 봐주는 사람도 없어 아쉬웠거든요. 그리고 아가씨를 이곳에 데려온 건 사실."

에드나는 헤이젤을 뚫어져라 바라보며 속내를 털어놓았다.

"워렌의 아가씨가 어떤 사람인지 좀 흥미가 있었거든요."

"넥?"

당황해서 목소리가 뒤집힌 것도 눈치채지 못한 헤이젤이 놀라 묻자, 에드나가 빙그레 웃었다.

"저 철벽남이 여성을 에스코트하고 별궁에 온 건 천지개벽 다음가는 사건이라고요."

헤이젤은 이게 대체 무슨 소리인지 몰라 입만 뻐끔거렸다. 왜? 같이 오면 안 되는 거였나? 왕족에게 초대받은 사람만 들어와야 하는 거였을까? 짐작 가능한 가설을 이것저것 떠올려 보며 에드나를 바라보았다. 원래 자신의 몸이었다면 이미 심장마비가 왔을지도 모른다.

"친척이라는 건 거짓말이죠? 제가 아는 한 하트퍼드 가문에 이런 어여쁜 아가씨는 존재하지 않았거든요."

금발에 푸른 눈, 거기에 이 외모. 하트퍼드 집안 혈통에 이런 아름다운 아가씨가 있었다면 이미 중매업자가 들끓었을 거라는 지적을 받고서야 거짓말이 들켰다는 걸 깨달았다. 대답이 궁해진 헤이젤이 눈을 굴리자, 그럴 줄 알았다는 듯 공주가 웃었다.

"소개하기 애매하니 둘러댔다는 것쯤 알고 있어요. 정직하게 사귀는 사람 데려왔다고 털어놓으면 그때야말로 어르신들이 워렌을 궁전 기둥에 묶어두고 첫 만남부터 차곡차곡 다 털어놓게 하실걸요."

"저, 그건 곤란……."

"워렌이 어떤 아가씨를 만날지 궁금했어요."

"아."

그 말을 하는 에드나의 얼굴은 담담했다. 그러나 헤이젤은 그녀가 어떤 마음으로 자신을 보고 싶어 했는지 짐작이 갔다.

'나도 워렌과 결혼할 뻔한 사람이 궁금했는걸.'

다시 그녀의 얼굴을 훔쳐본 헤이젤이 민망한 듯 시선을 떨궜다. 워렌과 자신은 그녀가 생각하는 그런 관계가 아니지만, 그렇다고 인형이라는 걸 밝힐 수도 없고 기억이 없어 제 성조차 모른다고 설명할 수도 없는 이상 그저 애매하게 웃을 수밖에 없는 상황이었다.

'게다가 왜인지는 몰라도.'

에드나에게 '그런 사이가 아니다'라고 확실하게 부정하지 않는 제 모습을 헤이젤은 부끄럽게 생각했다.

'어째서 말하지 못하는 걸까.'

지금 상황이나 기억 상실에 대해 털어놓는 것보다 훨씬 간단할 한마디를 차마 꺼내지 못하고 우물쭈물하는 자신이 싫었다. 헤이젤은 얕은 한숨을 쉬며 주변을 둘러보았다. 꼭 보고 싶었던 별궁의 정원에 와 있는데도 다른 일로 마음이 복잡해 풍경을 즐길 여유가 없다니. 자기혐오에 빠져 고개를 수그리고 있자니 에드나가 헤이젤의 얼굴을 손으로 들어 유심히 바라보았다.

"그리 부끄러워할 거 없어요. 할머님들께는 비밀로 할게요. 어머, 처음 보았을 때 얼핏 생각했지만 이렇게 보니…… 닮았네요."

"네?"

"눈동자며 머리색이며 다 달라서 처음엔 착각인가 싶었는데, 눈매라던가 작은 부분들이 꽤 닮았어요."

에드나가 하는 말을 이해하지 못한 헤이젤이 눈을 깜박였다.

"닮았다니……."

"아, 미안해요. 나만 아는 이야기를 했네. 예전에 워렌이 알던 사람이랑 많이 닮은 것 같아서 그만."

'……올리비아.'

공주의 말에 떠오르는 이름이 있었다. 움직이는 '신부'를 보고 놀란 워렌이 무의식중에 불렀던 그 이름. 예상외의 순간에 예상외의 인물에게서 그 사람에 대한 이야기를 듣게 된 헤이젤은 긴장으로 몸을 곧게 폈다.

"당신처럼 아름다운 사람이 아니었어요. 지금 생각하면 상당히 평범한 축에 속했는데, 어째서인지 당신을 보고 있자니 문득 그녀가 떠오르네요."

"그, 분은……."

올리비아에 대해 궁금했다. 알고 싶은 것이 너무 많아 무엇부터 물어야 하는지 몰라 뜸을 들이는 사이 공주가 이야기를 계속했다.

"원래도 우울하던 얼굴이 그녀가 떠나고 한층 더 우울해졌다니까요. 워렌의 저 얼굴은 그때 완성된 거나 다름없죠. 말도 마요. 얼마나 오랫동안 가라앉아 있었는지. 그때부터 저택에 처박혀서 은둔자처럼 살았죠."

"원래 그런 사람이 아니었구나……."

"아, 혹시 이런 얘기 하면 안 되는 거였을까? 갑자기 생각나서 떠들다 보니 실수한 것 같은데, 미안해요. 그래도 지금은 당신 곁에서 행복하니 다 잊었을 거예요."

"뭘 잊습니까?"

"어머, 워렌. 언제 소리도 없이 뒤에 와 있던 거예요?"

비밀 이야기를 나누다 들킨 사람들처럼 놀란 에드나와 헤이젤은 워렌이 나타난 쪽을 바라보며 펄쩍 뛰었다.

"오면 안 됩니까?"

"할머님들이 벌써 놔주셨어요?"

"상대가 도망가서 풀려났습니다."

찌푸린 얼굴로 그렇게 말한 워렌은 자신을 바라보지 않는 헤이젤을 보며 고개를 갸웃했다.

"아서가 벌써 도망갔나요? 그는 설교가 시작되면 용의주도하게 매번 잘도 빠져나가기는 했어요."

"헤이젤. 어디 아파?"

"네? 아, 아니요."

퍼뜩 고개를 든 헤이젤이 힘겹게 그와 눈을 마주쳤다. 어색하게 돌아오는 대답을 들은 워렌이 점점 더 미간을 구기며 그녀를 살폈다.

"인형극을 시작하려고 하는데 두 분이 보이지 않아서 모시러 왔습니다만. 혹시 중요한 이야기라도 나누고 계셨습니까?"

"아니에요. 맞아, 인형극. 그거 때문에 오셨죠."

"……공주님이 불러놓고 이러는 법이 어디 있습니까."

"워렌의 오토마타에 대한 소문이 얼마나 퍼졌는데요. 저도 보고 싶었다고요. 전시회를 하면서 초대장도 보내주지 않고."

"공주님을 초대하면 다른 분들도 다 함께 오실 거 아닙니까. 그럼 제 전시회는 알현장으로 변신할 테고. 생각만 해도 끔찍합니다."

"부르기 싫다는 말을 꼭 그렇게 하더라."

"공주님이야 보고 싶다고 한마디 하시면 그만이지만 오토마타를 여기까지 가져오는 게 얼마나 힘든 줄 아십니까."

"제게 빚진 게 있으니 이 정도는 해줘야죠."

"쯧."

빚? 설마 공주님에게도 돈을 빌린 건가? 대체 빚이 얼마나 크길래 공주에게까지 돈을 빌렸어야 하나 싶어 워렌을 바라보니 그런 헤이젤의 마음을 읽기라도 한 듯 그가 손을 저었다.

"그런 거 아니야."

"그럼……?"

정말 돈 때문에 공주님이랑 결혼하지 못한 건가 싶어 걱정스레 바라보자니 그가 화가 난 얼굴로 에드나에게 따졌다.

"안 그래도 가난하다는 소리만 줄곧 들어 겁먹은 애에게 오해 될 만한 이야기는 하지 마시죠."

"어머. 그게 어디가 오해예요."

워렌을 골탕 먹이는 것이 즐겁다는 얼굴로 에드나가 설명했다.

"공작가를 상속받을 때 세금이 지나치게 많이 책정된 나머지 나라에 돈을 빌린 뒤 이자를 갚기로 했다는 건 들었나요?"

"네."

"사실 공주에게 그리 큰 재산은 없거든요. 대신 갚아주거나 빌 려주는 통 큰 일은 못 해도 지위를 이용해서 은행 금리를 좀 낮 춰줄 수는 있었어요."

"그걸 이유로 평생 꼬리가 잡혀 있지."

"누가 들으면 제가 엄청난 부탁을 하는 줄 알겠네요."

새초롬하게 대답한 에드나가 자리에서 일어났다.

"자식에게 인형극을 보여주고 싶은 엄마의 마음이랍니다."

그 말을 남기고 공주는 아들의 이름을 부르며 정원을 벗어났 다. 아이와 함께 있던 유모가 이미 모든 준비가 마쳐져 있는 야외 극장 좌석 쪽에서 손을 흔들었다.

"헤이젤."

워렌이 멍하니 생각에 잠긴 소녀를 들여다보았다. 워렌에 대해 서 알게 된 것이 많은 하루였다. 기쁜 한편, 몰랐으면 좋았겠다는 생각 역시 들어 헤이젤은 혼란스러워했다. 불안을 감지한 워렌이 걱정스러운 얼굴로 소녀 앞에 무릎을 꿇었다. 발끝을 바라보는 시선을 억지로 올리게 해 안색을 살피며 물었다.

"에드나 공주에게 무슨 이야기를 들은 거야?"

"아……. 별거 아니에요."

"그럴 줄 알았어."

따로 데려가도록 틈을 주는 게 아니었다며 한숨을 내쉰 워렌이 어금니를 물며 말했다.

"저 공주님은 겉보기는 부드럽고 상냥해 보여도 상당히 심술궂은 사람이야. 어릴 때부터 피해자이기보다는 가해자 쪽이었다고. 저 성격에 공주로서의 사교술까지 깨우친 후부터는 천하무적에 가까웠지."

제 사람에게 다정하기는 해도 틈틈이 괴롭히며 누가 우위인지를 재각인시키는 당당한 포식자 계열 인간이라고 설명했다.

"헤이젤에게도 아마 자신이 어떤 사람인지 은연중에 드러냈을 거야. 일부러 초면에 더 그러니까 놀랄 필요 없어."

"제게는 다정하게 대해주셨어요."

"그렇다면 다행이고."

밉살맞은 성격이지만 누구에게나 공평한 대우를 하는 사람이니 짓궂어도 그러려니 넘기라는 말에 작게 고개를 끄덕였다.

"나중에 정원 산책을 하자. 단풍이 들어 상당히 색이 깊어졌는 걸."

"네. 정말 예뻐요."

워렌의 곁에 서며 소녀가 대답했다. 사실 에드나에게 험한 대우를 받은 건 없다고 생각했다. 그녀는 그저 올리비아에 대한 이야기를 한 것뿐이고, 헤이젤이 그녀를 불편하게 여긴 이유는 두 사람이 결혼할 뻔했었다는 아서의 말 때문이었다.

'그건 나 개인의 문제일 뿐.'

에드나 탓은 아니다. 헤이젤은 행여 자신 때문에 워렌이 공주님에 대한 안 좋은 편견을 갖게 되지 않도록 잘 설명해야겠다고 생각했다.

"가자."

워렌이 헤이젤의 손을 잡았다. 생각에 잠겨 있던 헤이젤은 손을 잡히자 펄쩍 뛰어 오르듯 놀랐다. 팔짱은 끼고 걸었어도 손을 잡은 적은 없어서인지 두근두근했다. 익숙지 않아서 놀란 것뿐이라고 애써 침착함을 유지하려던 헤이젤은 그가 손을 잡은 채 야외무대까지 가려 하자 도중에 살그머니 손을 뺐다. 작은 반란을 감지한 워렌의 손은 오히려 더 꽉 잡아올 뿐 절대로 놓아주지 않았다.

'그러고 보면 사람들 앞에서 키스도 했는데, 왜 이런 작은 행동이 더 부끄럽게 느껴지는 걸까.'

그때는 단순히 격려하기 위해서였다고 애써 변명하며 넘기는 것도 문제가 있다는 사실을 깨닫지 못한 채, 잡힌 손이 부끄러워 주춤댔다. 그런 헤이젤을 힐끔 돌아본 워렌이 물었다.

"무슨 문제 있어?"

"……아뇨. 저기, 손 좀…….."

"그러니까. 무슨 문제가 있느냐고."

자신이 손을 잡는 것에 문제가 있느냐고 물어와 헤이젤의 말문이 막혔다.

'아니 꼭 문제가 있어야만, 아니 문제가 없어야만 손을 잡…… 이게 아닌데. 나 무슨 말을 하려던 거였지.'

당황으로 생각이 꼬였다는 걸 눈치챘는지 피식 웃은 워렌이 속삭였다.

"쓸데없는 변명 생각하지 말고."

그는 손 좀 잡고 걷는 게 이유까지 생각해야 할 정도냐고 물으며 끝까지 놓아주지 않았다. 그렇게 말하니 또 그런 것 같기도 하고. 약해지는 마음에 더는 거부할 마음도 들지 않았다. 그 상태로 사람들이 모인 곳으로 가자니 나이 지긋하신 숙녀분들이 그들을 가리키며 수군거리는 것이 느껴졌다.

"어머, 드디어."

"언제 정신을 차리나 했더니 이제야 아가씨를 데려왔군요. 공작이 너무 굼떠서 걱정이에요. 도망가기 전에 잡아야 할 텐데."

"예쁘긴 한데 집안은 어떻대요? 근본 없는 아가씨랑 결혼하는 건 전 반대예요."

"워렌에게 그런 것까지 바라지 말자고요. 저 애는 요령이 없어서 평생 홀아비로 살까 걱정이었잖아요. 짝을 찾은 게 어딘가요."

"아니, 그래도 집안은 봐야죠."

"저 아가씨 이리 좀 와보라고 해요."

"아, 왜 날 시켜요. 공작에게 미움받을 일은 당신이 하라고요."

밀담이라고 나름 작은 소리로 대화하는 듯 보이지만 할머님들 대부분이 가는귀가 먹은 상태였다. 서로를 향한 목소리가 크고 우렁차 숨길 마음이 있는 건지조차 의심스러울 정도로 단어 하나하나가 또박또박 귀에 들어왔다.

'처…… 대화 다 들리는데요. 매우 선명하고 깨끗하게.'

노골적으로 두 사람을 바라보며 토론이 시작된 덕분에 헤이젤은 민망함에 시선을 어디에 두어야 할지 몰라 망설였다. 워렌 역시, 불쾌한 표정을 감추지 않고 이래서 오기 싫었다며 투덜거렸다.

"어르신들 보여 드리려고 손잡았던 거예요?"

"뭐 그런 것도 없진 않지만."

"그렇구나. 할머님들이 걱정하시니까 거짓말로 안심시켜 드릴 생각이었죠? 미리 말해줬으면 제가 말을 맞췄잖아요."

"……왜 그런 쪽으로 이해하는 거지."

"네?"

"거짓말이라고 생각한 적 없는데."

워렌이 무대 장치를 확인하고 조용히 작동 스위치를 누르며 무심히 말했다. 오토마타를 작동시키는 동안에도 잡은 손을 놓지 않아 워렌이 가는 곳마다 졸졸 끌려 다니는 상황이 되었지만, 손을 잡은 남자는 그 기묘한 자세를 아무렇지 않게 생각하는 것처럼 보였다.

"뭐라고요?"

"쉿, 공연 시작됐어."

턱시도를 입은 오토마타가 걸어 나오는 걸 확인한 워렌이 소녀의 입술에 손가락을 가져다 댔다. 인형들이 정상적으로 움직이는지를 지켜본 뒤 그는 헤이젤의 손을 잡고 관객석에서 조금 떨어진 곳으로 갔다. 시야가 트인 정원 저 멀리에서 인형이 움직이는 걸 눈으로 확인하며 워렌이 눈을 가늘게 떴다.

"아까부터 생각했는데, 요즘 너무 피하는 것 같지 않아?"

"누가요? 제가요? 뭘요?"

"나를."

"헉!"

가까이 다가가 얼굴을 바라보자 헤이젤의 입가가 경련했다. 오늘따라 워렌이 들이대는 기분이 드는데, 왜 이러는 걸까. 이유를 알 수 없어서 불안했다. 도망갈 틈을 찾는 헤이젤을 보며 그가 혀를 찼다.

"어르신들이 하는 말은 못 들은 척해. 고지식한 분들이니까 호감을 표현하는 방법도 저런 식이야. 정말 마음에 안 차면 당장 나가라 성화를 부리실 분들이지."

저 정도면 합격점이라는 설명에 '아, 그런 거구나' 하고 고개를 주억거리다가 퍼뜩 제가 왜 점수를 따야 하는가 싶어 물었다.

"저기, 워렌."

"왜."

"제가 합격점을 받아야 할 이유가."

"거짓말하는 거 아니라니까."

"예?"

답답하리만치 기묘한 동문서답이 이어졌다. 말이 이어지지 않는데도 어째서인지 식은땀이 흐르는 착각이 들었다. 기분 탓인가, 날이 더워진 것 같기도 했다. 이상하기도 하지. 인형은 온도 같은 건 느끼지 못하는 거 아니었나? 그런데 진땀이 나는 것 같다며 제 손바닥을 들여다보았다.

"앨범을 보다가 생각했어. 가족 같은 분들이라 소개하고 싶다고."

이제 가족이 남아 있지 않은 그였다. 제 가족, 그리고 워렌의 가족에 대해 궁금해하는 헤이젤에게 소개하고 싶은 사람들이라며 미소를 지었다. 홀린 듯 그를 올려다보던 헤이젤은 그제야 고개를 끄덕였다. 가족에 대한 기억이 없는 헤이젤은 워렌의 이야기를 궁금해했다. 그는 부러운 듯 사진첩을 바라보는 그녀를 잊지 않았다. 별궁에 함께 와 그 아쉬움을 조금이나마 풀어주려 했다는 걸 알게 되었다.

"그랬구나……."

자신이 초대된 이유를 알게 된 헤이젤은 그제야 마음이 놓였다. 와서는 안 되는 곳에 온 것이 아니라는 사실에 가장 먼저 안 도감이 들었다. 워렌의 배려가 고마운 한편, 어딘가 아쉬움도 남았다.

'아쉬워?'

조금 전까지만 해도 의미심장한 말을 하는 워렌을 보며 불안을 느끼지 않았던가? 그러더니 설명을 들은 다음에는 '겨우 그런 거였나' 싶어 낙담하게 되는 이유는 뭘까. 욕심이 너무 많은 건 아닌가 반성하며 소녀는 웃었다.

"고마워요."

한편, 헤이젤이 지나치게 동요하는 모습을 보이자 아차 싶었던 워렌은 차마 어른들에게 '그런 의미'로 소개하고 싶어서 데려왔다는 말을 하지 못한 채 어물쩍 말을 바꿔야 했다. 사전 상의 없이 충동적으로 움직인 만큼 갑자기 폭탄선언이라도 하면 그녀가 질색할 수도 있지 않은가. 수습을 위해 얼버무려 놓고도 아쉬움이 남아 옅은 한숨을 비쳤다. 내친김에 진실을 고백해야 할지 망설이는 사이 짧은 인형극은 끝이 났다.

'저 인형극을 한 삼십 분짜리로 해야 했어. 아니면 무한 반복 기능을 넣든가.'

워렌은 중요한 순간에 말이 끊긴 화풀이를 애먼 오토마타에게 쏟았다. 왕족뿐만 아니라 그들을 위해 일하던 하인들까지 몰려들어 멀찌감치 원을 그리고 구경한 탓에 막이 내려간 뒤 커다란 박수가 쏟아졌다. 극이 끝나자 관중의 시선이 일제히 멀찌감치 떨어져 있던 워렌에게 쏠렸다.

"……정리하고 올게."

워렌이 아쉬움을 남기고 야외극장으로 향하자 에드나가 격찬

하며 그를 맞이했다.

"정말 아름다워요. 이런 실력이 있는 걸 왜 알려주지 않았죠?"

"과찬이십니다."

"당장 올라갈 건 아니죠? 오늘 못 본 아이들도 있으니 내일도 보여주세요. 그렇지, 별궁 손님용 숙소에 묵을 수 있도록 준비하면 되겠네."

"저희는 이미 옆의 호텔에 묵고 있습니다. 걱정해 주시지 않으셔도 됩니다."

"설마 제가 두 분을 방해하러 한밤중에 난입할까 걱정하는 건 아니죠?"

"……그럴 생각이셨나 보군요."

워렌이 차가운 시선을 던지니 공주가 자신도 눈치는 있다면서 까르르 웃었다. 아쉽지만 어쩔 수 없다고, 대신 내일 오후에는 함께 차를 마시자며 다시 다회에 초대하였다. 거절은 사양하니 꼭 참석하라는 말에 그가 공주를 바라보며 말했다.

"빚으로 묶여 있는 몸이라 어차피 거절도 불가능하지 않습니까."

"기뻐해 주는 방법도 여러 가지라는 걸 새삼 깨달아요."

쐐기를 박는 에드나가 어딘지 일 시킬 때의 카리나를 닮은 것 같아 한숨을 쉰 워렌은 얌전히 고개를 끄덕이는 인사를 건넸다. 하인들에게 무대를 치우게 명령한 에드나는 문득 생각난 듯 뒤를 돌아 워렌을 불렀다.

"워렌. 정말 궁으로 돌아오지 않을 건가요?"

"안 돌아갑니다."

한 치 망설임도 없는 대답에 공주는 어쩔 수 없다는 듯 미소 지었다. 워렌은 다른 귀족들에게 다가가 가벼운 인사를 건넨 뒤 파티 장소를 거침없이 빠져나갔다. 에드나는 그 뒷모습이 시야에서 완전히 사라질 때까지 그 자리에 서 있었다.

헤이젤은 두 사람이 주고받는 대화를 들으며 생각했다. 워렌 앞에 선 공주는 마치, 좋아하는 사람을 괴롭히며 관심을 끄는 사춘기 아가씨를 떠올리게 했다.

'솔직하지 못한 사람이네.'

남의 비밀을 알게 된 것 같아 미안한 기분이 들었다. 그리고 자신의 말 못 할 비밀도. 이루지 못한 짝사랑에 아파하는 공주님을 잠시나마 질투했다는 사실은 가슴 깊이 묻어두어야겠다고 소녀는 생각했다.

"오늘은 사람이 너무 많아서 정원 구경을 못 했는데, 내일 차분하게 하자."

"아, 네."

헤이젤이 기운 없어 보이는 이유가 정원을 보지 못한 아쉬움 때문이라 생각했는지 워렌이 미안한 얼굴로 다음을 기약했다. 밝은 낮에 본 호텔은 생각보다도 더 별궁과 가까웠다. 호텔 입구에서 길고 긴 산책로를 따라 걸으면 그 끝에 별궁이 보여 도보로 가는 것도 가능할 정도의 거리였다. 후에 들은 설명으로는 별궁측 관계자가 이 호텔을 운영하고 있다고 했다. 천천히 산책로를 걷던 워렌은 잠시 발걸음을 멈추고 헤이젤이 곁에 올 때까지 기다렸다. 생각에 잠겨 조금 처진 속도로 따라오던 소녀가 옆에 다다르자 그는 헤이젤의 손을 찾아 쥐었다. 갑작스러운 행동에 헤이젤이 흠칫 놀랐다.

'어르신들도 안 계시는데, 이제 이런 거 안 해도 되지 않나?'

무슨 말이 있지 않을까 조심스레 워렌을 바라보았지만 그는 특유의 무료하다는 무표정으로 앞을 보고 걸을 뿐이었다. 별생각 없이 잡은 건가 싶어진 헤이젤은 전처럼 굳이 손을 빼야 할 이유를 찾지 못했다. 소녀가 손을 빼지 않고 마주 잡아오자 옅은 미소를 띤 워렌이 장난스럽게 손가락 하나하나를 엮으며 깍지를 끼어왔다. 제 손을 쥔 커다란 손등을 바라보며 소녀는 생각했다.

'이 손은 아마도 따뜻하겠지.'

자신이 살아 있는 사람이라 그의 체온을 느낄 수 있었다면 정말 좋았을 텐데. 헤이젤은 이루어질 수 없는 소원을 씁쓸하게 곱씹으며 워렌 곁을 함께 걸었다.

＊

소녀는 종종걸음으로 호텔 복도를 걸어가고 있었다. 객실에 돌아온 워렌이 옷을 갈아입는 사이 내일 입을 정장을 다려두기 위해 급사를 찾던 중이었다. 로비가 술렁이는가 싶더니 누군가가 달려오며 소리쳤다.

"불이 난 것 같습니다! 연기가 보입니다!"

"뭐라고? 무슨 일이야?"

웅성대는 사람들 사이에서 가까스로 불이라는 말을 주워들은 헤이젤이 눈을 크게 떴다. 화재. 단어가 인식되는 순간 자동차 사고와 치솟아 오르던 불길을 떠올린 몸이 긴장으로 굳어졌다. 그녀는 이리저리 뛰어다니는 사람들 사이에서 떨려오는 몸을 어떻게든 진정시키려 애썼다.

'이 근처인가?'

화재의 근원지를 파악하기 위해 두리번거리는 사이, 몇몇 사람들이 위를 가리키며 '3층 창문에서 연기가 오르고 있어!'라고 외쳤다. 상황을 파악한 호텔 관리자가 카운터에 걸려 있는 커다란 종을 흔들었다. 카랑카랑카랑-! 크고 시끄러운 종소리가 사방에 울렸다.

"불이 클지도 모르니 투숙객들을 일단 대피시켜!"

긴급 명령이 내려졌다. 직원들이 방문을 두드리며 사람들을 나오게 하는 동안에도 종소리는 끊이지 않고 울렸다. 워렌에게 이 사실을 알리려고 객실로 돌아가던 헤이젤은 누군가가 외치는 소리에 정신이 번쩍 들었다.

"수녀님과 아이들이 묵는 층이야!"

"그래? 거기 아직 누가 남아 있던 것 같던데?"

'이사벨……!'

아이들이 있다는 말에 학습 여행을 왔다던 빨간 곱슬머리를 한 귀여운 아이의 얼굴이 떠올랐다. 그 순간 헤이젤은 방향을 틀어 달리기 시작했다. 혹시 모를 위험에서 아이를 구해야 했다. 밀려드는 사람들을 피하려고 역방향으로 이리저리 부딪치며 힘겹게 거슬러 가는데 누군가 헤이젤의 팔을 움켜쥐었다.

"위험하잖아."

"이거 놔요!"

붙잡는 사람을 반사적으로 뿌리치자 귀에 익은 목소리가 부드럽게 달래왔다.

"나야, 헤이젤."

헤이젤은 그제야 자신을 멈춰 세운 사람이 누구인지 확인했다.

샴페인색 눈동자가 그녀를 걱정스럽게 바라보았다. 아서였다. 외출에서 돌아온 건지 조금 떨어진 곳에는 파비오도 함께 있었다.

"화재 경보라니 잠시 피해 있자고, 말괄량이 아가씨."

"지금 이럴 때가 아니에요. 이사벨이 위험해요!"

"뭐라고?"

상황을 이해 못 한 두 남자의 여유로운 태도가 답답해 헤이젤이 소리를 질렀다. 뒤에 있던 파비오가 표정을 바꾸고 그들 쪽으로 다가왔다.

"야, 너 방금 뭐라고 했어."

"이사벨이 있는 층에서 불이 났다고요!"

"그럴 리가 없잖아. 아이들은 오늘 오후 박물관에……."

건물 안에 딸이 없을 거라 생각하고 느긋하던 파비오의 안색이 어두워졌다.

"그러고 보니 어제 감기 기운이 있어서 하루 쉬고 싶다고 했던 것 같은데."

"이러고 있을 시간이 없다니까요! 가서 확인해 봐야 해요!"

불길이 언제 번질지 모르는 상황에 노닥거릴 시간이 없었다. 화를 내며 뛰어가려는 헤이젤을 아서가 말렸다.

"그건 우리에게 맡기고 헤이젤은 기다리고 있어."

"내가 왜 기다려야 하는데요?"

걱정되는 마음은 마찬가지인데 왜 자신은 안 되냐며 되쏘아주자 아서가 당연하다는 듯 말했다.

"보통 아가씨들은 이럴 때 얌전히 안전한 장소에서 구출을 기다리면 돼. 굳이 위험한 일에 뛰어들 필요 없잖아?"

아서는 철없는 아가씨를 달래기 위해 최대한 상냥한 어투로 헤이젤을 구슬렸다. 그가 아는 아가씨들은 대부분, 힘들고 어려운 일에는 나서지 않는 가녀린 존재들이었다. 보호받는 것이 당연한 거라 믿어 의심치 않는 귀족 아가씨들밖에 모르는 그의 설명은 헤이젤을 분노하게 했다.

"기다리기만 하는 건 적성에 안 맞으니 제게 이래라저래라 하지 마세요. 나도 그 애가 걱정되기는 마찬가지인데 왜 당신을 기다리고 있어야 하죠?"

자신은 하고 싶은 대로 할 테니 안전한 곳을 원한다면 너나 남으라고 쏘아붙인 헤이젤이 잡혀 있던 팔을 내치고 다시 사람들을 헤치며 앞으로 나아갔다. 당황해서 다시 잡으려는 그를 피한 헤이젤이 외쳤다.

"스스로 할 수 있는 건 남에게 맡기지 않아요. 전 갈 거니까 말리지 마세요!"

예상하지 못했던 말이었는지 아서가 눈을 크게 떴다. 헤이젤을 다시 보느라 그의 발걸음이 잠시 멈춰진 틈에도 소녀는 거침없이 움직였다. 그들 뒤에서 파비오가 부하들을 불러 불길을 잡을 것을 명령하는 소리가 들렸다. 그는 이사벨이 정말 숙소에 남았는지 확인해야 한다며 아이들의 일정을 확인하는 등 정신이 없었다.

방금 나눈 대화를 곱씹으며 눈을 깜박이던 아서의 표정이 조금씩 변했다. 어이없다는 듯 바라보는 시선에 느리게 빛이 들어왔다. 평생 남의 시중을 받고 살아왔을 것 같은 저 아름다운 아가씨는 그의 예상과 달리 온실 속의 연약한 화초가 아니었던 모양이었다. 공작가 아가씨로 자라 손끝에 물 하나 안 묻히고 사람을 부렸을 거라 생각되던 헤이젤은 예상과 달리 무엇이든 직접 자신이 나서지 않으면 성에 차지 않는 사람이었다.

"그럼 나도 가지!"

헤이젤이 뜻을 꺾지 않자 아서가 함께 가겠다고 나섰다. 힐긋 옆을 바라본 그녀는 방해만 않는다면 상관없다는 얼굴로 앞을 보며 달리기 시작했다. 한껏 무시하는 그 태도에 절로 미소가 지어졌다. 그간 보아온 그녀의 얼굴 중 지금 이 모습이 가장 매력적이라는 생각이 들자 마음이 설레기 시작했다. 이런 아가씨 곁이라면 정신없이 빠져들어도 심심하지 않을 것 같았다.

비상계단을 오르던 헤이젤은 연기가 점점 강해지는 걸 느끼고 눈을 가늘게 떴다. 3층 가까이 갈수록 시야가 심하게 흐려져 왔다.

"헤이젤. 연기가 짙어지니 이걸 써."

유독가스를 맡은 아서가 기침을 하더니 주머니에서 손수건을 꺼냈다. 연기에 영향을 받지 않는 헤이젤은 오히려 아서를 걱정하며 고개를 저었다.

"저는 괜찮으니 당신이 쓰세요."

"직접 가보고 싶은 건 잘 알겠어. 말리지는 않겠지만 그래도 이 정도는 받아줘도 괜찮잖아. 여기서부터는 내가 앞장설 테니 이리 내려와."

받지 않겠다는 그녀의 손에 억지로 손수건을 쥐여주며 옥신각신 실랑이하던 두 사람은 계단 입구에 사람이 쓰러진 것을 발견했다. 그들은 말다툼을 멈추고 서둘러 생존자를 확인했다. 쓰러진 사람은 수녀복을 입은 중년 여성이었다. 이사벨과 아이들을 데리고 여행을 온 수녀님들 중 한 사람인 듯싶었다.

"괜찮으세요? 움직이실 수 있나요? 꼭 잡으세요. 이제 밑으로 모셔다드릴게요."

"쿨럭. 연기 때문에…… 아니에요. 저는 지금 내려갈 수 없어요. 안에, 아직."

"혹시 누군가가 남아 있나요?"

"감기 기운이 있어 남은 아이들이 셋 있었어요. 둘은 조금 전 내려보냈고 자고 있던 마지막 한 아이를 데리러 가고 있었는데…… 흐읍, 연기를 너무 마셨는지 어지러워서."

심하게 기침을 하면서도 내려가기를 거부하는 수녀를 아서가 얼른 둘러업었다.

"제대로 걷지도 못하면서 어딜 간다는 겁니까. 지금은 의사를 보는 것이 더 급합니다."

"여기, 이걸로 입을 막으세요!"

헤이젤은 수녀의 손에 손수건을 쥐여주었다. 아서는 제가 건넨 손수건을 끝까지 사용하지 않는 그녀를 보며 답답한 듯 눈을 찌푸리며 말했다.

"계단이 위험하니 헤이젤도 함께 내려가자. 남은 사람이 있다는 걸 알았으니 구조대를 올려보내고."

"아뇨. 이대로 시간 끄는 건 더 위험하다고 봐요. 수녀님을 의료진에게 모셔다드리세요. 아이는 제가 책임지고 데려올게요."

"헤이젤, 잠깐만. 혼자선 위험하다고! 이봐, 기다려!"

"앞이 안 보이니 조심해서 내려가세요!"

헤이젤은 아서가 말리는 소리를 무시하고 계단을 뛰어올랐다. 이미 연기로 가득 찬 객실 통로가 텅 비어 있는 걸 보니 남은 사람들은 대부분 대피에 성공한 모양이었다. 그러나 그녀는 이 안에 아직 아이가 홀로 남아 있다는 걸 알고 있었다. 연기가 점점 더 짙어졌다. 일분일초가 급한 상황이었다.

"아무도 없어요? 이봐요-!"

조급함에 문을 여는 손길이 점점 거칠어졌다. 목소리를 높이며 방마다 사람이 있는지 확인하는 동안 어딘가에서 작은 기침 소리가 들려왔다. 헤이젤은 움직임을 멈추고 귀를 기울였다.

'누군가가 있어.'

잘못 들은 게 아니다. 소리가 나는 방향이 자신에게서 그리 멀지 않은 곳이라는 걸 눈치챈 그녀가 재빨리 방향을 틀어 뛰기 시작했다. 가능하다면 아이가 자신처럼 화재의 트라우마에 시달리지 않도록 도와주고 싶었다. 그녀는 복도 끝에 있는 방에서 바닥에 웅크린 채 의식을 잃어가는 이사벨을 발견했다.

"이사벨!"

"콜록, 헤…… 이젤?"

"연기를 많이 마신 것 같네. 기다려, 금방 나갈 테니까. 여기, 이걸로 입을 막고 있어."

헤이젤은 급한 대로 제 치맛자락을 크게 찢어 테이블 위에 놓인 물 주전자에 적셨다.

"이걸 입에 대고 있어. 괜찮아. 이제 내려갈 거야."

"헤이젤, 무서워……. 숨쉬기가 너무 힘들어……."

"날 꽉 잡아!"

하얗게 질려 매달리는 작은 손을 마주 잡아주며 외쳤다. 빨리 아이를 데리고 이곳을 나가야 했다. 젖은 천을 이사벨에게 건넨 헤이젤은 축 늘어진 아이를 안아 들었다. 그사이에도 짙은 연기가 그들이 있는 방까지 밀려 들어와 바닥부터 무겁게 쌓이며 그 밀도를 더해갔다.

'나는 몰라도 이사벨은 이대로 안 돼.'

연기가 가득 찬 짧은 길을 포기하고 왔던 반대 방향을 향해 달리기 시작한 헤이젤은 복도 끝에서 물통을 들고 계단 입구를 오르는 사람들과 만났다. 파비오의 부하들이 방화 작업을 위해 너도나도 물통을 들고 달려오고 있었다. 부하들 사이로 애타게 딸을 찾던 파비오가 헤이젤과 그 품에 안긴 작은 빨강 머리 소녀를 발견하고 고함을 질렀다.

"이사벨!"

"아이를 데리고 어서 내려가요, 빨리!"

예상외의 사람이 딸을 구해 놀랐는지 파비오가 험악하게 일그러진 얼굴로 소녀를 바라보았다. 헤이젤은 무언가를 말하려고 입꼬리를 씰룩거리는 그에게 연기에 오래 노출된 아이를 구하려면 빨리 움직이라고 호통쳤다. 그 말에 정신을 차렸는지 파비오가 이사벨을 안고 달리기 시작했다. 보폭이 큰 그는 헤이젤보다도 더 빠른 속도로 계단을 뛰어 내려갔다. 조금 뒤에서 그 뒤를 따르던 헤이젤의 발걸음은 2층 계단 앞을 지나기 전에 저절로 멈췄다.

'워렌은 대피했을까?'

얼핏 본 화재 현장은 객실에서 시작되었는지 닫힌 문 안쪽에서 연기만 자욱하게 새어 나왔을 뿐 불길은 그리 세지 않은 것으로 보였다. 불길이 번졌다면 지금쯤 수녀는 물론 이사벨도 살아 있지 못했을 테지만, 연기와 그을음이 심해서 그렇지 정작 번지는 속도는 그리 빠르지 않은 것 같았다.

'불길이 약해서 다행이야. 그렇지 않았다면 뛰어들지 못했을 텐데.'

불이 났다는 소리에 자동차 사고가 떠올라 가슴이 철렁하던 순간을 떠올렸다. 끝까지 불을 보지 않고 나올 수 있어서 다행이었다. 만약 연기가 아니라 불꽃이 일었더라면. 헤이젤은 그제야 자신이 무모했다는 것을 깨달았다. 이사벨을 구하기 전에 치솟는 불길을 봤다면 자신 역시 얼어붙어 그 자리에서 꼼짝하지 못했을 거라고 뒤늦은 후회를 했다.

내려가기 전에 워렌의 안부를 확인해 봐야겠다고 생각한 헤이젤은 내려가던 발걸음을 멈추고 2층으로 방향을 틀었다.

＊

워렌이 비상 종소리를 들은 것은 그가 옷을 갈아입고 마실 차를 준비하던 때였다. 직원들이 방문을 두들기며 대피 안내를 하자 당황한 그는 헤이젤을 찾았으나 볼일이 있다며 나갔던 소녀는 아직 돌아오지 않았는지 보이지 않았다.

재촉하는 직원들에게 붙잡혀 아래로 떠밀려 내려간 워렌은 사람들이 모여 있는 로비에 혹 헤이젤이 있지 않나 싶어 찾는 중이었다. 복잡한 인파를 헤치며 한참 돌아다니던 그는 비상구 계단 쪽에서 아서가 수녀를 업고 내려오는 모습을 발견했다. 생존자가 구출되자 대피해 있던 사람들의 시선이 전부 그쪽으로 향했다. 의료진이 달려가 괜찮은지를 묻고 두 사람에게 응급 처치를 하는 동안 로비에 모인 사람들은 걱정이 가득한 눈으로 상황을 지켜보았다.

연기를 많이 마신 아서 역시 의사의 권유대로 물을 들이켜 가며 정황을 설명하다 자신을 바라보는 사람들 사이에 워렌이 있는 것을 발견하고 눈을 찌푸렸다. 워렌은 아서가 자신을 보는 시선이 달갑지 않은 건 이해했다. 아서가 자신을 거북해하는 것이 그저 개인적인 이유겠거니 싶었던 워렌은 그 표정 어딘가가 마음에 걸려 다시 상대의 행동을 주시했다. 단순히 싫은 거라면 등을 돌려 버리면 그만일 텐데 그는 그러지 못하고 계속 미련이 남은 것처럼 힐끔거렸다.

그는 문득 아서가 헤이젤이 있는 장소를 알고 있을지도 모른다는 생각이 들었다. 그녀에 대한 단서가 없는 워렌은 무엇이든 확실히 해두는 것이 좋을 듯싶어 아서가 있는 쪽으로 다가갔다. 다시 계단 쪽에서 웅성거리는 소리가 들리고 급하게 누군가가 뛰어내려온 것은 바로 그때였다. 다급한 얼굴을 한 파비오가 이사벨을 안고 달려왔다.

"아이가 구출되었어!"

"이쪽도 응급 처치 부탁합니다!"

"이사벨?"

의식을 잃은 아이의 붉은 머리를 보고 놀란 워렌이 달려가려니 의사가 외치는 소리가 들렸다.

"연기를 많이 마셨습니다. 안정을 시켜야 하니 휴게실로 옮기세요!"

이사벨이 건물 안에 남아 있을 걸 차마 생각하지 못했던 워렌은 들것에 실려 나가는 아이를 놀란 얼굴로 바라보았다.

'카리나에게 연락을 해야 하나?'

소녀의 창백한 얼굴이 못내 마음에 걸려 뒤를 따라가던 그의 시야에 이사벨이 쥐고 있는 천 조각이 들어왔다. 눈에 익은 그것을 본 순간 워렌은 심장의 피가 차갑게 얼어붙는 기분이 들었다.

"헤이젤은 어떻게 된 거지?"

제 딸 상태를 확인하기 위해 서두는 파비오의 어깨를 잡아채고 소리를 질렀다. 앞길을 막아서는 방해물을 향해 주먹을 날리려던 그가 워렌의 얼굴을 보고 주춤, 동작을 멈췄다. 아서도 그렇지만 파비오 역시 껄끄러운 죄책감이 담긴 얼굴로 워렌을 대했다. 파비오는 마음이 급하지만 참는다는 기색이 역력한 얼굴로 상황을 설명했다.

"그 여자는 내 뒤를 따라오고 있었어."

연기가 들어간 눈이 따가운지 도중에 자주 말을 끊고 눈을 비비자 참을성이 바닥을 치기 시작했다. 상대의 목을 조르고 싶은 걸 간신히 억누르며 워렌이 소리쳤다.

"헤이젤은 대체 어디에 있느냐고!"

워렌의 노성에 파비오가 짜증을 가득 담아 말했다.

"로비에 도착해서 뒤를 돌아보니 없어졌어. 도중에 어딘가로 사라진 것 같아."

"사라지다니, 어딜!"

"그걸 내가 어떻게 알아! 2층까지는 함께 있었단 말이다!"

2층. 그 말을 듣는 순간 그에게 짚이는 것이 있었다. 어쩌면 헤이젤은 자신을 걱정해 객실로 돌아갔을 가능성이 있었다. 자신이 헤이젤을 찾는 것처럼 그녀 역시 자신을 찾아다닐 것을 떠올리니 눈앞이 캄캄해졌다. 어딘가에서 엇갈린 것이 틀림없었다. 당황한 그는 서둘러 계단으로 향했다. 비상구는 이미 직원들에게 봉쇄당한 상태였다. 진화 작업을 하러 올라간 사람들 외에는 넣어줄 수 없다고 단호하게 거절당했지만 그렇다고 순순히 물러날 수는 없었다. 확인해야 할 것이 있다며 막무가내로 밀어붙이는 그와 직원들 사이에 몸싸움이 시작되었다.

"직원들이 객실을 다시 확인하고 있습니다. 밑에서 기다려 주십시오!"

"비키라니까!"

다른 사람보다 키도 덩치도 큰 워렌이 소리를 지르자 직원들 사이에 동요가 일었다. 그들이 방심한 틈에 막아선 사람들을 밀치고 계단을 올라가기 시작한 그는 2층에서 누군가가 급히 내려오는 소리를 들었다.

"워렌?"

"헤이젤!"

연기로 가득 찬 시야 사이로 가장 먼저 눈에 들어온 것은 너덜너덜 찢어진 스커트 자락이었다. 스커트에 이어 머리가 잔뜩 헝클어지고 군데군데 그을음이 묻어 지저분한 모습의 헤이젤이 나타났다. 엉망인 모습이었지만 그를 발견하고 안심했는지 활짝 웃었다. 소녀는 객실에 워렌이 없자 불안한 마음으로 로비를 향해 내려가던 중이었다. 그가 무사한 것을 발견한 기쁨에 눈이 반짝였다.

"워렌, 무사해서 다행이에요!"

"그게 대체 누가 해야 할 말인데-!"

일갈한 워렌이 그녀를 거칠게 끌어안았다. 험악해진 그의 분위기에도 아랑곳없이 품속에서 맑은 웃음소리가 들려왔다.

"정말 다행이다. 이대로 영영 못 만나는 줄 알고 너무 무서웠어요."

"재수 없는 소리 하지도 마."

헤이젤이 워렌의 허리를 꽉 껴안았다. 워렌은 제 심장 소리를 들으며 안심하는 소녀를 기가 막힌다는 듯 내려다보았다. 품에 안겨 종알종알 조금 전에 있던 일들을 설명하는 목소리가 위기감 없이 느긋해 바짝 곤두섰던 긴장이 점차 누그러졌다. 그러나 지금은 그럴 때가 아니었다. 그녀가 안전하다는 걸 깨닫고 풀어지려던 얼굴을 다시 굳힌 워렌은 엄한 얼굴로 꾸짖었다.

"말도 없이 사라져서 걱정했더니 불이 난 곳으로 달려갔다고? 상식이 있는 거야, 없는 거야!"

대체 정신이 있는 거냐고 소리를 치니 헤이젤이 어깨를 움츠렸다. 미안한 듯 눈만 깜박거리던 소녀는 그가 찾으러 올라가려 했다는 말에 품에서 빠져나와 목소리를 높인다.

"그건 안 돼요. 다치면 어쩌려고!"

대체 누가 누구를 걱정하는 건지 모를 한마디에 워렌은 정신이 아득해지는 기분이 들었다.

"너야말로 위기의식이 너무 없는 것 같아. 이사벨을 찾다가 네게 문제라도 생기면 어떻게 해!"

"연기가 강했지 불은 그리 크지 않았어요. 저는 가스에 영향을 받지 않으니 누구보다 이 상황에 적합해요. 다른 사람은 들어가서 아이와 함께 위험해질 수 있었다고요."

"불이 크게 번지지 않은 건 운이 좋았을 뿐이잖아!"

"그래도, 다른 사람이 희생되는 것보다는 제가 가는 게 낫잖아요!"

누군가가 들어가서 이사벨을 데려와야 한다면 그것은 자신이어야 한다고 헤이젤은 생각했다. 연기를 마실 일도, 죽을 일도 없으니 신속하게 필요한 일을 처리할 수 있을 테니까. 다른 누군가가 목숨을 걸 필요가 없었다. 워렌이 제 마음을 알아주지 못하는 게 서운해 소리친 헤이젤은 충격받은 그의 얼굴을 보고서야 자신이 큰 실수를 저질렀다는 걸 깨달았다.

"워렌. 그게 아니라……."

헤이젤의 외침에 침통한 표정을 지은 그는 한동안 말이 없었다. 가녀린 어깨를 잡은 손에 힘이 들어가는 게 느껴졌다. 치밀어 오르는 분노를 억누르기 위해 최선을 다하는지 먹먹한 표정으로 입술을 깨문 채 한참 말이 없던 그가 물었다.

"……정말 그렇게 생각해?"

"저기……."

"정말, 너는 어떻게 돼도 상관없다고? 널 걱정하는 사람은 없을 거라고?"

당황스러울 정도로 가까운 거리에 그 메마른 눈이 있었다. 슬픔을 참는 건지 화를 참는 건지 알 수 없는 아지랑이가 원망을 가득 담고 그녀를 응시했다. 헤이젤은 침통한 워렌의 얼굴을 보고 입을 다물었다. 제 경솔함을 뒤늦게 깨닫고 사과하려 했지만 차마 입이 떨어지지 않았다.

"워렌…… 죄송해요."

아이를 살리고 싶다는 생각이 앞서 그를 걱정시킨 것이 틀림없었다. 헤이젤의 사과에 힘겹게 고개를 끄덕인 워렌이 어깨를 움켜쥐었던 손을 풀었다. 강하게 지탱해 주던 손이 사라지자 심장이 철렁 내려앉는 기분이 들었다.

헤이젤이 고개를 들어 안색을 살피려 했지만 그는 이미 고개를 돌린 후였다. 더는 할 말이 없는 건지, 하고 싶지 않은 건지 파악할 수 없었다. 워렌은 과묵하기는 해도 대화 자체를 단절하는 사람이 아니었기에 그가 보인 말 없는 거부에 헤이젤은 크게 당황했다. 어떤 말을 해야 할지 고민하는 소녀의 귀에 '화재가 진압되었으니 객실로 돌아가셔도 됩니다!'라는 안내가 들렸다.

"각자 객실로 돌아가 반드시 환기하시기 바랍니다. 곧 직원들이 피해 상황 확인차 개별 방문하겠습니다."

그 소리에 사람들이 우르르 계단 쪽으로 몰렸다. 둘 사이의 간격이 벌어졌던 탓에 틈 사이로 사람들이 몰려들었다. 느리게 발걸음을 옮기는 워렌과 자리에 멈춰 있던 헤이젤의 거리는 금세 멀어졌다. 헤이젤은 워렌을 다시 잡을 순간을 놓치고 말았다. 낙담해 고개를 떨군 소녀를 남겨두고 사람들이 밀려들어 그의 흔적을 지웠다.

못 박은 듯 그 자리에 멈춰 있던 헤이젤은 인파가 지나간 후에도 누군가가 자신 곁에 서 있다는 사실을 깨달았다. 시선을 돌린 방향에 남성용 검은색 구두코가 보이자 작은 설렘이 일었다. 워렌이 다시 돌아왔을지도 모른다는 기대에 고개를 들었다.

"싸웠어?"

어딘가 걱정되는 눈빛으로 곁에 서 있던 사람은 워렌이 아니라 아서였다. 구두의 주인이 그녀가 기다리던 사람이 아니라는 걸 깨달은 헤이젤의 어깨에서 힘이 쭉 빠졌다. 작게 고개를 흔들며 그런 게 아니었다고 전했다.

"아니긴, 분위기 험악하던데."

응급 치료를 받은 후 헤이젤이 무사히 나오기만을 기다리던 아서는 소녀가 워렌의 품에 안기는 걸 지켜보고 있었다. 곧이어 말다툼을 하는 모습도 모두 지켜보았다. 잡았던 어깨를 놓고 멀어지는 남자의 뒷모습에 고개를 떨구는 헤이젤의 표정까지 전부 본 아서는 그녀를 버려두고 간 남자에게 분노를 느꼈다.

"무사히 돌아온 걸 기뻐하지는 못할망정, 나 같으면 그렇게 널 두고 가지 않아."

"……그런 게 아니에요."

워렌의 노여움은 아마도 그녀가 한 선택 때문이리라. 다른 사

람이 다치는 것보다 자신이 가는 게 당연하다고만 생각하던 헤이
젤은 그 분노를 전부 이해할 수는 없었다. 그러나 자신의 선택이
워렌을 슬프게 했다는 것만큼은 알 수 있었다. 이유를 묻고 싶었
으나 차마 물을 수 없었다. 정말 모르겠느냐고 물어온다면 자신
은 뭐라고 대답해야 좋을지 몰랐기 때문이었다.

"어디 다친 곳은 없지? 의사에게 보이지 않아도 돼? 나보다 더
오래 저 안에 있었잖아."

"……숨을 오래 참는 편이에요. 괜찮아요."

"그런 문제야? 왜 이렇게 기운이 없어? 안 되겠어. 혹시 모르
니 의사를 부르자."

"아니에요. 정말 괜찮아요. 저 잠시 앉아 있으면 되니까."

"그래? 그럼 이리로 와."

아서는 혹시 모르니 맑은 공기를 쐬는 게 좋을 것 같다며 헤이
젤을 호텔 앞 산책길에 놓인 벤치로 이끌었다. 괜찮다는 소녀의 말
을 반신반의하는 눈치이긴 했지만 이전처럼 자기 멋대로 구는 일
은 하지 않았다. 아서는 침울해하는 헤이젤의 곁에 오랫동안 조용
히 앉아 있었다. 가슴이 답답한지 깊은 한숨을 내쉰 소녀는 한참
이 지나서야 제 곁에 누군가가 앉아 있다는 걸 깨닫고 당황했다.

"미안해요. 잠시 다른 생각을 하느라."

"아냐. 이러고 바람 쐬는 거 나쁘지 않아. 날씨도 좋고."

석양에 물들어가는 하늘을 바라보며 아서가 미소 지었다. 평소
같으면 분위기를 타며 은근슬쩍 스킨십이라도 시도했을 그였지
만, 오늘은 어째서인지 그냥 곁에 앉아 있는 것도 나쁘지만은 않
다고 생각되었다. 헤이젤 역시 그런 아서가 낯설었던지 힐끔힐끔
옆을 살피다 결국 물었다.

"오늘은 이상한 소리 안 하네요."

"무슨 이상한 소리?"

구체적으로 어떤 게 이상한 소리냐고 아서가 물었다. 입꼬리를 한껏 올리고 눈웃음을 치는 모습을 보니 알면서 묻는 것이 뻔해 헤이젤이 대답을 거부했다.

"어떻게 하면 헤이젤의 마음을 사로잡을 수 있을까 고민하던 중이었어."

"그러니까 이런 소리요."

이번에는 그냥 넘어가려나 했더니 결국 부끄러운 소리가 나왔다며 소녀가 지적하자, 아서가 소리를 내어 웃었다.

"진심이야. 마음을 사로잡는 것이 힘들다면 나를 봐주는 것부터라도 시작할 수 있으면 좋을 텐데."

"보고 있잖아요."

"아니. 그런 거 말고. 더 제대로."

"무슨 뜻인지 잘 모르겠어요."

헤이젤이 고개를 갸웃거리자 아서가 쑥스러운 듯 머리를 긁적였다.

"나도 이런 식으로 누구에게 봐달라고 말한 적이 없어서 제대로 의미를 전할 수 있을지 모르겠어."

그러고 나서 그는 더듬더듬, 평소의 허세를 뺀 꽤 담백한 어투로 제 뜻을 설명했다.

"지금까지 헤이젤을 잘못 보고 있다는 걸 알았어. 일반화한다는 게 어떤 뜻인지 와 닿지 않았다가 이번에 깨달은 것 같아. 난 지금껏 헤이젤을 외모로 판단하고 있었거든."

고상하고 아름다운 아가씨. 곱게 자라 세상 물정 모르고 예쁜 말만 앵무새처럼 하는 전형적인 귀족 영애일 줄 알았다는 말에 헤이젤이 볼을 붉혔다.

"세상 물정 모르는 건 맞는데요……."

"하하, 그런 의미만은 아니야. 요는 내가 틀렸다는 거지. 그리고."

아서답지 않게 긴장했는지 마른침을 삼켰다. 진지한 얼굴로 바라보는 모습에 헤이젤이 눈을 동그랗게 떴다.

"그런 당신이 날 제대로 봐줬으면 좋겠다는 생각을 했거든."

그 말을 하는 아서는 지금까지 본 중 가장 '그'다운 모습이었을 거라고 헤이젤은 생각했다.

"진심이군요."

"난 언제나 진심이야."

"그건 거짓말."

그렇게 말한 헤이젤의 얼굴에서 긴장이 천천히 풀어졌다.

'드디어 이 사람과 가까워질 수 있을 것 같은 기분이 들어.'

가식과 위선에 진심을 감춘 아서가 아닌, 소박함이 전해지는 그의 진짜 모습을 보게 되었다는 생각에 헤이젤이 미소를 지었다. 아서는 자신을 보며 웃고 있는 소녀를 눈이 부신 듯 바라보았다. 어딘가 들뜬 듯, 취할 것 같은 설렘에 머리가 어지러웠다. 노을과 단풍에 물들어 금빛으로 반짝이는 헤이젤은 어딘지 이 세상 사람이 아닌 듯한 기분이 들었다. 그녀가 곁에 있다는 기쁨과 어디론가 훌쩍 날아가 버릴 것 같다는 초조함이 고요하던 그의 세상을 불안하게 흔들었다.

＊

다음 날 워렌과 헤이젤은 공주와 약속한 차 시간에 맞춰 별궁을 다시 찾았다. 말다툼 이후, 서먹한 공기가 두 사람 사이에 흘렀다. 공주의 초대만 아니었다면 아마 정원이고 뭐고, 일찍 돌아가자는 말이 나왔을지도 몰랐다.

"화재 이야기를 들었어요. 두 사람 다친 곳은 없나요?"

"불이 크지 않아서 크게 다친 사람은 없었습니다. 걱정시켜 드렸군요."

"다행이네요. 화재의 원인은 밝혀졌나요?"

"딱히 들은 건 없습니다. 경찰이 조사하지 않을까요."

"그렇군요. 지금 별궁에는 어린 왕자님도 함께 계셔서 신경 쓰이네요."

그 말을 들은 워렌은 그제야 에드나가 다시 한 번 인형극을 열어달라 부탁한 이유를 깨달았다.

"왕자님이 와 계셨군요."

"어제는 다른 볼일이 있어서 함께하지 못하셨답니다."

공주는 그들을 궁에서 가장 큰 거실로 안내했다. 그곳에 다과가 놓인 테이블과 함께 어제 두고 간 오토마타의 무대가 준비되어 있었다.

"여기는 어린 신사 숙녀들을 위한 자리고 우리 자리는 저쪽이에요."

어제 본 아이들도 다시 보겠다고 모였는지 실내는 왕족 아이들과 그 친구들로 가득 차 북적였다. 워렌이 오토마타를 확인하러 자리를 뜨자 에드나가 속삭였다.

"어제는 놀랐겠어요. 두 사람이 돌아간 직후에 불이 났다는 소리를 들어서 저도 얼마나 걱정했는지 모른답니다."

오래된 호텔이라 불이 크게 났으면 위험했을 거라는 소리를 들으며 헤이젤이 조용히 고개를 끄덕이자, 공주가 소녀처럼 호기심에 반짝이는 눈으로 넌지시 물었다.

"화재 때문에 충격을 받은 게 아니라면 어제 무슨 일 있었어요?"

"네?"

"고민이 있는 얼굴이에요. 난 불 때문이라고 생각했는데 아닌가 보네요."

"……아무것도 아니에요."

"흐음. 소문이 사실인가요?"

"소문?"

"어제 공작과 아서가 아가씨를 놓고 싸웠다는 소문요."

"예?"

영문을 모르는 헤이젤이 무슨 소리인지를 되물었다. 공주의 설명에 의하면 어제 정원에서 있었던 두 남자 사이의 마찰을 우연히 지켜보게 된 하인이 있다고 했다. 고용인들끼리 소곤거리는 내용이 그녀의 귀에까지 들어간 모양이었다. 당황한 헤이젤이 고개를 흔들었다.

"오해예요."

"그래서 다툼이 시작되었다고 하던데요?"

공주가 짓궂게 웃었다. 제 정보가 확실하다고 생각하는지, 아무리 부정해도 믿어주지 않았다. 세세히 캐물어올까 두려워 도피처를 찾아봐도 주변에 도움이 될 만한 건 아무것도 없었다. 화제가 화제이다 보니 이것만큼은 워렌도 방패가 되어줄 수 없을 것 같아 더 난감했다.

"인형극이 곧 시작됩니다!"

보모로 보이는 나이 지긋한 여성이 손바닥을 마주치며 큰 소리로 부르자 삼삼오오 흩어져 놀이에 열중하던 아이들이 모두 환성을 지르며 테이블 가로 달리기 시작했다.

"귀엽지 않나요? 원래 자기 아이가 생기면 더 예쁜 법이랍니다."

"네?"

달그락!

화들짝 놀란 헤이젤은 마시지도 않을 찻잔에 설탕을 넣고 티스푼을 돌리다가 그대로 엎을 뻔했다.

"어머나, 귀여운 반응."

빙그레 웃는 모습에서 장난기가 느껴졌다. 아무래도 헤이젤 놀리기 모드로 돌입한 것 같았다. 워렌에게 미리 에드나의 성격에 대해 설명받지 않았다면 지금쯤 대꾸할 말을 찾지 못해 눈앞이 캄캄했을 거라며 헤이젤은 마른침을 삼켰다.

"저 공주님. 실은."

"에드나라고 불러요. 공주는 너무 거리감 느껴지는 호칭이잖아요."

그 거리, 철저하게 유지하고 싶습니다만. 차마 말 못 할 대사를 힘겹게 삼킨 헤이젤이 애매하게 웃었다. 아이 이야기를 왜 꺼냈는지 의도를 알지 못해 속으로 진땀을 흘리는 사이 인형극을 시작한 워렌이 자리로 돌아왔다.

"또 뭔가 꾸미고 계십니까. 멀리서부터도 표정으로 알 수 있을 정도군요."

"꾸미다니, 무슨 말인지 모르겠네요."

매력적인 웃음을 던지는 에드나를 보며 헤이젤은 착잡했다. 아무래도 자신과 워렌의 사이를 오해했기 때문에 더 짓궂게 구는 게 아닐까. 워렌에게 눈치를 줄 타이밍을 재던 순간 에드나가 선수를 쳤다.

"그래서, 두 분 사이는 언제쯤 공식으로 발표하실 건가요?"

그 말에 헤이젤이 앉은 자리에서 펄쩍 뛰었다. 헤이젤뿐만 아니라 워렌의 표정까지 급속도로 굳어지자 둘을 바라보던 에드나가 우아하게 눈썹을 치켜들었다. 무언가 잘못되었다고 생각한 것 같았다.

"제가 지금 뭔가 실수했나요?"

싸웠느냐고 물어보더니 인제 와서 딴소리는. 헤이젤은 찻잔에 코를 박으며 대답을 회피했다. 차를 마시는 척이라도 하며 딴짓을 시도했다. 인형극 운운했지만 아무래도 이게 목적이 아니었을까 싶어 워렌은 한숨을 쉬었다. 노골적으로 싫은 기색을 드러내는 그의 태도에 에드나가 예의 없다며 잔소리를 했다.

"알려 드릴 때가 되면 어련히 연락을 드릴 테니, 너무 걱정하지 마십시오."

이건 또 무슨 소리야. 찻잔에 비치는 자신의 눈썹 수를 헤아리던 헤이젤이 뻣뻣해진 목으로 워렌을 돌아봤다. 아무 의미 없는 말 맞느냐는 제 필사적인 텔레파시는 들리지 않는지 그는 담담한 얼굴로 차를 마시고 있었다.

"아. 재미없어. 헤이젤은 놀리면 반응이 빨라서 좋은데."

"힉!"

"워렌과 결혼하면 한 가족 같은 사이가 될 테니 우리 종종 만나요. 난 당신 같은 사람이 좋더라."

"헉!"

"공주님은 놀리기 쉬운 사람들이 취향이시라."

"무슨 말을 그렇게 해요? 난 예쁜 사람들을 좋아해. 워렌은 예쁘지 않은데 재미까지 없네요."

공주는 무슨 말만 하면 흠칫흠칫 놀라는 헤이젤이 진심으로 마음에 든 것 같았다. 화사하게 웃는 그녀를 보며 공포를 느낀 소녀는 얼른 집에 가게 해달라고 맹렬한 속도로 기도했다.

별궁에서 하트퍼드 저택으로 돌아오는 동안 워렌과 헤이젤은 서로 말이 없었다. 적당히 건넬 말을 찾지 못한 헤이젤은 운전하랴 오토마타를 챙기랴 정신없는 워렌 곁에 조용히 앉아 있었다. 저택에 도착한 뒤 짐을 나르던 워렌이 머뭇대다 한마디를 건넸다.

"정원 구경을 못 해서 아쉬웠겠네."

함께 둘러보기로 한 약속을 기억하고 미안한 듯 말해 헤이젤이 고개를 저었다.

"워렌이 오토마타 정리하는 동안 보고 왔어요."

"······그렇군."

대화는 다시 거기서 끊겼다. 어색한 분위기에 이을 말을 찾지 못하던 둘은 아쉬움을 남긴 채 각자 방으로 헤어졌다.

＊

저택에 돌아온 다음 날, 작업을 돕기 위해 방문했던 르네가 고개를 갸웃거리며 물었다.

"두 분 여행 중에 무슨 일 있었나요?"

"르네까지⋯⋯."

아무래도 티가 나는 모양이었다. 어떻게 해야 좋을지 몰라 눈을 굴리던 헤이젤은 결국 화재에 대한 일을 털어놓았다.

"그랬군요. 다치지 않아 정말 다행입니다."

화재에서 이사벨을 구한 이야기를 들은 르네는 놀란 얼굴로 헤이젤이 괜찮은지를 몇 번이나 살폈다.

"아서도 워렌도, 당신이 위험한 일에 뛰어드는 게 싫었던 것 아닐까요."

"누군가는 해야 하는 일이었어요."

"좀 더 숙련된 사람이 갈 수도 있으니까요."

"그걸 기다리다가는 이사벨이 위험해지는데⋯⋯."

"무슨 말인지는 압니다. 하지만 생각해 보세요. 아무 일도 없었다는 걸 알면서 이야기를 전해 듣는 저도 이렇게 놀랐는데 현장에서 그걸 지켜본 사람들 심정은 오죽하겠습니까."

걱정해 주는 마음은 이해했다. 그저, 저 외에 적합한 사람이 따로 없었다는 상황을 르네에게 설명할 수 없는 게 아쉬웠다. 전체를 보여주지 못하고 상황 일부분만 설명하려니 제대로 뜻을 전할 수 없었다.

'르네에게 숨겨야 하는 게 너무 괴로워.'

헤이젤은 '신부'의 몸에 들어온 후부터 좋은 사람들을 많이 만났다. 소중한 사람들이 조금씩 늘어가는데 자신은 그들에게 비밀로 해야 하는 사실이 있어 마음 아팠다. 지금도 진심으로 걱정해 주는 르네에게 '실은 인형이라 다치지 않아요, 괜찮아요'라고 말할 수 없다는 현실이 답답했다.

'언제까지 이런 거짓말을 계속 이어가야 할까.'

죄책감을 느낀 헤이젤이 우울한 표정을 짓자, 자신 때문이라고 오해한 르네가 화들짝 놀라며 소녀를 위로했다.

"제, 제가 말이 너무 심했죠? 헤이젤을 나무라는 게 아니었어요. 정말로."

"알아요."

"아는 사람의 표정이 아니라서 그럽니다!"

난감해하는 르네를 바라보던 헤이젤은 팔을 뻗어 그를 안아주었다.

"아니에요. 잘 알고 있어요. 그래서 미안해요."

"네?"

갑작스러운 포옹에 순식간에 얼굴이 달아오른 르네가 영문을 몰라 했다. 위로해 주려는 것도, 워렌을 두둔해 주려는 것도, 걱정해 주는 마음도 다 전해졌다. 그저 받는 것만큼 돌려주지 못해 미안할 뿐이었다.

'갑자기 나타난 나에게 처음에는 소중한 인형을, 그 후에는 공간을 내어주었지. 그리고 지금은 사람들까지 얻었는데 나는 돌려주는 것도 제대로 하지 못해.'

우울한 마음이 든 헤이젤은 르네의 어깨에 얼굴을 묻었다. 그녀를 울린 줄 알고 당황한 그가 수차례 이름을 불렀지만 소녀는 고개를 들 줄 몰랐다.

르네 다음으로 하트퍼드 저택을 찾은 사람은 카리나였다.

카리나는 현관을 들어서자마자 부산하게 그간 있던 일들을 설명했다. 연기를 많이 마신 이사벨은 검진을 위해 입원이 결정되었다고 했다. 파비오와는 입원할 병원 선정부터 마찰이 생겨 어느 정도 정리가 될 때까지 싸우느라 하트퍼드 저택에 찾아오는 것이 늦었다며 연신 사과했다.

"자기 편하려고 제 사는 곳 근처에 입원시키려고 하지 뭐야! 좋은 병원 다 두고 어디 그런 근본도 알 수 없는 곳을 고르는 건지! 말도 안 되는 소리 말라고 했지."

"이사벨은 좀 어때요?"

"괜찮아. 가스 중독 증세가 좀 있었는데 빨리 치료한 탓에 뇌 손상 같은 무서운 일은 없을 거래. 입원한 것도 혹시 모를 정밀 검사를 위해서라 애는 병원에서 먹고 싶은 거 갖고 싶은 거 전부 말하면서 제 아빠를 수족처럼 부리고 있어."

그렇게 곁에 두고 싶어 하더니 꼴좋지, 라며 깔깔 웃은 카리나는 헤이젤을 바라보았다. 소녀를 향한 눈동자에 따뜻함이 담겨 있었다.

"이사벨을 구해줘서 고마워. 이 은혜를 어떻게 갚아야 할지 모르겠어."

"전 별로 한 게 없어요."

"사람 생명을 구했는데 왜 한 게 없어?"

카리나가 이 이상 더 큰일이 어디 있느냐며 헤이젤을 칭찬했다.

"파비오도 헤이젤이 자기보다 더 빨리 불 속으로 뛰어들 줄 몰랐대. 나중에 어떻게든 갚겠다고 하는 걸 보니 꽤 감동한 모양이더라고."

"무사해서 다행이에요. 저라면 누구보다도 먼저 이사벨을 데리고 나올 수 있었던 것뿐이고요."

"헤이젤."

자신이 인형이어서 괜찮다는 말이라는 걸 깨달은 카리나가 말도 안 되는 소리 말라며 소녀를 꾸짖었다. 연기에 영향을 받지 않는다, 다쳐도 아프지 않다는 말을 듣던 카리나는 잠시 말을 멈추게 하고 진지하게 물었다.

"설마 그 이야기를 워렌에게도 한 거 아니지?"

"했어요."

"저런. 혹시 화를 내지는 않았어?"

워렌의 반응이 눈에 빤히 보이는 것처럼 묻자 헤이젤의 얼굴이 흐려졌다.

"……어떻게 아셨어요?"

"어떻게라니. 얘는! 정말 이유를 몰라?"

대체 카리나는 어떻게 워렌의 반응을 이리 잘 알고 있는 걸까. 상황을 전부 아는 카리나라면 자신의 선택에 동의해 주지 않을까 일말의 기대를 품고 있던 헤이젤은 예상외의 반응에 당황했다. 열심히 고개를 저어대는 소녀를 본 카리나가 '얘를 어쩌면 좋아'라고 앓는 소리를 내며 이마를 짚었다.

"네가 아프고 안 아프고의 문제가 아니야. 어떤 위험이 있을 줄 알고 거길 들어가. 만일 건물이 무너지기라도 해봐. 네가 그런 생각을 계속하는 한 다시 그런 일이 없을 거라는 보장도 없으니 화가 날 테지."

"그렇지만 다른 사람이 다치는 것보다는."

"헤이젤. 뭔가 잘못 생각하는 거 같은데. 너라고 괜찮은 거 아니야."

"네?"

이해할 수 없던 헤이젤은 카리나의 다음 말을 긴장하며 기다렸다.

"너 역시 우리에게는 소중한 존재니까. 아프고 안 아프고를 떠나 다치면 걱정되고 보이지 않으면 슬픈 거야. 워렌은 네가 그걸 이해 못 해줘서 화가 났을 거고."

카리나는, 기절한 헤이젤을 유리 세공이라도 다루듯 소중하게 안아 들던 워렌을 떠올렸다.

'자기가 만든 인형도 화나면 던져 버리는 성질머리의 남자가 불면 날아갈까 애지중지 챙기는 모습을 목격했단 말이지.'

파비오의 저택에서 자신이 본 것을 설명해야 할까 망설이는데 헤이젤이 고개를 끄덕였다.

"그렇구나……."

"이제 이해가 돼?"

"네."

이해한다는 얼굴치고는 수심이 가득 담겨 있었다. 정말 제대로 알아들은 것 맞나 싶지만 그리 어려운 이야기를 한 것도 아니고 본인이 이해했다면 되었다 싶어 저택에서 있던 이야기는 굳이 꺼내지 않았다.

"네가 워렌을 소중하게 생각하는 것만큼 그도 너를 아껴."

그 말을 들은 헤이젤의 눈이 커졌다. 눈을 깜박이며 그 말을 몇 번 되뇌던 소녀가 수줍게 듯 시선을 내리깔았다. 헤이젤의 반응을 살펴보던 그녀는 무언가 깨달은 듯 감탄사를 터뜨렸다.

"어머나. 얘, 그런 거였어?"

"네?"

"워렌 좋아하니?"

크크크, 순진한 소녀를 꼬드기는 마녀 같은 소리를 내며 웃은 카리나가 다그치자 어쩔 수 없다는 듯 헤이젤이 고개를 끄덕였다.

"어쩜. 지금까지 그걸 감쪽같이. 어때? 워렌은 알아?"

"어, 안 돼요. 워렌이 알면."

"왜애? 저 곰탱이는 눈치를 줘야 알 텐데? 너 이러고 있으면 평생 전해지지 않을지도 몰라."

"괜찮아요. 워렌은…… 따로 좋아하는 사람이 있거든요."

"뭐라고?"

뜻밖의 말에 카리나 목소리가 날카로워졌다. 그 소리가 작업실까지 들렸는지 워렌이 얼굴로 고개를 내밀었다.

"무슨 일…… 카리나?"

"아, 이런. 현관에서 이야기가 너무 길어졌네."

카리나가 방문할 것을 예상하지 못했던 워렌은 놀란 표정을 지었다. 도착하자마자 수다가 터져 손님이 온 사실을 알리지 못했던 헤이젤은 두 사람이 이야기할 수 있도록 서둘러 자리를 비워주었다. 카리나가 이야기를 마저 하자며 잡았지만 워렌까지 있는 곳에서 속내를 털어놓기가 부끄러웠던 헤이젤은 재빨리 도망쳤다.

"저는 차를 준비할게요."

종종걸음으로 부엌으로 사라지는 소녀를 보며 워렌이 아쉬워하자 카리나가 옆구리를 쿡 찌르며 웃었다.

"들었어. 싸웠다며."

"싸우긴."

"상심한 것 같던데."

"너도 긁을 거면 넣어둬."

"너도?"

무슨 일이 있었느냐며 카리나가 의자를 당겨 앉았다. 어서 흥밋거리를 풀라는 눈빛에 워렌이 한숨을 쉬었다.

"내 주변에는 왜 이렇게 센 여자들이 많을까."

"어머, 이건 또 뭐래. 쓸데없는 소리 하며 도망갈 생각은 하지도 마."

"카리나. 오늘 왜 온 건데."

"아. 맞다. 뭐야, 서두르지 말고 좀 천천히 본론으로 가도 되잖아."

워렌의 질문에 카리나가 용건을 떠올렸다.

"잃어버린 그 인형, 뒷거래되었다는 소문을 들었어."

"경찰에게 들은 거야?"

"아니. 파비오 측 정보."

"그 인간이 왜 내 인형을 찾아?"

"헤이젤에게 빚을 졌다고 생각하는 거지."

"그런가."

파비오는 딸을 구해준 은인을 위해 인형의 행적을 뒤쫓았다고 자랑했다. 이 말을 들은 카리나는 어이가 없었다. 이사벨을 구한 건 헤이젤인데 어째서 워렌의 인형을 찾겠다고 나섰을까. 이야말로 이것저것 깊게 따지고 생각하는 걸 귀찮아하는 파비오다운 행동이었다.

"가격이 좀 되는 건 암시장에서도 유명한 곳에 내놔야 하거든. 제값 받으려면 말이야."

"찾은 거야?"

"이미 거래되었다니 되찾기는 힘들 것 같아. 하지만 문제는 그걸 암시장에 팔러 온 자인데……."

거실에 아무도 없다는 걸 알면서도 카리나는 목소리를 한껏 낮추어 속삭였다.

"남루한 옷차림의 삼, 사십대 남자 둘이 와서 한 푼이라도 더 받으려고 한참 동안 가격을 놓고 실랑이를 벌였다는데 인형에 대한 지식이 전문가 수준으로 풍부하더래."

짐작 가는 얼굴이 있는지 워렌이 인상을 찡그렸다.

"비싼 인형에 대해 그리 잘 알고 있는 사람들이라니 뭔가 떠오르지 않아?"

"증거가 없으니 아직 뭐라 할 수는 없겠지만."

"어떻게 할래? 르네에게 알릴 거야?"

"이미 거래가 끝난 거라면 르네에게는 말하지 마."

워렌의 제지에 카리나가 설마 르네도 한통속일 거라 생각하느냐고 물었다.

"르네가 그런 놈들과 손을 잡을 리 없어. 오히려 그 때문에 알리면 안 된다는 거야."

의협심 강한 르네가 사실을 알게 되면 분명 공론화시키려 들 거였다. 그러나 제대로 된 증거가 없는 한 그 말을 믿어줄 사람은 얼마 없을 것이고 공방 내 불안정한 그의 입지를 생각하면 르네보다는 도둑들이 하는 변명이 더 영향력이 있을 터였다. 범인을 알고도 잡지 못하게 된 것이 짜증나는 듯 카리나가 거실을 분주하게 돌아다녔다. 워렌 역시, 창가에 놓아둔 사탕을 한 주먹 꺼내 포장 봉지를 손가락으로 괴롭히기 시작했다. 바삭거리는 비닐 스치는 소리가 조용한 거실을 울렸다.

"증거가 나오기 전까지 르네가 알아서는 안 돼."

"……알았어. 워렌의 반응을 보니 인형을 되찾을 마음은 없는 것 같네."

"놈들 꼬리를 잡을 수 있다면 그걸로 됐어."

"그럼 좀 더 알아보라고 할게."

인형을 팔아서 푼돈이나 챙기려 드는 놈들이라면 르클레어 공방에서도 무언가 일을 칠 확률이 높았다. 기왕 뒤를 캐는 김에 전부 다 밝혀내는 것이 좋았다.

"그건 그렇고."

부엌 쪽을 힐끔 본 카리나는 워렌에게 장소를 옮길 것을 요청했다.

"비밀 이야기라도 있어?"

헤이젤이 들어서는 안 되는 내용이 있는 듯 쇼룸이든 작업실이든 가자고 보채는 카리나의 등쌀에 못 이겨 자리에서 일어난 워렌은 작은 접객실로 그녀를 안내했다.

"이런 곳도 있었네."

워낙 큰 저택이라 안 가본 곳도 많다며 감탄한 카리나는 슬며시 문을 닫더니 품 안에서 커다란 양피지를 꺼냈다. 요즘 세상에 종이도 아니고 양피지라니, 쓸데없는 데 정성을 들인 티가 나는 물건이었다.

"뭐야, 이건."

"하트퍼드 가문 계보도. 파비오에게 부탁했었거든."

"아― 그건가."

"알고 있어?"

"우연히 마주쳤을 때 그것 때문에 시비를 걸었어."

"아오. 내 그놈 자식을 그냥."

커다란 탁자에 계보도를 펼친 워렌은 그 복잡함에 눈썹을 찡그렸다.

"워렌이 관심 없다고 했던 건 기억해. 내가 궁금해서 알아보라고 했어."

"……딱히 관심이 없는 건."

헤이젤에 대해서 아는 것이 없어 후회한 적이 있던 워렌은 카리나의 눈치를 봤다. 혹 관심 없으면 치우겠다는 말이 나오기 전에 서둘러 양피지 내용을 훑어보았다.

"결론만 먼저 말하자면 하트퍼드 가문에 '헤이젤'이라는 이름의 여성은 존재하지 않아."

"뭐?"

"그 당시에는 아동 사망률이 높아서 빠졌을 가능성도 있긴 해."

헤이젤이 하트퍼드 가문의 유령일 거라 생각하던 워렌에게 계보도에 이름이 없다는 말은 의외였다.

"하트퍼드 집안 아이가 아니라면……."

"뭐, 꼭 선조가 아니어도 가능성은 있는 얘기잖아. 애인의 자식이었다든가, 하인의 아이였다든가."

우드득, 신경질적으로 사탕을 깨무는 소리가 났다. 단서를 찾을 거의 유일한 희망이 사라지고 나니 허탈했다.

"그게 아니라면 난 이 사람이 좀 의심스러운데, 여기 좀 봐. 워렌하고는 약 삼대 위가 되는 위치."

"헤젤리나?"

"헤이젤의 다른 이름일 가능성이 있지 않아? 애칭이었다거나."

"그럴 수도 있겠군."

워렌은 헤젤리나의 이름이 적힌 계보도를 뚫어지게 바라보았다. 출생 연도와 사망 연도를 확인하고 숨을 크게 들이마셨다. 한 번 보지도 못한 이의 기록인데도 어딘가 애틋한 마음이 들어 'd(사망)'라고 적힌 곳을 손가락으로 쓸어보았다.

"만일 그 사람이 헤이젤이 맞다 하더라도 나이를 계산해 보면 거의 80세를 살고 간 사람이야. 워렌이 본 유령은 여자아이라고 하지 않았어?"

워렌은 예전에 보았던 소녀의 모습을 떠올렸다. 안개처럼 흐린 인상이었지만 양 갈래 리본 머리에 프릴이 달린 원피스를 입고 있던 자그마한 아가씨였다.

"하인의 아이는 아닐 거야. 꽤 손이 많이 가는 고급스러운 옷을 입었던 것 같거든."

"하트퍼드 집안사람이라면 저 헤젤리나라는 사람밖에는 없는데……. 알아보니까 사촌의 사촌이 이 근처에 살아. 언제 한번 찾아가 볼래?"

"헤젤리나에 대해서 아는 사람이 있어?"

"삼대 전이지만 장수한 탓에 찾아보니 있더라고."

워렌은 다시 계보도를 바라보았다. 헤젤리나는 결혼한 뒤 아이를 둘 낳았다. 이제는 그 아이들도 사망했지만 헤젤리나의 피는 후손을 통해 지금까지 이어지고 있었다.

"신기한 기분이야. 유령 소녀의 과거에 대해 알게 되는 날이 오다니."

현실감 없기는 워렌도 마찬가지였다. 양 갈래 소녀의 모습을 본 것은 정말 짧은 순간이었기에 그가 기억하는 헤이젤은 전부 '신부'의 모습을 하고 있었다. 그 얼굴이 아닌 진짜 헤이젤에 대해 알아볼 수 있다는 사실이 믿기지 않았다.

"본인에게 알릴 거야?"

"굳이 숨길 필요도 없지 않나."

"그래도 당사자의 죽음에 대해 알리는 건데 좀 더 신중하게 다가가는 게 좋지 않아? 헤젤리나가 정말 헤이젤이라는 증거를 좀 모아보자고."

"⋯⋯귀찮네."

"기억이 없는 사람에게 갑자기 아이가 있다는 말을 하는 것도 조심스럽잖아."

"알았어. 마음대로 해."

"뭐, 최종 결정은 워렌에게 맡길게."

어차피 정보 수집으로 고생하는 건 파비오니까, 라고 덧붙인 카리나는 계보도를 돌돌 말아 다시 가죽 끈으로 묶어 워렌에게 건넸다.

"헤이젤, 차 준비는 됐어?"

"네! 이야기 끝나셨으면 부엌으로 오세요."

접객실에 홀로 남은 워렌은 계보도를 책 사이에 끼워 넣고 한참 응시했다. 헤이젤이 실존했다는 증거. 그녀가 그토록 바라던 가족에 대한 정보를 찾았는데도 소식을 전해야 하는 워렌의 마음은 무겁기만 했다.

카리나가 돌아간 뒤 헤이젤은 그녀와 나누었던 대화를 곰곰이 생각해 보았다. 제 선택을 후회하는 것은 아니었다. 아이를 구할 수 있다면 지금도 망설이지 않고 위험 속으로 뛰어들겠지만 워렌 역시 그녀를 걱정했기 때문에 화를 냈다는 걸 뒤늦게 이해했다.

'나는 다쳐도 아프지 않지만 워렌에게는 그렇게 보이지 않는 걸까?'

크게 화를 내던 워렌의 얼굴이 떠오른다. 어차피 유령에, 어차피 인형이라 죽지도 아프지도 않는다면 누군가를 구하기에 적합

하지 않은가.

'아. '신부'가 망가지는 걸 우려한 걸지도.'

헤이젤은 세상에 단 한 체밖에 없는 소중한 오토마타를 함부로 다루는 자신에게 화가 났을지도 모른다는, 워렌이 들으면 뒷목 잡고 쓰러질 생각을 했다. 앞으로는 야단맞지 않도록 더 소중하게 인형을 움직여야겠다고 다짐한 소녀는 고민을 훌훌 털고 자리에서 일어났다.

※

하트퍼드 저택을 몰래 방문하던 아서는 호텔 화재 이후 대놓고 헤이젤을 만나러 오기 시작했다.

"안녕, 헤이젤!"

"또 왔어요?"

"다정한 인사 정말 고마워."

헤이젤은 그가 내민 선물을 물끄러미 바라보았다. 손바닥 위에 올라갈 만큼 작은 상자에 황금색 리본이 묶여 있었다. 공략 방법을 바꾸었는지 이전보다 훨씬 사근사근해진 그는 찾아올 때마다 작은 선물을 들고 있었다.

"부담 갖지 않아도 될 만한 거로 골랐어. 괜찮으니까 받아."

상자를 바라보는 눈빛이 의심에 잠겨 있는 걸 보았는지 억지로 품에 안겨주며 설명했다.

"정 못 미더우면 이 자리에서 열어보고 결정하든가."

"정말이죠?"

아서의 허락이 떨어지자마자 상자를 열어본 소녀는 상자 뚜껑을 열고 작은 탄성을 질렀다.

"펜던트 목걸이?"

"제비꽃 조각이 들어가 있어서 귀엽지? 헤이젤이 좋아할 것 같아서."

상자 안에는 은제 펜던트가 들어 있었다. 손마디 하나보다 조금 더 큰 그 목걸이를 들어 올린 헤이젤은 섬세한 제비꽃 무늬를 보며 감탄했다.

"이건 보통 안에 뭔가 넣는 용도로 사용하지 않아요?"

"열어봐."

소녀의 질문에 대답은 하지 않고 웃기만 한 아서가 어서 열어보라며 재촉했다. 지나치게 환하게 웃는 얼굴에 어딘가 속는 기분으로 펜던트를 열어본 헤이젤이 어이없어 하며 웃었다.

"아하하, 이게 뭐야. 너무해—!"

"마음에 들어 해줄 줄 알았어."

반응을 지켜본 아서가 즐거운 듯 따라 미소 지었다. 헤이젤은 믿을 수 없다는 얼굴로 다시 한 번 펜던트 안을 들여다보았다. 그 안에는 최고로 멋을 낸 아서 본인의 흑백 사진이 들어 있었다.

"하하하, 이런 걸 줄은."

"부디 한시도 빼놓지 말고 내 얼굴을 봐달라고."

이런 걸 줬는데 설마 돌려받는 수치스러운 일은 없기를 바란다고 덧붙인 아서 때문에 소녀의 웃음은 한동안 멈출 줄 몰랐다.

"그리고 여기도 봐줘."

그는 조끼 주머니에서 같은 모양의 펜던트를 꺼냈다. 설마, 자기애가 넘쳐 본인 얼굴 사진을 넣은 펜던트를 본인도 지니고 있는 건가 싶어 헤이젤이 질린 얼굴을 하자 아서가 그런 게 아니라고 재빨리 반박했다. 그는 펜던트를 열어 안을 보여주었다.

"아무것도 없는데요?"

"그래. 맞아, 아무것도 없어. 그래서 오늘 내가 왔어."

"네?"

아서는 어리둥절해하는 헤이젤의 손을 잡아 자신의 팔을 끼우더니 걸어 나가기 시작했다.

"자, 갈까. 정문 앞에 차도 준비해 두었어."

"가다니, 어디를요? 잠깐. 잠깐만요!"

"오래 걸리지 않으니까 걱정하지 마. 볼일 끝나면 다시 데려다줄게."

"시간문제가 아니라, 꺄악! 워렌!"

손님이 온 것 같다며 현관으로 뛰어간 헤이젤은 한참이 지나도 돌아오지 않았다. 방문자라고는 기껏 해봐야 잡화점 배달부가 전부인 하트퍼드 저택인지라 별생각 없이 책을 읽고 있던 워렌은 창밖에서 들리는 자동차 소리와 비명에 고개를 들었다.

"헤이젤?"

"꺄아아- 워렌!"

그를 부르는 외마디 소리에 놀라 뛰쳐나간 워렌은 먼지를 일으키며 사라지는 검은 자동차를 발견하고 정신없이 그 뒤를 따라 달렸다.

"헤이젤!"

워렌의 목소리를 들었는지 자동차의 뒷유리에 눈에 익은 검은 머리 청년이 얼굴을 비쳤다. 그는 당황한 워렌을 향해 여유롭게 손을 흔들었다.

"저 자식이……!"

거친 자갈길을 벗어난 차는 워렌이 따라갈 수 없는 속도로 빠르게 시야에서 사라졌다. 아서가 최근 틈만 나면 찾아오는 건 워렌도 알고 있었다. 헤이젤의 방에 나날이 선물이 쌓이는 것도 눈치채고 있었지만, 청년의 방문은 늘 한두 시간 주변 산책으로 끝이었다. 선물을 주고, 안부를 물으며 소소한 이야기를 나누다 가는 게 전부라 딱히 못 만나게 할 이유가 없었다. 잘못 말렸다가 댁이 그걸 간섭할 만한 사이는 아니지 않으냐는 말이 나올까 부글부글 끓는 속을 참고 지켜보던 중이었다.

"며칠 그렇게 방심시키고 뒤통수를 쳤다, 이거지."

현관에 걸어둔 재킷을 움켜쥐며 워렌이 이를 갈았다. 어디 못 찾을 줄 알고.

헤이젤에게 미움받을 생각이 아니라면 갈 곳은 빤했다. 그리 크지 않은 번화가라 두 사람의 행적을 쫓는 건 그리 어려운 일도 아니라며 그는 정원을 빠져나갔다.

"어딜 가는 거예요?"

"겁먹지 마. 마을에 잠시 다녀오는 것뿐이니까."

"마을에는 왜요?"

"둘만의 시간을 위해 호텔에 좀 갈까 하는데."

"호텔? 거긴 왜…… 헉. 꺄아악! 워렌! 살려줘요!"

"농담이야. 그러니 그 재수 없는 남자 이름은 내 앞에서 꺼내지 말아줘."

"어디 가는 건지 알려달란 말이에요!"

"그렇게 경계할 필요 없다니까. 자, 다 왔어."

"벌써?"

마을 입구에 들어서자 차가 멈춰 섰다. 차에서 내린 아서가 헤이젤이 앉은 쪽 문을 열어주며 손을 내밀었다.

"사진관에 갈 거야."

"네?"

"보여줬잖아. 내 펜던트."

펜던트와 사진관이 무슨 관계인지 잠시 생각하던 헤이젤은 재빨리 몸을 돌렸다. 허겁지겁 다시 자동차로 기어오르려는 소녀를 아서가 말렸다.

"이봐, 이봐. 아주 잠깐이면 되거든?"

"집으로 데려다주세요, 당장."

"헤이젤은 내 사진이 있는데 나는 헤이젤 사진이 없다니 불공평하지 않아?"

"이건 당신이 멋대로 준 거잖아요!"

"응. 그러니까 헤이젤도 사진 한 장만 찍어주면 좋을 것 같아. 기왕 온 거, 빨리 찍고 가자."

"그런 건 먼저 제 허락을 받은 뒤에 결정하자고요!"

"그래, 그래. 나중에 천천히 허락받을게."

버둥대는 헤이젤의 허리를 안아 든 아서는 콧노래를 부르며 사진관 안으로 들어갔다. 지나칠 정도로 화려한 실크 벽지로 실내 장식을 한 상점 안에는 수많은 사진이 액자에 걸려 있었다. 아서가 들어서자 점원이 안으로 그들을 안내했다. 미리 연락을 해두었는지 사진 찍을 준비가 전부 끝나 있었다.

"여기 앉아서 잠시 웃어주면 돼."

마호가니 나무 조각이 고풍스러운 의자에 헤이젤을 내려주며 아서가 윙크했다. 그가 손짓하자, 대기하던 여직원이 달려와 헤이젤의 옷매무새와 머리를 매만졌다. 얼굴에 분을 바르며 화장을 해주더니 깃털 달린 화려한 모자와 귀걸이를 가져와 꾸며주었다.

"세상에, 이렇게 예쁜 아가씨는 처음 봐요!"

진한 립스틱을 마지막으로 준비는 끝났다. 완성된 모습에 감탄을 연발하던 여직원은 한동안 호들갑을 떨다 헤이젤을 사진사에게 넘겼다. 플래시가 몇 번 터지고 정신이 없는 사이에 엉겁결에 사진 촬영을 마친 소녀는 사진사와 아서가 현상 시기를 두고 이야기하는 걸 넋 나간 얼굴로 듣고 있었다. 뭔가 순식간에 일이 벌어진 것 같은데, 너무 갑작스럽게 지나가서 화낼 타이밍을 놓친 것 같아…… 라고 중얼거리면서.

"사진은 다음 주에 찾으러 와주시면 됩니다."

"날짜에 맞춰 사람을 보내지."

아서는 펜던트를 보여주며 사진 크기까지 상의를 마친 뒤 헤이젤 곁으로 돌아왔다.

"고생 많았어. 그냥 돌아가기 아쉬우면 어디 들러서 차라도 마시고 갈까?"

"아뇨. 집에 가고 싶어요. 워렌이 걱정할 거예요."

"아직도 나랑 차 마셔주지 않을 거야?"

아서는 예전에 말한 걸 아직도 기억하고 있는 모양이었다. 냉담한 헤이젤의 반응에 그럴 줄 알았다며 그는 어깨를 으쓱했다.

"이대로 헤어지기 아쉬운데."

"더 볼일도 없는데 돌아가면 안 돼요?"

"남녀 사이에 꼭 용건이 있어야만 얼굴을 보는 건 아니잖아."

"하아."

틀린 말은 아닌데, 상대를 잘못 짚은 게 아닐까. 일렬로 연결된 상점가를 천천히 걷는 동안 헤이젤은 우연히 작은 서점의 유리 진열장 안에 들어 있는 책에 시선을 던졌다.

'비스크 돌의 역사……'

헤이젤이 잠시 발걸음을 멈춘 것도 모르고 몇 걸음 앞서 걸어가던 아서는 그를 부르는 날카로운 목소리에 뒤를 돌아보았다.

"아서! 여기 있었군요!"

"렉시?"

"당신을 만나려고 집에도 몇 번이나 찾아갔는데, 집사가 말해 주지 않던가요?"

"뭐? 어, 그게 최근에는 별장에 묵고 있어서……."

아서를 찾아 여기까지 따라온 렉시는 놓치지 않겠다는 듯 그의 팔을 붙들었다.

"연락이 너무 안 돼서 걱정되어 찾아왔어요. 대체 이유가 뭐죠? 제가 당신 기분을 상하게 할 만한 일이라도 했나요?"

엄청난 기세로 몰아붙이는 아가씨에게 몰려 당황한 아서는 눈으로 헤이젤을 찾았다. 조금 떨어진 곳에서 입을 벌리고 두 사람의 대화를 듣던 헤이젤은 그와 눈이 마주치자 작게 손을 흔들었다.

'저 갈게요. 천천히 이야기 나누세요.'

입 모양으로 그렇게 말하고는 기회는 이때다 그 자리를 벗어났다. 도망가는 헤이젤을 다시 잡으러 가려던 아서는 렉시가 팔을 놓아주지 않자 곤란한 표정을 지었다.

마을에서 하트퍼드 저택까지 가는 길은 꽤 멀었지만, 오토마타인 헤이젤은 피곤함을 느끼지 않으니 걸어서 집까지 가는 데 큰 문제가 없었다. 기왕 나온 거 서점에 들러 아까 보았던 비스크 돌 서적이나 구경할까 하고 왔던 길을 돌아가던 중이었다. 술집에서 낯익은 얼굴들이 나타났다. 대낮부터 거나하게 취한 남자들은 큰 소리로 노래를 부르며 지나가는 사람들에게 시비를 걸었다.

'……르클레어 공방의 사람들.'

이전 르네의 공방 선배로 소개받았던 남자들이 분명했다. 남자들은 킬킬거리며 큰 소리로 알 수 없는 대화를 나누었다.

"어두운데 허리 구부리고 앉아서 고생하는 것보다 이쪽 일이 더 적성에 맞지 않아?"

"그러게. 생각보다 별거 아닌데. 어때, 아예 전직할까?"

"캬. 이 새끼, 일할 생각 없네."

바쁘게 일해야 하는 시간에 유흥가에서 뭘 하는 건지 의아하게 생각한 헤이젤이 발걸음을 멈추고 그들을 바라보자, 남자 중 하나가 그녀를 알아보고 손가락질했다.

"야, 저 여자. 맞지?"

"어? 그러네."

만취한 남자들이 징그럽게 웃으며 헤이젤이 있는 곳으로 다가왔다. 못 본 척하고 도망치려는 소녀의 앞길을 그들이 가로막았다.

"우리 구면이지? 어이구, 탐스러운 건 여전하네."

"르네 형님들이라고, 형님들. 알지?"

"우리 귀여운 막둥이 말이지, 크크크."

귀여워하기는커녕 못살게 굴기만 하면서 이럴 때만 르네 이름을 들먹이는 남자들이 얄미웠다. 입술을 꼭 다물고 노려보는 소녀를 보고도 아무렇지 않은 듯 남자들은 '이야, 참 꼴리게도 생겼네. 햐─' 소리를 반복하며 술 냄새가 섞인 탁한 숨을 내뱉기에 여념이 없었다.

"이 계집은 허리가 요만한데 가슴은 제법 실하거든. 어디, 아래는 어떤지 궁금한데."

"꺄악! 저리 가요!"

"비싸게 굴지 말자니까. 르네랑도 이미 그렇고 그런 사이일 것 아냐. 따지고 보면 우리가 형님인데 먼저 맛을 봐야지."

"무슨 소리를 하는 거예요, 썩 꺼지라고!"

더러운 손으로 만지려 드는 남자들을 피해 뒷걸음질 치던 헤이젤은 곧 막다른 골목에 등이 닿았다.

"가긴 어딜 가. 같이 좀 놀자니까."

"르네 그 버르장머리 없는 게 소개해 달라고 별짓 다 했는데도 들어주질 않더니만. 이렇게 기회가 오네."

"르네에게 무슨 짓을 한 건 아니죠?"

"하긴 뭘 해. 그 병신 같은 자식은 사흘에 한 번씩 볶아줘야 그나마 쓸 만해진다니까."

"그딴 게 후계자는 무슨. 실세는 우리라고. 그 손바닥만 한 공방도 곧 우리 손에 넘어올 거니 그때는 인형을 만지지도 못하는 자식은 볼일 없을 거야."

"좀 전에는 전직한다며, 병신아."

"카하하하. 그랬나?"

남자들은 들뜬 기분을 주체하지 못한 채 두서없이 떠들었다. 헤이젤은 남자들이 뱉는 이 끔찍한 내용을 르네가 듣게 되지 않기를 바랐다. 아니, 가능하다면 자신도 듣고 싶지 않았다. 당황해서 도망갈 곳을 찾는 그녀를 뚫어지게 바라보던 남자 하나가 고개를 갸웃거렸다.

"야, 이년. 닮지 않았어?"

"아이슬리, 뭐라는 거야?"

"이거 잘 보라고."

헤이젤의 얼굴을 거칠게 움켜잡은 아이슬리라는 남자가 강제로 고개를 다른 남자 쪽으로 돌렸다. 그는 주정뱅이 셋 중 그나마 눈치가 빠르고 머리가 있어 보이는 사내였다.

"그 인상 더러운 놈이 만든 인형 얼굴이랑 엄청나게 닮았어."

"그런가? 그러고 보니 그런 것 같기도."

"인마! 아무리 조형에 관심이 없어도 그렇지 봐라, 좀. 완전 판박이잖아!"

아무리 술주정뱅이들이라고 해도 인형사는 인형사였다. '신부'의 얼굴과 워렌이 만드는 다른 인형들의 유사성을 발견한 아이슬리의 날카로운 지적에 헤이젤은 등줄기에 식은땀이 흐르는 기분이 들었다.

"와. 그 자식은 뭐야. 지 애인 얼굴을 모델로 인형을 만드는 거야? 소름 끼쳐."

"뭐 이 정도 생겼으면 모티브를 얻을 만하기는 하지만 그래도 뭔가 이상한데. 비율이 너무 딱 맞지 않아?"

남자는 헤이젤의 얼굴을 거칠게 이리저리 돌려가며 눈을 가늘게 떴다. 어딘가 미심쩍은 눈빛으로 소녀의 얼굴에 제 얼굴을 가까이 대려는 순간, 뒤에서 돌이 날아왔다.

"으억!"

"뭐야?"

퍽! 뒷머리를 정통으로 강타당한 아이슬리는 비명을 지르며 쓰러졌다. 당황한 남자들이 돌아본 곳에는 살기등등한 얼굴의 워렌이 서 있었다. 헤이젤을 찾아 한참을 헤맸는지 숨이 거칠었다. 화가 난 그가 낮게 경고했다.

"그 더러운 손 치우고 꺼져."

"워렌!"

예상치 못했던 사람이 등장하자 남자들이 동요했다. 후두부를 얻어맞은 아이슬리는 고통에 찬 신음을 흘리며 뒤통수에 댔던 손을 떼고 상태를 확인했다. 손바닥에 피가 흥건히 배어 나오는 걸 보고는 분노에 찬 소리를 질렀다.

"이 자식이 죽고 싶어서 환장했구나!"

사내들은 자신들이 수적으로 유리하다 생각했는지 살기등등한 기세로 팔을 걷어붙이기 시작했다. 그중 누군가는 헤이젤을 인질로 삼을 생각으로 팔을 잡아당겼다.

"이거 놔요!"

"잡지 말라고 경고했을 텐데!"

비명을 들은 워렌이 튕기듯 앞으로 달려나갔다. 헤이젤을 향해 다가가려는 그를 데렉이 앞으로 나서며 맞섰다.

"어디 해보자고!"

"방해하지 마!"

데렉과 아이슬리가 위협하는 태도로 중간을 막고 나섰다. 시야에서 헤이젤이 사라지자 워렌은 분노를 숨길 생각도 없이 주먹을 움켜쥐고 싸울 자세를 잡았다. 일촉즉발의 순간, 헤이젤은 제 팔을 잡고 있는 남자가 워렌에게 정신을 빼앗겨 방심한 틈을 타 상대의 다리 사이를 힘껏 찼다.

"에잇!"

"으아악!"

워렌을 노려보던 데렉과 아이슬리는 갑작스러운 소리에 뒤를 돌아보았다. 폴이 가랑이를 잡고 주저앉자 헤이젤이 그 손을 뿌리치고 재빨리 옆으로 몸을 피했다. 워렌은 헤이젤이 남자의 손에서 벗어나는 걸 확인하자마자 번개처럼 데렉에게 덤벼들었다. 주먹으로 턱을 올려친 후 복부를 내지르자 고통에 찬 비명이 터졌다.

예상외의 전개에 무슨 일이 일어났는지를 뒤늦게 깨달은 남자들이 잠시 동요했다. 사고 판단이 무뎌진 주정뱅이들은 상황이 그들 생각만큼 녹록지 않다는 걸 사태가 한참 불리해진 후에야 눈치챈 것이다. 뒤늦게 주변을 둘러보며 무기가 될 만한 것을 집으려 허둥거렸지만 이미 수세에 몰린 후였다. 피 섞인 침을 바닥에 뱉은 데렉이 화를 참지 못하고 워렌에게 덤벼들려고 하는 순간, 아이슬리가 그를 제지했다.

"잠깐 기다려 봐, 데렉."

"뭐야? 저 자식 한 대 쳐야 직성이 풀리겠어."

"이게 르클레어 씨의 귀에 들어가면 우리만 곤란해져."

술에 절어 있는 두 친구와 달리 아이슬리는 아직 정상적인 사고가 가능한 모양이었다. 그는 흥분한 두 동료를 구슬리기 시작했다.

"가게 두자고. 지금 일이 커지면 우리가 더 불리해."

"그래서 샌님처럼 그냥 보내자고?"

"나나 저 자식 병원도 가봐야지. 나야 몇 바늘 꿰매면 된다지만 저 자식 저러다 사내구실 못 하게 되면 어쩌는데."

"크하핫, 그것도 그러네! 야, 병신같이 계집애에게 거시기나 걸어차이고!"

"일으켜 세워."

"으어어, 살살 해. 아파!"

폴을 일으키자 비명이 터져 나왔다. 걷지 못할 것으로 보이자 아이슬리가 폴의 팔을 잡아 제 어깨에 둘러멨다.

"그래도 그냥 보내기는 좀⋯⋯."

데렉은 헤이젤을 바라보며 입맛을 다셨다. 아직 미련이 남아 있는 모양이었다.

"눈치 없이 굴지 마. 기회는 언제든 있어."

머릿수 문제가 아니라는 걸 깨달은 아이슬리가 눈짓으로 그걸 막았다. 르클레어 공방을 이어받기 전에 눈 밖에 나면 지금껏 고생한 게 헛수고가 된다고 말하고 싶은 눈치였다.

"쳇, 너희 오늘 운이 좋은 줄 알아."

헤이젤이 워렌에게 달려가는 걸 아쉬운 듯 쳐다보던 폴이 침을 뱉었다. 아이슬리는 동료들에게 '다 때가 있으니 좀 참아'라고 다독이며 두 남녀를 노려보았다.

"워렌!"

허겁지겁 달려간 헤이젤을 끌어안은 워렌은 그녀가 무사한지 눈으로 재빨리 훑었다. 아무 일도 없었다는 걸 확인하고서야 험악하게 날이 섰던 눈매가 조금 풀렸다. 조금만 더 늦었더라면 무슨 일이 벌어졌을까. 생각만 해도 끔찍했다. 헤이젤은 워렌에게 안겨 골목을 빠져나갔다. 말은 그렇게 했지만 주정뱅이들이 비겁하게 뒤에서 다시 덤빌 가능성도 있기에 큰길로 나올 때까지 워렌은 신경을 날카롭게 세우고 주변을 경계했다.

큰길로 나오자마자 마차를 잡은 그는 하트퍼드 저택으로 가는 도중 소녀에게 화를 냈다.

"혼자 그런 곳에 있으니 불량배들을 만나지! 그 자식은 널 버리고 어디로 간 거야?"

신사라면 끝까지 에스코트해야 하는 게 도리가 아니던가. 헤이젤이 홀로 곤경에 처해 있는 모습을 보게 될지는 몰랐던 워렌은 놀란 다음 분노를 느꼈다. 아가씨를 중간에 버리고 사라지는 예의는 어디서 배웠느냐며 역정을 냈다. 제 영역에서 너무 쉽게 헤이젤을 빼앗긴 자기혐오까지 더해져 워렌은 불쾌함을 감추기 힘들었다. 지금 입을 열면 후회할 것 같은 말들만 머리에 떠오르는 터라 허튼소리가 터져 나오지 않도록 입을 굳게 다물었다. 우선 머리의 열을 식히는 것이 필요했다.

헤이젤은 아서와 무슨 일로 헤어지게 되었는지 말하지 않았다. 아서를 위해서라기보다는 절박하게 그를 찾아다니던 갈색 머리 아가씨가 걱정되었기 때문이었다. 귀족 아가씨가 젊은 신사의 뒤를 쫓고 있다는 입방아에 오르기라도 하면 사교적으로 곤란해진다.

'좋은 집안 숙녀로 보였는데……'

소녀가 어물대며 상황을 밝히지 않자 워렌의 불안은 가중되었다. 설마 아서라는 놈에게도 못된 짓을 당한 건가 싶어지니 바늘방석에 앉은 기분이었다. 온갖 걱정을 하던 워렌은 결국 한숨을 쉬며 중얼거렸다.

"차를 사야겠어. 너무 불편해."

"차요? 지금까지 없어도 잘 지내왔잖아요."

"그렇긴 한데, 이제 한계야. 살 때가 된 것 같아."

갑작스럽게 터진 선포에 놀란 헤이젤이 물었다. 한껏 야단맞고 눈치를 보던 중이라던 사실도 잊고 다다다 질문을 쏟아냈다.

"워렌. 갑자기 무슨 일 있어요?"

"차 살 정도의 여유는 있으니 걱정하지 마."

"그렇게 충동적으로 살 만한 금액의 물건이 아니라서 그래요."

저 말이 정말일까. 소녀는 문득 자신에게 드레스와 진주 목걸이를 사주면서 그가 했던 말이 떠올랐다. 그때도 '그 정도는 괜찮다'고 했던 것 같다. 이 남자, 혹시 생각보다 충동구매나 과소비 경향이 있는 건 아닌가 싶어 걱정되었다.

"정말이라니까. 네가 걱정할 일이 아니라고 말했잖아."

생각하는 게 고스란히 얼굴에 나타났는지 워렌이 급히 설명을 추가했다.

"하지만 카리나 씨가 전시장 대관비며 파티 경비 같은 지출이 커서 경매 끝나고도 아껴 써야 한다고 설명해 주신걸요."

"카리나 말을 곧이곧대로 다 믿지 말라고 그렇게 말했는데도."

워렌은 헤이젤이 자신보다 카리나가 한 말을 더 믿자 당황했다. 그렇게까지 신뢰가 없었나 싶어 좌절하다가도 그 카리나가 자신보다 더 신망이 두텁다는 사실을 납득하기 힘들었다. 그러나 소녀가 믿든 안 믿든, 차를 사겠다는 그의 마음은 변함이 없었다.

"예전부터 움직이기 불편하다는 생각을 했어."

차 정도는 사도 괜찮다고 말하는 워렌을 심각한 얼굴로 바라보던 헤이젤은 저러다 어느 날 운전사도 필요하다며 덜컥 누군가를 데려오지 않을까 걱정했다.

"그, 그래요. 저택에 들어가는 경비를 우선으로 줄이면 어떻게든."

"그러니까, 돈 걱정 좀 하지 말라고!"

도통 들을 생각을 않는 소녀 때문에 속이 탄 워렌이 마른세수를 했다.

"빚을 빨리 갚지 않는다고 이자가 늘거나 하지는 않아. 에드나 공주가 손을 써두었거든. 게다가 최근 인형 판매액이 꽤 되어서 그 정도 자금에는 무리가 없다고."

'……공주님이.'

에드나라는 이름이 등장하자 헤이젤은 순식간에 기분이 가라앉았다. 이유는 알 수 없지만, 그의 입에서 공주님 이야기가 나올 때마다 가슴 한구석이 따끔거렸다. 에드나가 그를 위해 여러 가지 배려를 해주었다는 말을 들을 때마다 워렌을 위해 아무것도 할 수 없는 자신이 초라하게만 느껴졌다.

"그나저나, 그 남자 오늘은 대체 무슨 일로 온 거야?"

차를 사는 이유가 너 때문이라는 말을 하면 더욱더 기겁하고 말릴 것 같아 워렌은 그 말을 속으로 삼켰다. 아무렇지도 않은 듯 아서의 방문 목적을 묻자 헤이젤이 주머니에서 작은 펜던트 목걸이를 꺼냈다.

"이걸 주려고요."

"이건……."

섬세한 꽃 세공이 들어간 펜던트를 열어본 워렌은 미간을 찌푸렸다. 한껏 멋을 부린 아서의 사진에 눈을 버린 그는 짜증난다는 표정으로 '가지가지 하네'라고 중얼거린 뒤 목걸이를 움켜쥐었다.

"압수."

"네?"

"다른 남자 사진을 품에 넣고 다니지 마."

"가지고 다닐 생각은 없었는데……."

"그래? 그럼 없어도 되겠지."

작은 펜던트이길 다행이지. 워렌의 손을 바라보며 소녀가 생각했다. 어찌나 강하게 움켜쥐었는지 조금만 더 큰 물건이었다면 손아귀 힘에 우그러들었을 것이 뻔했다. 어딘가 애매한 이유로 목걸이를 빼앗긴 헤이젤은 잠시 고개를 갸웃했으나, 그 말대로 딱히 목걸이를 차고 다닐 생각 역시 없었기 때문에 그가 맡아두어도 상관없었다.

"목걸이는 워렌이 보관해도 좋아요. 그 대신 저도 조건이 있어요."

"조건?"

"앞으로 정말 필요할 때 아니면 에드나 공주님 이야기는 하지 않기."

"그런 게 조건이야?"

목걸이와 공주가 대체 무슨 상관인지 모르는 워렌은 당황했다. 그러나 헤이젤에게서 목걸이를 맡아두는 대가치고는 간단한 요구라며 즉시 그 기묘한 거래에 응했다. 서로의 의도는 이해하지 못한 채, 저택까지 돌아가는 길 내내 두 사람은 모두 원하는 바가 이루어진 흡족한 얼굴을 하고 있었다.

〈2권으로 계속〉